北上
NORTHWARD

徐则臣 著

北京出版集团公司
北京十月文艺出版社

只筹一缆十夫多，细算千艘渡此河。

我亦曾糜太仓粟，夜闻邪许泪滂沱。

——龚自珍《己亥杂诗》（其八十三）

自注："五月十二日抵淮浦作。"

过去的时光仍持续在今日的时光内部滴答作响。

——爱德华多·加莱亚诺

目录

2014 年，摘自考古报告

　　水和时间自能开辟出新的河流。在看不见的历史里，很多东西沉入了运河支流。水退去，时间和土掩上来，它们被长埋在地下。2014年6月，大运河申遗成功前夕，埋下去的终被发掘出来。这是京杭大运河济宁段故道近年最大的考古发现之一。出土的文物计有：

　　清嘉庆年间沉船骨架一副、船板若干；

　　宋瓷若干：双鲤荷叶枕一件、葵花碗一件、喇叭口白釉壶一件、黑釉白覆轮盏两件、红绿彩梅瓶一件、哥窑双耳三足炉一件、景德镇青白釉瓜形瓶两件、龙泉窑花口瓶两件、龙泉窑鬲式炉两件、吉州窑黑釉剪纸贴花盏三件、钧窑天蓝釉红斑鼓钉洗一件、钧窑天青釉折沿盘三件、耀州窑青釉寿星一件、耀州窑莲瓣纹烛台两件、耀州窑柿酱釉玉壶春瓶两件及碎裂瓷片若干；

　　明清仿汝窑粉青釉三足洗一件、深腹圈足洗一件、汝釉双耳扁瓶一件；

明清其他瓷器若干；

明宣德铜象两件；

明清刀剑各两件；

清铜镇尺一件；

镏金铜鹿灯一件、铜荷花灯一件；

其他船上器具和日用生活杂物若干。

…………

另有考古现场附近民间发掘文物若干。这其中，尤需特别提出的，是一封写于1900年7月的意大利语信件。此信系当地居民个人发掘成果，品相完好，现存"小博物馆"客栈。信件译为中文如下：

亲爱的爸爸妈妈和哥哥，我在战地医院给你们写信。打仗了。八个国家的联军跟中国人打，一会儿是义和团，一会儿是他们的政府军。我们从天津往北京打，半路上又折回头往天津打，有颗子弹击碎了我的左腿胫骨。医生说，好利索了我也只能是个瘸子。瘸子就瘸子吧，总比死了好。不过也不好说，战争实在太残酷，现在我闻到火药味就恶心，看见刀刃上沾着血就想吐。想顺顺当当活下来不容易。按规定，腿伤养好了我得继续上前线。中国人很不好打，要是该回意大利你们又没见到我，那说明我已经被打死了。也可能死于其他原因。多事之秋，战争、瘟疫、饥荒、河匪路霸，遇到哪一个都可能活不成，蹾个稀也没准再站不起来。

哥哥一直说我喜欢"消失"，这一次要玩，那真就玩大了。所以，如果我没回去，这封信就可以当绝命书、诀别信看了。要是那样，亲爱的爸爸妈妈，你们就当没生过我这个儿子；亲爱的哥哥，你也就当没我这个弟弟。务请你们节哀顺变。在战场上我经常想到死。跟杀人相比，我宁愿自己死。死了也好，灵魂就自由了，我可以沿着运河上上下下地跑，一趟又一趟。当年我的大偶像，马可·波罗先生，就沿着运河从大都到了中国南方。活着当不了马可·波罗，那就死了做。

老说死你们肯定不高兴，说点好玩的。我有了一个中国名字，马福德。一个英国水兵朋友取的。大卫·布朗的中文很棒，四年前我们在威尼斯认识的。照音译，我应该叫马费德，大卫把"费"改成了"福"。他说福字更中国。中国人非常喜欢这个字，遇到好事要祝福，撞上坏事更要祝福，祝福下次碰上好事；过春节时还把这个字单独写下来，贴到门窗和家具上。我把舌头拉直了读了几遍，也觉得这个名字好。你们是不是也觉得不错？

好了，信写再长都要结束，我就长话短说，就此打住。永久的爱长存心里。亲爱的爸爸妈妈，亲爱的哥哥，我爱你们。我有无边无际的爱。我爱维罗纳家中的每一棵草、每一朵花，我爱这个世界上的每一个人。

第一部

1901 年，北上（一）

很难说他们的故事应该从哪里开始，谢平遥意识到这就是他要找的人时，他们已经见过两次。第三次，小波罗坐在城门前的吊篮里，上不着天下不着地，用意大利语对他喊："哥们儿，行个方便，五文钱的事。"城门上两个卫兵用膝盖顶着辘轳把手，挺肚挨腰，一脸坏笑。洋人有钱，尤其是那些能在大道上通行的洋人，更有钱，不敲一笔可惜了。他们谈好了价，五文钱。小波罗坐进吊篮升到半空，年长的卫兵对他伸出了另外一只手，五根指头摇摇晃晃。对，五文。小波罗指指地下，刚刚比画好的价钱怎么又变了？他听不懂卫兵的话，卫兵也听不懂他的叽里咕噜的鸟语，但这不妨碍他们交流。年长的卫兵八字须，左手摸一下左边胡子，五指张开，"这是起步价，"右手摸一下右边胡子，五指张开摇晃，"这是咱们大无锡城好风景的观光价。"小波罗把所有衣兜都翻出来给头顶上的两个卫兵看，最后五文了。年轻的卫兵说：

"那你就先坐一会儿，看看咱们大清国的天是怎么黑下来的。"

小波罗开始也无所谓，吊在半空里挺好，平常想登高望远还找不到机会。这会儿视野真是开阔，他有种雄踞人间烟火之上的感觉。繁华的无锡生活在他眼前次第展开：房屋、河流、道路、野地和远处的山；炊烟从家家户户细碎的瓦片缝里飘摇而出，孩子的哭叫、大人的呵斥与分不清确切方向的几声狗吠；有人走在路上，有船行在水里；再远处，道路与河流纵横交错，规划出一片苍茫的大地。大地在扩展，世界在生长，他就这感觉；他甚至觉得这个世界正在以无锡城为中心向四周蔓延。以无锡城的这个城门为中心，以城门前的这个吊篮为中心，以盘腿坐在吊篮里的他这个意大利人为中心，世界正轰轰烈烈地向外扩展和蔓延。很多年前，他和弟弟费德尔在维罗纳的一间高大的石头房子里，每人伸出一根手指，摁住地球仪上意大利版图中的某个点：世界从维罗纳蔓延至整个地球。

他来中国的几个月里，头一回有了一点清晰的方位感。从杭州坐上船，曲曲折折地走，浪大浪小都让人有连绵混沌之感；离开意大利之前，对着一张英国人测绘出的中国地图，研究了半个月才勉强建立起来的空间感，完全错乱了。现在，他觉出了一点意思。

护城河对岸聚着几个孩子对他指指点点，他们犹豫着是否要穿过吊桥来到城门下，看看洋人的辫子是真的还是假的。有几个大人从高高瘦瘦的旧房子里走出来，叫孩子回家吃晚饭。墙皮在他们身后卷曲剥落，青苔暗暗往高处生长。小波罗用意大利语向他们借五文钱，他们听不懂；小波罗又用英语借，他们还听不懂；小波罗想起李赞奇教他的几个汉字读音，他对他们大喊：

"钱！"

为了表示借五文，他对他们说："钱！钱！钱！钱！钱！"

几个大人听到了，但他们拎着自家孩子的耳朵，一路小跑消失在青砖黛瓦的老房子里，好像小波罗是要打劫。

有人家的门窗里透出灯光，傍晚从天上缓慢降临。两个卫兵已经不指望另外五个铜板了，但离换班时间尚早，吊着个洋鬼子也挺好玩。年纪大的在指点年轻的抽烟斗，告诉他一天里的哪个时辰烟油最香，多抽一口等于多做一会儿神仙。小波罗开始着急，昏暗从遥远处大兵压境，世界在急剧萎缩、变小，很快就将收缩到他的脚下，他突然生出了一种强烈的被遗弃感。别人有来处也有归处，他却孤悬异乡，吊在半空里憋着一膀胱的尿。远处走过来一个穿长衫的瘦长男人。管不了了，他的意大利语脱口而出：

"哥们儿，行个方便，五文钱的事。"

借傍晚最后的光，他看见那人的耳朵动了动。

应该就是这家伙了。锡蓝客栈在城里，没那么多洋人必须这个时候过城门。

小波罗又用英语把这句话重复了一遍。谢平遥对他举起了手。谢平遥说："OK。"

小波罗开始上升。到最高处，他想停下来再看一眼，心情好了没准世界重新开阔起来，但两个卫兵把他从吊篮里拽了出来。

他们还得把谢平遥也吊上来。自己人也付十文，年长的卫兵有点过意不去，但价码抬上去了，当着洋鬼子面不好降，只好歉疚地找补，没话找话，最近风声紧，所以城门关得早。年轻的接茬儿，我趴城头上一年零三个月了，哪天不紧？老的给他一个白眼。天彻底黑下来。城头上四个角点起火把。卫兵让他们快走，眼看巡城的头儿就来了。他们动手拆那个简易的绞盘架。这是城门守卫的外快，谁当值归谁。一年到头竖在风雨里，不容易。当官的也明白，睁一眼闭一眼，别在巡城时找不痛快就行。

借用完卫兵们的马桶，两人一起下城楼。小波罗一个台阶一声谢，非要请谢平遥吃饭。谢平遥也不客气，跟着他走。快到客栈，小波罗一拍脑袋，只顾走路，忘了问谢平遥来此地寻人还是公干，别误了大事。谢平遥答：

"寻人。"

"谁？"

"你。"

"我就知道。"小波罗一把抱住谢平遥，"看第一眼我就知道你肯定姓谢。我跟李等你几天了。"

锡蓝客栈二楼最东边的客房里，他们俩见到躺在病床上的李赞奇。

在每天一封的电报里，他一再跟谢平遥说，饱受腿伤之苦，实在不堪长途劳顿，务请老弟出山，切切。看上去的确受了腿伤拖累，李赞奇跟十年前他们分别时比，颧骨高了，发际线大踏步后撤，前额的头发根本用不着剃，辫子也细成了老鼠尾巴。客栈的布草以印花蓝布为主，床单、被罩、枕套、枕巾和桌布皆由本地著名的陆义茂染坊出品，蓝布上饰以白色的莲藕、菱角和春笋。李赞奇淹没在一堆江南蓝白相间的风物里，更显憔悴深重，人小了一号，只有脑门和眼睛变大了。谢平遥掀开薄被子一角，李赞奇的右腿打着夹板，外面紧缠了几层布，的确是伤了。最近一封电报里，李赞奇跟他说，走不动了，锡蓝客栈见吧。

李赞奇的腿在苏州就伤了。小波罗要看拙政园，船到附近码头，登岸时小波罗没踩稳，从台阶上摔下来，一屁股坐到身后李赞奇腿上。李赞奇正侧身上台阶，听见细碎的一声咔嚓，右腿酸疼了一下。当时没当回事，陪着小波罗游了园，兼当解说和翻译，该干什么干什么。回到客栈发现，右边小腿成了全身最胖的地方，脚面都肿起来。怪不得一路都怀疑自己穿错了鞋，右脚这一只突然小了。就这样他也没在意，找大夫用了点药，继续陪同小波罗在姑苏的水道里穿行。再去看大夫，老先生说，你想截肢吗？李赞奇才上了心，知道北上之路走不下去了。他想到了谢平遥。

他们曾是江南制造总局下属翻译馆的同事，李赞奇专业是意大利语，谢平遥是英语，上班时各干各的，闷头翻书或者随同长官和洋人口译，下了班才混在一起。当时都是小伙子，光杆一个，没事就在虹口或者黄浦江边找一家小馆子喝茶斗酒。为大清朝和天下事，高兴了喝，不高兴了也喝。喝到位了，根本不管酒保再三提醒的莫谈国事，敞开了数点朝政和国际事务；喝大了，辩论至激愤处，免不了热血上头也动手，反正谢平遥给过李赞奇几记老拳。常去的酒馆为安全起见，干脆给他们设了专属雅间，跟其他房间隔着一间库房，以免隔墙有耳。

谢平遥是打酒伙的团体里的小兄弟，那个时代的愤怒青年，不谈政治浑身难受。每天向李赞奇问意大利的事，问搞法语的老夏法兰西新闻，问专治俄语的老庞老毛子最近又有什么动静。他的兴趣不在翻译，整天枯坐在翻译馆里看那些曲里拐弯的旧文章，受不了，尽管他的专业极好。他更想干点实实在在的事。李赞奇还记得这个小兄弟喝多了就说，大丈夫当身体力行，寻访救国图存之道，安能躲进书斋，每日靠异国的旧文章和花边新闻驱遣光阴。说多了大家也就姑且一听。不想某日，酒馆里突然安静下来，才发现谢平遥不见了。他去了漕运总督府，那里缺个翻译。

漕，水转谷也。宋元以降，漕船千万，沿运河北上，源源不断地把江南鱼米输送到北方京城。那里的帝王将相和百万戍边兵士每天张着嘴要饭吃。吃饭是大事，运粮也就是大事，管运粮的当然也是大事；那时候的大事都甩不开外国人，他们对漕运也要插一手，会说洋话的人不够用了。漕运总督府跟李鸿章大人打了招呼，李大人对江南制造总局咳嗽一声，着翻译馆立办。翻译馆不是肥缺，去漕运总督府也不是美差，还要从大上海去到苏北小城，相当于流放。吃英语饭的一拨译员被召集到一块儿，一个个都低下头。长官问，真没有？谢平遥站起来。

"为什么想去？"

"干点实事。"

座下同人哄笑。当此之世，还有比"干点实事"更可笑的吗？如果说大清朝的确还有一个地方可以让你干点实事，那也肯定不是漕运总督府。水过济宁，地势一路走高，河床上去了水上不去，河道干得可以跑马，整个漕运眼见着就黄，总督府显然也活不了几天。这时候去那里，等于水往高处走，自己给自己找不自在。在上头允许谢平遥"慎重考虑"的两天里，一直器重他的上司去看他，一杯凉茶都端热了，反复给他论述国家和个人的前途之可能，末了问，还去吗？谢平遥说，去。上司长叹一声，也罢，世道如此，在哪儿都是浪费，换个地方浪费没准就有戏了呢。

谢平遥收拾行装，星夜赶往淮安。路远水长，搭车，步行，大船，小船，还蹭过放排人的竹筏子。到了淮安的那天早上，痛痛快快吃了两大碗当地著名的长鱼面，然后一身热乎劲儿去衙门报到。刚开始几年，他庆幸自己来对了地方：有事干，有大事干。洋人知道漕运对于大清国的意义，租界他们圈了，沿海港口他们占了，内陆水道他们也想要。一条长河肯定是拿不下，但在这河道里塞点自己的东西总是可以的：我的人你得让我走，我的货你得让我运，我要沿河来来回回跑，没事别随便拦着；税少收点，尤其通关时候；载我大英、大意、大奥匈、大荷兰、大法国、大俄国等帝国货物的船，务必要保证最快过闸；地球自西向东转，咱们西方人的时间可耽误不起。谢平遥要干的就是这些，跟着长官和他们谈。

翻译的时候他比长官都急，长官表达不到位的意思，他用英语给补足了；洋人闪闪烁烁的话，他给彻底地翻出来，让大人们听着刺耳难受。他的翻译让谈判和交流变得更加有效，三下五除二直奔结果；时间明显缩短了，但也让衙门里的大人和洋鬼子经常莫名地光火。

关于这一点，谢平遥和李赞奇在日常通信中讨论过，究竟何为翻译的伦理。该直译还是意译？在翻译中是否可以补足与完善？谢平遥坚持终极意义上的有效表达最重要。李赞奇不同意越俎代庖，什么叫有效表达？是你的有效表达还是被译者的有效表达？谢平遥写了一封长信跟他理论：你都不知道洋人是多么傲慢和贪婪，他们西方人的时间耽误不起，咱们的时间就耗得起？他们的船在咱们水里走，凭什么他们说了算？大船小船、帆船机帆船小火轮都是船，凭什么挂了个洋国旗就可以插队加塞？上帝来到人间，也讲不出这个道理。你也不知道咱们衙门里的这帮窝囊废有多卑微和怯懦，洋鬼子嗓门儿大一点，他们腰杆就弯下去几度；幸亏没遇上个唱美声的，要不脑袋真要夹进裤裆里了。洋鬼子拍一下桌子，他们能直接尿出来。我要一板一眼照着大人们的意思译，咱们的运河上早就飘满了万国旗。

李赞奇提醒他，长此以往，这活儿干不久。果然，第四年刚过了两个月零三天，顶头上司接上面指示，要对谢平遥委以重任：造船厂更需要他。漕运总督管着文武官员近三百号，还有仓储、造船和卫漕兵丁两万余人；漕运总督部院下辖的造船厂好多家，最大的位于清江浦，距衙门二十里路，谢平遥被派到的就是这里。船厂大，造船上就有点想法，请了几个外国专家对漕船做些现代化的改进，需要翻译人员跟着，保证好他们的生活和工作。到了清江浦，谢平遥才明白，哪里是重用，分明是发配，他被打发到了一个更无意义的位置上。

漕运到了这一天，稍微懂行的都知道没戏了，只是宣判死刑早一点晚一点而已。造船厂也没了劲头儿，几副漕船的骨架戳在巨大的厂房里，几个月无人问津。因为靠近河边，禽鸟纷纷落户船舱，有一回谢平遥去厂房，对一艘烂尾的漕船狠出了一拳，两只野鸡擦着他的耳朵扑棱棱飞出来。船厂从上到下百无聊赖，唯一进步的技艺是麻将，外国专家都能把这项中国传统娱乐玩得很溜，完全不需要翻译。谢平遥成了一个打麻将都靠不上边的翻译。浑浑噩噩待了一阵子，京城传来消息，有个叫康有为的，发动了十八省千余号举人，联名上书。这是个大动作，不知道真假。但从此他就开始关注这个康有为，和李赞奇等朋友通信，话题也多半离不开这个人。

三年后，他从来淮巡察的京城官员那里得知，京城变法了，领头儿的果然是那个姓康的，还有他的弟子梁启超。这消息让他着实兴奋了一些时候，尽管他一直不喜欢报纸上印出来的康南海照片，胡子的造型让他有说不出的别扭。他给李赞奇写信：真想去京城看看，见证一个伟大时代的到来。李赞奇回信波澜不惊：老弟，矜持点，伟大的时代不是煮熟的鸡蛋，剥了壳就能白白胖胖地蹦出来。又被李赞奇的乌鸦嘴说中了。再次得到变法的消息，谭嗣同、康广仁、林旭、杨深秀、杨锐、刘光第已经被推到菜市口砍了，康有为和梁启超的通缉令也沿运河贴了一路。不知道他们躲到了哪里。谢平遥为康梁的安危很是担心了一阵子，整个人七上八下地悬着，好像自己也成了在逃犯，生活总也落不了地。好在造船厂旁边有家面馆，隔三岔五早上去吃碗面，热乎乎地下了肚，这一天才能稍稍踏实一点。但饭量明显小了，老板娘亲自下厨做的正宗长鱼面，也只吃得下一碗。

造船厂有官员就有等级，有等级就是个衙门，衙门里所有的规矩大家都心照不宣地遵守。比如，就算屁事没有，大家也都装模作样地上下班。就是打麻将、推牌九，也要去衙门里打，在衙门里推，这是恪尽职守；把牌桌搬回家打，那是渎职。除此之外，就是为虚空中的利益和官阶钩心斗角。所有人都知道漕运日薄西山，造船厂也行将就木，一个个也都在为自己的将来另谋生路和前程，但见到肉丁大的好处还是攥死了不撒手。造船厂里除了上头下来的各种旨意和命令，基本上与世隔绝，依着某种惯性的形式主义在运转。谢平遥时常有悲凉的沦陷感，仿佛内心里长满了齐腰高的荒草，他觉得自己正一寸寸沦陷在丧失了切肤之痛的抽象生活里。

等灾民三五成群沿运河南下，谢平遥才知道天下又出大事了。华北旱灾。等他在运河边看到更多灾民顺水而下，更有一贫如洗的灾民船都坐不起，挈妇将雏沿着河边蹒跚而过，义和拳的红衣黄衫已经飘满北中国，灭洋扶清，见洋人就杀，然后啸聚北京，剑指皇城。接着八国联军入京，烧杀抢掠，皇太后和今上狼狈出逃；然后义和拳被镇压。从京城到清江浦，千里不止，消息总要滞后一些时日，但一切都顺延，倒也无妨，每一条旧闻按顺序来到，也都是新闻，谢平遥无须竖起耳朵，就在码头边坐着，渔阳鼙鼓动地来，天下是真乱了。乱纷纷你方唱罢我登场，谢平遥还没来得及理出个头绪，李赞奇电报到了。

李赞奇的意思是，待不住别硬待，该动就动起来。在谢平遥看来，李赞奇举手投足满满的大哥范儿，你把屋顶掀了，他照样稳坐如泰山；但就是这个稳重到总要慢半拍的人，前两年也从翻译馆出来了，在上海《中西画报》做主笔，专写欧美的新鲜事，让中国人看看一个真实的海外世界。这给了谢平遥鼓励，几封电报后，他跟妻子商量过，决定离开造船厂，来接替伤了腿的李赞奇。还是在一个吃了两碗长鱼面的上午，他给上头递交了辞呈。两碗面吃下去，胀得想吐，他憋着。这是个仪式，新生活开始了。

"感觉此人如何？"

"人不坏，有点没正形。"

"是个乐天派。"李赞奇说，"毛病是啰唆，偶尔有点小任性。"

"领教过了。在他坐进吊篮之前，就在街市上遇过两次。"

上午谢平遥到的无锡。下了船在街巷里乱走，打听锡蓝客栈在哪儿，竟没人知道。他也不急，天尚早，无锡头一回来，边看边找，睡觉前落脚到客栈就行。运河穿过无锡和淮阴，但两处的风物大不相同。无锡的水更多，支支汊汊，阳光都带着潮气，街巷的石板路长满青苔。无锡人说话好像只有舌尖在干活儿，弹动翻卷，那些清细娇糯的声音像受惊的鸟，迅速擦过他耳边，抓不住。交流上有障碍，他就多看少说，能不开口就不开口。中午走饿了，找家面馆坐下，斜对面是个洋人。开始真没在意，那洋人穿着中国的长袍马褂，头上还续了根假辫子，不出声就跟随便一个中国男人没两样。但那洋人出声了，要辣椒，他不会说辣椒，也知道说外语店小二听不懂，就把筷子往醋瓶子里挑一挑，放到碗里搅拌一番，再把沾满汤水的筷子放嘴里吮，做出抓耳挠腮、脑门冒汗的样子，嘴里呜啦呜啦地叫。为表示并不惧辣，他把假辫子在脖子上绕了两圈，英勇地撇撇嘴。店小二看明白了，周围的人都看明白了，洋人好不得意，学旁边的中年男人，右脚一拎，踩到了长条板凳上，侧身半个屁股支撑住身体。这一套中国式动作相当地道。

辣椒上来，洋人挑了一大筷头放面里，呼噜呼噜地吃，头发里直往外冒热气。谢平遥也要了辣椒，以他的重口味，这个辣度也相当过硬。

下午再遇到小波罗，是在泰伯桥边的茶馆。谢平遥从南长街走到清名桥，有点累，在桥头石阶上坐下，远望一片冒烟的街巷，问当地人，说在烧窑。多年前读过两句诗，记不清谁写的，"城南一望满窑烟，砖瓦烧来几百年"，好像说的就是这里。谢平遥捶捶脚背，起身往窑烟处走。随着河道绕，就来到泰伯桥上。桥边有临街茶馆，像吊脚楼一样伸出一个宽阔的平台，吃面的洋人斜倚着美人靠，正端着盖碗茶杯在喝茶，喝一口闭上眼，摇头晃脑地品味。这种装模作样的动作谢平遥不喜欢。这些年见了不少洋鬼子，真傻的有，大智若愚的有，懵懵懂懂的有，这些都不讨厌，看不上的就是那些装模作样的：要么刻意做出亲民的姿态，谦卑地与中国人同欢笑，骨子里头却傲慢和偏见得令人发指；要么特地模仿中国人的趣味和陋习，把自己当成一面镜子，让你在他的模仿中照见自己，曲折地鄙视和取笑你；还有就是小波罗这号人，一个观众没有，也一脸入戏的销魂表情。因为看不上眼，反倒多看了一会儿。河道里船只往来如梭，卖布的，运丝的，贩菜的，拉砖的，赶路的，送客的；还有一支送亲归来的船队，每一支橹上都系着红绸布，喝红了脸的男人跟水边洗衣的妇人唱酸曲，被泼了一脖子水。小波罗看着运河里的热闹咧开嘴大笑，笑完了继续喝茶。茶水喝光后，他把茶叶一片片捞出来，摊在美人靠上数。

在后来沿运河北上的时光里，谢平遥发现小波罗一直保持着数茶叶的习惯：要么是喝的时候数，看茶叶缓慢舒展开来，最后沉下去；要么喝过后捞出来数。他喜欢喝中国茶的感觉，茶叶在碗里飘飘悠悠，那感觉差不多就是地老天荒吧。但这个细节在当时，被谢平遥归为了外国人的矫情。李赞奇问他对小波罗的感觉，他的回答已经相当节制了：人不坏，有点没正形。

李赞奇表示同意。这家伙的确跟别的洋人不一样，中国人都未必能跟他吃到一个锅里。一个意大利人，吃点面就行了，他不，非要吃中国米饭和烧饼，还得顿顿辣椒。筷子都夹不稳，但坚持不用刀叉，说中国人才文明，吃饭用的是竹木，不像他们欧美人，上饭桌就手持一堆凶器。

"忍忍吧，"李赞奇说，"总比天天逼着你跟他一块儿吃西餐好吧。"

"你们在说啥？"小波罗用意大利语问李赞奇，"是中国的悄悄话吗？"

"我们在说你的衣服很好看。"李赞奇说，"迪马克先生，从今天起，你得说英语了。"

"不好意思，谢先生，这就改。"小波罗改成了英语，"谢谢你们夸我衣服好看，我的辫子不好看吗？"

"好看好看，"谢平遥说，"比我们的好看多了。"

"那当然。假的再做得不如真的好看，那作假还有什么意义呢？"小波罗把假辫子揪下来，捧在手里给他们俩看。油黑挺拔，比谢平遥和李赞奇两个人的辫子捆在一起还粗壮。

谢平遥撇撇嘴，用汉语对李赞奇说："这么饶舌，真怕受不了。"

"若是不痛快，"李赞奇压低声音，也用汉语说，"价就往高里要。他们喜欢一锤子买卖。"

"你们又背着我说什么呢？"

"赞奇兄问我，迪马克先生是不是很帅。"

"谢谢。"小波罗在床前鞠了个躬，"要是眼窝浅一点，鼻梁再低一些，头发不那么鬈，我会更帅。"

第二天他们离开无锡城，往常州方向走。他们，小波罗、谢平遥和邵常来。李赞奇留在锡蓝客栈，还得再养几天。拄着拐能动了，自己坐船回上海，回杭州也行，他老家在萧山。邵常来是小波罗在杭州雇的随从，二十八岁，个儿不高，但长了一副好肩膀，做过多年挑夫，是在杭州谋生的挑夫中的一员。四川男人天生能做一手好菜，所以又兼了厨子。照李赞奇的说法，以小波罗偏僻的爱好，很可能邵常来首先是当厨子来雇的，顺带做挑夫。作为厨子水平如何，谢平遥不清楚，来不及吃他做的饭菜。昨晚到客栈，陪着李赞奇在病床前聊到半夜，就着三五个小菜，喝了两壶酒；兄弟多年不见，必须喝到位才行。菜倒是邵常来出门买的，猪头肉、芦蒿炒香干、熏鱼、酱骨头、凉拌麻辣面筋、油炸花生米。加上小波罗和邵常来，四个人两斤烧酒。邵常来要收拾行李，地位上也算下人，意思一下就算了；小波罗跟着起哄，要"深刻体验"一下中国白酒，刚二两就趴在八仙桌上睡着了。今早就出发，小波罗要吃最后一顿小笼包。谢平遥把李赞奇也挽到客栈旁边的早点铺，鲜肉和虾仁馅各来一份，佐以紫菜蛋花汤，汤汤水水下肚，浑身通泰。

做挑夫，谢平遥觉得邵常来绝对够格。小波罗一个人的穿戴行头就装满了两只箱子，还有他带的各种测量水文的仪器、罗盘、柯达相机、一把防身的勃朗宁手枪和一把毛瑟枪、一路上要看的书和资料、写作需要的墨水和纸笔、一根哥萨克马鞭、茶叶，以及喝功夫茶的全套茶壶和杯子。此外还有邵常来自己的一点行装和小零碎，一堆大小不同的箱子和包裹，多得像搬家。邵常来条分缕析地分置在扁担两头，下蹲的时候，左右肩膀上两块磨出老茧的肌肉奔突两下，轻轻一声咳，所有家当应声而起。从侧后方看过去，一堆移动的行李中只剩下邵常来的一颗头。谢平遥的柳条箱自己拎着，他担心邵常来挑不起那个担子，一根草他都不忍再加。看来他过虑了。

邵常来挑着行李，步子迈得小，速度却挺快。谢平遥拎着箱子，肩膀上还有一个包袱，装着随身用的杂物。小波罗空身人，只拎着一根拐杖，拐杖通体紫红，像红木质料，其实外壳是钢铁做的，掌心握住的地方镶了一块乳白色的东西，小波罗说是象牙，谢平遥辨不出真假，但漂亮是没得说，漂亮得更像一个摆设。三个人出了客栈，沿潮湿的青砖石板路去往城外码头。李赞奇拄着拐站在锡蓝客栈门口，空出一只手对他们挥。

上船时谢平遥发现多了两桶水，邵常来托人从惠山买来的，提前送上了船。都说第二泉的水好。苏东坡路过无锡，也专程去尝尝，"独携天上小团月，来试人间第二泉"。买来烧开了给迪马克先生泡茶。这两桶水让谢平遥心生一点小温暖，长路漫漫，有同伴如此，此行应该不会让人太过煎熬。

船在苏州就租下的，先行一个月，租期满了看双方意愿，再定是否续租。船老大是苏州人，姓夏，带着两个徒弟当帮手，师徒三人轮流值班，撑篙、掌舵、划桨、摇橹、守帆，行程紧急可以日夜兼程。

因为李赞奇的腿伤和等候谢平遥，北上的行程耽搁了几天，上了船，小波罗让谢平遥转告船家，帆涨满，桨抡圆，把时间追回来。小波罗此行专为考察运河来中国，决意从南到北顺水走一遍，时间紧，任务重。在漕运总督府公干的几年里，谢平遥接待过好几拨研究运河的外国专家，不过都是局部陪同，近的带他们去看清江闸、黄河与运河的交错处、洪泽湖的防洪大堤，远的到扬州，见识一下邵伯闸。此外就是给他们的衣食起居、吃喝拉撒提供翻译。这些外国专家一个个打扮得倒挺体面，西装革履，有的还穿燕尾服，从河边回到驿馆，腐朽起来跟衙门里的大人不相上下。有个英国来的大肚子老头儿，脱下高筒靴里的臭袜子让谢平遥洗，谢平遥说，您稍等，转身走了。还有一个荷兰来的先生，可能阿姆斯特丹的红灯区去惯了，在驿馆里悄悄问谢平遥，能不能介绍个便宜点的中国女人，最好长得漂亮，脚又很小。谢平遥用汉语送他一句国骂。他问啥意思，谢平遥说，问候您母亲呢。红头发先生说，这种时候还问候母亲，让人怪不好意思的。由此，谢平遥对这些公派考察的外国专家，跟对衙门里名为视察实为游山玩水搞形式主义的大人们一样，提不起兴趣。

但是李赞奇说，这个小波罗不一样，自己掏腰包，不标榜什么专家，纯粹是好这口。此人生长在离威尼斯不远的小城维罗纳，就是朱丽叶的老家，罗密欧与朱丽叶的那个朱丽叶。喜欢水，没少跟父亲去威尼斯。老迪马克先生早先是个做鞋的，做鞋做发了，成了个工厂主，业大了求发展，在威尼斯买了几条两头翘的游船贡多拉，雇人在运河里一年到头摇。老迪马克的工作主要是坐船和乘车，维罗纳、威尼斯两头跑收钱。小波罗从小跟父亲去威尼斯，对潟湖、运河颇有些心得，威尼斯周围大大小小的岛屿全跑遍了。著名的马可·波罗在威尼斯待过多年，小波罗少年时代就尊他为偶像。小波罗原名Paolo Di Marco，保罗·迪马克，为了向偶像致敬，又不至于背叛祖宗，默许别人微调一下，叫他Polo Marco，波罗·马可，所以李赞奇叫他小波罗。偶像在元代来到中国，待了十七年，深得忽必烈的赏识；第二次出访是下江南，从大都沿运河南下，抵达杭州，再由杭州向南，翻山越岭，穿涉峡谷，到了福州和泉州。小波罗要逆流而上，把运河走一趟，好好看一看偶像战斗过的地方。

3月的江南春天已盛。从无锡到常州，两岸柳绿桃红，杏花已经开败，连绵锦簇的梨花正值初开。河堤上青草蔓生，还要一直绿到镇江去。小波罗坐在船头甲板上，一张方桌，一把竹椅，迎风喝茶。一壶碧螺春喝完，第二泡才第一杯，脖子上已经冒了一层细汗。"通了，通了。"他用英语跟谢平遥说。谢平遥纠正他，是"透了"。中国人谈茶，叫喝透了。

谢平遥坐在旁边另一把竹椅上，手里一卷《人类公理》，在常州一家书坊淘来的。小楷恭录的手抄本，老板卖了个大价钱。此前他在朋友那里听说过此书，据说是南海先生所作。没署名，他不敢贸然确认，单看文风与思辨，倒是和他在报章上零星读过的康有为文章有几分像。小波罗在常州倒是没花多少时间，到青果巷转了一圈，水果、小吃，能进嘴的都尝了一遍。听说城外有一家天主堂，独自一人去了，不让谢平遥陪。他想一个人走走。谢平遥担心出岔子，给他写了几张纸条，一旦遇到麻烦，问个路什么的，可以把纸条递给人看。谢平遥就陪邵常来找地方兑现金，三个人的日常花销用。他们带了银锭、墨西哥鹰洋和一张银票，票号里收了墨西哥鹰洋。这东西少，稀罕。兑过钱，邵常来去采买吃食，谢平遥抽空逛了书坊，还买了两盒著名的龙泉印泥。他回到船上，小波罗也回来了。天主堂如何，见到了谁，小波罗没说，但看他表情，谢平遥知道可能白跑一趟，更无须问了。

　　船离了常州，人声渐稀。运河里往来船只也不少，但像泊在码头上那种邻居的感觉就没了，迎面和前后船赶超时打个招呼，只是过路人匆匆的热情了。再走出十几里，连挥一下手的愿望也消失了。春光再好，一路单调地繁华下去也会熟视无睹。也有并驾齐驱一阵的小船，那是为了看清外国人到底长什么样。这种时候小波罗很配合，各种搞怪，一会儿斜眉吊眼，一会儿怒目金刚，还做出罗马勇士的动作来。谢平遥懒得看他笑话，翻两页书，扫几眼景，慢慢人就出了神，从书本和风景中游离出去。

　　他对河道和野地不陌生。这几年他就在大河边，造船厂在一片野地里。就算在漕运衙门，骑马半个时辰也可以跑到荒无人烟处，但他多年来从未得到过如此开阔的放松。若人的内心里也有一双眼，那他的这双眼一直雾障重重。总觉得眼前事一件堆着一件，心里的疙瘩一个擦着一个，事究竟有哪些，疙瘩到底是什么，不重要，也弄不清楚，他只是感到憋屈。现在知道了，他其实在持久地渴望一种开阔的新生活，但无法从惯性里连根拔起。尽管他并不清楚何种生活才算开阔。他跟那个决绝地离开翻译馆的二十出头的小伙子比，犹疑了，怯懦了，也涣散了，懈怠了。所以，他要感谢老大哥李赞奇。李赞奇十二道金牌催命电报，逼他做了决定。

　　河水溅上船，湿了他的鞋。调整风帆的老夏爬在桅杆上，提醒他收回右脚。谢平遥对他作个揖，伸直腿，一脚蹬进了运河里。老夏在高处大笑。他也笑，把竹椅子移到甲板边，另一只脚也伸进水里。在运河边生活几年，从没在这个时候把脚伸进过水里。怕冷？也不是，就是没干过。如果他是个跑船的呢？他突然醒悟，老夏并非笑他天真任性，而是笑他湿个脚没屁大的事也如此隆重。小波罗此刻喝着茶，专心看地图，指着一个点对谢平遥招手：

　　"扬州！扬州！马可·波罗的扬州！"

　　"早呢。"谢平遥脚收回甲板，脱掉鞋袜把水拧干。风吹过湿的脚，像有凉丝丝的手在来回抚摸，"过了镇江才是扬州。"

　　过了镇江，才是马可·波罗待过的扬州。

　　"波罗说他在扬州做过总管。总管在你们国家是多大的官？"

　　"除了他自己，没人知道他做过扬州总管。一部史书都没提过。"

小波罗耸耸肩，"那是你们识字的人太少。"

谢平遥耸了耸肩。他慢慢就发现，尽管小波罗无比热爱中国文化和风物，但欧洲人傲慢和优越感的小尾巴总是夹不紧，一不留心就露出来。他还是更愿意相信他们自己的出处。当然他也会尽力克制，方式之一就是拿出自己的牛皮封面的本子，哗啦啦写上一阵。上好的小牛皮包装，打开牛皮小带扣，纸微黄，意大利产。用一支派克钢笔，小波罗随时会对运河做记录。有新发现、新想法，也会跟邵常来比画，帮他到行李箱里取本子和笔。他理想的写作方式是用中国的纸笔，但他不会拿毛笔，更搞不懂宣纸上墨汁晕染的规律，而是用毛笔写曲里拐弯的意大利字母，自己都会被绕晕。船上又动荡，根本下不了笔。由此他又夸赞中国人，就是气派有范儿，写个字都得笔墨纸砚全套伺候，真排场。做运河的田野调查记录，他要求谢平遥不离左右，很多中英文词汇之间的转换和表达经常脱节，关键时候得谢平遥帮一把。他有意外之喜，这个翻译竟跟运河有如此瓜葛，上到漕运总督府里有关运河的大政方略，下到河边日常生活的细节和经验，谢平遥简直就是部运河百科全书。

他把谢平遥慷慨地称作"贵人"。他从邵常来那里现学现卖来的这个中国式说法。邵常来在杭州日子过得相当紧巴，那段时间活儿出奇的少，每天在武林门码头抱着扁担空杵着，经常从早到晚腿站抽筋了，还等不来一个客人。那天邵常来因为饿得头晕胆子才大起来，第一个冲到船头，扁担上的钩子钩住了行李，才发现客人是个洋鬼子。他对洋人没好感。老家那边有不少传教士，一等乡亲们干完活儿，就把他们召集起来，关在教堂里念奇怪的经文。听说像唐僧念紧箍咒，也可能是放洋蛊，反正鬼鬼祟祟的。还给他们发颜色怪异的各种药丸。有人说那些高鼻深眼的家伙跟咱们不是一个人类，对他们来说，中国人最适合做药引子。他有点信。自从洋教士来到他们那里，经常有小孩和妇女的眼睛、心肝被挖掉。但邵常来那天顾不上了，吃上一顿晚饭更要紧。他挑起行李就跑，价钱都没谈。这给了小波罗第一个好印象。他来中国有阵子了，单上海就待了大半个月。耗他时间最多的，除了办外务护照和各种在中国通行的手续，在各个效率低下的衙门机关颠三倒四地反复跑，就是买东西。除非中国人要多少钱你给多少，否则讨价还价没完没了；不还价又不行，一个银洋能解决的事，他们张口就要你八个十个。这挑夫爽快。看上邵常来的第二个原因，是他把小波罗和李赞奇送到客栈后，带他们去了一家四川菜馆。那家馆子偏僻，一般杭州人都找不到，但菜不错，小波罗吃得唑唑啦啦一身大汗，直叫好。邵常来看出来，该洋鬼子对辣椒的鉴赏力也就是个初级水平。蹭了一顿饱饭，饭后醉上头，邵常来胆子更大了，让李赞奇翻译给小波罗，有好食材，他的手艺绝不比这馆子差。小波罗说好啊，要知道红勤酒好不好，必须亲口尝一尝，你到后厨去，钱我来付。邵常来也不客气，唰唰唰，牛刀小试，一盘麻婆豆腐上了桌。麻、辣、嫩、烫，小波罗差点把舌头都咽到肚子里，比刚刚要的那份好吃两倍半。吃到半截，小波罗问：

"愿意跟我们走不？"

"意大利？太偏了，不去。"

"北京。"李赞奇说。

"皇帝待的地方？我得想想。"

小波罗掏出一锭银子，啪一声拍在饭桌上。

邵常来瞳孔立马放大，"去！我去还不行？"

按照口头的约定，这一路到北京是个大买卖，挣到的银子回老家买块地，娶个老婆生个娃，都不是问题。就这么定了。邵常来觉得自己走了狗屎运，扑通跪到饭桌前，"小人给洋大人磕头了。您是我的贵人！"又给李赞奇磕，"李大人您也是小人的贵人。"

李赞奇赶紧把他扶起来，"这里没有什么大人小人。谁的膝盖都金贵，别没事就朝地上放。"

"他说啥？"小波罗对下跪也不适应。

"说你是他的贵人。"

小波罗从此就知道"贵人"是个啥东西了。现在他把地图摊开，想跟他的"贵人"聊一聊地图里面的事。小波罗用的是德国人绘制的中国十八省军事地图，谢平遥在漕运总督衙门里见过，也是普通民众所能见到的最好的地图。有些地名的拼写让中国人都莫名其妙，尤其是翻译成汉语，不知道说的是哪里；距离的测算也欠精确，以他对淮安的了解，照这个比例尺，运河早流到几百里外去了。尽管如此，衙门里的那群大人骂完了，还得继续用，你弄不出更好的。小波罗的手指在地图上的河道里穿行，像一艘船，但比最慢的手摇船还要慢上十分。犹犹疑疑，仿佛在每一个看不见的小码头都可能停下来；尤其行至运河分汊处，他的手指头就成了搞不清风向的帆船，在分流处团团打转；他不知道该往哪个方向走。他手指头走的方向不是从南到北，而是从北到南。

　　北京。通县。杨村。天津。静海。青县。沧县。东光。景县。故城。武城。临清。聊城。安山。南旺。蔺家坝。易桥。窑海。宿迁。淮阴。宝应。高邮。邵伯。三江营。镇江。

　　刚过镇江他的食指停下了。再走就是回头路。

　　"以一个中国人的生活习惯和思维方式，"小波罗说，"如果你是南方人，让你在运河沿岸选一个地方生活，你会选哪里？"

　　谢平遥点在了小波罗食指没到的苏杭之间。停顿了几秒，又慢慢往回走，最后落在英文的北京字样上，"我个人选这里。"

　　"如果你是北方人呢？比如北京的、天津的。"

　　谢平遥的手指从北京的头上抬起来，又落下来，在京津之间。

　　"我说的是一个普通中国人。"小波罗说。

　　"我就是一个普通中国人。"

　　"一个外国人呢？比如，英国，美国。现在，今天。"

　　谢平遥还点在京津之间。

　　"安全吗？义和拳刚闹过，你们自己的皇帝和太后还躲在西安呢。"

"他们躲的是你们，不是义和拳。"谢平遥说，"扶清灭洋、替天行道，可不是从京城先开始的。拿你们洋人开刀，也不是从北京开始的。"

"你说得我脖子上一凉。"小波罗摸着后颈，做出惊恐的表情。此时夕阳西下，半边运河水像一块绵延起皱的猩红绸缎。前面的船只经过，划开水面，听得见锋利细小的裂帛之声，随后水面平复，绸缎又无尽地铺展出去。小波罗用布莱恩特与梅公司生产的大火柴，点上一根马尼拉方头雪茄。这种火柴一盒只有十八根，贵得要死。"李先生提醒我，我可能挑了个错误时间来中国。"

这也是谢平遥担心的。可能不仅是个错误的时间，还是个危险的时间。一路向北，正朝着义和拳的腹地去。好在这几天还安全。

"在无锡的十几天里，我每天一个人到处跑，就是想看看大清国对我保罗·迪马克先生是不是还友好。"小波罗说起来很是得意，每一口雪茄吸得都很深，"非常友好。没人找麻烦，顶多就看个热闹，像看动物园里的猴子。那有什么？长出这张奇怪的脸就是被看的。有一年我在荷兰见到美国旅行家 W.E.盖尔（William Edgar Geil），我们前后脚去阿姆斯特丹看运河。他跟我说，更值得看的是中国的运河。我们俩还约定，要一起来中国。来的时候找他，没见人影，不知道他跑到哪儿去了。盖尔先生你不知道？那才是大旅行家。我要跟你说的是，盖尔先生亲口对我说，咱们长出这张奇怪的脸就是用来被看的。他去非洲，那群黑人里三层外三层地来围观他这个小白脸，你猜他老先生怎么做的？伟大的盖尔先生盘腿坐在部落的一个树桩子上，让非洲朋友看了个够。他还对他们说，想摸一下我的脸吗？来吧。然后伸长脖子。"小波罗又深吸一口雪茄，模仿盖尔先生把脖子伸出来。嘭一声，船震了一下，小波罗喉头一紧，那口烟全咽进了肚子里，呛得他眼泪都咳出来了。船又是一震。小波罗本能地抓住他的紫砂茶壶和茶杯。他们听见老夏尖细的嗓门儿喊：

"怎么回事！"

二徒弟回："师父，有人挑事！"

他们俩扭头往后看。穿过两侧船舱之间的狭窄通道，他们看见二徒弟攥着船篙立在船尾，后面有一艘船贴上来，比他们的小一号。大徒弟从驾驶舱伸出头，被师父一挥手摁了回去。邵常来在狭小的厨房里准备晚饭，捏着一把菠菜也走出来。老夏掸掸袖子，走到船尾，对那艘船抱抱拳：

"道上的朋友请赐教。"

一个嘻嘻哈哈的男声传过来："风大了没控制好帆。对不住对不住啊。"

这声音耳熟。老夏拍拍二徒弟肩膀，小伙子撤到一边，闪出说话的人。一个生着络腮胡子的宽肩男人。离夏天尚遥远，那人穿着短袖粗布汗衫，攥一下拳头，胳膊上的肌肉疙瘩就蹦跳不止。谢平遥午饭后见过此人。当时小波罗四仰八叉地躺在甲板的竹椅上打瞌睡。他也有点春困，歪倒在舱铺上翻看龚定庵先生的诗集《己亥杂诗》，有一搭没一搭地眼皮直打架。小波罗喊密斯特谢。他到甲板上，小波罗正跟旁边船上的一个人说话。那艘货船比他们的船小，可能是回程，只装了小半舱白皮的松木，吃水不太深，货船的帆又大，速度并不比他们慢。那人当时就穿着这件短袖汗衫。他让谢平遥翻译给小波罗：

"家是哪儿的？来咱大清国是抢钱呢还是拐媳妇？"

此人发音部位靠后，一听就是北方人。

谢平遥翻译："哪个国家的？来中国是挣钱呢还是找媳妇？"

小波罗乐了，还能找媳妇啊，"好啊，拜托大哥，有好看的帮我找一个呗。中国姑娘甩意大利女人半条运河呢。"

那人就说："假洋鬼子，你跟真洋鬼子说，那得看他身上长多少毛。毛多呢，给他介绍个母猩猩；毛少，就抓只母猴凑合一下吧。"

那人脸上的表情相当友好，说话的时候一直对着小波罗和谢平遥微笑。但他船上的另外三个汉子笑得前仰后合，拍着大腿跺着脚开心。谢平遥知道遇上刺儿头了。他对洋人固然存着戒心，但对这类没来由自大的国人也根本瞧不上。他也微笑，对小波罗翻译："他有两个妹妹，一个头发长，一个头发短，你喜欢哪一个？"

小波罗说："当然是头发长的啦。"

谢平遥翻译："迪马克先生说，如果有可能，他对你的大妹妹更有兴趣。"

那人差点从船上跳过来。幸亏后面的两个人拽住，他只能原地跳脚一顿痛骂。另一个人去调整了一下帆，他们的船跑到前面去了。

小波罗很委屈，他对谢平遥摊开两只手，"我是不是该选短头发的妹妹呢？"谢平遥也对他摊摊手。小波罗重新躺倒在竹椅上，睁大两只眼，吧唧着嘴，"本来挺美的午觉。这下一想到长头发的美丽姑娘，哪里还睡得着。"

没在意他们的船什么时候到了后面。

小波罗要起身去看，被谢平遥拦住。那人就是冲小波罗来的。他穿过走道到船尾，老夏还在和后面的船交涉。见谢平遥过来，老夏对他做出止步的手势。船上的事首先由船老大负责。老夏说，右边的河汊里有只白鹭，看见了吧朋友？行船看见白鹭，是吉兆，祝兄弟发财。都往河汊看，果然一只细瘦的高脚白鹭立在水边，曲项问天，周围是薄薄的一片绿，衬得白鹭更像个舒展的独舞造型，赏心悦目。

"有这事？"短袖汗衫说，"嗨，假洋鬼子，问问你们家真洋鬼子，他家那边是不是也这规矩？"

他身后一个脖子上绕一圈辫子的汉子过来，拍他的肩膀，压低声音说："过了白鹭再说。"

另两个也说："大哥说得对。出门在外，宁信其有。"

突然间众叛亲离，短袖汗衫脸上有点挂不住，但他还是忍了。

跑船，相当程度上是靠天吃饭，谁也说不好在下一个旋涡之前会遇上什么，所以，心落下来最重要，悬着早晚出事。货船侧到左后方，很快就和他们齐头并进。短袖汗衫还站在甲板上，对着小波罗竖起小拇指。小波罗对他举举茶壶，"短头发的妹妹也可以啊。"他完全不知道刚才出了什么事。

"喝洋墨水的，"短袖汗衫喊，"你给老子译译，这鬼子他放了什么屁。"

谢平遥知道他在给自己找台阶，那就让他下吧。这一次挑衅，他也有份儿，要是他不姐姐妹妹地译，可能就没这一出。于是他说："迪马克先生邀请你喝茶。"

"咱们好好的茶，给他喝糟蹋了！"短袖汗衫的声音被风吹走了大半。风把他们的船也往前送了一大截。

他们远远地领先了。

老夏让二徒弟降了帆，减速。太阳落尽。黄昏从大地上升起之前，先从水里泛上来，半条运河开始变成混浊的暗黑。二徒弟不懂为什么要慢下来，照理此刻该加班加点往前跑，才能赶在万家灯火熄灭之前，停靠进下一个市镇码头。

"让他们走。"师父确认过补给没问题，蹲到船尾抽了一袋旱烟，吐出烟雾时慢悠悠地说，"不要在天黑之前与人为敌。"

"咱没惹他们呀。"

"你在，就是惹了。"

二徒弟听得稀里糊涂，"师父，您说看见白鹭会有好事，咱们水上真有这规矩？"

"信，它就有；不信，就没有。"

二徒弟抓耳挠腮了。

老夏抽完烟，对着船帮磕掉烟灰，站起来，对着大徒弟喊："一看见人家就停下，就地夜宿。"

"师父，您是说停在人家那里？"

"猪脑子！看见人家就停！"

露宿荒野，小波罗没任何意见，来到中国他还头一次看见这么多星星。因为不赶着去码头，他们泊下船就开始做晚饭。小波罗、谢平遥和邵常来单开伙，先做，也就先吃。老夏师徒三人另起灶。全吃好了，小波罗提议到河堤上走走。这一顿邵常来做了个小炒肉，辣椒足肉更香，下饭，小波罗吃多了。老夏是个谨慎人，他决定半道上过夜就为了两个字：安全。短袖汗衫不像个善茬儿，惹不起躲得起，错过今夜，这辈子你想见他也未必见得着。小心驶得万年船。他跟谢平遥解释，这里停下也好，附近有个教堂，没事可以去看看，没准迪马克先生能见到老乡。最近两年这条线跑得少，过去和大徒弟经过这里，经常看见教堂门前一群人在嗯嗯啊啊地说唱。他把所有外国人都当成小波罗的老乡。老夏的谨慎还在于，他让邵常来留在船上，派大徒弟陪着小波罗和谢平遥上岸。我的人给你们保驾，可随意驱遣，也算留个人质。你们也有人留守船上，他会知道我们没有对行李等物动过手脚；此外大可放心，我们也不会把你们给扔掉。在以后数日的岸上活动中，这也成了固定的模式，不过是陪同的人由大徒弟换成二徒弟。二徒弟小，坐不住，也给他放放风。

那一晚，他们踩着颤颤悠悠的跳板上岸，头顶满天繁星。听说有座教堂，小波罗劲头儿更大。他挂着拐杖，腰带上别了哥萨克马鞭，说是防野狗。

四野漆黑，借着天上和运河里的星光，方能辨出河堤上一条弯曲的小路。多少年里无数双脚，在大地上终于踩出这一条长不出草的几脚宽的路。枯死的草，新发的草，在夜里都是黑的，只有道路明亮。大徒弟走在前头，小波罗次之，谢平遥断后。他们朝着远处囵囵的房屋的黑影子走。房屋分散的村庄里，零星有几处昏黄的光，更显得房屋和生活的低矮。大徒弟说，如果没记错，教堂就在村庄后面。他重复了师父的叮嘱，看看教堂就行了，能不进村就别进村。多一事不如少一事。

望山跑死马，夜晚看着灯光走也能累死人。总觉得近在眼前，走了一身汗还没到。后来听见几声梦幻般的狗吠，小波罗把鞭子握在手里，但连一条黄鼠狼都没有从他们眼前跑过。村庄和夜晚的河流一样安静。靠近村庄的那一段河堤矮了下去，走的人多，越踩越低。码头也简陋，就是在河边裁出一块方方正正的空间，像他们这样的大船，也就够停靠一艘。贴着岸并排插了几十根木桩。码头上的台阶也是木头做的。如果三个人的眼神足够好，能看出那些是杨木，因为在水里浸久了，正腐烂变黑。小波罗下到码头上跺了一下脚，差点把木台阶踩塌了。他们从河堤绕到村庄后面，在黑暗里看到一间更黑暗的细脚伶仃的房子。大徒弟往高处指，小波罗和谢平遥才发现屋顶上还竖着一个更加细弱的十字架，大概因为某一天风大，十字架被吹歪到教堂屋脊的右侧。

教堂黑灯瞎火，门紧闭。荒草长进了门槛里面。小波罗兴冲冲要去敲门，谢平遥建议让大徒弟来。大徒弟行走江湖早有了经验，敲三下，停一停，添了点力再敲三下，又停一停。第三个三下敲完，有人从不安的睡梦中醒来，没好气地喊：

"哪个倒头鬼？这屋子已经被老子占了！"

大徒弟又敲了三下。趿拉着鞋走动的声音从里面传出来。

"谁啊？"用的是方言，门牙处走风，"还让不让人活了！"

门打开的吱吱扭扭声也不爽利，门窝受潮了。果然，里面的人骂骂咧咧地打开门，浓重潮湿的霉味像根棍子砸过来，噎得他们仨一口气差点没上来。老人眼神不好，披着衣服，凑到三人脸上来看他们。就这样也没看清，至少没看出小波罗是个外国人，要不他也不会说，别仗着你们人多势众，爷儿仨都上我也不怕。他把长胡子的小波罗当成了另外两人的爹。

"您是神父？"谢平遥代小波罗问。

"我不是神父，"老头儿说，嘿嘿一笑，张开嘴，一个乌黑的大洞，"我是师傅，修鞋的。十几年前的事了。"

"现在呢？"

"你们也无家可归？那我跟你们一样。"

"您知道神父去哪儿了？"

"不知道，半年前我到这里就没见着。当时我推开门就进来了。早不知道躲哪儿去啦。"

"为什么躲？"小波罗问。

"原来你爹是个外国人，嘿嘿！"老头儿点着谢平遥的鼻子，黑暗中也能看见他暧昧的表情，"听说北边的人成群结队要来，杀！"他做了一个砍头的动作，"你爹那会儿要在，也得跑路。"

谢平遥翻译时把"你爹"给省了，这个亏不能吃，"北边的人来了吗？"

"没看见。"老头儿雄伟地抖了抖身子，把要滑下去的衣服重新披好，打了个哈欠，"那时候我还住在二十里外的尼姑庵里。"

"我是说，您在尼姑庵里看见北边来人了没有？"

"庵里早没了香火，最后一个尼姑也还俗啦。南边的人都不来了。"

谢平遥翻译得有点艰难，这人说话完全不在道上。谢平遥的意思是，就这样吧，该走了，让他继续睡觉。小波罗还是不死心，问："教堂里的神父是哪里人？"

"外国人。"老头儿一本正经地说。

"我是说，是英国人、德国人、美国人还是意大利人，或者其他国家人？"

"外国人啊。"老头儿哈欠打了一半停下，非常严肃地纠正他们。在他看来，这世界上只有两个国家，一个是中国，另一个是外国。

小波罗知道不会再问出名堂了，摊开手同意离开。他还是感谢了一下。

返回的路上有说不出名字的虫子在叫。小波罗对着虫子叫的方向连甩了三鞭子。他的鞭子甩得很好，声音流畅，能响出两里地。当然鞭子也好。收了鞭子，三个人继续沉默地走了一段，小波罗突然问谢平遥："一个中国人逃难，会投奔一个外国人吗？"

谢平遥觉得这问题有点怪，问大徒弟："你会吗？"

"我？"大徒弟指指自己，他已经习惯了游离在小波罗和谢平遥两人对话之外。大晚上能看见的东西不多，需要问他的事更少，而回去的河堤一路笔直，"我会吗？要是中国人都不收留我，外国人会要我？"

小波罗又问："那在你们中国，一个外国人逃难，会投奔另一个外国人吗？"

谢平遥隐约感到了两个问题之间存在着某种逻辑关系，但他说不清楚。他转而又问大徒弟："如果你是外国人，逃难时，你会投奔别的外国人吗？"

"我都得逃难了，别的外国人肯定也好过不到哪里去。"大徒弟又觉得未必妥，补充说，"不过也不一定。"

"那你呢？"小波罗问谢平遥。

"先找朋友落一下脚，再找个别人找不到的地方待着。"

小波罗揪着胡子点点头，"嗯，也有道理。"拐杖击打小路发出闷闷的声音。下露水了。背后的村庄里又传来几声狗吠。谢平遥回头看，村庄彻底黑下来，所有人都躺下了。

桅杆上挂一盏气死风灯，提醒后面的船只别撞上来。邵常来睡着了。二徒弟也睡着了。船主坐在船尾抽烟，烟锅每亮一下，都照见他睁大的眼。他在看来时的方向。视野所及处暂时没有夜航船。运河上百无禁忌。尽管如此，他还是提醒自己慎重。跟先前一样，他排了夜间值班的顺序：前半夜可能有船经过，他自己守着；后半夜没什么事，两个徒弟守。主要是大徒弟，二徒弟更年轻，觉多，可以多睡一会儿。船上一共四间卧舱，船主和小徒弟合住一间，邵常来和大徒弟合住另一间，小波罗和谢平遥一人一间。小波罗和谢平遥隔壁，半夜里有事，敲一下薄薄的木板墙壁，谢平遥就能听见。小波罗的呼噜声，谢平遥也听得清楚。

洗漱之后，谢平遥坐在窄小的床上看龚定庵的《己亥杂诗》，灯火如豆，他得凑到油灯前看。定庵先生在一首诗里写："少年击剑更吹箫，剑气箫心一例消。谁分苍凉归棹后，万千哀乐集今朝。"此诗乃定庵先生自况：少年时期舞剑吹箫样样来得，如今全都干不了了。现在乘船南归故里，情绪苍凉，万千哀乐，一起奔涌而来，实在是没料到啊。悲凉黯淡又夹杂了挫败之伤痛的中年心境跃然而出，看得谢平遥不由得心也沉下去。定庵先生自况而况人，说的不也正是在船上的他吗？区别只在，龚自珍彼时南归，而他北上；南归是故里，北上却是无所知之地。这么一想，谢平遥竟也有了一点绝望触底之后反弹的振奋。

隔壁小波罗拖动一下桌子，船摇晃的幅度大了一点，他开始写日记。小波罗每天晚上写，有时候白天也写。他的意大利文写起来弯弯绕绕，尤其用他的闪亮的派克笔写。在二徒弟看来，这场面有着某种神奇的仪式感，他经常倚着卧舱的墙，远远地看小波罗在牛皮封面的本子上写。一旦被发现，他就腼腆一笑，闪身逃了。现在小波罗开始了例行的记事。

　　他有很多事要记，他也有很多话要说。

　　午饭后脑子变慢，看一行字要花三四倍时间，更糟的是看着看着忘了看到哪一列了，谢平遥脑袋里就有了船行水上晃晃悠悠的感觉。太阳也好，河面上浮光跃金，穿过窗棂进到卧舱的阳光也闪闪烁烁，他在想要不要闭上眼。等他睁开眼，才知道已经闭了很久；书掉在床下，穿过窗户的阳光也移到了另外一边。邵常来来敲他的门，指着窗外，小波罗在找他。

　　船已经停下。岸上一片金黄的花海，铺天盖地的油菜花，放肆得如同油彩泼了一地。小波罗裤腿卷到膝盖以上，正撅着屁股趴在相机前拍照，嘴里嗷嗷地喊。他等不及船靠岸，先卷起裤腿涉水进到了油菜地里。邵常来也不知道找谢平遥干什么，除了"密斯特谢"他听得明白，小波罗的话是鸟语和天书。谢平遥站到船尾，还是得脱掉鞋袜。船停的不是个合适地方，离岸有点远，踏板的长度不够。二徒弟解释，这一段岸边水浅，船只能靠到这个位置了。河水漫过膝盖，谢平遥后背一紧，立马从午后的残困里清醒过来。

　　沿途也见过星星点点的油菜花，但如此洪水一般的巨大规模，头一次见。可能之前也曾有路过，但因为绝大部分河堤都高出地面很多，挡住了野地，坐在船上想看也看不到。小波罗大呼小叫地说，震撼，震撼。这让他想起在故乡维罗纳，想起他和父亲从维罗纳到威尼斯来回的路上，看到过的那些油菜花。那时候觉得那一片片油菜花地真是辽阔啊，跟眼前的这片花海比，就是维罗纳见到了北京城。北京城他尚未到达，但从道听途说和各种纸上描述中，他相信这座伟大的城市与维罗纳的关系，就是眼前这片油菜地跟故乡油菜地的关系。他曾在故乡的油菜地里打过滚。他吸着鼻子说，真香，跟乡愁的味道一模一样。

　　他让谢平遥起床，是想给他拍几张照片，也想让他跟同船的其他人说，跟所有愿意停下来的过路船只说，他想给他们拍一些照片，拍他和中国人一起在运河边油菜花地里的照片，洗出来，寄给远在意大利的父母。

　　这片花地实在太诱人，谢平遥跟他们四个人一说，除了老夏，另外三个心都痒痒。老夏说，担心锚放得不牢，得留下来守船；年纪也大了，一个老头儿往花地里跑，怎么想都觉得不正经。但他又补了一句，让年轻人很开心，他说："二十年前，在一个船闸前等候过闸，等了四天。闲着上岸溜达，第一个女人就是在船闸附近的油菜花丛里睡下的。嘿嘿。"

　　小波罗挑着眉毛问："那你一共睡过几个女人？"

老夏说："没几个。"

"没几个是几个？"

"就是没几个嘛。"

大徒弟和二徒弟竖起耳朵想挖出点硬货，奈何师父就是不松口。最后大徒弟和二徒弟叽咕了几句，二徒弟怯怯地开腔了：

"师父，是邵伯闸吗？"

这一次师父没拉下脸，师父说："拍你的照片，小心那玩意儿把你的魂给勾出来。"

二徒弟低头不吭声了。大徒弟对着北方慢慢微笑起来，一脸都是对邵伯闸的神往。二十年前，师父是他现在这个年龄。睡了第一个女人。大徒弟咽了一口唾沫。除了不懂事时牵过邻居小姑娘的手，长这么大他都没正经地碰过一个女人。师父找他跑这一趟长途，条件之一是，回去就托人给他说个媳妇。南方平和，但天下熙攘，仍旧是兵荒马乱，消息从北边传来无论走多少样，越往北越不安全是肯定的，师父也不能睁眼说瞎话。所以师父也坦诚，他说师父也怕，大半辈子才挣下这条船。但这洋鬼子大方，一趟你就算立业了，再成个家，一辈子就安稳了。大徒弟冲着安稳二字，往北方走。

拍照他是头一回，除去小波罗和谢平遥，进到相机里的人都是头一回。谢平遥替小波罗对着来往的船只吆喝，绝大多数跑船的都觉得这是个笑话，光阴大好，正是赶路时候，跑油菜花地照个什么相，脑子坏了。他们笑两声船就过去了。上心的也有，一种是害怕，早听说那玩意儿摄人心魄。据说八国联军打进北京城，就是先用那东西对着义和拳和皇帝、皇太后一阵猛照。拳民一个个倒下了。咱们大清国的皇帝和皇太后没倒下，也丢了半个魂，西逃的一路上都像个纸人，飘啊飘地走路；坐在龙辇和牛拉的大车上也垂着脑袋，光绪皇帝的帽子老是滑下来遮住两只眼，老佛爷的凤冠也直往下掉，腰都直不起来。还有一种上心的人，是好奇，他们就想弄明白，站在眼跟前的人怎么就走到机器里去了，变成一个倒立的小人。他们想亲自看一看。可是当小波罗说ＯＫ时，他们又怯了，从船上涉水上了岸，却站到了外围。

小波罗给谢平遥、邵常来和大徒弟、二徒弟拍过后，没有外人敢尝试。知道你不要钱，可谁知道你要不要命呢。终于有第一个尝试的外人，是个囚犯。说不好年龄，须发蓬乱，瘦得两个颧骨要刺破脸皮钻出来，戴着脚镣和枷板，一条裤腿长一条裤腿短，短的那一截是为了包扎伤口临时撕下的，黑乎乎的脚脖子上有块两个银圆大小的疤。他从船上下来，不是因为他有兴趣，他没那个自由，是押解的官爷想见见真章，把他一块儿揪下了船。下了船，官爷又不敢第一个上，就怂恿囚犯先试。

"到关外还有几千里路，"官爷是个娘娘腔，硬憋出权威粗壮的声音，语重心长地对囚犯说，"一路上累不死也得饿死，饿不死也得冻死，冻不死也得病死，病不死也难保不被断路的强盗弄死。你就试试，死了也是死在家门口。死不了，你他娘的就威风了，有几个流放犯照过相？还活着从洋机器里爬出来了。到关外，在那一堆犯人里，你他娘的就是老大了。你他娘的就能跟我一样了。"

流放犯想了想，官爷说的是。照死了也算得其所哉，照不死那他娘的就赚了。他用枷板对着胸骨砰砰地砸，说："听你的，官爷！老子拼了！"然后把枷板送到押解的跟前，"官爷，你不能让我戴着这个照吧？要死也手脚利索地死，要不去了阴间，哪有脸见爹娘。"

官爷看看四周地形，逃跑的可能性很小，就给他打开了枷板。要给脚镣开锁，蹲下了又站起来，说："他娘的，老子差点上了你狗日的当。站在油菜地里，你他娘的就是踩着个风火轮，别人也看不见。"

流放犯只好戴着脚镣站在一片油菜花里拍了一张照。尽管抱着赴死的勇气，流放犯还是相当紧张；也因为没学会看镜头，五官和颧骨比平常更硬。不过小波罗选了一个好角度，镜头里，流放犯周围有金灿灿的油菜花，背后还有运河的纵深，远近共十一条船被取进了景里。

什么事都没有，还是拍照前的那个流放犯。官爷问："你他娘的死了没？"

"报告官爷，我好像还活着。"

"那就好。自己把枷板套上。不疼吧？"

"一点感觉都没有。洋大人，你确定照过了？要不要再照一次？"

流放犯的举动让大家备感振奋，想试试的都往前迈了半步。

小波罗让大家分散开错落站好，来个集体照。然后让谢平遥操作相机，他和大家合了一个影。在这张照片里，他在前面半蹲，要不站起来会比所有人都高，其他人随意地站在他身后。背景也是运河，这必须有，加上碰巧被众人遮挡住大半的两条船，一共十五条。当此时，河道十分繁忙。

收完家伙，一对兄弟才提出来，想请小波罗给他们兄弟俩照一张。为生计，弟弟要去天津。此去津门路远程长，此地一为别，孤蓬万里征，不知何年何月能再相见，常说的生离死别大概也就这样子了，有必要留个纪念。虽然他们拿不到照片，但合了影，在心里是完成了一个庄严隆重的分别仪式。小波罗答应了。重新开张。

他给兄弟俩拍了不只一张，而是三张。他亲自指导兄弟俩站位，建议他们用什么样的姿势可以更好地表达手足之情。他还让兄弟俩一定答应他，不管以后有多忙，生活有多艰难或幸福，兄弟俩都要约好了定期见面。人生如寄，变幻无常，见一次少一次。说到动情处，语速自然就快了，一不留心就撇出了意大利语，谢平遥只好让他用英语再说一遍。

上船继续行驶。离傍晚还早，这通常是小波罗坐在船头喝茶的时间。他邀谢平遥一起，这次喝的是龙井。从照相聊起。谢平遥是个外行，小波罗说什么他听什么。他说手头儿的柯达相机跟他跑了大半个欧洲，可惜这次行李多，没法把拍过的好照片带过来。他自信地断言，根据他的照片完全可以写出一部世界当代史。

这个活儿他早晚得干。照片固然是一个个凝固的瞬间，也是一串串起承转合的记忆，所以，它也是未来。就像你在历史中看到了今天和明天。然后他说：

"知道吗，小时候我和我弟弟就经常在一片油菜地里藏猫猫，藏着藏着，他就没影了。"

"去哪儿了？"

"你永远都不知道他会去哪里。我跟你说过我弟弟吗？"

"没有。"

"我真有一个弟弟。亲弟弟。"

"哦。"

小波罗下意识地敲着桌面，"我弟弟从小就喜欢玩消失。1883年1月8日，维克托·伊曼纽尔二世（Vittorio Emanuele）国王雕像揭幕。之所以记得这么清楚，因为那天也是我弟弟生日。早早地吃过蛋糕，为的是去看雕像揭幕。揭幕之后，还有盛大的阅兵游行。我觉得全意大利的军队全开过去了，维罗纳所有街道都塞满了，人山人海。有步兵，有骑兵，有炮兵，还有搞后勤的，背着锅碗瓢盆走在大道上。万人空巷，所有维罗纳人都来围观。我都不知道维罗纳竟然有那么多人。我怀疑不只维罗纳人，半个意大利人都来了。你能想象吧，一个孩子在满坑满谷的人堆里，那完全可以忽略不计，像一滴水掉进亚得里亚海里。我和弟弟都想看阅兵。出门时父母让我务必牵好弟弟的手，丢了可能就永远找不到了。我向父母保证，一定圆满完成任务。为确保万无一失，我找了根绳子分别拴在我们俩腰上，被挤脱了手，腰上的绳子还连着呢。那天的人是真多，这辈子我再没见过那么多人。我死死地抓着弟弟的手，还是被人流挤散了。问题是，当我们被挤散时，绳子不仅不管用，还影响了我挤过去抓弟弟。绳子那头早被他解开了。我想去抓他时，旁边的人不断地踩着绳头，我的腰被牢牢地拴住。我弟弟又消失了。"

"后来呢？"

"接下来的阅兵我一眼都没看进去，一直找到大街上空无一人。风吹起满地垃圾。维罗纳在拉丁语里，意思是极高雅的城市，那天我觉得到处是垃圾。我不敢回家。天黑了，我在大圣泽诺教堂下遇到我父母和仆人。他们说，能联系上的亲戚朋友全发动起来了，大部分都去郊区找了，如果在大街上还能再遇到一个人，那也是帮忙找我弟弟的。"

"他们没收拾你？"

"没有，哪有时间收拾我？喝茶。"小波罗把最后一点茶平分到两个杯子里，"我们去了阿莱纳圆形大剧场，去了朱丽叶老家，连朱丽叶的墓地都找了。最后你猜怎么着？这小子在阿迪杰河的一个桥洞里睡着了。这小子！"小波罗大笑起来，一直把眼泪笑出来才停下。

谢平遥把茶喝掉。他没觉得有什么好笑。

"我弟弟不在了。"小波罗声音沉下来。他把茶壶盖打开，倒出茶叶，一片片叶子在桌子上摆出来，"我是说，我弟弟他死了。"

有点意外。不过使使劲儿也能猜得出来。"对不起。节哀顺变。"

"他怎么就死了呢？小时候我恨死他了，没事就玩消失。现在要真是玩消失多好。照你们中国人的说法，我愿意天天给菩萨烧高香。"

"中国人还有句话：生死有命，富贵在天。"谢平遥说，"要不再泡一壶？"

"饭吃了一半，门房通知说，有人找，他就出去了。再没回来。"

"谁找你弟弟？"

"谁知道。门房也不认识。据他描述的那人长相，有人说是黑手党。可黑手党漫山遍野。"

"哦。"

他不知道小波罗的弟弟是谁，也不知道他到底死没死；若死了，也不知道死于何时何地，死于何事。他只能沉默，实在不知道该说什么，尽管此刻沉默也不合适。他不太适应小波罗的性格，平常嘻嘻哈哈没个正经，冷不丁又掏心窝子跟你兜底。

小波罗也发现自己一不留心说进去了，赶紧调整面部肌肉，让眼睛和腮帮子一起笑起来。他笑眯眯地摸着小胡子，说："我给那哥儿俩拍的三张照片里，妈的，至少有一张是好的。"

一觉醒来，过了镇江。确切地说，错过了镇江。一路上的水文和景色，镇江的和之前的差别不大，遗憾尚可忽略，小波罗可惜的是没能进镇江城里，也没有在南北运河的交汇处停下来认真看看。他睡过了，谢平遥睡过了，邵常来也睡过了。当时清醒的只有老夏和大徒弟，半夜里他们俩悄悄地把船从码头里摇出来，趁着夜风升起帆，一路长驱北上。夜间轻易不行船，天底下黑，运河里更黑；正因为水面更黑，倒跟周边区别开来，加上夜航船又少，师徒俩瞪圆了眼看前方，却也一路平安顺畅。都说夜路走得更快是错觉，但以这一次师徒两个的经验，夜路的确走得更快。

等小波罗和谢平遥他们被旁边船上的叫卖声吵醒，已是大清早。每日三餐的饭点上，都会有轻便小船在繁忙的水域上来回跑动。此刻，大嗓门儿的老板娘在一遍遍重复早餐的种类：豆浆、烧饼、油条、豆腐脑、稀饭、包子、蒸饺、窝头、面条，还有咸菜、豆腐干和酸辣椒。小波罗推开窗户，看见水汽氤氲的河面上错落行走着的几艘船，如同穿行在仙境。因为雾气流转升腾，老板娘站在船头叮叮当当地敲着碗盆的喊叫声也突然变得邈远，矮矮胖胖结实的老板娘，在小波罗眼里像仙女一样风姿绰约。更渺远的岸边生长着影影绰绰的芦苇和野草，跟昨晚睡前的清明夜色比起来，眼前的雾中风景让小波罗有点糊涂了，有隔世的迷离。他拍着墙问隔壁，现在到哪儿了？谢平遥也刚醒，打开推拉门出来问船家。睡足了一夜刚换过班的二徒弟说：

"正往扬州走。"

"镇江呢？"

"被你们睡过去了。"二徒弟笑嘻嘻的，很为自己这个别致的说法得意。好像他一直醒着，眼看着镇江被一寸寸迎过来又被送走。

谢平遥一拍巴掌，在小波罗的计划里，是要去镇江城里转一圈，再好好看看南北运河是如何在此地交汇的。他后悔没有及时提醒老夏，但又记得似乎说过。就算不特别交代，也不该把如此重要的地方省略过去啊。他正犹豫怎么跟小波罗解释，老夏过来说：

"对不住，我做的主。这一段的费用可以单独挑出来，算我的。"

"不是钱的事。"

"我知道。"老夏说，"是命的事。"

谢平遥停下来，准备等他说完了一并译给小波罗。老夏大喘了一口气，"昨晚上岸置办吃食，撞见那个短袖汗衫了。"谢平遥等他继续说下去。老夏又说了五个字，"他是漕帮的。"谢平遥不吭声了。

漕帮他太明白了。漕帮兴起于清江浦，他就是那地方来的。他司职翻译，但平日里也没少见漕帮的事迹。自雍正二年首创，漕帮倒也做过一些有益漕运和社会民生的好事，河道上的吃拿卡要，漕运和社会上的欺瞒霸凌，官方伸手莫及，漕帮就以民间行会的方式参与治理，灵活迅疾，立竿可以见影，俨然是运河沿线的一股清流。但林子大了什么鸟都有，权力大了也不是说管就能管得住的，慢慢就有了黑帮的性质。谢平遥到漕运总督衙门和清江浦时，因为漕运的式微和官府的管制，漕帮也不复原来的漕帮，慢慢地都从水里上了岸，既有的诸多规矩早已经涣散，牙咬得狠一点的都可以拍胸脯子说自己是漕帮的。打家劫舍的说自己是漕帮的，欺男霸女的说自己是漕帮的，偷鸡摸狗的也说自己是漕帮的。说了你就不敢惹，越发让很多流氓无产者和资深坏人猖狂。

谢平遥在造船厂附近的面馆里吃饭，经常有三两个汉子进来，吃完了抹抹嘴，一句"老子是漕帮的"，就算付了账，转身就走。老板的小眼只是扑闪扑闪，赔着笑，等他们走远了再吐唾沫跳脚骂他们十八辈祖宗。谢平遥头几次见，还正义感爆棚，问店家为何不要饭钱。

"谁知道他们真假，"老板说，"万一是个真漕帮，惹得这些爷心情不好了，带几个流氓砸了小店，我找谁喊冤去？"

"姑息养奸只会愈演愈烈。"

"您是衙门里的，你们管吗？"

谢平遥张口结舌。

"你们都不管，咱这升斗小民哪敢冲上去？冲上去就是找死。"

"那我也说是漕帮的，也可以免单？"

"您是大人，我相信您一定不会这么干。"

谢平遥脸红一阵白一阵，真不知道老板是夸他还是骂他。

另有一次，那会儿他还在衙门里，分管宝应和淮安之间河道的漕帮头目来闹事，要求提高关卡的税收分成。理由就一句：兄弟们活不下去了。安抚的官员奇怪，两个月前不是刚提了一个点？闹事的说，这两个月我兄弟的人数增了两个点。安抚的官员一甩袖子，那是你们的事。闹事的说，我们只是及时向大人汇报，怎么做大人看着办。兄弟们要是饿得跌跌爬爬，不小心打碎点啥，您大人有大量，也请多包涵。他们是短衣，没长袖子可甩，就甩甩手，走了。接下来轮到安抚的大人围着一棵石榴树转圈子。转了几十圈，大人停下来，对旁边端着纸笔伺候的下属说：

"娘的，再提一个点。"

下属提笔蘸墨，"大人，当真提？"

"不提，捅了娄子算你的还是算我的？"大人对着皇城的方向遥远地一抱拳，"咱们做臣下的，当以江山社稷为重。上以广朝廷之仁，下以慰父老之望。"

由此，漕帮在老夏那里的弦外之音，谢平遥一清二楚。

船主遇到短袖汗衫纯属偶然。黄昏时他们到达靠近镇江城的最大一个码头。跑长途的老大和水手们积累了丰富的经验，心得之一是：若非必须，少在城市里夜泊，一是拥挤，进出码头麻烦；二是费用高，泊船的钱贵，采买生活补给的花销也高。穿过护城河，十米之外物价翻倍是常事。黄昏降临，离城还有一段距离，老夏决定休息，泊靠在近城的一个古镇上。停当下一个好位置，老夏嘱咐大徒弟守船，他带二徒弟和邵常来去集市。谢平遥陪小波罗上岸就近逛逛，差不多的时候回船吃晚饭即可。

小波罗和谢平遥去了镇上一家老府邸，南宋一个进士修的。

可惜该进士几代之后断了香火，大宅子被别人轮流住，五六十年前开始荒废，因为总闹鬼。当地传闻，每月初一、十五的后半夜，天井里就有歌哭同时响起，腔调陌生，声音有种陈旧的沙沙声，仿佛穿越了漫长时空，风尘仆仆地赶到这个巨大的院落里。小波罗他们俩进到府邸，看到房屋倾圮，雕梁画栋油漆落尽，不免心伤。唯一的生气是满目的荒草和十来个乞丐、流浪汉，他们不怕鬼。不怕鬼的还有在宅子里穿梭的狐狸和黄鼠狼，见到洋人也傲慢地竖起大尾巴。

集市旁边是货运码头。该买的都买了，老夏师徒和邵常来准备回头。也怪老夏自己多事，他想看看镇江这边上下的都是哪些货。时局堪忧，客船的生意越发难做，他早就谋划，寻合适的时候改行货运。二徒弟和邵常来在水淋淋的石阶前等，老夏背着手一家家货船看过去。一家刚装好大理石的船靠在码头上，船不大，装货也不多，但吃水很深。他看了半袋烟的工夫，想这大理石可能往哪里运。运河上走大理石船，跑船的都知道。因为船重，一般船都不敢碰，撞一下得散架，所以见了就礼让三分；承运大理石是个苦差事，挣的是血汗钱，跑船的就无所顾忌，起了纠纷可以不要命，搬起石头就砸。老夏看完了，继续往前走，一抬头，看见傍晚的光线里站着的短袖汗衫。穿的还是短袖汗衫，换了另一种灰麻色的。尽管天色暗淡，老夏还是在一瞥之间看见短袖汗衫的目光，也就是说，短袖汗衫也看见他了。老夏低下头，装作赶路要紧，也不再看下去，急匆匆离开了货运码头。边走边在脑子里回放看见短袖汗衫的场景：先是短袖汗衫，然后是他的目光，然后是他周围的几个人。几个呢？五个？他闭上眼，看见了六个人。一个穿长衫，五个短打，六张陌生的脸。然后，他看见他们身后搭的一个凉棚，四根木桩，棚顶苫的是船上常用的雨布，一张桌子和几把椅子。然后，他看见了那面绣着一个金黄的"漕"字的红色三角旗，背后立刻出了一层汗。这样的旗子见过不少，颜色和形状各不相同，意思一样：漕帮。往前数五到十年，见到这样的旗子等于见到亲人；现在遇上，只能怨你运气不好，出门撞见了鬼。他没声张。回船上引火做饭，吃完了收拾停当，各人该干什么干什么。他跟大徒弟醒着，等其他人睡着了，码头也安静下来，解缆起锚，篙下水务必要轻，让船悠悠地走，如在梦中。

从城外绕过，船行顺利，一路把天走亮了。

小波罗打开窗户问："到底怎么回事？"

"为避开漕帮。"谢平遥站到小波罗的床前。小波罗光着膀子坐在床上，他喜欢裸睡。为了让小波罗迅速明白问题可能的严重性，谢平遥补一句，"这个漕帮，你知道的，有时候像意大利的黑手党。"

小波罗身上瞬间起了一层鸡皮疙瘩，扑通躺回到床上，说："妈的，好吧。"

远远看见扬州城，船老大就提醒小波罗和谢平遥，准备好下船。想看多久看多久，扬州是个慢城，可以把镇江的时间补回来。

最后他对谢平遥嘿嘿一笑，"还有漂亮女人。"这句话谢平遥也给小波罗翻译了。小波罗打了个响指，也嘿嘿一笑，必须的，马可·波罗为扬州广而告之，整个欧洲都知道这地方出美女。小波罗甚至说得出扬州为什么是个"美女窝"，很简单：南来北往的男人多，南来北往的女人就多，南来北往的美女自然也多。运河线上的国际大都市嘛，漕运的中心，江南漕船都要汇集于此，名副其实的"销金窟"，就像威尼斯。

老夏对女人的事不避讳。吃了大半辈子水上饭，跑长途的孤寂枯燥，他早体味到了骨头里。在他的理解里，男人需要女人，跟船需要水一个道理。小波罗更不会遮遮掩掩。李赞奇特别交代过，小波罗是个"正常男人"，罗密欧和朱丽叶的老乡嘛，情感啥的需求多一些很正常。谢平遥回他，什么是"不正常男人"？李赞奇说，不是不正常，是不能"正常"。咱们喜欢走极端，要么动辄三两下把自己扒光，要不就衣服穿得太多，左一件右一件，身上穿一堆，里三层外三层，头脑里再穿一堆，怎么脱都脱不彻底。别不好意思，咱俩都是。谢平遥不置可否，但他知道李赞奇也知道，他说得一点都没错。

进扬州城之前，谢平遥对女人存了一份心，但结果并不让人满意。他和小波罗去对了地方，却见错了人。就因为进"众姑娘教坊司"之前，两个人顺道逛了一家倒闭的刻书局。

如果那家名为"仓颉"的刻书局不是在去众姑娘教坊司的必经之路上，如果仓颉刻书局不倒闭，门口不挂着一个"废旧雕版折价鬻售"的招牌，他俩也不会侧个身就进去了。"鬻"字让小波罗大开眼界。到目前为止，他来中国后，这是他在招牌、告示、标语上见到的最繁复的字，他猜这个眼花缭乱的字一定极高深。谢平遥告诉他，没什么高深的，主要有两个意思：一个是稀饭；另一个是卖，买卖的卖。这地方原来是印书的，现在干不下去了，印刷的工具在降价处理，卖。小波罗一定要进去看看，他说：

"下半身的问题很重要，上半身的问题也很重要。"

谢平遥想，这就是他妈的区别，这句话要他说，他一定会说成个比较级："下半身的问题很重要，上半身的问题更重要。"

仓颉刻书局倒闭了真是可惜，完好的雕版就不说了，单要处理的残破缺损雕版就让谢平遥眼珠子往下掉。有《注东坡先生诗》，有二十四史，有白居易的《白氏长庆集》，有《山海经》，有《水经注》，有龚自珍的《己亥杂诗》，还有《竹西花事小录》。店主特地给谢平遥推荐了后者，拿出一册书，书就是那些雕版印出来的。此书谢平遥听过，读书时有个爱钻牛角尖、好读生冷偏僻之书的仁兄，对这本书有所涉猎，唾沫星子飞溅地给他们比画过。此书刊行于同治年间，由芬利宅行者所著，把扬州竹西一带的八大家青楼详细捋了一遍，既是当年竹西妓院行业一份翔实的调查报告，也是当时最可靠的买春指南。芬利宅行者把八家妓院的四十六名人见人爱、花见花开的名妓写得风流饱满，一时间，不少男人听见书名就开始流口水。谢平遥很想买下，无奈囊中羞涩，打过折那些雕版也不是个小数。店主也没指望他买，只想让他推荐给小波罗，钱这个问题上，洋人多半更靠谱。小波罗也喜欢，哪一块他都喜欢，因为不认识汉字，哪一块对他来说又都一样，所以又不必非得买《竹西花事小录》。他跟谢平遥说，东西太多带不了，辽阔的大清国他才走一小半，好东西肯定不可错过，但也只能意思意思了。何况，马上还要去那啥呢。谢平遥就给他推荐了《己亥杂诗》中的一块破损的雕版。那块里有他非常喜欢的一首诗，前些天刚刚重读过：

少年击剑更吹箫，剑气箫心一例消。
谁分苍凉归棹后，万千哀乐集今朝。

他自己挑了一块康有为的《日本书目考》的雕版，不大。发现此书的一部分雕版他有捡了大漏的惊喜。上海大同译书局四年前（1897年，丁酉年冬）的那个版本，他读过。此书名为考辨书目，实则别有怀抱，记述了南海先生很多想法，后来戊戌年的维新，与之一脉相承。没想到仓颉刻书局也会有。

店主先用宣纸再用棉布把雕版分别包好，两个人每人抱一块雕版进了众姑娘教坊司。这地方是老夏从同行那里打听来的，说肚子里有墨水的人爱去。听名字就有文化。教坊司在过去是朝廷管乐舞的机构，后来成了培养能歌善舞的艺伎的地方，再后来，比如现在，就剩个好听的名字了，跟《竹西花事小录》里的那八座青楼没任何区别。但它的名字真是好听，"众姑娘"充满喜兴，大有来此即可阅尽人间春色的丰沛之感，而"教坊司"等于在"妓院"两个字上蒙了一块遮羞布。必须承认，有这块布跟没这块布还是有很大区别的。来教坊司的男人理直气壮，总认为去的地方光明正大、高雅脱俗。

众姑娘教坊司的装潢确实相当高雅，毫无香艳和欲望气息。谢平遥也以为进的是一家书院，满墙挂的都是文人字画，他数了一下，"扬州八怪"的字画差不多齐了。小波罗也以为走错了地方，他跟谢平遥说，看到大堂这架势，他觉得"下身一凉"。老鸨上来迎客，大人、先生、爷地叫，好像来这地方的不是大人就是先生就是爷。她给他们两人简要地介绍了"众姑娘"。姑娘都在雅间里，每一个都色艺双绝。这一边的雅间是来文的，房间名取自《诗经》，比如"关关雎鸠"之类，听着挺素；那一边是来武的，房间名皆活色生香，如"柳浪闻莺"等等。谢平遥还没弄明白文和武的区别，小波罗等不及了，一个劲儿给谢平遥比画。不要谢平遥翻译，老鸨也看明白了小波罗的口味，她往武的那边欠了欠身，"洋大人，这边请。"小波罗也不客气，把自己的雕版往谢平遥怀中一塞，屁股一扭就跟老鸨去了，拐杖也来不及挂，拎在手里催老鸨快走。老鸨走几步，回头对迎面过来的另一个女人说：

"天香妹妹，伺候好那位爷。"

天香年纪稍小一点，长得也漂亮，她问谢平遥："这位爷，您是这边，还是这边？"张口的时候能看见左边露出一点小虎牙。

谢平遥已经出了一身汗。妓院他不是头一次来，在翻译馆时，跟几个光棍同事去过两次上海的妓馆。但那是团体作案，羞怯和不安大家分摊，落到他头上的已经不多了。那两次去的是同一家，那家的装饰一看就是干这营生，进了门就让你感受到，身体的快乐至高无上，是绝对的硬道理，房间里不仅有陈旧的春宫图，还有拙劣的西洋裸女的油画。每一个细节都在鼓励和催促你，节制和安宁在那里是非法的。就算满眼满耳的鼓励，谢平遥还是别扭，他始终克服不了一个障碍：两个从未谋面的男女，突然以如此坦陈的方式彼此深入，而结束之后如同从来没见过。这感觉很怪，类似恍惚，他忍不住要想，在此之前对方在干什么，在此之后对方又会干什么。

"我说爷，要不您也来武的？"

他在天香狡黠的微笑里看见了安稳的世故和欲望。他不知道她是管事的还是做事的。他觉得自己瞬间膨胀起来。他解开脖子底下的盘扣，说：

"春天了，我想先凉快一下。"

天香笑了，牵起他的左手，以过来人的洞明和怜爱在他手心里挠了挠，"请随我来。"

会客厅里有两个老男人在说话。长衫，瓜皮帽，跷着二郎腿在喝茶。连着四把太师椅，谢平遥在第三把上坐下，与长衫外穿丝绸马褂的男人隔着一张红木茶几。那人五十岁上下，胡子细长，喝茶时关不着胡子什么事，他也不厌其烦地屡屡将它理到一边。谢平遥顺手把两块雕版放在两人之间的茶几上，咚一声，丝绸马褂瞟了一眼，继续跟他旁边的瓜皮帽说话。

瓜皮帽说："一言难尽哪。"

"有什么难尽？"丝绸马褂哼一声，"依我看，就一条，乱世须用重典。别给点颜色就算了，索性开他个染料铺！"

天香给谢平遥斟过茶，说："有事可随时找我。"临走又拂一下谢平遥的手面。这个小动作没逃过那二位。

瓜皮帽说："天香姑娘还是喜欢年轻的啊。"

丝绸马褂用下巴指指天香，说："你个老东西，你不也是见着年轻貌美的就往上蹭吗？"

天香捏出兰花指，嘤咛一声，做着涩状，"两位大爷太坏了，吃着碗里看着锅里。"

"碗里是碗里的味儿，"瓜皮帽说，"锅里是锅里的味儿嘛。"

天香甩一甩手，飘飘举举已出了门。

"年轻就是好啊。"丝绸马褂又瞟一眼茶几上的雕版，"这位爷，这方方正正的是什么宝贝呀？"

"雕版。"谢平遥喝了一杯茶，窘态差不多平复，再一杯茶的工夫，他就可以去找天香，"前面仓颉刻书局处理的。"

仓颉刻书局让丝绸马褂有了兴趣。"他们家呀 —— 可以欣赏一下吗？"话说了半截子。谢平遥把包裹推过去。丝绸马褂打开包裹，把雕版端着放远了看，"哦，龚定庵的。他们家爱干这个。"他反着看字也把那首诗念了出来。放下。打开另一个包裹。远看近看，正看侧看，口中念念有词，"这谁写的？腔调有点眼熟啊。"

看了半天，最后说，"没读过。什么书？"

"《日本书目考》。康南海先生著。"

会客厅里突然安静下来。等丝绸马褂啪的一声把雕版蹾到茶几上，谢平遥才意识到那个瓜皮帽有一会儿没出声了。

"就是这个康有为，坏了我大清朝的规矩！"丝绸马褂蹾下雕版，拍案而起。

"还有那个梁启超！"瓜皮帽也站起来了。

在妓院里谈论起时事，谢平遥有点反应不过来。

"我想请问阁下，为什么买这两位的雕版呢？"丝绸马褂问谢平遥，"龚自珍、康有为，倒是同路人啊。"

谢平遥的经验之一是，决不跟脑子生锈的人谈政治，"碰巧见到，就买了。"

"为什么不碰巧买曾文正公和徐桐大人的？李中堂李大人的也行啊。"

"没见着。"

"不这么简单吧？"

认准了你怎么解释都没用。谢平遥想，不跟他们啰唆，直接来个釜底抽薪的，"康南海也罢，徐桐也罢，李中堂也罢，跟咱们有关系吗？咱们三个就是嫖客。"

"这话我不爱听。咱们不一样。"丝绸马褂说，"鄙人嫖的不是维新的妓女。鄙人嫖的妓女是小脚，还要三从四德，她们还没把自己给变法了！"

听见动静，天香进了会客厅。她对国事不感兴趣，康有为、李鸿章是谁她也不关心，她只想和气生财。"三位爷，三位大人，千万别在咱这地方辩论大事，影响情绪。情绪不好，各位爷都知道，坏了好事还是次要的，伤了贵体那就事大了。"她先安抚瓜皮帽和丝绸马褂，"二位爷，你们再喝两盏，茶钱一概免，算小女子天香的。"接着拉谢平遥的衣袖，"这位爷，我看您汗也晾得差不多了，良辰苦短，韶光易逝，您再不抓点紧，那位洋大人好事结束了，他那爪哇语咱们可听不懂啊。"

丝绸马褂说："天香姑娘，还有什么洋大人？"

天香知道说走嘴了，赶紧找补，"哪有什么洋大人，那位爷姓杨。"

丝绸马褂哪里肯信，"天香姑娘，事关民族大义，出言务请慎重。"

天香捂住了嘴。瓜皮帽一阵疾风，已经出了门，大厅里传来他的声音："那个洋鬼子，在哪儿？"谢平遥跟着也出去，小波罗是他带过来的。谢平遥出门了，丝绸马褂也跟着出去，顺手抓上雕版，一手拎一块。谢平遥看见老鸨在大堂里跺脚，喊着快来人快来人。她刚才被瓜皮帽抓住了领口，质问洋鬼子在哪儿。为了能喘上口气，她供出了小波罗的雅间——"鸳鸯交颈"。瓜皮帽在走道尽头拐了弯。丝绸马褂轻车熟路地追上去，嘴里说："等等，给你家伙！"谢平遥又跟在丝绸马褂后面追。

众姑娘教坊司开业以来大概从没遇到此种荒唐事，嫖客打着民族大义和家国情怀的旗号干起来了。该事件的结果是这样的：丝绸马褂给了瓜皮帽一块康有为著作的雕版，瓜皮帽就一脚踹开"鸳鸯交颈"的房门；可怜的小波罗正在忙乎，一抬头，脑门上被瓜皮帽来了一雕版；瓜皮帽再想来第二下，小波罗已经从床上跳下来，他抓住瓜皮帽的胳膊一用力，瓜皮帽被甩到了床底下；丝绸马褂也举着雕版要冲过来，半路上被小波罗光脚踹了回去。小波罗放倒了两个人，抹了一把额头上的血，在被子上蹭干净手，意犹未尽地拿起衣服开始穿；穿衣服时问谢平遥：

"这两个货被疯狗咬了？就凭他俩，也想谋杀老子？"

他穿好衣服，众姑娘的护卫也到了。老鸨没为难丝绸马褂和瓜皮帽，他俩显然是常客，似乎还有点地位。让道歉肯定不可能，医药费也抵死不给，老鸨只好以众姑娘的名义出。她让谢平遥翻译给小波罗，对不住了，就是点意思，止住额头的血是足够的。此外，小波罗这次免单。

"抱歉抱歉，"老鸨说，"欢迎下次再来。"

"心情坏了。"小波罗说，"走了。"拎着拐杖气鼓鼓地跟谢平遥离开了众姑娘教坊司。出那条街后问谢平遥，"你呢？"谢平遥两手一摊，耸耸肩。临走时天香姑娘又在他手心里挠了挠。挠在手里，痒在心中，但咬牙止痒，他咬了咬牙，跟小波罗出了众姑娘教坊司。没忘记那两块雕版。

回到船上，谢平遥到自己卧舱找龙泉印泥。印泥含朱砂、珍珠粉等成分，有消炎止血之功效。最早的著名印泥品牌之一，福建漳州丽华斋的八宝印泥，当初就是作为治疗外伤的"八宝药膏"用的。他拿着印泥敲小波罗的舱门，小波罗在里面窸窸窣窣半天才开门。谢平遥打开印泥，挑出一坨，往小波罗额头上抹。消炎止血也很重要。

单子上列了一长串，在扬州要做的事很多。小波罗拿过笔，最先点的是紫藤街附近的府衙，他认定马可·波罗在那里管过事；接着点耶稣圣心堂，然后才是御码头和其他地方。出门时他又改了主意，决定先去教堂。

谢平遥陪同两个比利时专家来过扬州，听说过这座耶稣圣心堂，那时候还没彻底建好。府衙里的官爷陪他们到富春茶社吃早点，在热气腾腾的千层油糕和翡翠烧卖的香味里，这座在建的天主堂成了当地人最重要的谈资。因为地处缺口城门旁边，他们习惯叫它"缺口天主堂"。当时来去匆匆，只闻其名，未见其实。这一次见到了，发现这教堂确实有点意思。中西合璧：中世纪的哥特式教堂建筑，坐西朝东，有两座十七米高的钟楼；教堂前有中式的大门和照壁；磨砖刻的门楼，上方正中嵌着"天主堂"三个字。再往前，是两棵不太粗的悬铃木。被称作"法国梧桐"的树，在扬州还很稀罕，前几年刚从上海移植过来。上海的悬铃木本是从英国引进的，但因法国租界里种得更多，叶子又像梧桐，阴差阳错，成了"法国梧桐"。

教堂沉重的门紧闭，四周静极，侧耳才能听见远处有人叫卖豆腐和香干，偶尔几声鸟叫，也不是从悬铃木上传来的。谢平遥叩门，没反应。小波罗把拐杖夹到腋下，直接推开了。尽管彩绘玻璃透进来半中午明媚的天光，室内十根粗大的柱子伸出的烛台上，以及中间的祭台上都点着蜡烛，教堂里还是显得幽暗。祭台上供奉的耶稣圣心像，在烛光里幽幽地闪动。让谢平遥心惊的是祭台前安静垂首的十来个人，两个外国人，其余都是中国人，女人衣服肥大，男人拖着辫子。门被缓慢推开，声音低沉，他们惊恐地睁大眼睛，集体向门口转身；与其说他们被开门声惊动，不如说那个不断生长扩大、变换形状的明亮光块刺激了他们的眼。

身材高大、一身黑色法衣的神父用英语问："你们是谁？"

小波罗说："我从意大利来。"

旁边的一位身材瘦小的神父用意大利语问："意大利哪里？"

"我叫保罗·迪马克，维罗纳人。"小波罗也用意大利语回答。

自此之后，他们一直用意大利语交流。谢平遥不懂意大利语，只能坐在一边礼貌性地点头示意。一旦需要他对某个问题做出解释，他们会转用英语问他。和他一样，那位身材高大的神父也不懂大利语，他跟瘦小的同事交流用的却是德语；高神父与小波罗交流时，高神父的德语由矮神父翻译成意大利语转述给小波罗。也就是说，除非某个话题跟谢平遥有关，他才能听到英语，其他时候穿梭于他耳边的只是听不懂的德语和意大利语。很快他就明白，他们在委婉地回避他。坐了一盏茶工夫，礼貌尽到了，他借口瞻仰教堂的其他部分，起身离开高神父的会客室。

关上房门的一瞬间，他看见高神父激动地站起来，挥起紧握的拳头，一张白胖的脸像面团一样突然收紧。尽管谢平遥不懂德语和意大利语，但它们和英语同属印欧语系，部分词句在发音和语法结构上有其相似性，有些关键词也能猜个八九不离十。他们的谈话中出现过义和团、扶清灭洋、八国联军、北京、使馆、大清国的皇帝和皇太后，还几次出现过同一个人名：费德尔，费德尔·迪马克。

十几个中国男女此刻按顺序坐在一排排长椅上，一个戴眼镜的斯文男人给他们讲解《圣经》。推门而入的时候，这些人对谢平遥十分警惕，听到小波罗会说洋话，稍稍放松一些，及至他们和神父进了会客室，他们才算真正安下心来。现在谢平遥坐在最后一排椅子上，他们也不过回头看一下，讲的接着讲，听的接着听。戴眼镜的斯文男人在讲摩西带领以色列人穿过红海的故事。

埃及人的骑兵翻过山冈，马蹄和战车扬起的尘烟升到空中，由远而近，眼看追上来了。摩西把拐杖插入大地，一时间风云变色，天暗下来。红海开始动荡，沿着一条线向两边掀起巨大的波浪。如同拔地而起，波浪变高变大，直到成为两堵冲天的高墙：红海用波浪阻挡波浪，用海水隔绝海水。在两堵愤怒的水做的高墙之间，是一条布满沙石的干燥的海底之路。幽暗的海水让白天变成夜晚。摩西拔出拐杖，转身对以色列人振臂高呼："跟我来！"以色列人在埋锅做饭的地方点燃火把，高举火焰跟随摩西。海水的喧嚣此刻已然止息，世界如此安静，"主与我同在"，只听见众口一词的虔敬的颂祷之声，他们穿过了红海。

多年前谢平遥读过《圣经》，这一段原文早已经记忆不起，跟戴眼镜的斯文男人讲的肯定有所出入，但他不得不承认，此人的演绎庄严生动，如同眼前的这座教堂本身。讲完了，其他人开始小声讨论，戴眼镜的斯文男人走到谢平遥旁边坐下。"见笑了。"斯文男人说。

"不，肃然起敬。"

"你相信主与我们同在吗？"

谢平遥摇摇头，"但是你信了，他就在。"

斯文男人对他抱抱拳。有人叫他，他们有了新的疑问。谢平遥想等他回来再聊一会儿，他相信他们俩还可以聊出很多更有意义的东西。这时候，小波罗和两位神父从会客室里出来。他们得去下一个景点了。

府衙进不去，守卫的两个士兵歪戴凉帽，长矛和苗刀横在胸前。官方重地，闲人免进。府衙门敞着，朱红的大门油漆剥落，门两边的狮子比士兵不知道得威武多少倍。小波罗把脑袋闪到一边，脖子绕过长矛和苗刀的夹角往里伸，看见了高大的门槛后面的那条青砖道，砖缝里长出青草，路两边零散栽了几棵树，有松柏、槐树和海棠；再往前，是大堂，隐约能看见堂上的桌椅和墙上悬着的匾额，不知道上面是哪四个字，大堂光线有点暗。这一进院子到此结束。后面还有几进院子，那些院子和房间用来干什么、有什么人，只能猜了。

小波罗缩回脑袋，说："老马可就待在这里做官？"

"那也是他自己说的。"

"威尼斯人说他在扬州赚了满满一屋子的金银，每顿饭有十四个如花似玉的姑娘陪着吃。"小波罗让谢平遥翻译给守卫的士兵。这句话有点无聊，翻译给士兵听更加无聊，不过谢平遥还是照做了。士兵的反应完全在谢平遥意料之中。他们板着脸，跟没听见一样，唯一的反应是把戴歪的帽子扶正了。小波罗有点失望，自言自语，"反正我信了。"这句话不需要翻译，但谢平遥顺嘴给译出来了。一个士兵先笑，另一个跟着也笑。为什么笑，谢平遥不知道，但他们笑得很开心，好像小波罗"信了"是个笑话。小波罗对谢平遥说："你信不信，我再说几句，门旁的石狮子都得笑。"

他们围着府衙转了一圈。小波罗还想再转一圈，但两圈跟一圈没任何区别。除了朱红的高墙，他不可能看到更多。他们就去了天宁寺西园，御码头在那里。

皇帝们沿运河下江南，都要在这里下船。谢平遥跟小波罗讲起《石头记》。《石头记》在中国相当于但丁的《神曲》，作者曹雪芹。曹雪芹的祖父曹寅做过苏州织造、江宁织造和两淮巡盐御史。织造和巡盐御史是个什么官，谢平遥跟小波罗说不清楚，反正官挺大，要不康熙也不会让他在西园的御码头接驾。在西园，曹雪芹的祖父还奉命刊刻过《全唐诗》。

中国文化博大精深，小波罗再好学，听起来还是颇为吃力，听着听着就走神了。那天他们把剩余的时间都耗在了西园，不过还是没有留下多少值得一说的事情。小波罗在那天的日记里，关于天宁寺西园和御码头，大部分笔墨都花费在一根马尼拉方头雪茄上。他说那天他在御码头的石阶上坐下来，才发现腿脚和身体以及整个大脑都累了，他点了一根雪茄。那是有史以来他抽到的最香的一根。每吸一口烟，每吐一口雾，都有灵魂出窍的丰美享受，飘飘欲仙，妙不可言，这世上诸事，只有做爱时高潮的前两秒钟可比。他清晰地感觉到身体的每个部分都有一个灵魂，头有头的灵魂，脖子有脖子的灵魂，胳膊有胳膊的灵魂，胸膛有胸膛的灵魂，肚子有肚子的灵魂，一直到脚趾头，脚趾头有脚趾头的灵魂。一口口烟吸进去又吐出来，所有的大灵魂小灵魂都飘飘悠悠地出来了。那个美。他写道，雪茄的香味吸引了很多扬州的烟鬼，他们围坐在他周围，抬头闭眼，如在梦里，享受他的二手烟。还有两条野狗，平常见着他这个异邦人就咬，那天一声没吭。它们在码头低三级的台阶上趴着，如醉如痴，费了好大劲儿也只能睁开半只眼。

扬州虽好，路还是要走。小波罗的好处是，你让他在一个地方待多久，他都能给自己找到乐子，玩得有滋有味；你跟他说得撤了，他拍拍手，转身就能跟你一起上路。在船上他也过得快活，喝茶聊天，看看书记记东西，拿相机拍照，遇到分汊的水道，也会拿出罗盘装模作样地看看。抽完自己的烟若是觉得还不到位，会向老夏借他的旱烟袋过过瘾。他觉得老烟袋里积了多少年的烟油香得要命，还跟老夏讨价还价，想把一尺多长的老烟袋买下来。老夏不卖，跑长途轻易不敢喝酒，女人也难得碰上一回，靠的就是这一口老烟。没有抽空这点吞云吐雾撑着，从南到北一路跑下来，那要把人腻歪死。年轻的时候他跑长途，带过一条狗，好吃好喝地伺候，一趟下来三四个月，那狗最后还是没扛住，跳下水游到岸上，宁愿做条野狗。

船一直在走，三餐饭都是在行进中吃。下扬州的好时间尚未过尽，进入4月多日，天更暖和。两岸草木一片勃勃的嫩绿，绿中又有点透明的黄，美得让人心疼。与丰饶的野地相违和的是，河堤上零星走着几个乞丐，衣衫褴褛，裤脚吊在脚脖子之上。大人们拄着木棍，佝偻着腰，整个人被贫穷和绝望压迫得毫无生气。除了食物，已经没有什么能让他们两眼放出光来。而随行的孩子，整个小身体上最亮的地方就是他们的眼睛，因为瘦小，眼睛变得更大，每一艘船过去，他们晶亮的大眼睛都追着看。小波罗让邵常来拿来一堆馒头、烧饼，见到他们就"Hello"一声，用力把食物扔上堤坝。

又经过一艘沉船，老夏提醒，前面就是邵伯古镇和邵伯闸。房屋和村镇陆续出现在河两岸。大大小小的码头多起来。南方的建筑恍恍惚惚地倒映在水里，看不清的行人和动物也在水里走动，仿佛运河里另有一个人间。按照计划，他们得在邵伯镇上置办一下给养，备足了再去等候过闸。

河道悠长，拐个弯，果然看见遥远处一片辽阔的水面。那片大水上密密麻麻停着无数条船。

二徒弟叫了一声："妈呀，这得多久才能过完。"

小波罗知道遇到了传说中的状况，从椅子上站起来，很是兴奋。邵伯闸是运河上的重镇，要害所在，南来北往的船只都经过这里。只是大清国地势南低北高，此地水位南北落差明显，邵伯闸只能采用三门两室的方式分级提水，让船只通行。三道闸门，两个闸室，提起，放下，再提起，再放下，如此反复。闸室又小，一次进不下多少条船，两边的船只积压得就很多。淡季当天通航还有可能，漕运和水运旺季，或者赶上天旱水位上不来，憋个十天半月都不在话下。老夏说他在邵伯等候过闸时睡了这辈子的第一个女人，没任何问题，等这么久，认认真真生个孩子都来得及。积压这么多船，一想到接下来漫长的等待，大家都着急。小波罗不急，既然等待是经行运河的必由之路，为什么不好好感受一下这个等待呢。

他们在邵伯镇下船。以老夏的经验，这么多船起码要等四五天，所以嘱咐邵常来备足食物、日用品和水。邵常来买了满满一挑子东西回来。小波罗和谢平遥也在镇上逛过了一圈。船出发，往更多的船里挤。

他们排在最后。如此壮观的场面小波罗从没见过。威尼斯的潟湖里船也不少，城里的河道中也穿梭着很多贡多拉，但跟这里没法比。有的平底货船一支船队就二三十条船，船头连接船尾，浩浩荡荡甩出去三四里地。船的种类也多，漕船、商船、官船、客船、一般的货船、民用的大船小船；有摇橹的、撑篙的、划桨的、张帆的，还有两艘蒸汽动力的小火轮。船的长相也各不相同，有的龙骨高得像个笑话；有的船底平如盘碟，两斤重的鱼甩个尾巴，水花也能溅到船里；有的船舱四周挂满红灯笼，这种船看得小波罗心里直痒痒，听说是妓船；还有雕梁画栋的短途游船，就算堆在船闸前等候，船主也要履行承诺，丝竹管弦嘈嘈切切还在演奏，这也成了一景，引得四周船上等待的人伸长脑袋围观；也有威严的船，不知道舱房里待着的是达官还是巨贾，或者是显赫人家的小姐、亲眷，总之所有门窗都紧闭，窗帘也遮住，外人窥不见其中的细节，连船上伺候人的丫头小厮也极少见到走动，整条船沉默得像一座建在水上的房屋。但这片临时的超大码头吵闹得要死，每人冷不丁开一次口说一句话，码头就像一口滚沸的大锅。水上生活惯了的人嗓门儿都大，隔一条船的距离说话也得声嘶力竭地喊。谢平遥坐在船头的竹椅子上，觉得前边的吵闹声真要把运河给烧开了，他们的船随时可能被沸腾的河水乒乒乓乓地顶起来。

小波罗不让他闲着，让他和邵常来帮忙，他要拍照。一会儿在甲板上拍，一会儿跑到船尾拍，一会儿又要爬到桅杆上拍，那样可以把整个停泊的场面拍下来。上上下下，前后左右，拍了个遍。有人看见他像个笨拙的猴子缠在桅杆上，远远地向他吆喝、吹口哨，他也弄不明白人家是喜欢他还是讨厌他，腾出手来一律送人飞吻。

等他忙活完，拍照的激情耗得差不多，天也黄昏了。水面上升起连绵的炊烟，整个邵伯闸笼罩在晚饭的香气里。

晚饭后，前方有人喊，动了动了。过半个时辰，他们前面的船才开始缓慢地移动。别人动他们也得跟着动，可刚往前挪了不足三丈，又停下来。视野里的其他船也都停下。闸前重新成了一片泊船的大码头。老夏跟小波罗和谢平遥说，困了就可以睡了，下一次再往前挪，恐怕得半夜了，那还得管闸的官爷心情好，心情不好，这就是今天最后一次了。小波罗和谢平遥在甲板上有一搭没一搭地喝茶，有一搭没一搭地聊天，说了些什么他们自己说完也都不记得了。四周的船上有一半点起了灯烛，一半黑着。那些黑着的船头，多半有一两个忽明忽灭的亮光，是船主、水手和乘客们在抽烟。小波罗也在抽烟，想邀请老夏也来一块儿抽两袋，老夏说，他先眯一会儿，半夜还要起来，万一开闸放行，一寸也不能错过。

谢平遥转身，他们后面也聚集了几十艘船。跟他们一样，没点灯火的船上，船头也蹲着一两个抽烟的人。夜幕垂帘，天似穹庐，夜空蓝黑，星星明亮；人声沉入水底，涛声跃出河面，耳边是运河水拍打船舷的轻柔之声，以及船只晃动时木头榫枘挤压摩擦的细碎吱嘎声。偶尔有人咳嗽，早睡的人打起第一声呼噜，说第一声梦话。有人惊呼某个宝贝东西落水里了。有人偷偷摸摸地往运河里撒尿。这就是烟火人生。有那么一会儿，谢平遥觉得自己正在沉入生活的底部，那是种幸福的沉实感，可以不思不动，人被某种洋溢的卑微的温暖怀抱。就是它了，就是它了。他想起生活在清江浦的妻子和一双儿女，无端地为他们甘于平常的生活而感动。然后，困意袭来，他站起身，跟小波罗说了晚安，往自己舱房走。

第二天醒来，谢平遥无从判断夜里他们是否往前挪了若干米。周围还是那些船，要挪也是一起挪，算平移。当然老夏告知，还是挪了，快半夜的时候。一夜又积压了几十艘船，后面的队伍越来越长。一千多年来，这个时候都是运河最忙的时候。他在漕运总督部院时，有个老上司跟他说，如果运河是条死水，每年春夏之交，来往的船只穿行水上，摩擦生热也把河水给煮开了。小波罗又爬上桅杆，他为他们的船被淹没在前后浩荡的大军中大加赞叹。"太他妈壮观了！"他说，全维罗纳人只有他一个人如此幸运，见证了中国运河的强大。不是全维罗纳人，而是全意大利人，全欧洲人。但他攀在桅杆上同时抽动鼻子，闻到了某种怪味。他对谢平遥说：

"什么味儿？"

谢平遥说："屎尿。"

太阳在东方，雾气继续从水面上升起。一夜间河里的便溺味随水汽一起上升。

距闸室还很远，水面就开始收缩，仿如一个漏斗。挤挤挨挨的船慢慢排成两列往前挪。行动迟缓到如果只盯着这一件事，那你简直没法忍受，会觉得那不是慢，而是根本就不动。可做的事反反复复做过了几遍，岸也上了三次，到第三天上午，小波罗的好奇和耐心终于用尽,他第四次上岸。谢平遥跟着他一起,从一条船跳到另外一条船上,直到攀上堤岸。大徒弟也跟师父申请到岸上活动一下。他还记着师父在这个地方睡过一个女人。但他运气没师父那么好,因为上了岸,小波罗突然想看看到底是什么样的船闸竟能慢成这样。

河堤上长满矮小的旱芦苇、青草和很多种野花。一条路被无数双脚光亮地踩出来。他们往远处走,越走越高,最高处是三道闸门和两个闸室。在第一道闸门之前,他们看见了一头伏卧的大铁牛,通体散发着钢铁的幽亮黑光。一个时辰之后,谢平遥一个在船闸执勤的朋友给他们介绍了这头微微仰脸向天、双角尖利的铁牛:长一点九八米,高一点一米,重两吨。

继续往前走,站到最高处,整个船闸的构造一目了然,三门两室尽收眼底。当时正赶上一支运砖瓦的船队准备过闸。该船队有船十八艘,漫长的一支队伍。进船闸之前,先解散船队,第一道闸门提起后,一艘接一艘进入第一个闸室。闸门嵌在两个大石礅子之间。几十个人力光着膀子推动绞盘,油亮的汗珠在绷紧的脊背上滚动,阳光照过来,每个人的身体都在闪闪发光。闸门缓缓地提升起来。一支船队就占满了整个闸室的一边。全进来后,每艘船靠着闸室墙壁,首尾各有一根粗大的缆绳,把船拴牢在墙壁上一个个方框里的铁钩子上,固定的同时,第一道闸门放下,第二道闸门开启。第二个闸室的高水位注入进来,第一闸室水位升高,把船一点点抬起。等第一闸室的水位和第二闸室持平,船驶出闸室，重新进入了运河，然后编队再次进发。当它们驶出第二闸室，开启的闸门又关上。而身后，新的一拨船只已经进入了第一闸室。如此反复。与此同时，南下的船只也循同样程序，与北上的船只相向而行。在闸门升降之间，在闸室注水、水位持平、船只行驶之间，只有闸门前指挥员的令旗在挥动，只有推动绞盘的汉子们齐声的号子在响。运河上的航船得以上下通行。

小波罗咂嘴摇头，感叹不已：自然的伟力不可抗拒，不过是因为没有及时遇到科学合理的人类智慧。如果没有邵伯闸，他将永远不可能坐船沿运河北上，因为没有船闸有效地调节控制水位，运河只会从高至低一泻千里，成为一条无法北上的单向行驶的河流。在世界任何的别一处，他都没见过这般智慧的水利工程。他对打旗语的年轻人竖起大拇指，大叫great。因为小波罗的大喊大叫，从指挥室里出来一个头目模样的人。他的本意是让这几个影响公务的人赶紧离开，走近了才发现，那个大个子竟是个洋鬼子，而旁边戴眼镜的中国人，似曾相识。他对着谢平遥右手食指上下点了十几个回合，突然说：

"您，不是漕运总督衙门的谢大人吗？"

"正是在下。"谢平遥抱抱拳，"敢问兄弟尊姓大名？"

"卑职郑千山。谢大人可能不记得了，几年前，我曾与覃大人一起陪同谢大人和两位洋大人同游淮扬运河。"

有这么回事，但当时陪同的人太多，他只记得那位覃海覃大人了。他们俩聊得甚是投机，于现实的诸多问题皆有共识。可惜一别有年，庸庸碌碌地生活，再没有联系过。"覃海兄他现在何处高就？"

郑千山机警地环视过四周，说："覃大人去年初就已入狱，至今没有消息。"

"愿闻其详。"谢平遥指着大徒弟，"这位兄弟也是自己人。"

覃海比谢平遥大三岁，与谢平遥相见时，已在邵伯闸不挪窝干了八年。邵伯闸身处要害，南来北往的信息比船还多，一个偏安一隅的下层小吏极少有他那样的胸襟和视野，于天下事他都有大见解，所以谢平遥与他聊得契合。人正直，又爱指摘时弊，免不了让人不高兴，去年果然被参了一本。说戊戌新政破产后，康党分子流窜逃亡，邵伯船闸早就接到上峰命令，严格盘查，确保不让一人漏网，但覃某人顶风作案，盘查不力就罢了，还私授盘缠，委托南下的漕船把数名康党运抵了杭州，让他们得以转道福建，最后成功逃到日本。

解释无效。包庇康党是大罪，上头宁信其有，因为你无法证无。好在最终也没法证实，权且免了杀身之祸，草草过堂下了大狱。

郑千山说："说来痛心，让人扼腕哪。"

谢平遥问覃海的家眷现在可安好。郑千山摇头，顶梁柱没了，妻儿老小潦倒度日而已。谢平遥听了更难过，掏出前次上岸时随手装进口袋的零钱，又从小波罗和大徒弟那里借了一些，托郑千山转交覃家老小。世道浇漓，人微力薄，就一点心意了。郑千山谢过，说最近上头有说法，举凡洋人过关，持彼国国旗者，有急务可优先通关，问谢平遥他们要不要试试。小波罗一听，还有这好事，当然要得。

他们回到船上。很快一艘标识"邵伯漕"字样的小船摇过来，上下例行巡视一番后，停在他们旁边。郑千山和两名兵弁挎腰刀立在船上。小波罗记得随身带着一面意大利小国旗，可翻遍了行李也没找到。老夏倒在杂物间里找到了一面旗子，横着三道，红白蓝，再加上竖着三道，也是红白蓝，像一张彩色的棋盘，看得大家眼晕。去年他在苏州载过一个洋人，不知哪个国家的，临别送他的纪念物，他随手扔进了杂物间，竟派上了用场。谢平遥认不出是哪国的国旗，小波罗也没见过，他就不记得哪国的国旗铺到桌面上可以下国际象棋。不过有了就好，反正都不认识，没人敢随便质疑。二徒弟把它挂到了桅杆上，高高地飘在众船之上。郑千山抱一抱拳，朗声说：

"尚大人有令，洋人朋友有急务者，优先放行，以示我天朝怀柔远人、友爱诸邦。各位请随我来。"

老夏与大徒弟用篙撑船出列，随郑千山缓慢前行。尽管吊着的花旗子挺唬人，所过之处免不了还是有人嘟囔。完全可以理解，这样不挪窝漫无尽头地等，谁都着急。郑千山让小波罗、谢平遥都进舱房，闷头发财的事，别吭声。小波罗把茶具端进了谢平遥的舱里，聊邵伯闸之后的行程。船晃晃悠悠地走，正说着，二徒弟敲门，红着脸进来，拿一张纸，想请小波罗和谢平遥分别用意大利语和英语把这一船人的名字写出来。

二徒弟念过两年私塾，读过几本书，会写一些汉字，为了生计，父母把他从学堂里拽出来，交给了现在的师父。他对弯弯绕绕的外国字一直很好奇。谢平遥想，怪不得看书和聊天的时候，经常看到二徒弟往这边凑。只是凑，但不靠近。他还以为是老夏对洋人不放心，派二徒弟有事没事盯着。二徒弟把师父、大师兄和自己的学名告诉他们俩，然后就搓着手腼腆地站在一边，等他们一一用洋文写出来。平常谢平遥都听老夏和大徒弟叫他小轮子，他说那是他小名，学名叫周义彦。

"北宋大词人周邦彦你们知道吧？"二徒弟小轮子说，"我跟他就差一个字。"

小波罗说："要是你跟他一个字都不差，会如何？"

"我会跟他写得一样好。"周义彦挺着胸脯说，说完了，胸脯慢慢塌下来，声音也塌下去，"可惜爹娘不让我读了。"

船猛地一震，咚一声。接着就听到短袖汗衫的声音："这该是洋大人的船吧？"

谢平遥推开门出来，果然看见短袖汗衫两脚分立、抱着胳膊稳稳地站在甲板上。因为甲板比较高，逆光之下，短袖汗衫像威武的铁人，更显高大。他们的船停下了。郑千山的小船也停下了。小轮子赶紧出门，去看在船尾撑篙的师父。

谢平遥说："阁下有何指教？"

"没什么指教，就想问问，为什么别人必须三天五天地等，洋大人坐到船上，就可以优先放行？"

郑千山说："这是尚大人的命令。以示我天朝上国，惠及四夷。"

"我不知道你们什么上大人下大人，我只问规矩。"短袖汗衫整个身体只有嘴在动，现在穿的依然是汗衫，"以为给洋人做奴才的就成了洋奴才了？屁，还是土奴才！"

一名兵弁腰刀抽出了一半，郑千山摁住了。周围船上的人一个个伸长了脖子。他让小船推到谢平遥的船边，跳上船，对短袖汗衫说："兄弟，借一步说话。"他把短袖汗衫带到了谢平遥的舱房里。

进了房间，郑千山说："说，有什么想法。"

短袖汗衫还是抱着胳膊，"洋人的时间值钱，咱们中国人的时间就不值钱了？洋人可以优先通行，咱们中国人就得点灯熬油地等？"

"你想怎样？"

"不想怎样。我就想看看洋人能怎样。"

"我要是不答应你呢？"

"大人看着办。除非大人现在一刀捅死我，要不这近千条船上的老大们，每人喊一声，我确信能把这船闸给震塌了。"

老夏也挤进房间，对短袖汗衫抱抱拳，"这位兄弟是打算盯上我们了？"

短袖汗衫也没客气，"现在不过是盯上。"

"没余地了？"

"没有。"

郑千山一挥手，"好，现在你就给我闭嘴！跟在这船后面走。有人问，就说是迪马克先生的货。"郑千山没再瞧短袖汗衫第二眼，出了舱房。

三艘船在空水道里往前走。有人问短袖汗衫为什么能插队，他说，兄弟，口风要把好啊，插什么队？刚谈了笔生意，一船的大理石都便宜卖给了洋大人，这是洋大人的货，我们也是洋大人的人啦。

进闸室之前先缴过闸税。这个由老夏统一缴，最后凭闸票结算。收税的工曹还跟老夏开了个玩笑："老伙计，拉洋人的船哪，十天里不限来回吧。"

"屁！"老夏没好气地回他，"船多得跟下饺子似的，十天里我不跑路，单过闸，能一个来回老子就知足了。"

前一拨船刚进闸室，他们轮下一拨。等待开闸。进闸室。套好缆绳。随水位升高。等第二道闸门开。出闸室。进入运河。前后折腾了一个时辰。郑千山的小船已经泊到了旁边的巷道里，人进了指挥室。小波罗的船和短袖汗衫的船进闸室时一个队尾一个队首，中间倒也相安无事。重新进入运河后，短袖汗衫在前面等着小波罗他们。他跟谢平遥说感谢。

老夏说："感谢就不必了。这事就算完了吧？"

"没完。"

谢平遥都火了，"你到底想怎么样？"

"不是我想怎么样。"短袖汗衫说，"我想完，北边来的兄弟们不答应啊。"

小波罗问谢平遥什么意思，谢平遥说："他说的可能还不只漕帮，还有义和拳。"据他所知，义和拳被镇压后，很多拳民在当地混不下去，一路南下了，清江浦这样的人就有不少。

老夏朝水里吐了一口响亮的痰，用苏州话骂了一句。他对两个徒弟说："帆涨足，桨划满。走！"

师徒三人各司其职，转眼领先半个船身、一个船身。短袖汗衫的船上货重，水吃得深，很快被抛在后面。

一路疾行。快到高邮地界，老夏提着锤子开始在船上各处敲打，中间还突然降了帆停下。他让谢平遥转告小波罗，有点不对，他得检修一下，可能会影响行程。谢平遥和小波罗对船都外行，念书时一看到几何图形脑仁子都疼，就让老夏放心，该怎么办就怎么办。速度基本没减，但船老大的锤子声和身影出现的频率越来越高，弄得小波罗也没多少心情看风景。春天来势凶猛，一觉起来皮肤的感觉就不一样，野地也一天天厚起来，草木葳蕤。很多野花在河两岸开放，杨柳的枝叶也稠密，中午时分的阳光也经常穿不透，落到地上的影子如同一团巨大的铁疙瘩。他在甲板上抽了一袋烟，老夏从他面前经过两次。

午饭后，春困袭来，谢平遥回到卧舱，准备躺下眯一会儿。门被二徒弟推开，他没敲就进来了。"对不起谢先生，打扰您休息了。"小轮子勾着脑袋说，"我看您平常喜欢抄书，抄的那些能不能借我看看？"隔壁小波罗鼾声起伏。谢平遥没事会用小楷抄点东西：一是喜欢，字上笔尖无端地就觉得心里更踏实；二也因为有些书是从师友处借的，边读边抄，书还回去，还能留下个副本，就是自己的了，想什么时候看就什么时候看。小轮子想看书，他自然高兴，就到桌上翻找，拿出一本严复译的《天演论》，1897年12月天津《国闻汇编》的版本。这本书是他自己的，很喜欢，这些日子闲在船上，断断续续地抄，竟也完整地录出了一本。他决定把原版送给小轮子，难得在船上遇到个真心爱读书的人。小轮子接过去翻了翻，恭敬地还给谢平遥，说：

"谢谢先生！这原版是宝贝，小轮子哪敢接受。如果先生答应，小人能求得先生笔录的那一份，就欢天喜地了。"

谢平遥想，这小子倒也知道好歹；以他的经验，读手抄本的确比原书更有感觉。就从床底下找出折叠过的厚厚一沓宣纸，给了小轮子。小轮子千恩万谢：回去一定装订好，字字句句都读进心里去。他出门时，谢平遥听见老夏咳嗽了一声，问他不干活儿到处瞎晃什么。小轮子回答，没瞎晃，就是提醒谢先生，修船的时候要是有点动静，打扰了午休，请谢先生多担待。

高邮镇不大，但周围水连着水，芦苇成林，蒹葭苍苍。运河主道两边也生长了蓬勃的芦苇和水草，有野鸡野鸭和白鹭穿梭其中。小波罗很想端起枪打下几只野味，担心动静太大，前后的船也多，忍忍又算了。老夏来找谢平遥，还是有点问题，实在不行，可能得找附近的船厂检修一下。他说了一堆与船有关的术语，谢平遥在清江浦时，也曾在工人与外国专家之间翻来译去，但这些术语到底指什么，还是不甚了了。老夏说了半天，意思只有一个：进船厂检修是个大动作，花销不会小，能否请迪马克大人先将这一段的费用付了，反正这账早晚也得结，也免得他到了船厂捉襟见肘。谢平遥觉得也有道理，跟小波罗做了解释。小波罗一串OK，利索地打开了钱袋子。还跟老夏说，如果该付的费用不够，随时找他。老夏自是也回了一串感谢。

他们在高邮镇的码头停下来。听说那里有个姓朱的修船师傅，是高手，大船厂里搞不定的疑难杂症，他都能解决。天越来越长，下船那会儿距晚饭还早。谢平遥带着小波罗去镇上逛逛；老夏和大徒弟去请朱师傅；邵常来和小轮子留在船上准备晚饭。

外地人常去的就那几处：车逻坝、南门大街、镇国寺、平津堰、杨家坞、万家塘、御码头、马棚湾铁牛等。开始小波罗还拄着拐杖走，镇国寺、平津堰和御码头看完了，有点累，谢平遥雇了两辆人力车，剩下的几个地方坐在车上跑了一遍。到此一游。就这样，回到码头天也黑透了。

码头上的灯光映在水里和湿漉漉的青石路面上，有种祥和的欢庆气氛。而码头本身却一片喧嚣，买卖的，拉客的，坐在船头喝酒吃饭划拳吵架的，孩子哭、女人闹，还有街巷里的烟花女子来船上卖春，热热闹闹一派繁华的烟火气。谢平遥和小波罗沿着码头找他们的船，从这边的第一艘船找到那边的最后一艘，没有；再找回来，还是没有。他们俩在隐约记得的位置附近打听，说船上有什么样什么样的人。一个大嫂说，她从家里来码头看她男人，经过离这里不远的地方，看见一个人坐在河边，守着一堆行李，和他们描述的那个邵常来有点像。他们俩赶紧去找。

果然邵常来坐在河边，缩着脑袋把自己抱紧，下巴搭在膝盖上；因为恐惧，整个人缩得更小，时刻准备要哭。听见谢平遥叫自己，那一团小黑影子立马站起，哇地哭起来。

"他们走了！"邵常来哭着说，"他们把我赶下船。他们把咱们扔下不管了！"

谢平遥一听就明白。他早该想到会出这事，越往北走风险越大。他对小波罗说："他们担心义和拳。"

"就因为我？"小波罗问。

"就因为你。他们一辈子就挣一条船。船有个三长两短，一辈子就什么都没了。"

"他们怎么说？"小波罗问邵常来。遭人背叛，小波罗一肚子火。

"老夏说，真是对不起，他上有老下有小，不得不谨慎行事。大徒弟说，他得跟师父回去，师父答应这趟回去就给他娶个媳妇。"

"那个小轮子呢？"这是谢平遥最想知道的。

"小轮子一会儿感谢一会儿对不起，一会儿对不起一会儿又感谢。他说他会记着两位大人的。有机会他要谢谢两位大人送给他的礼物。"

"就写几个意大利语名字,算啥礼物。"小波罗摸出烟斗,"早知道他们要走,真送他个像样的礼物了。"

"哦,烟袋!"邵常来蹲下来到行李里找,摸出一根长烟袋来,"老夏说,送迪马克大人他的烟袋,就算赔罪了。"

三个人在黑暗的运河边坐下来,吹面不寒杨柳风,找不到来源的光在水面上闪。偶尔有鱼冒一下脑袋,水面上一个个圈就在浪头里折来叠去。小波罗用老夏的长烟袋点了一袋烟,深吸一口,慢慢吐出来。

"我突然有个感觉,"小波罗说,"一个古老的中国,就是这醇厚的老烟袋的味儿。这尼古丁,这老烟油,香是真香,害也真是有害。"

此刻谢平遥要考虑的:一是今天晚上的住处,二是如何再雇到一艘可靠的船。

烟抽完,三个人往镇上走,先找了家馆子吃晚饭。小波罗要了一大份米酒,三人分了喝。他又让邵常来用人家的灶具,做一个小炒肉,三个人哐哐啦啦饱餐了一顿。然后找到店老板推荐的"仙客来"客栈,要了三间房。

收拾停当,小波罗坐下来准备记日记,发现牛皮封面的记事本不见了。他敲响谢平遥和邵常来的房门,问他们是不是行李拿错了。两人把各自的行李翻个底朝天,没有。小波罗脑门上开始冒汗，他在日记里写了很多不宜示人的东西。比小波罗更着急的是邵常来，从船上被赶下来，小波罗的行李一直跟他在一起。邵常来额头的汗汇聚到一起，从鼻尖上滴落下来。

"小轮子？"谢平遥犹疑地提醒。

"对，小轮子！"邵常来两手一拍，发出汗唧唧的水声，"他说，谢大人的礼物很珍贵，迪马克大人的礼物也很珍贵。莫非，就是那个记事本？"

小波罗对着虚空中看不见的一张脸点点头。必是小轮子无疑。他藏着掖着，在最不可能丢的时候，丢了。防不胜防。他在心里叹口气。人生就是一场他妈的结果前定的赌博，你怎么预设、谋划，一心想撞上好运气，都可能白搭。这是命。

"要不要追回来？"

小波罗摆摆手。这是命。也好，新生活开始了。可是，要找的那个人在哪里？

2012 年，鸬鹚与罗盘

多年跑船养成的坏习惯，停下来就不知道该干什么。手足无措。秉义赤脚蹲在船头抽烟，吐烟时努力挺直脖子，这也是多年养成的习惯。秉义干瘦的背后，夕阳落尽，西半天大写意的几笔晚霞，衬出了天空更广大的寂寥，秉义整个人也因此有了一个油亮、逆光的黑褐色轮廓，像一只年迈的鸬鹚。码头里的波浪拍打船帮，发出细碎的惜别之声。秉义就是这么想的。两天以后这个码头他就不再来了，他不能蹲在别人家的船头上。岸上那个穿风衣的姑娘对他挥挥手，他还没回过神来，她的快门已经摁下。早上也是这样，他又着腰站在船头发蒙，起床后他就没找着北，就是这个穿风衣的姑娘对他挥挥手；他扭头看她，她摁了快门。照完了，她又挥挥手表示感谢，骑上自行车往南走了。

这一次穿风衣的姑娘摁完快门，没有挥手致谢，而是继续摆弄她的相机。她还要拍。秉义蹲着没动，又续上一根八喜烟。随她拍去，懒得动。穿风衣的姑娘至少拍了二十张，站着拍，蹲着拍，弯着腰拍，架在自行车座上拍；往前走几步拍，朝后退几步拍，靠近水边时脚底打滑，差点掉进运河里。

一根烟抽完，照片拍好了。女儿在船舱里又喊他回，他应一声，还是没动。他听见女儿抱怨，爸爸这是中了哪门子邪，一天到晚魂不守舍。弟弟后天结婚，一堆事等着操办，他这个当家的成了没事人。然后是老婆的大嗓门儿。船上待久了，说句悄悄话都跟用喇叭喊出来似的。老婆说：

"还没到时候，你等着吧。星池婚事办完，他不趴船舷上哭，这事不算完。"

"我就说我爸偏心！当年我出门子，我还以为他欢喜我嫁个好人家，原来是高兴闺女终于到别人家吃饭了。弟弟结了婚还是自家人，生了娃也姓邵，就把我爸弄成这样。"

"你爸啥样你还不知道？他是舍不得这船。"

秉义揉灭烟头，说："都住嘴！"

女儿对母亲吐吐舌头，手下的活儿一点没耽误。她就是想让父亲换个脑子。别说父亲不舍，就她，嫁出去七八年，心下也难过。船是他们水上的家。娘儿俩在船舱里收拾星池的婚床。缎子绸面老棉花被子，一床红一床绿，被面上腾龙起凤，交颈呈祥。大红的绣花床单。秉义决意朝船民婚房的最高标准里弄，别人家有什么，这条船上就得有什么。墙纸、吊顶、地板，全是新的，能放进来的家具和家电也都是新的。星池和准儿媳妇都觉得浪费，就住一晚上，犯得着这么大动静？秉义两眼一瞪，半个晚上也得是一辈子的排场。

其实就是半个晚上。上半夜喝酒闹洞房，等亲戚朋友都累了，新人入洞房，就只剩后半夜了。第二天还得早起。船上人家的规矩，婚后第一天你要懒，那可不是个好兆头。起床后收拾停当，该尽的礼数，该行的仪式，第一次门槛怎么跨，第一顿饭怎么吃，演出一样全走过一遍，星池两口子就搬到岸上的新房里了。也是洞房，装修一新，幸福天河小区3号楼306房间，一百二十四平米的三居室。搬家的车都约好了。

半个晚上也是秉义蛮横地定下的。这个家他说一不二，但他极少如此粗暴地下指示：就这么办，没二话。婚礼必须在船上办，船民就要按船民的规矩走。儿子反驳，船都卖了，谁还是船民？秉义用筷头点着饭桌，一字一顿地说：

"老子在船上一天，就一天是船民！你就一天还是船民的儿子！"

"问题是那天咱家的船已经过户了啊。"

"这事不归你操心。"

他要跟买家谈，推迟几天交船，不答应这船不卖了。已经够便宜了。儿子和朋友投资合办一家修船厂，紧急要钱，这条船是最值钱的家当。要在平常，从从容容地卖，少说也高出个一二十万。答应卖船揪了他一个多月的心。老婆说，不卖哪儿来钱？不卖谁跟你跑船？六十岁的人了，还当自己是小伙子呢。

六十岁怎么了，咱家的"天星号"跑得不比谁的快？他斜了老婆一眼。老婆手上下了点力气，他趴在床上叫起来。全身所有关节都经不起按。因为风湿病，身体里的任何两块骨头多年前就开始貌合神离，有点风吹草动就酸疼。老婆在给他按摩。结婚三十四年，老婆完全无师自通成了他最可靠的保健医生。

"一指头的力都受不住，还怎么了！"老婆说，手上又回到专业医生也无法领会的力道。这个分寸只有三十多年耳鬓厮磨方成就得出来，"你说怎么了？儿子要真不在船上，你拿放大镜搜搜这一千里运河，有咱们这样六十多岁的老两口上蹿下跳地跑的吗？你拿什么跑？"

秉义不吭声了。身体的事，得认。身体的事就是年龄的事，也得认。"往上一点。对，两寸。"

儿子说："我才懒得操这个心。我操心的是结婚。"

"这个也不用你操心。都给你置办好，你的任务就是穿上西装皮鞋，打好领带，把我跟你妈的儿媳妇娶进家门。"

"爸，家在岸上。幸福天河小区3号楼306。"

"不，家在这条船上。你生在船上，睁开眼看见的是船，不是什么小区几号楼。"

"爸，你能不能与时俱进一下呢？"

"你爸我还不够与时俱进？这辈子我换过多少条船你知道吗？一条比一条大，一条比一条快，一条比一条先进，我还不够与时俱进？别跟我来这套。"

跟他在船上生活的二十多年里一样，星池觉得自己从来就没能跟父亲达成过一次共识。他放下吃了一半的米饭，站起身往外走。

　　他从来没和父亲达成过共识，他也从来没有彻底反抗过父亲。这一次，他决定试一试。很快他将和父亲一样，成为一家之主。他跨过舱门时犹疑了一秒，因为除了他的脚步声，周围一片静寂，运河的水声都被不速而至的冒犯屏蔽掉了。那一秒足够他头脑中闪现一个翔实完整的画面：父亲的筷子停在送往嘴巴的半路上，但他依然低眉垂眼，他在等待，他在给不肖之子一个机会；母亲则保持了一个僵硬的端碗造型，因为两眼突然睁大，脑门上挤满了抬头纹，这个与他相守了一辈子的女人还没有反应过来。星池听见天灵盖上明晃晃地响一声，头皮瞬间发紧，他觉得抬右腿跨过门槛用了前所未有的气力，如同将右腿从泥潭里生生拔出来。母亲终于回过神来，说：

　　"星池——"

　　筷子猛然拍打在槐木老饭桌上。星池高祖的遗产之一。那一年，高祖买下邵家的第一条船，亲自置办了船上所有用具，包括这张槐木饭桌。一个多世纪的水上流离颠沛，坚硬的槐木早已被运河的水汽浸透；苔藓爬了一百多年，也终于占领了桌面以下的所有部位。父亲的声音同时响起：

　　"回来！"

　　星池心跳突然换了个频率，但就一下，两下，他咽一口唾沫，随后正常。他跳下船。他不知道，在他走后发生过什么。

母亲放下碗，说："要不我去叫他回来？"

"算了。"秉义幽幽地说，给自己倒了一杯酒。跑船的人只有歇下来才会喝酒。秉义喝上一口，端着没放下，再喝上一口，又喝上一口，一杯见底了。他放下酒杯。母亲做好了酒杯蹾碎的打算，但落得轻盈。秉义对老婆笑笑，说："这小子，长大了。"

老婆觉得鼻头一酸，眼泪就下来了。她受宠若惊地笑，好像领了不该领的赏，她边哭边笑地重复丈夫的话："儿子真是长大了。"

到傍晚，星池吧嗒着嘴回到船上。一个下午抽了两包泰山，嘴都麻了。他给姐姐打了个电话。他跟姐姐抱怨，父亲太过分了。姐姐说，由他过分能过分几年？一辈子在运河里跑，船就是他的家，船就是他的命。他已经答应把家和命都卖掉了给你创业，一个体体面面的告别仪式你还不能给他？星池说，姐，我花了两包烟的时间已经想明白了。我在船上也长了二十多年，我都懂。我就是跟你说说。上了船星池就闻到红烧鲢鱼的香味，他最爱吃的菜。船舱里灯开着，父亲冲门坐在饭桌前，饭菜都摆好了，红烧鲢鱼放在最中间。

"爸，我回来了，"星池说，"你们先吃就是了。"

秉义说："刚上桌。"扭头朝另一个房间喊，"儿子满月存下的那瓶酒拿来，我跟星池喝两杯。"

老婆亮起大嗓门儿，"一天喝两顿？"

"两顿。"

那顿饭吃得相当好，像三个相互感恩的人终于见面，谁都不说一个谢字，但觞筹碟碗之间，怎一个谢字了得。

酒杯端起又放下，那顿饭吃过两个月零六天了。明天帮忙的船只到来，后天儿子婚礼，一晃儿子成家立业了。一晃六十年过去了。怎么就一天天走过了六十年？除了空荡荡地感叹时光流逝，像鸬鹚一样蹲在船头的秉义说不出更深刻的东西来。这回换了老婆在船舱里喊他，商量新媳妇拜公婆时到底该送什么礼物。秉义站起来。穿风衣的姑娘已经走了。

薄雾在水上飘荡，光线还有些暗淡，但天已经亮了。先是拴在船尾的黑豹一阵猛吠，有船来。这条护船的黑狗，是星池养大的，耳朵和鼻子里像装了雷达，任何一点意外它都会迅速做出反应。在水路上，一条好狗抵得上两个忠诚的壮汉，反正黑豹到了船上，秉义没丢过一件货，连块煤渣都没落到过陌生人手里。秉义常想，星池这孩子天生是吃水饭的料，训练一条护船狗他都有一套。黑豹一岁刚过，就被星池训出了生物钟，每天晚上十点和凌晨三点，它都会准点醒来，独自绕船巡逻上一圈。它有超强的平衡能力，一虎口宽的船边上可以健步如飞。可是这孩子还是坚持要上岸。他说爸爸，水运多苦我都能受，上了岸我也不习惯，老觉得脚底下晃晃悠悠，反倒是水上结实安稳。可今非昔比了。货运的指标是载重和速度，是效率。跟陆地上的货运比，我们把吃奶的力气都使出来，也只会越来越慢；河床在涨，河面在落，我们的船只能越来越小。一看到岸上的汽车火车越跑越快，我就有种被世界遗弃的感觉：他们在往前跑，而我们在往后退。运河的水运跟这个风驰电掣的世界，看上去一起往前走，实际上在背道而驰。我还年轻，我不想有一天船小得慢得我实在看不下去了再上岸，那时候你儿子可能除了"晕陆"，什么也做不了了。

这话让秉义不舒服。这辈子他只会做一件事，而这件事在儿子看来，早晚都是在拖这个世界的后腿。他在做一件越做越错的事。他当然不认同，问题没那么严重。火箭哧溜一下上了天，高铁也可以越跑越快，但人还是得用两条腿走路，再慢你也不能把两只脚砍了改装风火轮。但他也不得不承认，跟他第一次看见船、跟他第一次跟父亲跑船、跟他第一次独当一面成为船老大时比，作为一个内陆河水运的船主，吃水上饭的跑船人，荣誉感和成就感的确是越发地稀薄了。生意越来越小，货物越来越低端，利润越来越少，过去米面、蔬菜、钢筋水泥混凝土、各类家电家具都运，现在承接的货单只有木材、煤炭、砖石和沙子了。

船上的装备越来越好，人还是那个人，吃苦耐劳敬业，但世界他妈的变了。

黑豹叫过，有人声响起，亲朋好友的船陆续到了。秉义出来跟各位船老大打招呼，感谢兄弟朋友的帮衬。老规矩，水上人家的大事，有钱的出钱，有力的出力。一条船上的年轻人大婚，亲朋好友的船肯定得帮忙。这个忙只帮一两天，要赶上谁家孕妇在船上生孩子，预产期前一两个月就得有船相伴着走，以免孩子突然提前来到这世界上，旁边船上的女人就得紧急充当接生婆。

五条船分别停靠在"天星号"两侧，然后船与船之间铺上踏板，以便相互自由串门。秉义的"天星号"是婚船，左边两条和右边两条做酒席宴客用，左边第三条做厨房，锅碗瓢盆、蒸煮炒炖都在那里。还有一条船，明天一早会候在新娘子化妆的美容室附近，化好妆，就载着新娘子在运河里慢悠悠地转上三四个小时，中午时分赶到"天星号"即可。水上远嫁，这也是规矩。

船到位了，各家主动忙活起来。程序都明白，清理好船只，支凉棚的支凉棚，摆桌椅的摆桌椅，搭台子的搭台子；戏台给乐队用，明天会有两支乐队来添喜，一支民乐队，一支西洋乐队。船都是几百吨级的大家伙，稍微收拾一下场面就足够大。

场面必须大，邵家的婚礼一定得体面。秉义不做抠搜委琐的事。如果不出意外，这将是邵家作为船民的最后一次婚礼，要对得起祖宗。

各就各位，管自己的一摊子事。早饭过后，秉义和星池的第一要务是去上坟，把喜讯汇报给先人。下船之前先在船头烧香拜了龙王、菩萨和其他各路神仙。三十多年前秉义结婚，七年前女儿出嫁，上坟之前都要走这个仪式。爷儿俩提着食篮、烧纸和一串鞭炮上了岸，遇上穿风衣的姑娘又在对着连在一起的几条船拍照。今天她穿一件夹克，里面一件雪白的衬衣，稍微烫过一些大卷卷的长头发随意地扎在一起，二十七八岁？也许大一点，也可能再小一点。秉义对女人年龄向来没有判断力。夹克姑娘圆脸，眉目清朗，唇线尤其饱满跌宕，但肯定没用口红，一米七的高个头儿，人也清朗，一看就是个干练有主意的人。

她对爷儿俩笑笑，说："嗨。谢谢您让我拍照。"

秉义面对陌生女人有种与生俱来的难为情，又在儿子面前，更跟逃难一般紧张，"没事，随便拍。"

"这么大的排场，你们这是要——"

"我明天结婚。"儿子在这方面比老子更放得开。

"恭喜恭喜！"夹克姑娘相机挂在脖子上，背一个双肩包，牛仔裤，阿迪的运动鞋，"我就说准有喜事。"她不想耽误他们的行程，篮子里有烧纸和食物，她知道他们要干什么。但她转念一想，随口就问出来："不好意思，我可以拍一些婚礼的照片吗？"

秉义看看儿子。他不是不敢做主，而是已经请了婚庆公司，据说全程有专人录像。他不能再把业务随便许给别人。

"对不起，我没说清楚，我职业就是画画和摄影，这段时间沿运河上下走动，只拍感兴趣的题材。不是做生意。"

"哦，"儿子说，"是创作。艺术家。"

夹克姑娘笑笑，"谢谢。就是做一点喜欢的事。"

"那没事，随便拍。"秉义说。

"不涉及隐私就行。"儿子加了一句。

"当然。"夹克姑娘说，"也绝对不会给你们添乱。你们可以当我不存在。"她很高兴他们答应了，但她又有了新的想法，同时为自己的得寸进尺感到惭愧，"不好意思，我还想问一下，你们，这个祭祖，我也可以拍吗？"

"烧纸上坟有什么好照的？"秉义的口气有点凉。这应该算隐私了吧？

但儿子突然来了兴趣，"可以啊。但是——"

"绝不涉及隐私。"夹克姑娘保证，"我只远远地拍。"

秉义想到看过的电视剧里烧纸上坟的镜头，墓碑上的文字经常会被放大特写，于是意味深长地说："别拍那些字。"

儿子已经发动了摩托车，秉义拎着两个篮子坐到后座上。夹克姑娘也骑上自行车，她说："您放心，我只拍远景。我要的不只是人的肖像，我还要拍出人物的故事来。"刚才她一闪念间，就知道自己要什么了。她固然要拍一场船民的婚礼，她更要拍一段船民的生活，拍出他们在静止的影像中流动的故事。

"姐，"星池放慢车速，以便夹克姑娘能跟上，"我被你创作完以后，是不是就能成名人了？"说完他自己先大笑起来。

"我自己都没成名人呢。"夹克姑娘笑起来。

"那我们一起当名人哈。"

墓地距码头不远，半小时车程。砂石路边的一块荒地里，大小不一地立着几座坟，每座坟前都有两棵树，枝叶葳蕤，风从旷野里吹过来，所有叶子都拍起巴掌。他们停下车，秉义爷儿俩进了墓地，夹克姑娘自觉留在路边，以示她不会看墓碑上的字。当然也是掩耳盗铃，倘若她真好奇，调一下焦，墓碑下爬动的一只蚂蚁她都看得清清楚楚。她信守诺言，只拍远景。

半个世纪前，这里是一片无主之地，茅草高过头顶，地上布满石头。秉义的祖父带着秉义的父亲把他的曾祖父葬在了这里。墓碑上刻着死亡时间，一九四八年四月初八日，死者邵常来。那一天早上，济宁邵家的第一位祖先邵常来老大人醒来，照常要在床沿上坐上一袋烟工夫再下地。两袋烟也该抽完了，老大人还没有下床，儿子进屋去看，发现父亲坐在床上已经咽了气。父亲南方人的小个子在死前挺得直直的。跑船人的规矩，死在哪里就埋在哪里。那时候邵家也早已经在济宁落了户。

在邵家最年轻一代的邵星池看来，有故事可讲的祖宗里，高祖父最传奇。一个四川挑夫，跑到杭州武林门码头当脚夫，据说还跟着一个洋鬼子，沿大运河从南到北一直走到京城。问题是，高祖父在船上干的是专职厨子。挑夫、厨子和水手。星池问秉义，我高祖他会说外国话吗？

"会个屁。听你爷爷说，到老了他说话全串了味儿，四川话、浙江话和山东话掺在一块儿，可能还有别地方的方言。只有说梦话你才能搞清楚他是哪里人，纯正的四川话。"

邵家落脚济宁纯属意外。邵常来从北京南下，又回了杭州，脚夫不做了，厨子也不算他最拿手的，"一条水路走到底，老子去过北京城"，够了，一下子成了跑长途的抢手货。那时候除了个别官船和商船，能京杭两头跑的只有漕船。江南的船一口气扎到清江浦的都不多，能到济宁的更少，再往北 ——算了，还是回去吧。

邵常来的北方水上经验花钱也买不来，跑长途的船主争着抢着雇用他。开始还兼做厨子和杂务，越往后身价也抬上去了，邵常来开创了一个新的职业，主体工作就是陪船主聊天，出谋划策，相当于船上的师爷。为此邵常来蓄起了山羊胡子，端起了水烟袋。这个形象星池可以从父亲当宝贝收着的老照片里看到，照片里的高祖父已经老了，头顶瓜皮帽，戴一副圆框眼镜。某一年，秉义也是听他祖父说，他的曾祖父邵公常来跟随一条船往北走，到山东境内，反客为主，把船变成自己的了。船主好赌，一路上的大部分时间都在同行的另一条商船上，跟那条船的船主和几个南来的商人推牌九，裤衩都输掉了，最后只剩下一条船。他舍不得直接把船抵押给同行的船主，怕送出去再也收不回来，就找邵常来。

那时候邵常来手里还是很有一些钱的，聚了多年的跑船酬金，还有小波罗病逝后分到的钱（这一点秉义并不知情，在他的年代里，与外国人的交往早已经是忌讳，祖宗跟洋鬼子有染也不行）。"反正你高祖父有不少钱，"秉义跟儿子说，"船主打了个很大的折扣，把船抵给你高祖父了。他觉得一旦咸鱼翻身，从你高祖父手里赎回来更容易。"原来的船主抵押了船，还过赌债，搭船回江南去卧薪尝胆了。过了徐州邵常来成了老板。此行终点是济宁。卸完货，邵常来遣散水手，他决定留下来。他把船停靠进码头，开始招募当地水手，联系新的货运业务，同时给远在杭州的妻儿发电报，务必火速收拾，举家北上。他不想再回杭州，他担心前船主筹到赎金，把船再赎回去。这个价他到哪里都买不到这样的船。

事情都做完了，他在甲板上躺下来。头顶上是蓝莹莹的天，白云朵朵，他想起多年前跟随小波罗第一次来到济宁，那时候狂风暴雨，电闪雷鸣。如果那个雨夜没钻出来三个河盗，小波罗就不会死；小波罗不死，他的人生是否会是另一番样子呢？他从怀里掏出那个罗盘。从站在武林门码头等活儿的时候开始，他就想有一条自己的船。现在有了。他想起了意大利人小波罗，保罗·迪马克先生。罗盘闪耀着金灿灿的光，邵常来不知道是天上的大太阳照的，还是泪水晃花了他的眼。

自邵公常来始，济宁邵家的船民生涯开篇了。

敬完鸡鱼肉蛋、点心和酒，烧过纸钱，放了报喜的鞭炮，父子俩给祖先们磕头。夹克姑娘在路边调整焦距和取景框，她要把这一组船民上坟图拍好，突然听见跪下来的老船民号啕大哭。她放下相机。星池也没料到父亲跪下来后会如此悲痛，他在他身后抬起头，看见父亲撅着屁股，脑门捣蒜一样磕在石头、泥土和野草上。他能理解一个老同志面对祖宗的悲伤。他站起来，拍打膝盖上的尘土，点上一根中南海烟，等着父亲的哭声结束。一根烟抽完了，父亲还跪在祖父的坟前不起来，屁股撅得更高了。父亲哭得如此悲伤和投入，似乎耗费了半个身体的精力；他的左胳膊放在地上，脑袋支在胳膊上，整个人歪倒在那里。

"爸，差不多就行了。起来吧。"

秉义还在哭。

"爸，你怎么了？"

秉义还是哭。

星池走过去抓住父亲右胳膊，要把他扶起来。秉义甩脱他的手，"让我再哭一会儿。"

第二根烟抽完了，秉义还在哭。星池烦了，说："爸，还有完没完？"

秉义直起腰，哭声停止，泪在脸上，"邵家祖传的事业到我手里断了香火，你还不让我多哭一会儿？"

"作为邵家跑船的终结者，那我的罪岂不更大了？"

"你爸还没那么不通情理。"秉义用衣袖擦了把脸，"就是想起来椎心，舍不下。咱们家跑了一百多年船，运河上生，运河上死，活下来的，一个个熬成了一把老骨头。"秉义绕着两座矮一点没立碑的小坟转了一圈，决定给平辈的兄弟和晚辈的孩子也磕一个头。对不起祖宗，又何尝对得起死去的兄弟和儿子，"你知道这河上，百年里有多少邵家的冤魂。"

那两座无碑坟，一座是秉义的哥哥思贤；一个是星池的哥哥臭臭，溺亡的时候五岁，还没来得及取大名。那会儿还没有星池。

邵思贤死于血吸虫病，又叫大肚子病，享年二十二岁。那时候一切公有，他们家的船被编入县水上运输队，挂23号牌。他们去南方，来回差不多三个月。那段时间邵思贤感冒，没好利索又在卸货时淋了一场雨，咳嗽和肺炎跟着起来了。船上医药简单，久治不愈，正好赶上行经的河段生长茂盛的水葫芦，运河水质极差，而他们饮用的只能是运河水，就感染了血吸虫病。回程紧赶慢赶，刚过徐州邵思贤就不行了，死在微山湖上。秉义一直觉得哥哥的死跟那些水葫芦有关，他掌舵的这些年，为了少看一眼水葫芦，南方能不去他就不去。星池到网上百度过这种父亲讨厌的水生植物。为了给猪提供青饲料，上世纪50年代中国特地从巴西引进水葫芦。比它好养活的东西真不多，往水里一扔，它就能像革命一样蓬勃发展，一天一个样，所以当时还有个中式俗名叫"革命草"。

臭臭五岁三个月零七天，他们的船装了半船玉米、半船小麦，穿行在骆马湖里。当时秉义已经把西樟木头船换成铁船，改用大功率的柴油机做牵引。岸上有人搬家，远道的亲友来贺乔迁之喜，一挂鞭接着一挂鞭放。臭臭从厨房里出来看热闹，秉义在开船，老婆在厨房做饭。说好了看两眼就回去吃西瓜，一个菜炒好了也没回去，喊也不应，秉义老婆就慌了，拎着锅铲出来找，整条船上哪儿还有臭臭的影子。秉义赶紧停船，附近的陌生船也都停下，能下水的都跳进骆马湖里找。从中午一直打捞到半夜，一无所获。两口子后半夜一直抱头痛哭，船停在原地没动，怕走远了不知道孩子在哪儿丢的。次日清早，旁边船上的人喊，浮上来了。臭臭肚皮朝下漂在远处水汽氤氲的湖面上。

因为赶时间交货，秉义把臭臭就近埋在骆马湖边。下一趟专程过来，空船上备一口小棺材，装足冰块，把臭臭带回到济宁，重新葬在邵家的墓地里。

船上的孩子小时候都穿一种"龙头带子"，像马甲穿在身上，没衣袖，后头拖根绳子，拴在某个铁环上，以防小孩掉进水里。臭臭答应妈妈看两眼就回来，还要吃瓜呢，哪用龙头带子。就疏忽那一下，臭臭没了。臭臭之后是星池姐姐和星池，他们俩龙头带子一直拴到十岁。上船了必须拴，尿尿都得在腰上系根绳子。

　　秉义磕完头，让星池也磕一个。星池说："臭臭也磕？"

　　"多大他都是你哥。"秉义摸出一根八喜点上，"跟他们都说一声，邵家的船不跑了。"

　　"爸，是跑不动了。"

　　"你爷爷临死前，非要我去把船检修一遍。我说头年刚检过，绕太平洋跑两圈都没问题。你爷爷不点头，非让检。你不能跟要死的人较劲儿，我就把船厂的大师傅请来。师傅跟我说，你爹哪是让你检船，是怕你半道上把船扔了。跟老人家保个证就行了。"

　　"管用？"

　　"我跟你爷爷说，爹，放心，河干了，我也让船在。"

　　"爷爷就放心地死了？"

　　"你爷爷突然坐起来，说那我喝杯酒再死。我给他倒了一杯粮食烧酒，你爷爷喝完了躺下，才满意地合上眼。回光返照。"

　　"行了，爸，我磕。"星池在小哥哥的坟前跪下，"不管什么原因，是击鼓传花到我手里，咱家的船才没的。给谁道歉都应该。"

　　星池伏拜在地，秉义弓着风湿病严重的腰和脖子站在旁边，像一只准备抓鱼的鸬鹚。背景辽阔，大野苍茫，拍照的姑娘在他们似动非动时，及时摁下了快门。

六条船上更热闹了，能来的船民都来了，各司其职。他们必须在天黑之前把明天需要的一切食材、工具、设施和不时之需全备好。狭小的船民圈子是个熟人小社会，多年的交往给每个人都精确地定了位，所有人都知道谁该做什么，谁能做什么。反倒秉义成了个多余人。一到这种时候他就犯蒙。

三十多年前他娶媳妇，排场没这么大，人和事也没这么多，新郎要干的活儿不少。但他那两天像个二流子一样晃来晃去，完全不知道该干什么。新娘子的嫁船到了，新郎不见了。周围几条船翻了个遍，最后在岸上的老柳树底下把他抓住了。他穿着一身新衣服坐在石头上抽烟，像个古怪的看客。七年前嫁女儿，也这样，亲家都纳闷，平常脑子挺好使的一人，那天像个傻子，都分不清哪里该站哪里不该站，只知道抱着两盒喜烟，见人就递。

现在他从自家的船舱里走出来，新房早就被老婆和女儿收拾妥帖。秉义踩着踏板走到旁边搭好戏台的船上，再从演出船走到旁边支着很多张饭桌的船上，继续走，又经过一条船，然后跳上岸。夹克姑娘放下相机，跟过来。

秉义背着手沿码头走，走一步头点一下。夹克姑娘拍了他的背影，背景是空茫的运河，取景框裁掉了地面，照片里的秉义像是直接走在水上。秉义突然停下来，他只想回头看一下忙碌的六条船，看到的却是拍照的姑娘。他觉得应该跟拍照的姑娘打个招呼，于是他说："随便拍。"

夹克姑娘没弄明白是随便拍他，还是随便拍准备婚礼的场面，"我可以拍一会儿您吗？"

"我有啥好拍的？我就去看看我的船。"

"船不在那边吗？"

"住家船。"

"好啊，"说住家船她就懂了。眼下搞运输的船民另有住家船的不多，因为岸上都有房，货船停运了，他们就住到岸上的家里，没必要再置一条来住，"您岸上没房子？"

"住不惯，浑身比风湿病犯了还难受。走这地儿脚底下都发软，"秉义跺跺脚，这条河堤边的人行道铺着红白相间的地砖，"家里还有几只鸬鹚。"

"真棒，那我就拍您和鸬鹚。"

"我就是鸬鹚。"秉义嘿嘿一笑。

夹克姑娘笑了，看来并非只她一人觉得他长得像鸬鹚。

"从小他们就叫我鸬鹚。水性好，一个猛子扎水底，憋个七八分钟没问题，看见的鱼绝对跑不掉。比鸬鹚还管用。不过那都是年轻时的事了，好汉不提当年勇。"

"现在呢？"

"扎下水骨头疼。"秉义自己都笑了。

地砖路断了，接下来是土路。河边开始生长丛丛簇簇的芦苇。两丛芦苇之间，一条住家船拴在岸边的柳树上。运河沿岸这样的住家船夹克姑娘拍过不少，有一阵子她专门去里下河、洪泽湖、骆马湖、南阳湖和微山湖去拍住家船上的生活。很多是名副其实的住家船，岸上没房子，长年住船上，一切生活都在水上展开。捕鱼，养殖，在岸上种一点蔬菜和庄稼，跟南方的疍民几无区别。也有个别人家纯粹是因为岸上买不起也建不起房子，几口人蜗居到船上，上班时出门，下班了回到船上。

五只鸬鹚机警地蹲在船上，看见秉义，嘎嘎地叫起来。秉义对它们拍拍手张开双臂，一个大步跳上船。它们飞起来，要落到秉义肩膀和手臂上，秉义往后躲闪，说："不能停不能停，爷我今天穿了新衣服。"五只鸬鹚又落到船上，脚脖子上都拴着细麻绳。秉义说："别小看这几只鸟，吃香喝辣的都指着它们。吃不完的鱼，亲戚朋友一圈送完了，还能卖不少。"

"鱼这么好抓？"

"不比从前了。"秉义习惯性地从口袋摸出八喜，夹克姑娘摇摇头不抽，他自己点上，"过去运河水也不干净，但那是水草啊、死鱼烂虾子啊沤坏了的脏；现在才真叫脏，各种塑料袋、垃圾，取土、打沙、工业废水，还有机械船漏的油。你看看，从南到北，有哪段运河水还能淘米洗菜？过去跑船，要做饭烧茶了，伸手就从河里舀。现在你舀看看，喝下去拉肚子拉死倒在其次，嘴都进不了，那个味儿，你说不出来成分有多复杂。我儿子说，马上就成化学药剂了，装进瓶里熬熬炼炼都能做原子弹。鱼少多了，抓上来的你也未必敢吃。所以我只让鸬鹚在芦苇荡附近下水，长芦苇的地方水起码还干净点。"

"继续说。我拍我的。"

"你对着一拍，我就不会说话了。我说到哪儿了？"

"长芦苇的地方水起码干净一点。国外的一些河道就规定，所有机动船都不许走。"

"不走机动船怎么运输？不能运输的运河还叫运河？要它干什么呢？"

"留着做景观啊。很多地方不是都在做沿河风光带吗？"

"你们文化人的想法。你们天天都在说什么'唤醒'运河，我不懂什么叫'唤醒'。跑了一辈子船，我能明白的'醒'就是睁开眼，下床，该干什么干什么；让一条河'醒'，就是让这条河你来我往地动起来。'醒'了不动，叫'醒'吗？'醒'了不动，'醒'又有什么意义？"

"您的意思是？"

"运河运河，有'运'才有河。不'运'它就是条死水。"

"那您还打算在这条河上跑多久？"

秉义如同被迎头闷了一棍，嘴里只剩下吸烟的声响。他得弄出点动静，吧嗒吧嗒。没错，这一直都是个问题。只有陌生人才会不讲情面地问出来，因为她什么都不知道。

"不跑了。前天回到码头，那是最后一趟。"

夹克姑娘放下相机。这是她没想到的，为此她有点难为情，"对不起，我就是那么一说。"

秉义一屁股坐到船上，坐下来才想起来征求夹克姑娘的意见，他说要不合适拍就不要拍了，然后习惯性地把鞋子甩到一边。只要不太冷，在船上他还是喜欢光着脚。光脚不怕水，又防滑，船民都这样。"跑不了了。"秉义说，"心有余力不足。"他跟夹克姑娘简单地说了儿子的新工作。

　　夹克姑娘完全理解，"好几个船老大跟我说，活儿不好干了，成了夕阳产业。"她站在船边，以秉义变形的光脚丫为焦点，视角上移。光脚，新衣服，鸬鹚，住家船，船上的一堆小零碎，秉义黧黑的脸、没剃干净的胡楂、干裂的嘴唇，歪在嘴角烟灰低垂燃烧了一半的八喜香烟，缠绕着升腾的烟圈，还有他混浊茫然的眼神；不管是自然色还是处理成黑白两色，都会是一帧好照片。她得让他继续说下去，表情自然地沉浸在自己的世界里，"您开过多少船？"

　　"多少船？数不清。让我想想啊。"果然是个好问题，一想就进去了，一双老眼里放出穿透历史的精光来，"大渔船、小渔船，罱河泥的船、运粪的船、客船、货船，木头船、水泥船、铁皮船，大集体的时候我还开过一段时间公交船。开始是篙撑、手摇、脚踩，后来是帆船，然后是帆动力加上蒸汽动力，烧木炭和汽油，现在完全是柴油机动力，还能发电。"

　　"水上生活里，您最开心的是什么时候？"夹克姑娘在听讲和发问时手都没闲着，船上船下地走，不停地换角度、构图和找光。

　　"一个是小时候，跟爹妈跑长途，我负责十只鸭子，天天跟鸭子玩。我跟我爹手工编了两个大鸭笼子，可以放在船上也可以挂在船帮边，它们可以在笼子里游水。鸭子睡觉是在笼子里，下蛋也在笼子里，我做了一个活动的窝，哪只鸭子要下蛋了，我就把窝塞进笼子里。为什么养鸭子？鸭子好啊，可以测水流、水温和天时气候。十只鸭子每天能下七八个蛋。在那个年代，船走到哪儿都不缺鱼吃，还有鸭蛋，真觉得过的是天上日子。我爹会说书，船一停下就拍着大腿开讲《水浒传》，把其他船上的大人小孩都吸引到我家船上。你说那时候我高不高兴？"

秉义已然十分放松，一脸拉家常的表情，时不时伸手摸一摸某一只鸬鹚的羽毛。

"还有一段是我结婚后，三五年换一次船，我是全县个体运输第一户。电视、报纸、广播都来采访报道，政府也重视，下了力气扶持我们两口子。结婚时分家，我爹给我们的是25吨木头挂机船，两年后我就换成30吨的。到1984年，我们卖了30吨的，换成了42吨的木头挂机船。三年后，换成了50吨的铁船。1990年，旧船卖掉，买了78吨的铁船，旧船卖了四万二，新船花了八万，钱不够向朋友借了一笔。1994年，旧船再换新的，我要了100吨的铁船内舱机船，十五万。1996年，卖掉100吨的，换成200吨的铁船，三十五万。2003年换成了273吨的。这些年我们一直在换船。换船有乐趣。跑船人的乐趣。男人的乐趣。"

"273吨？就现在这条？"

"就这条。"秉义一下子就黯然了，他下意识地掰着手指头，

"差四个月零十六天十年。"

"对这条船，您有什么想说的吗？"夹克姑娘说，"抱歉，我做过几年记者，有点职业后遗症。"

"你们文化人别笑我酸，我还真想过这事。这条船差不多已经是别人的了。晚上我经常睡不着觉，就想，舍下一条船就这么难吗？真就这么难。除了跑船我不会别的，现学也来不及了，离开这条长河，我都不知道能不能活得下去。所以我就想，人的命其实不在自己身上，都在别处。我的命，一半在船上，另一半在这条河上。"

夹克姑娘觉得秉义说得真好。她也恍惚觉得自己的一条命分在了两处，一处抓着画笔，一处按在相机快门上。五只鸬鹚此刻排成一队，站在秉义身边，像五个认真听课的好学生。秉义挨个去摸它们的脑袋，摸到第三只，夹克姑娘按了快门。

《五只鸬鹚和一个老人》。

"船卖了以后呢？"

秉义点上烟。"在水上。"他说，"剩半条命得当心着用。我跟老婆都说好了，跑一辈子了，哪儿也不去了。就在这条船上，"他拍拍屁股下的船板，"吃睡、睡吃，抓两条鱼，喝二两酒。生在这条河上，活在这条河上，死也得在这条河上。"秉义的电话响了。他从裤兜里掏出手机，最简单的那款诺基亚，他摁了接听键，老婆的声音雄壮地传出来：

"又到哪儿游尸了？一到关键时候你就掉链子。给我死回来！"

"什么事？"

"事多得要用船拉！你儿明天娶媳妇你知道不？"

秉义把手机拿得离耳朵远点，对夹克姑娘难为情地摊摊手。

"忙您的。"夹克姑娘小声说，"我到处转转，随便拍。明天婚礼我会再来。"

秉义对手机说："号啥？给鸬鹚喂口吃的，这就回。"

两里地外放了三个二踢脚，这边船上就开始热闹了。新娘子马上就到，管事的招呼所有人各就各位：厨师回到锅边；乐队站到台子上；伺候桌椅的一律摆放完毕；陪同新郎的小伙子把西装领带理清爽；迎接新娘子的小媳妇、大姑娘和老娘儿们最后查看一遍新房；找不到事做的亲友和看客自觉闪开一条道，准备好巴掌、欢呼和要撒的花。秉义呢？秉义！鸬鹚邵秉义！别跑，跟星池他娘到屋里去，对，坐在太师椅上别动，厕所也不许上，把红包和礼物揣好了，星池和媳妇磕完头就给。

——鼓乐班子，走起！

民乐队一例中式唐装，唢呐、笛子、二胡、笙箫、锣鼓、铙钹，演奏的是《彩云追月》；西洋乐队穿黑西装、燕尾服和白衬衫，长号、短号、三音号、萨克斯、小提琴、单簧管、双簧管，演奏的是《婚礼进行曲》、门德尔松《仲夏夜之梦》的第五幕前奏曲。民乐队在船头，西洋乐队站船尾，呈对垒之势演奏。每个乐队前面都支着若干个立麦，每个乐队自备两个大音响，巨大的乐声呈八字形向外扩散。看热闹的先用左耳朵听民乐、右耳朵听西洋乐，有点乱；再用右耳朵听民乐、左耳朵听西洋乐，还是有点乱；后来不管民乐、西洋乐，也不管哪个耳朵进哪个耳朵出，乱糟糟地听见什么是什么，听见多少是多少；再后来，音乐也听不进去了，只顾看两边队员吹胡子瞪眼地斗法的表情，看得开心极了。然后，有人高喊：

"新娘子驾到！"

两支乐队对阵的中间地带立马空无一人，都去看新娘子了。在西装革履的邵星池从自家船跨到迎亲船去迎接新娘子的一瞬间，换了一件喜庆的红上衣的画家和摄影家按下了快门。拍照的时候，她头脑里闪过一个题目，《脚踩两只船》，觉得这玩笑有点过分，立刻就否决了，这种时候还是老实巴交的《奔向新生活》更讨喜。

新娘子是岸上人，这让邵家的亲友既羡慕又担忧。船民与船民结亲，祖辈传下来的规矩。一是船民的生活圈子太窄，能见着的都是并肩和迎面跑船的人；二则水上的生活习惯跟岸上不同，倘若接受不了，真过不到一块儿去。船民的儿女缘定终身，门当户对、知根知底固然让人放心，但生活也是一眼就看到头，孩子将来还得跑船，所以水上生活几乎都祖传。跟岸上人家结了亲，多半改变了生活轨迹，上了岸就很少再下水；但头顶是天、脚下是水跟抬头天花板、低头水泥地的差异完全是世界观的不同，顺顺当当过下去的也不是很多，你又不能不担着一份心。而犹犹疑疑间，生活过了一年又一年。

不过邵家的星池娶了岸上姑娘，亲友们还是普遍看好的，因为星池不在水上待了。他要到岸上开公司当老板。古老的船民队伍里的不肖子孙，我们祝福他吧。

——鞭炮响起来！音乐再大点声，对，有多大声就吹出多大声！《步步高》。两支乐队同时演奏，一，二，三，走——

拍照的红衣姑娘不得不承认，不管她沿运河一路拍下来走过多少条船，还是没法像看热闹的船民那样，船仿佛长在脚上，他们在不同的船只之间如履平地。她缺少水上围观的基本能力，她必须提心吊胆地盯住脚底下，才能防止哪一脚踩空了掉进水里。等随人流安全地挤到新房门口，新郎新娘已经进屋了。她踮着脚也不能越过别人的头顶。又把相机举起来，还是不行，看不清取景框，机子也拿不稳。她听见坐在太师椅上的秉义说了一声：

"请各位借个过，让那姑娘进来。"

前面的人回头看，见她拿着相机，以为跟正全程摄像的人是一伙的，给她让出了一条道。她千恩万谢地进了新房。摄像机的支架放在靠墙的中间位置，这样扎了马尾辫的男摄像师就可以随意转动镜头，把新房里的一举一动悉数纳入镜头。红衣姑娘是个编外的，不敢造次，就躲在靠墙的一角，站定了不再挪动。她决定就在那个位置拍出几张别致的照片来。

仪式即将开始。秉义两口子一身地主和地主婆的装扮，分别坐在左右两张太师椅上，等儿子和儿媳妇磕头端茶。秉义的胡子这回剃干净了，穿一双新上脚的黑皮鞋。多年来隔三岔五接受媒体采访，也算久经沙场，他的表情显然比老婆更从容。星池妈的表情跟她放在并拢的膝盖上骨节粗大的两只手类似，总是控制不住地轻微抽搐。她僵硬地坐在冒牌的红木太师椅上，头发花白，运河上的风吹日晒让她的脸跟丈夫一样黑。她坐在那里，不像个婆婆，倒像个恐惧婆婆刁难的媳妇，还是旧时代的媳妇，新时代的媳妇早就翻身当家做主了。如此说来，她这个婆婆如履薄冰地坐在那里，倒也贴切，儿媳妇可不是好惹的。

请来的司仪，一个光头小伙子，据说是当地电台娱乐节目的主持人。声音不错，像低音炮，就是说话有点油。他说，水陆联姻，祝两位新人早生贵子，娃儿要是飞行员，三军齐了。

船民的婚礼不知道是否有其特殊的程序，但在光头司仪的主持下，跟岸上普通人家的婚礼没任何区别，还是那老三篇：证婚人致辞；新人真情告白，交换结婚戒指；亲朋好友插播祝福；给父母跪拜献茶，父母送礼物和红包；父母或长辈谆谆教诲，祝愿明天会更好。可以严肃，可以活泼，也可以插科打诨无厘头，说多说少，全看现场气氛和当事人心情，丰俭由人。

按照程序走，红衣姑娘没听到多少有价值的信息，拍照的激情和想象力大打折扣。在她的理解里，绘画和摄影并非简单地寻找好看的画面，而是要在画面中有所洞见，发现意味和故事。这就需要被拍摄者情绪、思想、表情和肢体语言的深度介入，但这些程序只是不走心的"摆拍"。到了秉义两口子出场的环节，总算有点意思了。

星池和媳妇跟着司仪的口号，跪在大红蒲团上给秉义和秉义老婆磕过三个头，小两口举起盖碗茶敬献父母，以谢养育之恩。也是个形式主义，要在别家的父母，湿湿嘴给个意思就行了，秉义两口子不，满满一大茶碗，一口气全喝下去了。围观群众可能没见过这么实在的公婆，哗一下爆笑开来。秉义老婆突然眼泪下来了，哆嗦着嘴唇说：

"孩子端的茶，我得喝完。"

秉义开始也是要个意思，喝了两口瞟一眼老婆，她还继续喝，就算茶碗遮住半张脸，他还是看出了她表情里的悲壮。坏了，这婆娘关键时候想起早夭的大儿子臭臭了，她一定是把这茶当双份喝了。她喝完，他必须步调一致。大家都为星池媳妇感到高兴，一碗茶就知道她摊上了个好婆婆。秉义从口袋里掏出一块折叠整齐的小手帕，递给老婆，顺便在她手上按了一下。她明白他的意思，要节制。她点点头，用小手帕擦掉眼泪。这手帕本来是个摆设，放在新衣服里做样子的。

门外冒出一句："这眼泪要新媳妇亲自擦。"

大家就跟着起哄。星池媳妇闻声真就站起来了，走上前两步给婆婆重擦了一遍。众人鼓掌叫好。红衣姑娘咔嚓咔嚓一串拍。秉义老婆倒不自在了，一手握着儿媳妇的手直感谢，一手往兜里找红包，提前就给塞儿媳妇手里了。

"嗨嗨嗨，我说阿姨，"司仪说，"您再好的婆婆也不能抢戏啊。

离下个程序还有两公里，我这发令枪还没响呢。"

众人又大笑。

秉义老婆说："一样一样，早晚都要给。孩子，拿着。"

儿媳妇大方地接住，谢过婆婆，退回到蒲团后又跪下来。

"这事弄得，"司仪做出无辜的表情，"老革命遇到了新问题，接下来我都不知道怎么主持了！"他走到秉义跟前，说，"只能委屈大叔唱独角戏了。您怀里有什么宝贝，能不能给咱们亲朋好友开开眼？"

秉义从太师椅上站起来，解开唐装上面的三个盘扣，真就从怀里摸出来一个红绸子包裹。红衣姑娘刚还奇怪，老人家不胖啊，穿了新衣服肚子怎么就大起来了？倒是难为了裁缝，上衣里做了一个这么大兜。秉义打开红绸，里面还有一层黄绸子。门外的看客齐刷刷踮起了脚。秉义又打开黄绸子，一个貌似黄花梨木做的圆形盒子。继续打开木头盒，一个黄铜做的圆盘。秉义端着圆盒倾斜着朝向大家。透过圆盘表面一层被摩擦得含混的玻璃，众人看见黄铜圆盘上刻满奇怪的符号、数字和刻度；圆盘中间有一片垂直于圆盘的翅膀形状的指针，指针的颜色比黄铜浅，发出嫩黄的光；而在翅膀形指针之下，还有一个细长的银白色菱形指针，指针的轴在圆盘的中心。秉义展示圆盘时，菱形指针一直晃动，好像在寻找自己要指的方向。

"啊？罗盘！"

跑船的人对这个东西不陌生，但如此隆重地层层裹藏，又以如此漂亮的材质与造型呈现，他们还是头一回见。

"对，罗盘。"秉义说，"我爷爷娶我奶奶时，我爷爷他爹把这个罗盘给了我爷爷。我爹娶我妈时，我爷爷把这罗盘给了我爹。我和星池妈成亲那天，我爹喝了两大碗酒，抹着眼泪把它传给了我。今天，星池和小宋结婚了，按照祖上的规矩，我把这个罗盘亲手交给星池。"他把上衣盘扣扣好，捏住衣角打理整齐，再次捧起罗盘，挺胸抬头，对儿子说，"星池，来，接着。"

星池站起来，有点蒙。他走到父亲跟前，双手伸出来了还在说："爸，我们不再跑船了啊。"

"跑船不跑船，咱们邵家都是船民。接着！"

司仪及时地鼓掌，他说："老人家说得实在！亲友团的各位朋友，你们觉得叔叔说得好不好？好就来点掌声！"

围观的多半是船民，还有比这句话更提神的吗？掌声像河水拍打船只。

星池捧着罗盘退回到蒲团上。

司仪说："我觉得老先生还想再说几句。我们要不要再给点掌声？"

掌声又起。

"说两句就说两句。"秉义回到太师椅上，有段半分钟的空白，然后拍一下椅背，说，"今天孩子结婚，作为父母，我和老伴儿很开心。都长大了。小宋的叔叔和舅舅也在场，我和老伴儿感谢你们，谢谢你们把小宋送过来！小宋是个好姑娘，我们老两口会像亲闺女一样待她，请转告亲家公亲家母，请他们放心。我把星池交给小宋，我和他妈也放心。我们希望他们小两口的日子越过越好！"

司仪插了个空，带领大家掀起了一个鼓掌热潮。

"儿大不由娘。星池今天成家立业了。咱们家世代跑船，到星池这里，上岸了。说真话，我这心里堵了好几个月，不是想不通，是放不下。水饭吃了一百多年，饭碗到我邵秉义手里，砸了。我答应过我爹，要把这个碗端好的。但是一辈人有一辈人的想法，一辈人有一辈人的活法，这个世界在变，年轻人就应该按年轻人的想法去活，去干。我不知道星池是走对了还是走错了，但我尊重儿子的决定，就像当年我爹尊重我的想法一样。

"咱们船民的传统，儿子一结婚就分开过，分家的礼物是一条船。我和星池妈要成亲了，我爹问我要什么样的船。我说要机动的，让机器推着船跑。我爹想不通。他说咱们船民的手艺在哪儿？在撑篙，在划桨，在扯帆。一篙值千金。最牛的船老大都是使帆的高手，不管哪个方向来风，都能调节好帆的角度，让船一直跑。帆都不用，你跑什么船！我说要么给我机动船，要么不要。我爹咬牙切齿地答应了，他觉得邵家跑船的事业毁在我手里了。我没有。我把船跑得很好，我把船跑得更好了。所以，我一直在说服自己，我们的老皇历不一定就对，年轻人的事让他们自己决定。

"星池从小就是个好孩子。我们长年在水上，耽误了他，要不他能读出很好的书。小时候他孤单，被绳子拴在船上，没有玩具，头发里长满虱子。他自己跟自己玩，把褂子脱下来往天上扔，落下来再扔到天上去。风把衣服吹起来，他就拍手笑。吹到河里的衣服，看见了我们就捞上来；没看见，就顺水漂走了。那几年，不知道丢了多少衣服。"

老婆对秉义使个眼色。讲几句行了，还没完没了了。秉义讲得专心，根本没看见。老婆想伸手碰他一下，怕动静太大，就清一下嗓子。秉义还是没扭头看她，继续讲。两人表情微妙的那一瞬间，红衣姑娘抓拍到了。

"星池是有主见的孩子。在家里，我这把老骨头说了算，但我很清楚，我这儿子一直都很有主见。在场的都是多年跑船的老兄弟，都是亲人，这几个月为了我们家的事都没少操心，趁这个机会，我一并对大家说开了，也算个交代。

"成家立业都是一辈子的大事，星池决定了，我支持。有条件要上，没条件创造条件也要上。上岸对船民也是个生死离别的大事。但舍得也要舍得，舍不得也要舍得。我是个老古董，但我不迷信，更不是老糊涂。想做的尽力去做，就一定能做好。我相信星池。我和他妈结婚第二天，她到娘家回门，回到家迟了一会儿，太阳落了。照咱们船上规矩，新娘子得带着太阳进门，要不会败财路。说来不怕大家笑话，那天中午我在丈母娘家多喝了两口，眯着了。醒来后紧赶慢赶，回到家太阳还是落了。我多气坏了，两年没跟我们俩说话，船也不让我们跟了，怕坏了财运。我们俩就这么分家单干了。我们俩起早贪黑，三两年跑成了微山个体运输的第一大户。我爹脸色才好看一点,有天晚上叫我喝酒,喝到位了才跟我说,带不带太阳进门看来都行啊。"

秉义老婆实在忍不住了,直接把手伸过来,"叫你说几句,你这上天入地的一通扯!俩孩子还跪着呢。"

"那小宋、星池,你们俩先起来。"

"爸,你说吧,"星池说,"这些年我就没听过你说这么多话。"

小宋也说:"爸,您只管说。我跟星池听着呢。"

秉义站起来,挠挠腮帮子,扭头看老婆,"我说到哪儿了?都是你,没事瞎打断啥呀。三十多年你就没让我痛痛快快说过。"

老婆哼一声,脸扭到另外一边,"看把你憋的!我也没见你哪天成了哑巴!"

屋里屋外的人都笑起来。

"好吧,再说最后两句。就两句。"秉义说,"这个婚礼呢,是我坚持在船上搞的。咱们家是船民,上了岸、上了天都是船民,邵家祖祖辈辈就是船民。老祖宗都在天上看着,也在水上看着,在这一千多公里长的大运河上看着。我得给祖宗一个交代。还有那个祖宗传下来的罗盘,传到星池手里了,怎么用是他的事。过几年他可能回到河上了,也可能一辈子不再下水。不管下不下水,那罗盘的指针该指南的时候还指南,该指北的时候照样指北。我就说这些。谢谢各位老兄弟,谢谢各位亲朋好友,谢谢到场的所有人!老鸬鹚给大家鞠躬了!"

秉义弯下腰,鞠了一个九十度的躬。

掌声之前，按相机快门的声音先响起来。

半下午，酒足饭饱，忙的人先撤了，没事的就懒散地坐在酒桌旁，看两支乐队继续较劲儿。进入点歌模式，想听什么曲子，想让哪支乐队演奏，交钱。看热闹的就起秉义和星池姐夫的哄，让他们掏腰包。这是他俩的义务。星池的姐夫也是个船老大，看肚子的规模应该挣了不少。这是个爽快人，往乐队旁边的船上一坐，架起二郎腿，对起哄的那伙人说：

"随便点，银子我出。越热闹越好。来就是干这个的。"

秉义把一个小伙子叫到跟前，掏出大小一沓钞票，让他代办。"别让停。喜事就得有个喜事的样儿。"然后就下了船，背着手往南走。

红衣姑娘跟上去，她只是想跟他道个谢，顺便告个别。午饭她被请到贵宾席上，秉义介绍她是大画家、大摄影家，说得她脸都红了，赶紧喝下两杯酒。她给新娘子带了一件礼物，一条布拉诺岛产的手工蕾丝边丝巾。年前去威尼斯拍潟湖和运河，慕名去了布拉诺岛。这次装进旅行箱，打算合适的时候自己戴，赶上星池婚礼，正好送新娘子。

红衣姑娘叫一声叔叔，秉义站住，"叔叔，我要回去了。下次再来看您哈。"

"随时欢迎，"秉义中午喝了不少，还有一脸酒气，"就那条住家船。来不来我都在。"

"您真是个好人，都不问我是谁。"

"你是来拍照，又不是要债。"

"谢谢叔叔，说得好！"红衣姑娘笑起来，"您这是去哪儿？"

"给我那几只鸬鹚弄口吃的。"秉义说，突然诡秘一笑，伸长脖子，人半蹲，右手五指并拢，掌心朝下，放到额头前；左手掌心向上，放到腰后，"嘎，嘎。"他的右手和脑袋同时点动，左手跟屁股一起摇摆，学起了鸬鹚。那造型也的确神似一只鸬鹚。

"就这样，别动！"红衣姑娘眼睛一亮，迅速举起相机。

2014年，大河谭

从家到运河两千一百二十四步，从运河到工作室楼下，两千五百三十六步，哪一次步数不对，一定是鞋子出了问题。我每天就这样走，五个月，屡试不爽。今天步子有点多。从家到运河边，从河边到工作室楼下，每条路都多出了至少两百步。我走乱了。要是脚印在大太阳底下能留下来，你就会发现我的脚印歪歪扭扭、踉踉跄跄。这还不算，你还会发现我的脚印有点怪，好像是倒着脚在走，我把左右脚穿反了。这是进了工作室，助理小王告诉我的。他跟我说：

"谢总，您喝多了。要不要先把事情解决了再开会？"

我就喜欢这小子的机灵劲儿，看问题一针见血。当初把他从电视台带出来，也是因为他的锋利和准确。我问他，除了通州这一段运河，你还见过哪几段运河？你猜这小子怎么说？他说，谢老师，我生长在大西北，我们那里连条像样的水沟都找不到，所以我梦见最多的就是水。我没见过别的运河，但我了解我身上的血管，大运河经行中国南北，就像动脉血管贯穿我全身。我有点喜欢他了，但还是诚恳地提醒他，助理的工作不好干。他说，谢老师，那要看谁来干；有人把助理干成个打杂的，有人把助理干成了副总。我一拍桌子，就你了，跟我走。实践证明，我们俩都是对的。所以，在我的工作室，没有副总，我不在，其他人都听王助理的。

"喝多了，"我打了一个酒嗝，"有些事你拼了老命也解决不了。招呼大伙儿，先开会。"

真高了，自己灌自己。腿脚不听使唤，步子才乱得这么离谱，鞋子穿大穿小穿正穿反都不算个事。会得继续开，项目也得继续做。他们不必知道《大河谭》遇到了多大的麻烦。我去卫生间洗了把脸，小王帮我冲了一杯咖啡，一口气灌下。酒不这样喝，一个人喝酒我从来都是慢慢把自己放倒。窗外绿树掩映中的运河绵延滔滔。每天总有一两个小时我会站到窗边，就盯着这条大水无所用心地看。我经常遥想它一百多年前的盛景，那时候帆樯林立，舟楫相接，岸上十万人家，商铺云集，引车卖浆等做小买卖的，吆喝声响彻古老的街巷。那时候的人长袍大袖、峨冠博带，船夫和水手一身短打也利落，还有成群的纤夫光着上身，油亮的汗珠从古铜铸成的身体上滚落下来。有辛苦也有富足，热气腾腾的水边生活次第展开，完全是一幅活动的《清明上河图》。我喜欢火热的生活，那让我有一种在人间的感觉。所有人都陪在你身边，多好。我对着运河做了十几个扩胸运动，感觉喝酒前的那个自己又一寸寸地回来了。好，开会。

开会就是他们坐着，我站着。工作室没那么大。我跟八个年轻人说，抱歉，中午喝了点酒，实在是因为有好消息，又来了个财神，一笔可观的新投资到了。八种年轻的声音尖叫起来，嗷耶。他们轻信，不是因为江湖经验不足，你随便挖个坑他们就往里跳，而是因为他们拥有年轻的资本；这资本如此雄厚，足可以无畏地对任何事情抱持坚定的希望。他们没有失败。失败了也不叫失败。我跟他们说，现在《大河谭》是我们整个工作室最大的政治，除去常规项目，所有人的重心都该放在这个节目上。《大河谭》到了攻坚阶段。何为攻坚阶段？他们理解的是，该项目如日中天，大家伙更得竿头尺进，撸起袖子，在高速中再弄出个加速度。而在我，攻坚真就是攻坚，像围攻固若金汤的城池，是身高一米七八的希望面对两米二六的绝望。

财神没有来，已有的一笔投资却断掉了。就在上午。电视台的朋友在电话里知会我："哥们儿，对不住了，领导不开心。老同志对这个项目没信心，因为没信心，所以没兴趣。"

"当初他老先生可是鼓动我做的啊。"

"当初他还每天送李老师三朵玫瑰花呢，不照样离了？"

"领导"也是我的领导，辞职之前我们都在他手下干。李老师是领导的前妻，当年是台里的一枝花，台前幕后，厅堂厨房，在哪儿都是一枝花。领导基本上是以不知自尊为何物的决心和意志追她，我和给我通风报信的这哥们儿当年一起帮他打下手。那时候我们刚毕业，还没学会谈恋爱，一个长期帮他买花，一个专职为他望风，李老师一出现就提醒他，为他赢得了宝贵的时间好去整理西装和三七开的大分头。李老师有洁癖。他跟我们说，跟李老师比，天下女人只能是女人。我没弄明白到底什么意思，不明白的我都觉得挺高深，越发屁颠儿屁颠儿地往花店跑。电视台周围没一家花店的老板娘我不熟。"缘来是你"花店的老板娘三十多岁，体重不下一百五，有一天羞涩地对我说，小谢啊，难得世上还有你这么痴情的小伙子，但凡年轻十岁，我就算豁出去也要把你弄到手。吓得我两个多月没敢去她店里买花。李老师被追到手了。二十年后，李老师被离婚了。领导看上了台里的一个新人，小吴，比李老师年轻二十岁。我辞职前，领导语重心长地跟我们说，跟小吴比，天下的女人只能是女人。

也怪我不长记性，一个动辄就把某女人弄到所有女人之上的男人，怎么能随便相信呢？辞了职，我出来单干。不喜欢台里的作风，一年有大半年时间在做你不喜欢做的事，一天有大半天在做你不想做的事，干脆跳出来，老子不受这个鸟罪。还是老本行，做节目，做好了卖给电视台；或者从台里拿投资和项目，小国寡民地做，等于是合作。老子爱干什么干什么。起码做好的东西拿出来，我好意思让它姓谢。《大河谭》就是我跟台里合作的项目。那天我们三个又聚一块儿，想到哪儿说到哪儿，就扯到了叶落归根。我说我爸最近倾向比较明显，没事就想回老家上坟。胳膊疼了，他说是不是得给祖宗烧刀纸了；心脏早搏了，他也说是不是得给祖宗送点钱了；雾霾迟迟不散，他也认为是祖宗不高兴了。问题是，老爷子跑不动了，要去就得我去。更要命的，他老人家年轻时离开故乡，很少回去，我祖父祖母过世时，碰巧都在北京，就近全葬了这里。父亲的祖父祖母和曾祖父曾祖母埋在故乡的哪一块坟地里，他完全记不清。他只模模糊糊记得，小时候跟我祖父去上坟，要坐摆渡船从河北岸到南岸。祖宗就埋在运河边上。运河流经我老家那一段，少说几十公里，半个多世纪过去，就算老老实实没改道，火热的社会主义建设天翻地覆，这世界也早变了不知道多少茬儿了，我到哪里找。领导说：

"你老家的运河？哪个运河？"

"当然是京杭大运河。"

"这事你得干，"领导一拍大腿，咣一声，我真听出了银钱落地的声音，"大运河正申遗，上头要求台里配套上档节目。你来做。"

"怎么做？"

"我要知道怎么做还用得着跟你说？"

也是。领导的工作就是下命令，怎么干是下属的事。"这个，可观？"我把右手拇指和食指狠狠地捻了捻。

不必遮遮掩掩，他们都知道，我缺钱。离了。但我跟领导不一样，领导是离了李老师，我是被人离了。美满的家庭都是一样的，分崩离析的家庭各有各的离法。我的特点是：被离，孩子归前妻，我每月支付高额的抚养费。至于为什么费用高到法庭判决的两倍半，前妻的说法是，要把你儿子往高端人才的路上送，这点钱你就心疼了？你也可以每月只给五块钱，那我就按五块钱来养。她是在短信里跟我说的。汉字在我前妻的短信里充分显示了象形文字的尊严，一个个露出了狰狞的表情，发出阴阳怪气的嘲讽之声。很多年里我都没想明白，为什么咱们中国人一离了婚就成了仇人，完全不共戴天。这个很多年包括离婚前的很多年，我和老婆认真探讨了这个问题，离了婚还能做个知己嘛，生意不成仁义在，知根知底的。我老婆完全认同，但一离了立马翻脸，连普通朋友都没得做，不给你机会。因为儿子要念书，我把房子给了前妻，车也给了，家产劈出了五分之四，只好从朝阳搬到了通州西上园，这里的房子比朝阳便宜啊。这还不够，抚养费之外，儿子隔三岔五跟我说，这个要钱，那个要钱。总之，每个月我有幸去看他几次，不揣一两千块钱，基本上是近不了他的身的。我给前妻打电话，我说，就是不用了的前夫，你也不能铆着劲儿往死里整啊。前妻用鼻子哼了一声，前夫不前夫关我什么事，我只知道你是孩子他爹。

好吧，我是孩子他爹，我忍了。但忍不是一个道德、情感和态度问题，而是一个经济问题。我必须赚钱。

领导说："上头的任务，还能亏待你？"

我也把大腿拍出了金银落地的响动，"成交。"

其实我对大运河没什么研究。大运河通州段当然了解一些，那也是因为误打误撞搬到了这里，没事晚上会到河边散步，从新华东路走到东关大桥，下桥，北运河边修了宽阔的木头栈道，适合饭后消食。当初房产中介一再忽悠我：智者乐水，河景房啊谢先生，在楼上就能看见运河；往北，就是著名的燃灯塔，标志性建筑呢，北周时期建造，当年漕船跑了几个月，看见这塔才会心生安稳，京杭运河终点已到，此行圆满了。真住进来，哪儿看得到什么运河，河边的树都被前面的两栋楼挡住了。房产中介说，不是说在楼上能看见运河吗，你得爬到楼上啊。他说的是他妈的楼顶上。接了这个活儿，我突然觉得，看不见运河它也是河景房，我会时刻想到两千一百二十四步之外就是让我听到钱响的大河，值了。工作室当初纯粹为省钱，租在马路边上一栋楼的最顶层，也算有先见之明。我对大运河的确不熟，除了这些年从我爸、我爷爷奶奶那里听到的故乡运河，我知道的不比其他任何一个中国人多。

现在不一样，折腾来折腾去，我差不多也成了半个运河专家。

开始我只想从这个项目里套点钱。立项前装模作样召集了若干个专家会议，向老先生们三百六十度无死角地请教，如何挖掘和展示大运河的历史，以及在今天我们如何谈大运河。听过他们的建议，工作室再根据节目收视特点和我们自身的情况，制订可行性方案。我们是小作坊，就几条枪，必须出动集团军才能取胜的战役打不了，只能打游击。所以形式一定要漂亮，四两必须能拨得动千斤。推敲来推敲去，定下来以讲述故事为主，间以视频图片资料展示，栏目取名《大河谭》。

大河，京杭大运河；谭者，深谈也。辞职之前，我在台里主持过两档聊天节目，嗓子貌似还专业，人虽然发了点福，还没到看不下去的程度，在年轻人的鼓励下，就买了几身便宜的唐装，站到了租来的摄影棚里。站进去不麻烦，张嘴说也不麻烦，麻烦的是前期要搜集足够的故事和资料。计划做十集，十个故事，把京杭大运河的历史、当下和未来，政治、经济、文化和日常生活等方方面面都囊括进来。我和八个年轻人分头去打探，找线索、寻故事、查资料、做咨询，然后我们所有人，包括有关专家，坐到一起论证、整合，脚本、采访和现场拍摄同时进行。说是游击战，真做进去，那就是旷日持久的阵地战。

进展得不错。但我清楚我只使出了六七分力气。对我来说它就是个项目，立了项，拿到了前期投资，水到渠成地做下去，就成了。但行程过半时，我突然对这个项目有了感情，不由人。这当然跟父亲整天在我耳边唠叨有关，他整天说他那十九岁就离开的故乡，运河穿城而过。他老人家老是梦见小时候的运河：水是如何的清，两岸人家都在河水里淘米洗菜；撑竹排的人如何勇猛，大雨时涨水，他们舞动船篙跟旋涡搏斗；他还梦见上学路上，那个每天清早都在水门桥上练习周信芳唱腔的白衣女人，这些年她一点都没变老。据说，人对死亡有预感，临近生命尽头总会做童年的梦。问题是，父亲他一顿能吃三十个饺子，赶上我一天的饭量；而且心不老，一不留神就从母亲眼皮底下溜出去，到小区广场上找中年妇女跳舞。他是如此地热爱生活，距离油尽灯枯的那一天，不比北京到故乡近。母亲认为，这怨我，因为我整天把运河挂嘴上，老头子才动了凡心。

父亲在研究所待了几十年，练出了强悍的职业病，凡事一上心就当科研来搞，跟广场上的中年妇女跳舞是（据母亲的情报，他在中年妇女那里的市场没那么好），聊大运河也是。如果有人一天到晚跟你叨咕谁不好，那人就算是天下第一大善人，听久了你也会觉得他十恶不赦。就像前妻整天给我儿子洗脑，他老子如何如何不堪，我儿子真就信了，每次见我都把上半身撤得远远的，用看刑满释放犯的眼光看我。如果有人成天在你耳边唠叨一件事，那事哪怕再乏味，长此以往你也会莫名其妙地生出感情。父亲张嘴闭嘴大运河，慢慢地还真就把我说成"大运河的孙子"了，他自认是"大运河的儿子"。反正大运河成了我们爷儿俩的祖宗。

不过还有一个更重要的原因，那就是我的确越来越了解大运河了。干这个的嘛。或者说，因为了解越来越多，开始有点理解了。我不从道理上去理解，而是从故事、细节，从血肉丰沛的运河边的日常生活去理解它。我们采访过一位运河专家，老先生不说大道理，就讲他七十九年来如何与运河纠缠在一起，文字、图片、声音、视频，他自己的、亲人朋友的，全媒体展示，那四十五分钟就像他与运河共同的自传。片尾是老先生缓慢独行在运河边的视频，拍摄时阴天，快收工时突然云开日出，西半天霞光万丈，他漫长的细瘦影子平地生长，瞬间就横贯了半个运河。拍摄时我在现场，为自然的伟力和隐喻大大地感叹了一番。而真正进入摄影棚录制这一期的《大河谭》，一个多小时逻辑严丝合缝地讲述后，最后老人的影子突然铺到水面上，我这个以"出戏"的控制力见长的老革命，眼泪哗地就下来了。我不能自抑地煽起情来。我从来没有如此奢侈地用词，好像我怀里抱着一部正能量词典：

"这个镜头让我想起了敬业、忠贞和相依为命，让我想起了不忘初心、方得始终，让我想起了命运、光芒和不废江河万古流。"

我把送盒饭的剧务都给煽哭了。

这样的故事我们搜集了很多。跑船的，打鱼的，在运河边开了几十年店铺的，修了几十年船只的，沿运河边常年坚持长跑的，专门管理运河的公务员和警务人员，专做运河河鲜的红案大师傅，运河沿岸考古发掘的，拉过纤的，摆过渡的，罱过河泥的……但凡有点瓜葛能找到的，工作室的小朋友们都联系了。能成为主角当然好，成不了主角就作为补充素材备着，没准哪一期、某句话就用上了。开头三期相关资料我看得不多，第四期开始，我就看进去了，开始重新回头补看，还真有很多故事和细节能救火，关键时候就成了消防队员。

我开始上心了。这个行当需要上心，但这个行当又害怕上心；上心意味着可能做出好片子，更意味着必须加大投入，慢工出细活儿。我决定把《大河谭》弄成个精品。前期的投资早用光了，我把手头儿能挪用的钱全塞进去了。正满脑门激情，等着接下来的资金，电视台的哥们儿一瓢冷水浇下来，后续的投资要黄了。就上午，手机一响我就知道没好事。刚挂上我前妻的电话，儿子想报一个英语夏令营，相关费用外加在英国的吃喝拉撒，又是四万。我说需要这么多吗？前妻说，不相信就让你儿子拿发票回来报账，我会叮嘱他，进收费公厕也别忘了要收据。离婚对一个人改变如此之大，前妻原来写个年度工作总结都要我帮忙，现在成了语言大师，每个字都用得凉飕飕的。幸亏是她离我，要是我离的她，还不得成就个大作家啊。

挂了电话我斜躺进沙发里，好像前妻掏空的不是我的钱包，而是我的骨头。母亲从卫生间里出来，拎着我的黑夹克。昨天晚上洗澡前我刚扔进的脏衣篮。母亲说：

"我跟你爸商量了，咱们那老房子还是租出去。什么时候有人帮你照料这个家了，我跟你爸再把房客辞掉，搬回去。"

"妈，不是说好了空着吗？租出去就糟蹋了。不缺那几个钱。"

"省一个是一个。最近你也不宽绰。"

"谁说的。生活费用光了？这就给您取去。"

"行了，别硬撑着。瞒不了你妈。"母亲把夹克里子翻出来，拍拍胸前的口袋，"有阵子了，你这口袋里一分钱没落下。过去可不这样。你这马大哈，哪次洗衣服之前我不掏出三五百的零花钱。"

我细想了一下，一点没错。我也想起来，已经两个月没给母亲生活费了。这依然不能阻止我嘴硬，"最近改用钱包了嘛。"

电视台的哥们儿电话打来了。一听见《步步高》的铃声，我就有种不祥的预感，果然，手机里传出的第一句话就是：

"兄弟，我知道你的心理素质过硬。"

"有喜事，就现在说；报忧，还是晚上吧，免得我一高兴夜里睡不着。"

"还是现在说吧，说晚了怕你损失更大。"

我清晰地感到趴在脑门上的头发站起来了。为了避开坐在藤椅里看报纸的父亲，我走到阳台上。

"没办法，领导没兴趣了。"

"原因？"

"没信心了。觉得大运河申遗成功可能性基本为零。据说台里的大领导也是这个意思。一是大运河济宁以南还在运行，活得好好的，跟遗产扯不上关系；二是他们出差看了德州和沧州一线的运河，都成了臭水沟，有的地方连河床都找不到。消失的东西，'遗'在哪里？所以，不成立。"

"还在使用的那部分是'活态线性文化遗产'啊。有点文化行吗？当初立项时说得明明白白，每个字都是透亮的啊。臭水沟咱们可以整治，个别地方的河床只是看不见了，又不是飞了，挖几锹是可以找到的。"

"别跟我探讨严肃的学术问题，头大。我也就传个话。就算你能要来后续资金，估计也就是个人情钱。当然，人情钱也是钱嘛。兄弟，只能祝你好运了。再见。"

挂了电话，我抡起手机转了一个大回环，还是塞进裤兜里。真想把它摔到领导脸上。屋漏偏逢连阴雨，说的就是我这个操蛋的上午。我进书房坐下来，把一张A4打印纸折成四瓣儿撕开。在两张纸上分别写上"继续"和"终止",团成阄,放进毛竹做的空笔筒里。晃两下,停下来,我找来第三张纸片,又写了个"继续",窝成一团投进笔筒。准备将笔筒倒扣在书桌上时,还不放心,在第四张纸片上也写了"继续",团好了放进笔筒。我摇啊摇,晃啊晃,倒扣在桌面上时我对着电脑旁的一摞大运河资料说:

"兄弟我尽力了。"

我拿开笔筒,闭上眼在四个纸团中捏起一个。打开:"继续"。这个纸团留在笔筒里,其他的扔掉,我把钢笔、铅笔、毛笔、圆珠笔重新插进笔筒。听你的。然后从书橱里找出存了十年的那瓶茅台,拎到饭桌上。

父亲在收拾饭桌,瞥我一眼,"皇历改了?"

"望和历。"我纠正他。

"嗯,望和历。改了?"

我的工作室叫"望和影视工作室"。小朋友们为了扩大宣传,别出心裁做了一个"望和历"。元旦前做好下一年的日历,某年某月某日,阴历是哪天,该日适合干什么、不该干什么,历史上的这一天发生过什么大事。有纸质版,也有电子版,便于网上发布。我带回一份纸质版,母亲挂到门后头,每天出门前老两口都要盯着看一看。今天上头写的是:宜出行;忌酒,忌决策。我搞不清每一天的"宜"与"忌"的根据何在,也懒得问,年轻人总是有办法。

"我有个重大决定,得庆祝一下。"

"真改了。"父亲说，从老花镜后往厨房看，"待会儿我征求一下你妈意见，看这酒能喝不能喝。"

老太太向来喜欢把重大决定往好事上想，还是用茅台庆祝的，肯定是大事。她走到门后，把最上面的那张"望和历"扯下来，说："今天已经过去了。"

我跟父亲放开来喝，一瓶茅台见底了；为了最后的半杯酒，还把瓶口卸了，取出了那两颗玻璃珠。母亲也象征性地列席了一下，喝了一杯三钱的。那顿饭吃完也到了下午，我反穿着一双鞋摇摇晃晃来到工作室。

八个年轻人，八张蓬勃向上的年轻的脸。我说："现在新的资金即将注入，对《大河谭》接下来的编辑策划，有没有信心？"

"有——"

他们把声音拉得跟一千七百九十七公里的京杭大运河一样长。他们有信心，我就有信心。人到四十，我经常觉得力量并非来自深思熟虑，而是源于激情。激情没了，想得再明白都白搭。手托腮帮一不小心就会耗掉一辈子。

"你们有，望和工作室就有，《大河谭》就有。说说，你们又有什么新发现、好点子？"

分管美工的小钟说，她在网上搜到两年前的一个摄影展，主题是"时间与河流"，照片拍得非常好。小钟毕业于中央美院，学的就是摄影，眼光极高，她说好，必是不一般的好。她把笔记本接上投影仪，将下载的照片以幻灯的方式打开。像素和光线在白墙上打了不少折扣，大家依然觉得美不胜收。尤其是照片中强烈的故事性，已有小朋友击节叹赏：这就是我们想要的。没错，就是我们想要的。我们要的就是细节和故事，这些照片已经提前给我们准备好了。哪怕只是人物的面部特写，你也会觉得那个人的表情里藏着很多故事，如果开口，讲上三五个钟头没问题。更多的照片是生活瞬间的定格，有天地、风物和人。所有景物在摄影家的镜头里都不是死的，而是处于运动中的某个环节，看得见它的承前启后。有一组船上人家的婚礼照片，每一张都堪称绝妙。我问小钟，是不是摆拍？小钟说，据摄影展的作者自序，所有照片都是随机抓拍。根据资料介绍，她也比对过，展出的照片基本都来自京杭大运河。还有几幅拍的是龟裂的河床，像老树或伤口，满腹心事，触目惊心。如果这些也来自大运河，可能就是让领导没信心的济宁以北运河的某一段了。就算这些凄厉的场景，也完全是为我们量身定做。

"作者资料有吗？"

"查过了。孙宴临，女，三十二岁，淮安某大学美术学院副教授。照策展方提供的座机电话，打了多次没人接。"小钟摁了下一张幻灯片，一个低头的年轻女人照片。一头乌黑油亮的短发，头形很好，整张脸只能隐隐看见一个圆润的下巴尖。"这是作者。已经是露脸最多的一张照片了。"

是个好题材，但得做好打硬仗的准备。对绝大多数人，办个大型摄影展肯定是光宗耀祖的大事，恨不能把自己照片也挂半个展厅，她只勉强露出一个下巴，我预感会比较难缠。会议结束，我让小钟和另一个擅长写脚本的小伙子到我办公室。一要继续联系作者；二要继续搜集相关材料，照这题材必用来准备。先预备两种方案：作者能联系上，且愿意配合录制这期节目，当然是上上之选；倘若作者遍寻不遇，或者找到了但不配合，那就以"寻找摄影家"为线索展开这一期节目，此为第二套方案。我嘱咐他俩，筹备的过程中脑子要经常分分叉。临出门，我让小钟把她的 PPT 发我一份，我也琢磨一下。

　　孙宴临果然难缠。小钟从她执教的美术学院得到电子信箱，发邮件过去，过了两天回过来八个字：在荷兰，回国后联系。按学院提供的课表，三天后她有课。第四天，小钟又去邮件，详细说明来意，言辞恳切。这次动作倒是挺迅速，当天晚上就回复了：诸事繁杂，也没兴趣。若照片合用，尽可网上自取，无版权之虞。小钟把邮件转我，问接下来怎么办。

　　我也不知道怎么办。我坐在书桌前，一遍遍翻着电脑上孙宴临的摄影作品和她本人照片。拍得是真好。有幅黑白照片，岸如石壁，水如月光，刚把竹排撑到岸边的渔人，裤脚高卷，一高一低，干瘦的上身赤裸，背起正在滴水的渔网猛一回头，看见了她的镜头。胡楂参差的渔人叼着烧了一半的烟卷，半截烟灰在他回头的一瞬间掉下来，落到胳膊肘的位置被相机截住。烟灰拉出一条线，水滴拉出很多条线，水波更多，曲曲折折扯出半个画面的线，而渔人的眼神里扯出的线，覆盖了整张照片。照片取名《挽歌》。渔人忙活了一天，脚边的铁皮桶里空空荡荡，半条鱼都没打上来。看得我心伤，顺手点了根烟。父亲进来时，我刚抽第三口。

"忙啥呢？"老爷子说，"你妈命令咱爷儿俩吃饭。"

"看运河照片。"我按了个下行键。

父亲用下巴指指电脑屏幕。是只露出下巴的孙宴临。

"哦，我在找这个摄影家。"

"那就去找啊，还坐着干吗？心动不如行动。"老头子嘿嘿地笑。

是啊，为什么不去找呢？我突然想起来，这个孙宴临，不就是在父亲心心念念的老家淮安嘛。我把照片往前翻，让老头子看。

父亲凑上去，一张张翻，偶尔停下来，犹疑着不敢下判断。"就是咱们老家啊！"他说，转眼又说，"像。有点像。到底是不是呢？"最后说，"唉，人老了就是麻烦，连记忆力都不听你的了。"父亲精通指桑骂槐的技艺，他这么一说，我就知道他在提醒我，该替他回一趟老家了。但我就是装傻。母亲在客厅下通牒，再不吃饭菜就直接倒掉了。爷儿俩往客厅走。坐到饭桌前，父亲诡秘地对我说，"儿子，我觉得那姑娘长得挺漂亮，你抽空可以去咱们老家找找。"

"人家也可能不在咱们老家啊。"

"没去找，你怎么知道不在？"

母亲敲响筷子，"饭也堵不住嘴。"

"说上坟的事呢。"父亲说，扭头看挂钟，"从现在开始，晚上六点十六分，这顿饭不再说一句话。吃饭。"

找漂亮姑娘突然扯到了上坟，瘆得我差点被稀饭噎住。老头子这逻辑，不知道他这辈子科研是怎么搞过来的。不过倒是个好建议，一箭双雕，为什么不呢？

第二天去了工作室，忙活一整天，诸项工作一一交代清楚，次日一早，赶六点多的飞机去了淮安。

父亲给了我堂叔堂伯的姓名和地址，也就是我祖父的哥哥家的两个儿子。堂叔是清江拖拉机厂的工人，堂伯在淮海剧团唱戏，多年前就该退休了。我上网查了，淮海剧团还在，一度与上海拖拉机一汽车联营厂、天津拖拉机制造厂齐名的清江拖拉机厂产值为零。茫茫人海，这老哥儿俩未必比孙宴临好找。我在大学附近找了一家酒店住下。

这两天孙宴临没课，没课不会去学校，课堂才是找到她的最佳地点。我决定用这两天把淮安这一段运河认真看看，跟孙老师聊起来也有谈资；见到我的堂叔堂伯，也不会露怯。我可以告诉他们，这些年我和父亲身在北京，心系故土，时刻关注运河的风吹草动。在这座城市，除了GDP，最重要的肯定是运河。千年大河穿城而过，它是它的血脉，也是它文化的源头。我给旅行社打电话，找懂行的导游，一对一运河文化两日游。

导游是个小伙子，姓胡，叫他小胡或者胡导都行。胡导不"胡导"，这小子有两把刷子，据说参与了本市文广新局大运河申遗的材料撰写，讲起运河心里有一本大账。从吴王夫差开凿邗沟一直到眼下的申遗，沟沟坎坎，每个拐点都门儿清。他把司机也省了，开车带着我，两天里把大运河淮安段的六十八公里一厘米一厘米地跑遍了。

大运河与淮河入海水道交汇的"水上立交"。里运河。裁弯取直后的新辟大运河。淮安船闸。漕运总督府。漕运博物馆。镇淮楼。文通塔。河下古镇。板闸。大闸口。老坝口。清江浦楼。御码头。若飞桥。南船北马碑。水门桥。北门桥。都天庙。慈云寺。石码头。花街。文庙。大王庙。丰济仓。西长街水龙局。清晏园。废黄河。码头镇。洪泽湖大堤。仁义礼智信五坝……

因为做《大河谭》，断断续续了解一些淮安段运河，沿河走一圈，纸上谈兵的局限就出来了：思维老是跟不上，慢半拍。我跟小胡说，年纪大了，记忆力开始拖后腿了。他跟我一样清楚这就是个掩耳盗铃的借口，但他只笑，不说破。小胡本地人，运河边长大，河边一棵草的荣枯他也看了三十苍儿，所以张嘴就有"事"。他看得如此明白，大河仿佛一直流在他的眼皮子上。我约他，没准节目里需要他露个面，小伙子对我做个 V 字手势。

"必须的，"他说，"就是条臭水沟，在你家门口流了上千年，也成了母亲河。"

一教室的注册生和旁听生里，我年龄最大。有句俗话说，羊群里跑出头驴；我坐在最后一排，大部分时间低着头。孙宴临讲课用 PPT，也用黑板和粉笔，她讲"郎静山集锦摄影研究"，是门选修课。当她点 PPT 播放郎静山的照片和中国传统的水墨画，或者转身在黑板上分析两者山水、人物构图的层次时，我就抬起头，看这个小我八岁的女老师。她比照片上好看，尤其眼睛和嘴唇。双眼皮，眼大大的；唇形很好，很多女人化了妆也未必有她素颜时的唇线饱满清晰。这节课她讲的是郎静山集锦摄影中的"非时间性"问题。该概念源于法国作家安德烈·马尔罗的艺术史论著《非时间性：众神的变形》，所以，她从这本书说起。真正生动的艺术不应被当作简单的物体般来看待，它具有把瞬间"非时间化"的能力，使之成为非主观的时间。这是艺术形而上学的概念，而非永恒的范畴；或者说，是用"反命运"的方式来抵抗时间，时间是所有艺术的敌人。

有点绕。不知道这段高论是马尔罗老师亲自说的，还是孙老师的理解，或者别的研究者的论述。当然，可能是我没能力听懂。我看见很多学生都露出会心的微笑，越发让我这个老学生惭愧。马尔罗我还是读过几本的，《人的命运》《王家大道》《反回忆录》。郎静山的照片我也看过一些，有些照片非常喜欢，特地嘱咐过小钟，收集素材时，把郎静山跟水有关的照片整理好备用。比如《晓汲清江》《风雨中的宁静》《沼沼秋水》《寒江独钓》《树影湖光秋气爽》《烟江晚泊》《吴门归棹》等。

"郎静山的'集锦摄影'，将不同底片叠置，把不同的景物并行、插入，多次曝光，由此制作出的'摄影风景'给后来的摄影者提供了很多启发。"孙宴临说。她穿一件黑色薄皮夹克，戴一条白底蓝星的绉纱围巾，"至少对我个人产生了重大影响。小时候，神秘的郎家大院激发了我对摄影的好奇；现在，'集锦摄影'的方法又让我对绘画和摄影艺术有了新的思考。"

郎家大院！我差点举起手。赶紧用手机上网搜索：郎静山，清光绪十八年（1892）生于江苏清河清江浦（今淮安市区），祖籍浙江兰溪游埠镇里郎村人。在清江浦生活十二年后，郎静山赴上海南洋中学求学。后来我问孙宴临，郎静山对你的影响真有这么大？孙宴临斜我一眼，那还用说？你们家出门右拐走两百步，就是传说中的摄影大师故居，你会没感觉？我想了想，应该也会有。

但是那天孙宴临连斜我一眼的机会都没给。两堂课连上，课间休息十分钟，给学生接开水和上厕所。我瞅着讲台前没人，凑上去恭恭敬敬地叫声孙老师，我是谢望和，为《大河谭》，千里迢迢从北京专程来拜见孙老师。孙宴临眼皮都没抬，盯着中国摄影出版社2003年7月出版的《摄影大师郎静山》一书，那页上印着郎静山创作于1963年的摄影作品《松荫高士》。她对着张大千扮演的高士说：

"你们工作室有个姓钟的姑娘联系过我。抱歉，真的没兴趣。"

"不好意思，打扰了。如果方便，能否课后单独请教，就耽误您半小时。"

"下课再说。"她还是没抬头。

上课铃响了。我回到座位上，听孙宴临讲郎静山时，脑子开小差，琢磨如何把郎静山有机地融入这期节目里。没做过专门研究，但我一厢情愿地认为，在清江浦度过童年的郎静山，一定受到了运河的影响，与水有关的诸多作品即为明证。孙宴临把郎静山的摄影作品与中国古典文学和绘画做了详尽的比较研究，在虚与实的处理、抽象与具象的转化、摄影与绘画意境的融合、传统与现代的破与立等问题上，借助现代传媒，进行了操作演示，深入浅出地阐释了郎静山，让我这个外行都觉得自己把大师弄明白了。

五十分钟很快，中间回了助理小王两条短信，在速记本上给孙宴临画了一幅有几分像几分不像的肖像，重点是她的头发、眼睛和嘴，下课铃就响了。我迅速堵到前门口，防止她跑掉。这想法纯属多余，一大堆学生拥到讲台前跟她讨论。我倚着门框等。很多年没有认真坐下来连听两节课了，累坏了。这个倚门而立的动作，在孙老师看来相当的轻佻，不像四十岁的中年男人该干的事，所以那天她在解答学生疑问时，抽空狠狠瞟了我几眼，觉得这个人高马大的男人挺讨厌。所以她一点都不想理我。所以，在我发现还有四个同学排队等她回答问题，决定先去个卫生间，然后又飞快地从卫生间回到教室门前时，她趁机提前溜走了。她跟那四个同学说，非常对不起，有急事，下周同一时间继续讨论。

对她的这种行为我也很生气。副教授也要为人师表嘛，学高为师，德高为范，起码你得守信。我直接去了美术学院教务办公室，不是投诉，是打听她的电话号码。教务员是个慈祥的老大姐，她说刚刚小孙交代了，凡索要联系方式者，一概坚拒。

"不是婉拒。"老大姐特地补充，"小孙的意思，坚决拒绝。"然后老大姐压低声音，附到我耳边，"年轻人，要有耐心。"把我当成求爱的了。

好吧。我说："谢谢大姐，找到了一定请您吃糖。"

老大姐很潮地"嗷耶"一声，"到时候可得给大姐双份啊。不要巧克力，只要上海的大白兔。"

我也回她"嗷耶"。这都什么事。

跑了和尚跑不了庙，后天孙宴临还有课，就不信抓不住你。出了大学，我拦了辆出租车。司机问去哪儿，我说清江拖拉机厂和淮海剧团，哪个近去哪个。司机就把我拉到了一品梅路4号。刚进淮海剧团大门，工作人员一只胳膊挡在我面前。

"我找谢仰止。"

"谢仰止？谁啊？"应该是门卫，用的是跟我祖父祖母一样的方言。

"退休演员。"

"退休了我哪知道。"

"唱过《樊梨花点兵》和《皮秀英四告》。"

"这两出戏我也会唱。"

"你们的退休职工，联系方式总该有吧？"

从大厅里走出来个领导模样的中年男人，跟我说办公室的人出去开会了，换个时间再来。退休人员的联系方式在办公室那里。听说我找谢仰止，说："老谢啊，去古虹桥边的周信芳故居找。这老家伙改唱麒派了。都天庙街隔壁。"

打车去周信芳故居。想起我祖父祖母两人在北京，吃过饭就往机器前一坐，雷打不动听周信芳。周先生中气十足略带沙哑的嗓音，听得老两口摇头晃脑、摩拳擦掌。开始是唱片机，后来是转磁带的录音机，然后是影碟机，恨不能一天二十四小时单曲循环。《徐策跑城》《萧何月下追韩信》《鸿门宴》，听多了我都会唱了。小学五年级，跟同学打赌：夏天晚上钻进北大，从未名湖博雅塔那头往翻尾鱼石处游，看谁先抓到鱼尾，输了在联欢会上表演节目。我输了，就唱了《萧何月下追韩信》经典的那段，从"我主爷起义在芒砀"到"撩袍端带我把金殿上"。唱的时候心里还打鼓，担心顺不下来，过去只是听，从没试过。竟然没怎么走板就唱下来了。为达到周先生的效果，我粗着嗓子吼，唱完了再说话，嗓音更像周先生了。

周信芳故居在河边上。转过一座小桥，一个古朴典雅的小院，院门上方的匾额上题写着"周信芳故居陈列馆"。1895年1月14日，周信芳出生于此。六岁离开这里，随唱青衣的父亲周慰堂去杭州，师从陈长兴练功学戏。故居里藏品不多，以图片资料为主，陈设也简单；院子前后植了丰肥的芭蕉和藤萝，显得蓬勃兴旺。现在主要是京剧票友雅集和日常吊嗓子的好所在。都傍晚了，闻得到街巷里晚饭的香味，小院里还在咿咿呀呀地唱，京胡、二胡交替响。有唱《贵妃醉酒》的，有唱《借东风》的，有唱《四郎探母》的。有唱的就有听的，时不时一团叫好。

我问了一个看热闹的大爷，说谢仰止刚走，晚饭后还会再来。他们像上班一样每天来，只是上班时间各有讲究。大爷说，我堂伯每天半下午来，听一阵唱一阵，回家吃晚饭，饭后遛一圈，拐个弯又来了，一直到故居小院关门。我堂伯是个人才，唱了一辈子淮海戏，退了休改唱京剧了，还专攻麒派。要不说那剧团领导提起他，五味杂陈地"老谢"呢。在淮海剧团里潜伏了几十年。我找了个马扎坐下，等。

一等不来，二等还不来。我又问那大爷，大爷说，这就该来了。再问；应该很快就到了。弄得我也不敢走，怕前脚走，我堂伯后脚来了。实在饿得心抖肝颤，那会儿天黑过好几个钟头了，我打算第四次问那大爷，大爷早回家了。票友只剩下四个：一个唱的，一个拉二胡的，外加俩看客。我连看客都算不上，就是个找人的。谢仰止这会儿没准已经睡着了。我出了小院，哪里灯光亮堂就往哪里走，见到头一家小饭馆就进去：一碗长鱼面，两瓶啤酒，半斤猪头肉。

吃舒坦了，跟麒派京戏听舒坦了，是同样的舒坦。我抱着肚子出了小饭馆的门，找块石头坐在路边，抽了两根烟。

这是我祖先的城市。父亲说，落户淮安的第一代先祖叫谢平遥，在漕运总督衙门里当翻译，相当于现在的公务员。后来这位平遥公去了清江造船厂，这地方现在连遗址都找不到了。平遥公在造船厂也没待几年，辞去公职，沿运河北上到了京城。也没待多久，开始跟一群士人举子追随康梁改良的余绪，其后拥护革命党，接下来反对袁世凯。在北京待了十几年，袁世凯称帝前，点名要灭掉他。平遥公地位名望应该很一般，反正我在相关的史料中没见过"谢平遥"这个名字。但谢平遥英语好，据说后来自学了意大利语，法语、德语也通一点，起码吃喝拉撒日常交流应付得过去，这在一百年前绝对是难得的人才。那时候的清政府和袁世凯不怕中国人，怵的是外国人，就怕洋人说三道四。我先祖平遥公有能力把洋人的说三道四翻译成汉语给中国人听，所以他们很讨厌他，觉得他也挺重要，悬了赏金要他的人头。这都是我祖父说的。说起自己祖父的脑袋很值钱，我祖父十分得意。

但是平遥公最终还是回了清江浦，至于原因，我祖父语焉不详。有时候说为了逃命，人家悬赏了嘛，在北京混不下去了；有时候又说受了刺激，心灰意懒，回老婆孩子身边养老了。究竟什么刺激他又说不清，但是有一件事我祖父言之凿凿，那就是平遥公写过不少关于运河的文章，用宣纸和毛笔，竖着从右往左写，他小时候亲眼见过。我认为有一定的可信度，首先有目击者，我祖父；其次，寓居北京的那些年，平遥公隔三岔五会回清江浦，大河上下来来回回回总得有个一二十趟吧，一连数日困在船上，书读累了只能盯着水看，想不成专家都难。回淮省亲的次数，有平遥公的儿女数量为证；我祖父回忆，他祖母前后怀过十二个孩子，虽然活下来的没几个。就算高祖母土地肥沃，那也得高祖父去播种啊。

问题是，依然没有什么资料可以证明平遥公是研究运河的专家。我祖父到老了，某日在家看电视里周信芳的录像。抗日期间，周先生为救亡募捐，到北京演出，一路有意大利记者随行采访，我祖父突然冒出来一句：

"哎呀，我爷爷当年陪过一个意大利人来过北京！那是个运河专家！"

那又怎样？陪意大利运河专家来北京，不等于他也是运河专家。

"也是啊。"我祖父抹着他那已经掉光了头发的脑袋，想得十分用力，"可是，你太爷爷写的那些文章跑哪儿去了呢？"这话是跟我父亲说的。

那时候我父亲还是研究所里的科研骨干，尚未培养起跟年轻妇女跳舞的兴趣，回到家就在草稿纸上列各种奇怪的算式。我父亲说："没准'文革'时被抄家抄没了。"

"当时咱们家住在偏远的河边，周围一大片野地。"祖父又使劲儿想了想，"没抄出啥啊。他们嫌远，不愿去。那时候你太爷爷八十了吧，每天坐在太阳底下，守两块碑，有人求字，他就拓一张给人家。像个慈祥的弥勒佛，人缘好极了。"

"拓碑干吗？"我问。

"你高祖父字好，街坊邻居没事就来求一幅，装裱后挂家里，或者当礼物送人。老爷子来者不拒。八十岁写不动了，就写了龚自珍的两首诗和一篇文章，找人刻到碑上，谁再要字，他就拓了送人。"

"免费？"

"当然。奇怪的是，碑刻好后，求字的人却少了。经常在太阳底下坐两三天，也送不出一幅字。"

"碑呢？"

"早不知被谁砸了。没人求字也有原因，乱了，运动了，谁还有心情看字。"

"那我高祖父后来呢？"

"死了。中午我去叫他吃饭，他坐在太阳底下的藤椅里，头歪在右边的肩膀上，气都没了。医生说，嗓子眼儿里有痰，堵上了，一口气没上来。旁边就是写了龚自珍诗文的两通石碑。"

我和父母都不吭声。老祖宗死了，我们觉得应该沉默一下，以寄哀思。祖父对我们的安静表示诧异，问我们怎么了。

"高祖父死了啊。"

"死了就死了。谁不死？"祖父说，"我跟你说，望和，我最高兴的一件事，你知道是什么吗？"

我们都看着他。我们知道他马上就会公布答案。自问自答是祖父老了以后最重要的交流方式。

"就 ——是，"祖父的声音像坐上了秋千，"你爸爸跟你高祖父一样，也来到了北京！"

坐在淮安的街头上，我还能想起祖父说这话的表情，两眼突然变得比光脑门还亮。好像他儿子来北京不是普通的求学和工作，而是跟一群人平地建起了一座北京城。

祖父已经故去有年，如果他老人家还在，知道我现在正做《大河谭》，成了半吊子的纸上运河专家，没准这会成为他"最高兴的第二件事"。在他老人家看来，能在运河的问题上跟高祖父保持一致，那也是惊天动地的大事，差不多等于运河是咱们谢家人开凿出来的。

坐在祖先的城市里，我不觉得陌生，当然也不觉得熟悉。很小的时候来过，被大人抱在怀里，黑眼珠也滴溜溜地乱转，什么都没记住。我又抽了两根烟，决定明天去找清江拖拉机厂。

第二天睡到自然醒，打了114电话查询，又上网搜索，确定清拖萎缩成一个小企业，迁到了城东南的开发区。在北京生活惯了，到哪个城市打车都不觉得远，安心地看出租车计价器上的数字在跳。跳到三十八块钱时，停下来。当年中国拖拉机制造业的三大巨头之一，如今变成了一个袖珍的门脸。我在门口抽了一根烟才进去。在祖父和父亲的描述里，清拖何等风光，大得足以自成一个帝国，你可以三百六十五天在厂区里不出门，社会主义的美好生活一样也不会落下你。必须抽一根烟才能弥合这个心理落差。

留守处的工作人员也在抽烟。五十岁左右，上个星期的胡子到现在都没刮，烟雾从胡楂中间穿过，给我一种生活兵荒马乱的感觉。他对每一口烟都无比迷醉，吸入时用力，像在吸世界上最后一口氧气；吐出时嘴巴大张，每一颗黑灯瞎火的坏牙都数得出来。他坐在一把木椅上，让我写出堂叔的名字。

谢仰淳。

他把嘴撇开来，歉疚地摇摇头，没印象。

"退休了。"

"退休了啊，我说呢。"他如释重负，狠狠地抽一口烟，好像退休了不认识不算渎职。

我递给他一根苏烟。到了江苏要抽老家烟。

"我帮你查查，"他起身去背后的一个柜子里翻找。半根烟工夫，他说，"想起来了，想起来了。谢仰淳，就是被车轱辘砸死的那个。"

头脑嗡一声就响了，"您说的是那个谢仰淳吗？"

"咱们清拖历史上只有一个谢仰淳。"他坐回原位，可能觉得我堂叔死了，我需要安慰一下，问我要不要从窗户那边绕过去，进门到房间里坐一坐，我说站在这里就很好。我只想把堂叔的死因听清楚。"原来死的是他啊。"他点上我给他的苏烟，我随手又递给他一根，"好多年前就听说了。那会儿你堂叔还没到退休年龄吧，下班路上被车轱辘砸死了。你说世界上就有这么巧的事，出门撞见鬼。一辆卡车正踩着油门挂在四挡上跑，一个轱辘脱落了，车子在这边继续跑，轱辘往那边跑，一边跑一边跳，遇到个坎，跳得更高，落下来，砸到骑着自行车的你堂叔，脑袋都砸扁了，脑浆崩了一地。"

我赶紧又递一根烟，没必要再说了。我转身来到大街上，谢谢都忘了。没见过谢仰淳，但他是我堂叔。觉得胃里有东西往上翻，必须亲自抽一根烟才能平息这恶心。一个制造车轴辘的人，最后被车轴辘砸死了。

在开发区宽阔的马路上踢踢踏踏地走，突然有种无所适从的空寂。闲得慌，闲得发慌。在北京天天忙得脚不点地，电话、微信、短信、邮件，各种提示铃声，一天到晚就没断过响，好像我是多重要的人，被全世界人紧急地需要着。到这里，手机突然失声了，所有人集体约好了似的放我一马。梦寐以求的空白终于到手，我却不知道干什么了。这就是传说里的"生命中不能承受之轻"吗？我像个二流子在祖先的土地上晃荡，晃得身心空空荡荡。突然电话响了，我得救一般赶紧摁了接听键，就是个骚扰电话，我也打算跟对方认认真真地聊上一会儿。

助理小王打来的。网上署名"瑞拍客"的瑞典小伙子找到了。西蒙·格朗瓦尔，二十六岁，哥德堡人。在苏州学了几年汉语，毕业后找了份给欧洲报刊自由撰稿的工作，继续待在苏州。此人闲下来喜欢到处乱逛，边逛边拍，觉得好玩的就发到网上，自命"瑞拍客"。他的短视频中，有一个大运河系列，从南到北，"一个歪果仁眼中的水边中国"。工作室的小朋友在网上偶然发现的，觉得有点意思，前些天跟我说过，我说好，跟进，该搜集的搜集，该整理的整理，然后寻找作者。小王说，找到了。西蒙·格朗瓦尔刚娶了一个中国女孩，成了苏州的女婿，他对我们的节目很有兴趣，如果需要，随时可以出镜。不过最近他想带媳妇回老家待一阵子，见见父母，看看瑞典，我们得给他个确切时间，要不就等他回来再说。小王担心等他回来黄花菜都凉了，问我怎么办。我说当断就断，让他们把手头儿的材料先发给我，现在就回酒店看。做不做下午就给他个准话。

有事做的感觉真他妈好，我拦辆出租车直奔酒店。进了房间，打开电脑，小王已将相关材料发过来了。看完挑选出来的三十九个视频，以及小朋友们草拟的方案，觉得可行。视频里的西蒙·格朗瓦尔给了我一个好印象，面对运河，他的眼睛里闪动着真诚的光。这一点很重要，他是真心喜欢这条浩浩荡荡的长河。这家伙贪玩，在拍摄运河人家的生活时经常搞怪，努力用不同的方言跟当地人瞎聊，搞得大家都很喜欢他，积极配合他的拍摄。有一个视频里，他指着一条张大嘴活蹦乱跳的鲤鱼说，这条鱼我不敢吃。人问为什么，他一本正经地说，它是活的，我怕它咬我。缺了门牙的卖鱼大爷被逗得咧开嘴笑。

看完视频，整理出一个思路，把方案又给完善一下，发过去，已经下午三点。到酒店附近一家老字号面馆吃了碗面，又去礼品店买了些礼品，打车再去周信芳故居。

下午四点半钟的故居最热闹。午睡都起了，晚饭还远，不上班的票友全来了。整个院子里三五成群，咿咿呀呀此起彼伏。唱老生、唱青衣、唱花旦、唱老旦、唱花脸的都有。院门敞着，我从院子里最近的一拨看过去，希望能在哪位老先生的脸上认出老谢家的表情来。转到第二拨人时，昨晚那个大爷看见我，对我招手。他和一群人围在一个亭子下，他还是个听众。我走过去。他对一个跷着二郎腿坐在躺椅上的老人说：

"老谢，有人找。"

老谢扭过脸来。我能肯定这就是我堂伯谢仰止，他对陌生人的警惕和犹疑，可能是谢家祖传的，反正在四目相对的那一瞬间，我在他的脸上看见了我祖父的表情。他是我祖父的亲侄子。我堂伯在这一群人里显然鹤立鸡群，他就是干这个的，虽然退休之前唱的是淮海戏。他的专业身份和地位，他在多年的表演生涯中养成的做派和优越感，就连多年经营和保养的皮肤和身段，也让他在一群中老年票友中占据了绝对优势。只有他一个人半躺在椅子上，唯一一架躺椅。别人坐的是木椅子、条凳、自带的小马扎，或者站着。谢仰止穿一身黑，对襟盘扣外套，方口的北京黑布鞋，素净，低调的深沉和奢华。他用力看我一眼，没说话，用眼神问我谁。

"伯伯好，"我尽力走到他面前，弯下腰，"我是望和，我爸谢仰山，您兄弟。"

谢仰止还是不说话。但我能看出他的胸脯在起伏，他在控制自己。

"这次来淮安出差，爸妈嘱咐我一定过来看看您老人家。"

"你，真是谢仰山的儿子？"我堂伯慢悠悠地终于开口了。

"千真万确。"

"谢仰山头上有几个旋儿？"

把我问蒙了，没见过这种查户口的套路，"一个都没有。"

"瞎说。没有没旋儿的人。"

"对不起，伯伯，我还真不知道我爸头上有几个旋儿。他早谢顶了，能长旋儿的地方一根头发都没有。"

"先别叫伯伯。"他依然半躺在椅子上，二郎腿也没放下。

亭子里的演出停下来，都看我们爷儿俩。这一段认亲肯定比戏里的认亲要精彩。

"这是我的身份证。"我把身份证从钱包里掏出来，递过去。

"这个只能证明你是你，不能证明你是谢仰山的儿子。"

我倒是想起父亲和祖父说起的谢仰止小时候的几桩糗事，但那些年少的恶作剧要在大庭广众之下讲，等于当众扒我堂伯的裤子，还是算了。厅堂里的那拨人在唱《徐策跑城》，我心生一计，也来一段《徐策跑城》吧。我选的这段，用我祖父夹杂清江浦方言的声音唱：

老徐策我站城楼，我的耳又聋，我的眼又花，我的耳聋眼花，看不见城下儿郎哪一个跪在城边。我问你：家住哪府哪州并哪县？哪一个村庄有你家门？你的爹姓甚？你的母姓甚？你们弟兄排行第几名？说得清，你道得明，放下吊桥开城门，放你进城。你若是说不清来道不明，要想开城万不能。你报上花名。

唱到"说得清，你道得明"，我堂伯摆摆手，"不必唱了，你就算不是谢仰山的儿子，也一定是我叔叔的孙子。"

"那，伯伯，您认下我这个侄子了？"

我堂伯站起来，转身往外走，"就因为你是谢仰山的儿子，我才更不想认了。"

一伙人全傻了。几秒钟前他们和我一样开心，千里寻亲，多好的事啊，而且成了。他们刚刚给我鼓过掌，还希望我接着往下唱。京腔里夹着淮安方言唱周信芳，他们觉得别致。招呼我过来的大爷把手越伸越长，急急说：

"老谢，老谢，别走啊老谢！"

谢仰止已经出了院门。

"这个老谢！"他们说，半天才反应过来，"追啊，小伙子，你去追。"

我把礼物找到，拎着就往外跑。刚才展示给堂伯的笑，还原封不动地挂在脸上，尴尬让我的表情都僵了，费了好大的劲儿才把脸弄平整。

故居门前有好几条路，我站在旁边的桥上，哪条路上都见不到谢仰止的影子。父亲曾说，堂伯家原来在花街附近。凭前两天遛一圈花街的印象，就往西北方向追。一条条弯曲的巷子，间或一道流水穿过房前屋后；不少老房子在拆迁，房梁斜架在残垣断壁上，走道上不时冒出来一堆废墟，通往花街的地形由此变得极为复杂。阴天，下午五点多的空气中就有一种灰暗弥漫开来，我拎着礼品盒，既要顾着远处，又要盯紧脚底下。

路过一处废墟，拆掉了屋顶的门框两边，自上而下各镶了一溜石头，石头上阴刻了手写的行书对联：月来满地水，云起一天山。这副联我在别处见过，但石刻后嵌在普通民房的门边，还头一次遇到。此联甚美，也很有些境界，字和刻工都不错，我就多看了几眼，还暗想该怎么把它们抠下来带走。就走了这么一下神，被脚底下的半块砖头绊倒了，礼品摔出了老远，左胳膊肘和右手掌同时撑地。水泥勾缝的石板路，这一跤摔得结结实实，半天爬不起来。等起来站直了，才觉出胳膊肘和手掌疼。手掌擦破了皮，血珠子一颗颗渗出来；胳膊肘青紫了一块。我找到块石头坐下，看看手掌，再看看胳膊肘，用纸巾擦掉血，嘴里哓哓啦啦地出气。然后摸出一根烟点上，对着路上的碎砖头踢了两脚。妈的，让老子先疼一会儿。

抽了半根烟，视野里出现一双穿布鞋的脚和牛仔裤的两只裤脚。我从下往上慢慢看，小腿、膝盖、大腿、腰、肚子、胸部、双肩、脖子，然后脸，孙宴临冷冷地看着我，手里拎着我甩出去的礼品盒。

"看够了？"孙宴临说。

"对不起，"我举着右手站起来，"要知道是孙老师大驾，打死我也不敢这么看。"

"你的东西。"她往前走两步，"呀，流血了，得找医生处理一下。"

"去你拍过的那个大和堂？"她有一张照片，拍的是运河边的一家诊所，名叫"大和堂"。

"早关张了。初医生全家搬走了。"她把礼品袋放到地上。

"你怎么在这里？"

她往二十米外的桥上指，桥上有个画架，她在写生。想必她看见了我摔个大马趴的全过程。

"跑这里写生？"

"我家在这里啊。"

我往四周看了看。废墟只是一小部分，大部分人家还在正常生活。"哪一家？"

"不在跟前。附近。"

想起来了，郎静山故居附近。

"都天庙前街？"

"那是我爸妈家。这两年我主要住在 ——工作室。"她用手向东南方向画了个圈。

她在"工作室"上停了一下，大概是为了区别于我的那个工作室。现在好像要是没有工作室，你都不好意思说自己是个艺术家。其实就是个写字画画的地方，跟书房的区别，一是更大，二是更乱。孙宴临主业是画画，那的确需要个大场子。

"如果方便，能否给个机会，参观一下孙老师的工作室？"

"你得先处理伤口。"

"无所谓，就是个皮外伤，水龙头底下冲一下就好了。"伤口随他去，能搭上话才最重要。我就不信搞不定你。我对这一期的《大河谭》相当有信心。

她默许了，"约法三章：房间里再乱，也不许说。"

"我不相信还有比我更乱的人。另外两条呢？"

"想到了再说。"

孙宴临帮我拎着礼品盒和她的笔墨颜料。我用左胳膊夹着她的画架，右手举着，像个投降派，跟在她身后朝着东南走。孙宴临让我离她远一点，免得她总得跟碰到的熟人解释我是谁。也好，我和她保持着二十米的纯洁距离。我发现这个貌似纯洁的距离其实最色情，我可以把她的背影看得清清楚楚，看到她被牛仔裤包裹的屁股每一点动态，看见她小腿肌肉在运动中细微的变化，甚至，请原谅，通过她外套的摆动看见上身在行走中的形状。一个匀称、结实、符合一定美学标准的好身体。当然，这是因为我视力好。一个忙得跌跌爬爬的离婚三年的四十岁男人，第一次发现，多年来被视为缺陷的远视竟然是个独门法宝。

在一个库房一样的大房子前停下来。孙宴临放下提盒，打开双层防盗门。开灯，室内空间比从外面看起来要大不少，并排停下八九辆卡车问题不大。这个空间还不包括贴着西边隔离出来的一间卧室、一间厨房和一个卫生间。工作室里靠墙摆满了大大小小尺寸不一的油画和水粉画。四五个尺寸不同的画架分散房间各处，画架前放着笔和油彩。水泥地板，落满了油彩。没那么乱。

"这就是传说中的艺术殿堂吧？"我恭维说。

孙宴临不吃这一套。她让我把写生的画架放到东南角的空地上，"原来针织厂的厂房，留下来几间，区里改造成文创基地，有点像你们北京的798，我租下来一间。你把伤口周围洗一洗，我去找消毒碘酒。"

"你这里能消毒啊，那还让我去找医生。"

"你挺讨厌的你知不知道？这是我私人地盘，又不是医院，没义务招待你。"

"对不起孙老师，我错了。请问，可以用您的卫生间吗？"

"讨厌！"

我洗好手从卫生间出来，孙宴临也刚找到碘酒和棉签。我刚想伸头往她的卧室看，她砰一声把门关上了。

"闺房重地，非礼勿视。"我说，"我懂。就是好奇一下。"

"不必好奇。被子没叠。"

孙宴临让我在椅子上坐好，她把棉签蘸上碘酒，从中心向外围画圈涂。大房间里有点凉。碘酒渗入伤口，比擦破时还疼，我觉得肚皮都抖起来。

"受不了就吭一声。"

"那不行，咬碎了牙也得往肚子里咽。男人嘛。"

"哟，真勇敢。"她用鼻子哼了一声，拿起一根新棉签蘸好，作势要往伤口上猛按。我叫一声迅速抽回了手。孙宴临讥讽说："这么没有安全感？"

"别乱扣帽子，没有安全感的人是你孙老师。"我把手伸过去，随她怎么折腾了。她倒涂得更小心了。"出个镜就这么难？艺术要为人民服务，艺术家也要为人民服务嘛。"

"再提这事，别怪我赶人啊。"

"好吧，"我说，"为了多坐一会儿，话都不能说，多不容易。"

处理完伤口，我认真欣赏了孙宴临的画。至少这一批画里，运河题材的不多。处理的主要是人物，是人物和环境的关系。有几幅半大不小的画，是对郎静山集锦摄影的再创作，别开生面。乍一看完全是郎静山照片的油画版，仔细观察，就会发现她只是借用了郎先生的意象和构图。她一反郎先生作品中邈远高古、超拔脱俗的静态特征，让人物和风景之间产生了动态的张力，整个画面有了爆发边缘压抑着的力量感。

《晓汲清江》。郎先生的原作里，汲水者低着头，大半个面部都被斗笠遮住，根本看不见人物的表情；但在孙宴临的《晓汲清江》中，挑水的人抬起了头，就算在斗笠的阴影里，你也看得见他纠结的表情和眼神，因为他的表情和眼神，整个画面和画风为之一变，完全成了一幅全新的创作。在《松荫高士》中，孙宴临放大了张大千，让张大千扭头往左边看，半个脸上的表情与古松形成呼应，画面中的空气仿佛都由此震荡起来，隐隐似有雷声。

那几幅画真是吸引了我，我把椅子搬过去，坐在画前，从手机里搜出郎静山的原画，边边角角地对比着看。孙宴临给我拿来郎先生的摄影集，看着方便。"有兴趣？"她问。

"卖吗？"

"不卖。"

"自娱自乐？"

"还没改造到满意的程度。"

"什么样才算满意？"

"要知道我早就画出来了。"

对照原作又看过一遍，我站起来，"强烈希望大师能赏脸，给我个请饭的机会。"天已经黑了。

"郎大师十九年前就去世了。"

"今天我请孙大师。"

孙宴临斜我一眼，"再瞎说真赶你走了。"

晚饭我请，附近的馆子"淮扬府"。孙宴临说这家的淮扬菜比较正宗。充分采纳孙宴临的建议，点了蟹粉狮子头、大煮干丝、梁溪脆鳝、平桥豆腐、虾仁蒲菜和鸡丝粉皮，主食茶馓和黄桥烧饼。吃得贴心。祖母活着的时候，饭桌上就是这个味道。有一阵子没认真想起祖父祖母了。我跟孙宴临说，这顿饭让我觉得自己确实是个淮安人。胃从不说谎，它比你更清楚故乡在哪儿，祖宗在哪儿。

"你老家这里？"

"不像？"

"油腔滑调的，咱们大清江不产你这号的。"

"你们女人真难伺候。不会说话的你们说像个哑巴，会说的，又嫌油腔滑调。没个正好。"

"我还真没冤枉你，祖籍这里也不耽误你是个京油子。你爸是这里的，还是你爷爷是这里的？"

"我爸和我爷爷都是这里的。"

"我就说你这人没句实话。昨天还说专程拜访，原来是寻根，顺便找个人。"

"真冤枉我了。我算半个孝子吧，早答应我爹来给祖先们上个坟，但这次绝对是起意找孙老师，顺带了却点家事。但看眼下的态势，两件事都要黄。"我把来淮四天来分别干了啥，一一向孙宴临交代。我把右手举起来，还有那礼物，我的堂伯谢仰止啊，莫名其妙，到底哪里得罪他老人家了呢？

"深刻地同情你，"孙宴临说，举起鲜榨玉米汁跟我碰杯，"鉴于头一件事肯定要黄，我建议你明天再去给谢老师唱一段，兴许还能办成一件。小时候我听他唱过《皮秀英四告》。"

"我看悬。某人都一桌吃饭了，饭碗没放下就不认人；我堂伯第三句话没听完就掉头走了，显然这事更难办。"

"咱们能说点别的不？我们家也是外来户。"

"哪儿来的？"

"高邮。我高祖父，跑船的，顺着运河到了这里。一百多年了。那时候这一块还叫清江浦。"

"高邮好地方啊。"

"好地方多着呢。听说高祖父决意迁过来，是为了他哥哥。问题是他哥哥当时已经死了。他也知道哥哥过世，还是举家迁徙，要在哥哥葬身的地方扎下根。爷爷奶奶他们又说，我高祖父老家在山东梁山，我都被弄晕了。有点乱。"

"三代以上都是一笔糊涂账。我爷爷说，我高祖父会四门外语，袁世凯花了大价钱要他的人头。那得是多伟岸的大人物，可我在相关的史书里就没见着老祖宗的名字。听着都像在说别人家的事。"

终于有件事让我们说到一块儿去了，直说到"淮扬府"的客人只剩下我们最后一桌。孙宴临答应我送她回工作室，不是因为夜路黑，而是走路的时候可以继续聊。

她的高祖也是个传奇。师出"弹腿教门"，一身好武艺，赤手空拳十个八个壮汉根本近不了身，据说当年护送过重要人物沿运河去了北京。那重要人物姓甚名谁，孙宴临的祖父祖母也说不明白，但他们把过程叙述得跌宕起伏：你高祖孙过程，这一路追河盗、抗官兵、阻击义和团，还跟数不清的歹人大战过千百回合，无有败绩。孙宴临从小就听高祖的故事，觉得老爷子不该叫孙过程，应该叫孙悟空，只有齐天大圣才有这般能耐。孙过程在清江浦一度开馆授徒，现在运河边上精通拳脚的，往上追三五代，师父多半出自"孙家武馆"。

吊诡的是，孙家后世子孙里，没见谁继承了先祖过程公的武学传统。反正孙宴临没听过三代以前的祖上哪个身手过人，也没见过祖父那代至今，家族中有谁身体里流淌过彪悍的血。反倒是文艺细胞一个赛一个发达，当然，成也文艺败也文艺。她的小祖父，她祖父的弟弟，就像孙宴临一样，也搞摄影；也因为搞摄影，拍了一些裸体艺术照，年纪轻轻就被打成流氓犯，送进了监狱。

"你学艺术，跟你的这个小爷爷有关？"我问孙宴临。

孙宴临在路灯下站住，想了想，没关系。正是因为小爷爷有此遭遇，家里人才不让她学摄影，她的专业变成了油画。

"那你为什么学画画？"

"不让我学摄影啊，只好改画画了。"

"为什么想学摄影？"

"喜欢呗。"

"我是说，一个中学生，怎么会把摄影当作自己的志业呢？这专业，那时候应该还是比较偏门的吧。就因为出门右拐，两百米远就是郎静山故居？"

"五分之三来自郎先生。"

"五分之二呢？"

到了她的工作室门前，黑魆魆的一间大屋。"说来话长，有机会再说吧。"孙宴临说，从包里掏出钥匙，"晚饭吃得很好，也谢谢送我回来。大晚上的，我就不请你进来了。再见。"

"明天可以去听你的课吧？"

"没什么好听的，都是瞎讲。"

"孙老师谦虚。人请不到，总得学到点知识，要不白来了。"

"那好吧。晚安。"门打开，灯亮，咣一声又关上。我站在门前掏出一根烟,刚想点上,门又打开,半米宽的光亮像伤口一样卧倒在我脚下。孙宴临从门后伸出头来,说:"往西走五分钟就是大路,那里好打车。再见。"脑袋缩回去,门又关上了。这次没那么响。

回到酒店,时间还不算太晚,以我爹多年养成的夜猫子生活习惯,这会儿接个电话问题不大。我问父亲,您这堂哥到底搞的哪一出?我一个晚辈,拎着礼物,热脸撞上了个冷屁股。父亲说,你仰止伯伯想多了,这些年还没放下。他以为当年推荐上大学,我抢了他的名额,天地良心,你爸真不是这样的人。你爷爷也不是。"革委会"征求学校意见,决定推荐我,名字错写成"谢仰止"了,等改过来,小道消息已经出了门。你仰止伯伯听了风,认为你爷爷做了手脚,窃取了他的前程。那阵子你爷爷对这事确实非常上心,他希望我能跟你高祖父一样,有机会到北京干一番轰轰烈烈的大事。但你爷爷真没做过伤天害理的事,儿子,你爸拿"谢"字跟你保证。你爷爷什么人,望和你是清楚的,你的名字是你爷爷取的。我跟你妈生了你后,你爷爷奶奶就一直待在北京生活,为什么?你爷爷是个好人,知道仰止哥放不下,干脆避开,抬头不见低头见,省得相互不舒服。我也极少回去,原因大概也如此。解释不清的,就不必上赶着非弄明白。我想你仰止伯伯都退休的人了,天大的事也该放下了,没想到还存着心事。这事在他心里该磨出茧了。我插了一句,我说爸,是结石。嗯,是结石,父亲说。老了，不想动了，要不真想回去亲自跟你仰止伯伯再谈一谈。不过谈了又有什么用呢，一晃都快七十了，要再吵起来，那真是一辈子的丑闻。

"爸，您就别发挥了，长途电话费齁贵的。哪些规定动作我必须做，您就下个指示。别的我酌情处理。将在外，君命有所不受。"

父亲的指示如下：任何情况下都不能让堂伯难堪，更不能惹他生气。能说得清就说，说不清照单全收，都认了也不丢人，还有几年活头？扬长避短，奔着高兴的事去。实在问不到老祖宗的墓地，就找运河边没人的地方，多烧几刀纸；烧多了，总有几缕烟能飘到祖宗那里，烟就是钱；给仰淳叔叔也烧两刀；烧纸的时候别忘了祷告几声，就说不肖子孙谢仰山一直想着他们，给列祖列宗磕头了；如果堂伯和堂叔谁家困难，三千五千地支援点，回头找他报销。

我说好，都记下了，"跳广场舞时候别太过分啊，照顾一下我妈的感受。"

"放心儿子，"父亲说，"你爹也就跳跳舞了。早点睡吧。"

第二天上午，提前五分钟进了孙宴临的课堂。我刚坐下，她进来了。她往最后一排看了一眼，这一点我可以保证。接下来两节课她都没再朝我看一眼，这一点我也可以保证。课程是"名画赏析"。结合具体作品分析中外名画的特点和艺术价值。大部分我听不懂，具体到了凡·高必须切掉左耳朵、毕加索只能不停地换情人，太深奥。倒是中间插播的一段郎静山的《湖山览胜》，分析郎先生在集锦摄影时如何仿国画、师古法、重意境，由此解读中国画中的名作，我听明白了。讲得好。

课间我没打扰她。两节课下，我又到前门边等着，这次不去卫生间了。她解答完学生的问题，从教室里出来。我说，走？她没吭声，跟在我后面出了第二教学楼。一直出了校门，她才问：

"去哪儿？"

"请你吃午饭啊。"

"无功不受禄。"

"别有负担，不会让你白吃的。"

孙宴临说，讲到《湖山览胜》时无端地想到了比萨。我说好，那就去吃比萨。比萨之后，在星巴克又要了两杯拿铁，提提神。我担心艺术家的自由生活里每天都需要午觉。然后去大闸口那里坐船，体验一下淮安的这一段运河。请孙宴临客串一回导游。

大闸口当年是漕运的襟喉，堵上了，漕船上不去也下不来。因为闸前水势凶猛，大部分时间里过船须动用"绞关"，只有一等一的高手才敢顺水下船：绞关固定在两岸的高坡上，硬木做成绞盘，拉船的缆绳缠到绞盘上，大船过闸用四个绞关，小的用两个。缆绳的另一头套在船桩上，过闸时，绞关的闸工根据闸上的锣声疾缓来用力，锣敲得紧，那得一圈圈拼命绞。如今大闸口水流平和，也极少有船再穿行，1959年在城南开挖了南运河，往来船只都改城外过了；穿过市区的这段里运河，被开发作运河风光带，来回走的都是电动的游船，行船也成了娱乐。

只有我们两个客人。租了一条小游船，现代化的船舱，可以喝茶聊天。如果不是孙宴临移步换景地讲解，我会以为就是在随便一个公园的水上泛舟。到底是老师，她从两岸的建筑和风景切入，扼要地把运河之于淮安这座城市的影响精辟地总结了出来，就像通过一幅幅名画串起整个艺术史。跟所有运河沿岸的城市差不多，这座城市成败皆系于这条河。当年雄踞天下的十里长街之繁华，漕运废止后渐趋凋零，没有不散的宴席。前现代的内河水路交通在高速公路、铁路、航空崛起后，成了溜墙根晒太阳的老前辈，已然无力引领生产力的新方向；而当年水路发达的地区，又阴差阳错被公路、铁路和航空集体忽略，要想富，先修路，这些地方成了现代之"路"的盲区。也就是说，当年帆樯林立、舟楫如梭的"沿海地带"，毫无悬念地成了现代化时代的"内地"，所以，在很多年里，这座城市被戴上了"欠发达"的帽子。

"我对GDP不感兴趣，"孙宴临说，"有那么重要吗？希望有一天，发现这世上还有那么多比GDP更重要的指标时，我们还可以后悔，也还有回头路可走。"

"比如？"

"这条河。"她的手越过船头，一直指到里运河的拐弯处。两岸条石镶壁，整饬划一。岸边的景观树也统一了风格，粗细、高矮、树冠的大小，像同一颗种子发的芽、同一棵芽长出的苗、同一棵苗长成的树。此时午后，岸边辟出的人行道上有长跑和散步的人。"GDP可以让你每天都能看见一条不息的长河在流淌吗？当然，砸出足够的钱，别说一条河，科罗拉多大峡谷也可以挖出来，但你能挖出一条河的历史吗？你能挖出它千百年来对中国人和中国文化的影响和塑造吗？"

"你的科罗拉多大峡谷边能成长出孙老师这样赤诚的运河之子吗？"

"去！人家说正经的。"

"人家说的就不正经了？"

孙宴临发现掉我的坑里了，不理我，端起杯子喝茶，举半天才喝一口。

游船回到船埠。我们从石码头上岸，穿过花街时，我问两边开店铺的老板，附近可住有一位叫谢仰止的老先生？他们摇头。孙宴临补充，会唱戏，淮海戏、京剧都拿手。他们还是摇头。看来堂伯一家搬离附近多年了。

距四点钟还有一阵，孙宴临带我穿街走巷。我想看看郎静山故居。

巷子窄而曲折。虹桥里，五福里，进彩巷，张仙楼，花门楼，单这些名字劈头盖脸地就满满的烟火气。当年的老住宅区主要骑马、行轿和走人，确实也不必太宽。现在住家拥挤，巷子里各家晾晒的衣物迎着风花花绿绿地飘荡。

都天庙街那时候应该是个风水宝地，文会庵、毗卢庵、广荫庵和都天庙都在附近，香火不断，梵乐诵经之声竟日不绝。郎家老宅由郎静山的父亲郎锦堂所建，此人参禅礼佛，甚是虔诚，宅邸修在这里可以理解。能把家建在这里，定然也非泛泛之辈。郎锦堂曾在漕河总督陈夔龙属下先后任左营参将、两镇总兵，后来做了运河工程督导，驻节清江浦，算有头脸的人物。其子郎静山的摄影禅意丰盛、静虚饱满，想必也能在这里找到源头。孙宴临祖上过程公能在都天庙街扎下来，当年的武馆开得应当可观，要不也没法跑这里买房置地。

遗憾的是那天下午郎静山故居没有开放，新修的朱红大门紧闭。敲半天无人应答，我们就进了旁边的都天庙，给都天神上了一炷香。我建议拜访一下孙府，孙宴临翻我一个白眼：不行。

"放心，不会在你爸妈跟前给你丢人。"

"我怕爸妈在你面前丢人。"

"孙老师，要注意为人师表。"

"真的，你不知道，我爸妈但凡见我跟一个男的在一起，只要对方看上去不超过六十岁，他们就两眼放绿光。"

"担心闺女吃亏？"

"催我结婚！男大当婚，女大当嫁，天天挂嘴上。我宁愿住工作室，耳根子清净。"

"那正好，我冒充一下。让老人家安安心。"

"你？快哪儿凉快哪儿待着去。"

"伤自尊了。男大当婚，女大当嫁，你看，我单身，你未嫁，这戏能演好。"

"别。是你离婚，我未嫁。"

"你怎么知道我离婚？"

"你说你单身。钱包里那是你儿子吧？"

钱包里的确有我儿子照片。可能买单时她看见了。

"你咋知道是我儿子？"

"谁家娃儿能长出你那对招风耳？"

好吧，你赢了。斗了半天嘴，孙宴临家也没去成，我该去周信芳故居了。我们在桥边分手，她回工作室。

谢仰止半躺在椅子上，跷二郎腿，叼着一品梅牌香烟，不屑地睁着半只眼。旁边在唱《贵妃醉酒》，票友们的目光聚在唱和拉的圆心里，只有我堂伯的椅子斜着背对他们。他在等我。但我走近了，他睁开的半只眼也闭上了。

我弯下腰，像鞠躬。我说："伯伯好。"

堂伯眼睛睁开一下又闭上。

"我来看您老人家了。"

堂伯咳嗽了一声，嗓音利索，唱了大半辈子戏居然没唱出咽炎。

"昨晚我跟我爸通了一个很长的电话，他让我一定把问候带到。老谢家，他就您这一位兄长了，多大的事也务请您多包涵。"

堂伯突然放下二郎腿，噌地站起身，腿脚比我都利索。他转身往外走。我没弄明白他什么意思，只觉得被闪了一下。眼看着他出了院门，我还晾在原地。一瞬间我做了决定：到此为止吧，明天买上半车火纸，到河边多找几个点烧，总有一处离谢家的祖先更近，我的大嗓门儿平遥公他们能听见。院门口出现半个身子，堂伯对我愤怒地招了一下手。让我出去？有点意思了。我屁颠儿屁颠儿地跑过去。《弟子规》上说：父母呼，应勿缓；父母命，行勿懒。

"你爸到底想说什么？"堂伯坐在石桥的栏杆上，背着我说话。

"我爸说，推荐上大学的事，我爷爷没做过任何手脚。他也没这个能力。"

"停！四十多年了，你爸就让你回来说这句话？"

堂伯的嘴唇颜色渐渐发紫变黑。腿脚再好，年龄不饶人，心脏这个发动机还是老化了。我在他旁边下首坐下来，递给他一根烟，帮他点上。我得缓和一下气氛，身体最重要。

"伯伯，上一辈的恩怨我没资格介入，也不想介入，但有点切身感受，还是想跟您交流一下。我爷爷对北京的激情的确让人费解，反正我是弄不明白，但是我敢肯定，老爷子是个好人，心软得看一场周信芳的戏都要流好几次眼泪。听说您唱淮海戏，除了周信芳，电视上他看得最多的就是淮海戏。老人家去世前的那些年里，多次想回到运河边，但最后还是作罢，是因为他觉得，误会不能消除，他回来就是刺激您。他想让时间来解决问题。但是您看，时间再伟大，有时候也是不作为的。"

"说得轻巧！你知道那种环境下，那样的机会对一个人有多重要吗？我为什么唱戏？在一个小地方，只有唱戏，才能把你从平庸的生活里解放出来，过上另外一种生活。你以为我不想去北京？你以为这里的人不想去北京？不是为要去那里过日子，而是因为生活在河边，从小就知道这条河一直流到北京，那是终点，都想去终点看一看，流过清江浦的水流到那里，最终变成了什么样子。"

"还是水。"

"水跟水不一样。那是谁说的，人不能两次踏入同一条河流。"堂伯说完，瞳孔突然放大，他的言辞把自己惊着了，夹着香烟的手都抖了。

"赫拉克利特。"我能感觉到，堂伯确实是憋坏了。也因此我突然发现，这些年他对此事不能释怀，放不下的理由其实早有所变化。推荐上大学的机会固然十分宝贵，被冒名顶替的愤怒固然也相当暴烈，但时间总会打磨掉外在的棱角；时间唯一不能消除的，是内心里的好奇与渴望，不仅无力消除，反还做了帮凶，像蚌病成珠一样，时间帮你把一粒沙子越磨越大，直到变成再也不能忽视和排解的珍珠。也许很多年里，堂伯自己都没意识到，事情已经悄然起了变化。想起父亲跟我说过，仰止堂伯是个游泳好手，年轻时他们在运河里比赛，从大闸口出发，仰止伯伯总是第一个游到水门桥。"伯伯，我郑重邀请您去北京。愿意见见我爸妈，就见；不愿见，咱们就好好看看通州段的运河。就在我家门口。我可以陪您从这头一直走到那头。"

堂伯盯着我看，眼睛开始发亮，水珠聚集产生了光。他把烟吸得很响，吸烟的声音都带了鼻音，嘴唇也开始哆嗦。"我，考虑一下。"他站起来，脚底下飘飘忽忽地往南走。院子里谁在唱《萧何月下追韩信》，沙哑豪壮的唱腔传过来：

> 我主爷起义在芒砀，拔剑斩蛇天下扬。怀王也曾把旨降，两路分兵进咸阳。先进咸阳为皇上，后进咸阳扶保在朝纲。也是我主洪福广，一路上得遇陆贾、郦生与张良。一路上秋毫无犯军威壮，我也曾约法定过三章。项羽不遵怀王约，反将我主贬汉王。

不知道这一去，是否还能再见。我在后面喊："伯伯，能告诉我咱们谢家的祖坟在哪里吗？"

"回头我给你电话，"堂伯没回头，"告诉我酒店的名字。"

我大声说出酒店名字和房间号。不知道堂伯听见没有，他已经走远了。

"抱歉，没别的地方可去了。"

我敲响大厂房的防盗门。敲三下的响声之后，门就打开了，好像她就守在门后头。

"进来吧，"她说，"茶都泡好了。"

"谢谢。让我产生了自己挺受欢迎的错觉。"

"臭美！加个杯子而已。"

茶具在她房间。她先进了房间，我在门口停住了，深吸了一口女孩闺房的暖香，还有金骏眉的茶香。房间不大，也不小，一个人生活足够了。一张双人床；靠墙的书柜一直顶到天花板；一个门对开的原木衣橱；一张书桌，上面放着电脑、笔筒和两摞书；一把原色的藤条椅；还有一个带玻璃的五斗橱，柜子里放着相机等各种小零碎；此外就是书柜前的根雕茶具，茶盘上一杯茶正冒着香气，另有一只空杯子。我本能地多看了几眼床，素淡清雅的三件套，整齐温馨。

"进来呀。"

"不用把茶具搬到大厅吧？"

"好啊，那你搬呗。"她的脸突然红了，声音也凉了下来。

玩笑过头了。我赶紧一步跳到茶桌前，坐下来开始自己倒茶。杯子已经洗过了。"好容易被恩准进来，打死也不出去了。"

"我就说你这人挺讨厌，油嘴滑舌！"她好像真生气了。

我赶紧找补，来一段苦情戏，说刚才如何去找堂伯，再次热脸贴到了冷屁股上。念我如此尊老，她的气儿过了，开始司茶。我说，我差不多能明白堂伯为什么这些年还放不下了。

"笨死了你，"她白了我一眼说，"早该想到了。你就是被庸俗的功利的目的论糊住了大脑。"

我撇撇嘴，那没办法，孙老师一直不肯因材施教。

"不过也不能怨你啦。"她又说，倒茶的指法很好看，这门学问她应该钻研过，"你不在河边生活。只有我们这样每天睁开眼就看见河流的人，才会心心念念地要找它的源头和终点。对你伯伯来说，运河不只是条路，可以上下千百公里地跑；它还是个指南针，指示出世界的方向。它是你认识世界的排头兵，它代表你、代替你去到一个更广大的世界上。它甚至就意味着你的一辈子。你小时候遇到的那波水花，在你二十岁，会流到哪里；三十岁、四十岁，乃至你伯伯快七十岁的这时候，会流到哪里。每天在河边走，你会抓耳挠腮地想知道。你伯伯在痛心他失去了一个去到运河终点的机会。他也知道，这个机会他永远不会再有了。"

她说得投入、激昂，眼神里有一种我在商业谈判和各种酒局中从未见过的纯粹。那是一种动人的光，她的整个人都因为这种光像灯盏一样亮了。她的脑袋后头仿佛凭空生出了一个大光相。

"看什么呢你？"她端起茶杯在我眼前晃了晃。

"没有人告诉你，你在讲课的时候有多美吗？"

"又来了，"她遮住脸，脖子都红了，"一点正经没有！"

"我以《大河谭》的名义保证，我很严肃。"

"三句话不离《大河谭》。"

"咱们做的是同一件事。我就是想把你这样的，甚至我伯伯这样的故事，在节目里讲出来。"

"咱们能不提你的《大河谭》吗？"

"好，打住。现在来谈你的《大河谭》。还有剩下的'五分之二'没说呢。"

孙家和摄影有缘。缘分也是种宿命，你想它也来，你不想它也来。这缘分肇始于先祖孙过程。孙宴临只是听说，孙过程护送过那位重要人物后，得到一件纪念品，就是相机。孙过程护送那人水路北上是在1901年，1901年即使用的是便携的箱式照相机。这款相机她没见过，她父母和祖父祖母他们见过。她的小祖父孙立心也见过，且对孙立心产生过重大影响。因为家藏一件老古董，孙立心打小就对相机不陌生，又因为跟郎家做邻居，年轻时自然就玩上了这个时髦的东西。

　　孙立心也弄不清那个老古董具体是哪一款，机箱上的字迹早已经被磨损，漫漶一片根本辨不清楚，但根据长辈们的描述，孙宴临查阅了相关资料，应该是布朗尼1号。1900年，布朗尼（Frank A.Brownell）为柯达公司设计了一种小巧的箱式照相机，称布朗尼1号（Brownell No.1）。这种照相机使用编号为117的胶卷，胶卷附有护纸，能在白天进行装卸，一次可拍摄57毫米×57毫米的画面6张，操作相当简便。孙立心这一辈见到布朗尼1号时，布朗尼1号只剩下一个空壳，半个多世纪里，不知道相机的内胆被谁拆了去。有外壳足够了，甚至有个关于相机的传说也够了，你就足以和它建立起一种隐秘的单线联系。反正孙立心第一次在朋友那里见到"莫斯科-5型"相机，拿到手里就开始摆弄，居然就上手了。朋友紧张得一直端个大笸箩在下面等着，怕掉下来。朋友担心的是孙立心把相机捣鼓坏，但他习惯性地把这个捣鼓坏理解成了掉下来摔坏。

就是这一款苏联的相机启蒙了孙立心。"莫斯科系列"从1946年开始生产"1型",到"5型"问世已经是1960年了。在仿制蔡斯折叠式皮腔相机中,"莫斯科"可能是最成功之作。到"5型"已经是专业机了,使用120胶卷拍摄6×9大底片,适合拍摄风景跟合影。孙立心对风景和合影兴趣不大,用它对准一个个人,拍出了一系列出色的人物肖像照。

正是人物照害了他。

上个世纪70年代,孙宴临的小祖父还是针织厂的职工。之前郎静山故居充公做了厂房,此时改成了职工宿舍,就在家门口,孙立心也经常住宿舍,因为有一帮喜欢艺术的朋友。二三十岁的十来个年轻人,对兵荒马乱的外面世界闭目塞听,批斗游街、敲锣打鼓一概不理,自己关起门来,业余画画的、玩乐器的、搞摄影的、唱声乐的、练习舞蹈的,自己跟自己玩。他们针织厂之外,还有社会上其他行业的年轻艺术爱好者加入进来,逐渐形成一个地下艺术圈。在这个圈里,孙立心以人物摄影闻名。当时孙立心用的是一台"上海58-2"相机。该款相机产自上海,仿的是最高档的德国莱卡相机,仿出的效果如此之好,让整个世界相机制造业刮目相看。拍人体艺术照没得说。所以谈恋爱的找他拍照,结婚的找他拍照,亲戚朋友来了也请他拍照,艺术照当然更是题中应有之义。然后出事了。

一个偷偷画油画的朋友,正在偷偷地画人体,确切地说,画女人的裸体。这个年轻的画家朋友尚无女朋友，就算有，女朋友也未必答应脱光了让他盯着看。那个时代，这件事得进了洞房以后才行。他只能照着书上画别人的，对着镜子画自己的，很快他对有限的临摹资源厌倦了。有人给他介绍了另外一个偷偷画油画的朋友，是个女画家。两个资源短缺的异性画家决定相互画对方。不是面对面画，而是对着照片画。这就需要拍下对方的裸体，以艺术的名义，艺术地拍。他们提前设计好各种"艺术"的姿势，然后邀请到孙立心。只有他才能拍出他们想要的效果。孙立心也颇为踌躇了一阵，拍男人的身体他不怕，拍女人，有点怵。但他想拍，对一个摄影艺术家来说，这叫"创作"。他需要创作。为了相互都不给对方惹麻烦，他们达成共识，拍照时两个人都戴上一副印着五角星的面具。毋庸置疑，这是社会主义的艺术。

女画家没事，男体就是男人脱光了被画出来而已。男画家画女体，不行，大家把这个过程想象得极其复杂：女人怎么可能会随随便便光着身子被画呢，显然是强行扒光了人家的衣服，这涉嫌暴力；接下来，如此丰腴美好，摆出这么诱惑的姿势，该凸的凸，该凹的凹，该大的大，该小的小，该黑的黑，该白的白，完全是打着艺术旗号的色情，起码是包括（但不限于）色情。总而言之，画女人裸体，乃是地地道道的流氓行为；给裸体女人戴上印有五角星的面具，又是什么意思？表达政治上的不满还是某种隐喻？

男画家被抓了。顺藤摸瓜，孙立心也被揪出来。他的罪名甚至更大，男画家只是照着照片画，他是亲自对着一具活生生的女人裸体拍，显然他更流氓。两个人以流氓罪被判入狱，有期徒刑五年。"上海58-2"相机也被当成罪证没收。了解内情者，知道他们因艺术而成为流氓犯，不知道的，完全把他们当成流氓看了。

这个罪名把孙立心一辈子都搭了进去。待满五年出来，孙立心像个小老头儿，头发都白了。断断续续做了些零工，不再拍照，没娶妻，也娶不到。杀人犯有人嫁，流氓犯没有，老太太见了他都躲着走。孙立心孤身终老，一个人待在小屋里，写写画画，很多年后，孙宴临念了高中，他方缓过劲儿来。他开始辅导孙宴临画画。家里人才知道他在琢磨郎静山的作品，还写了两本跟郎静山有关系的书。事实上，很多年里也没几个人真正关心他在做什么。

孙宴临的第一部相机，就是小祖父用两本书的稿费给她买的。孙宴临独身至今，也是受了小祖父的影响。既然一个人被理解起来如此之难，那么独自生活也挺好。做饭都省心，一人吃饱，全家不饿。

她在厨房里做饭，我站在门边随时待命，因为她不知道多了一个男人，饭菜的量分别要加多少。她讲我听，天就黑了；看在我是个乖学生的分儿上，她决定今晚亲自下厨。她做淮扬风味，三菜一汤。不能说味道有多好，但吃着贴心。你可以满世界乱窜，但胃是有祖籍的，找对了地方，它就会及时地告诉你。

比饭菜更贴心的是人。女人在厨房里时最美，我直言不讳地告诉她。她认为此观点涉嫌性别歧视，很男权。我说你高估男人了，赞美一个厨房里的女人，男人不走脑，只走心，理智是使不上劲儿的。我没告诉她"美"的细节，因为关乎性感，说出来要讨打。家常氛围的性感，还有身体的性感：她穿宽松的家居服，围裙在腰间束了一道，一个大大咧咧的曲线就出来了；弯腰时，家居裤里的臀形半隐半现，而我站在她侧后方，围裙裹紧的上身胸部蓬勃而出；看料子，我想那家居服的手感一定很好。她转过脸，一绺头发垂到眼前，蓬松的头发有点乱。我身体里有个地方狠狠地疼了一下。

"发什么傻？"她问，"要辣椒吗？"

"看你啊。"我说，"要。"

"去！"她白我一眼，"收拾饭桌。"

我把饭桌搬到画室中央，周围环绕着她尺寸不一的各种画。如果在屋梁上俯拍，大概能拍出一个孤岛的效果：那张小小的饭桌，连同我们两个人，如同被艺术围困的一个孤岛。她说，一个人吃饭，饭桌从来都是贴住画室一角，要不太空旷。她想用的词也许是"孤独"。我说，那是她一个人，现在是两个人，多空旷都镇得住。她端着碗直直地看我。

我放下筷子，把手伸过去，摸了摸她的脸。她的眼圈慢慢红了，两颗泪越聚越大，然后埋下头吃饭，筷子把饭碗磕得当当响。

"吃饭。"她说。

碗筷放下之前没再理我。

孙宴临对摄影有了兴趣完全是个偶然。跟先祖孙过程传下来的那部相机没任何关系，她懂事时，空壳相机也早已经不知所终。跟小祖父玩过摄影也没关系，孙立心从牢里出来，"相机""摄影"作为孙家的敏感词已经五年，早就被成功地从他们的日常生活中过滤掉了。

　　初中一年级，她到同学家玩。同学炫耀亲戚从日本给他们带来的佳能相机。EOS 700型，一款面向业余摄影者的自动对焦35毫米单镜头反光照相机，作为EOS 850型更新换代的机型，该款机器设有焦点预测功能和多种曝光模式。她只是想摸一下。同学挡住了她伸过来的手，只许看，弄坏了赔不起。她是个好学生，成绩好到老师和同学极少拒绝她的要求。她觉得很没面子，情急之下脱口而出，谁稀罕！我家邻居就是郎静山，摄影大师。1949年郎静山去了台湾，很多年里大陆业界对他都知之甚少，在这个小城，绝大多数人更是闻所未闻。就算都天庙街的街坊，你说摄影大师，他们也很难立刻把他跟家门口那个空寂破旧的院落对上号。小同学们笑她瞎说，咱们这地方哪有什么摄影大师。孙宴临只是嘴硬：当然有，还是邻居，但更具说服力的信息一条列举不出来。她说天不早了，先回家吃晚饭，明天再给你们普及。

　　回到家，父母也语焉不详。正好母亲煮熟饺子，让父亲端一碗给小祖父。父亲出了门把饺子交给孙宴临，在她耳边说，送去，问小爷爷。在孙立心的小屋里，孙宴临看到一摞手稿；六年后这摞手稿在一家偏远的出版社出版,书名《夜静春山空:郎静山和他的艺术世界》。那部书稿,文字问题不大,间或小祖父做点解释,孙宴临囫囵囵也看得下来;图片资料麻烦,孙立心隔三岔五跑各家图书馆,郎静山的摄影作品他只能用铅笔临摹下来,经常一张照片要画一天,饶是如此精心,效果也往往不尽如人意;更兼若干图片资料可画性极弱,孙立心只好转着圈用文字解释,看得孙宴临脑袋一圈比一圈大。

收获倒也立竿见影。几十页手稿和几幅临摹图片看下来,不仅唬住了同学,还被同学们目为了专家。"专家"的虚荣逼她沉下心读完了小祖父的全部手稿。一本书看下来,她觉得自己跟摄影有了隐秘的关系。她跟小祖父说:

"我也要学拍照。"

"那玩意儿害人,"孙立心说。他的后半生一直很瘦,大夏天穿衬衫也要把扣子扣到顶。吸了三口烟后他又接了下半句,"太贵。要喜欢,就从画画开始吧。"

"这么简单?"晚饭后坐下来喝茶,我问她。

"那得多复杂?"

"一辈子的志业,总要隆重点嘛。"

"那是唱戏。平常人生,吃顿饭一辈子的决定可能就做出来了,哪需要天垂异象。"

"初一到现在,"我迅速心算了个数,"二十年。没动摇过?"

她摇摇头。这算动摇过还是没动摇过?

"咱俩好几顿饭都吃过了，你做出了啥决定？"

"你想让我做什么决定？"她低着头给我倒茶。

她细长的白脖子延伸到衣服里一小片光裸的后背上。我有把手伸过去摸一摸的冲动，为此我用左手抓住右手。"看你的了。"灯光没有调到最大亮度，粉白中透出毛茸茸的橘黄。地老天荒的静寂与安详。

"你竟然也学会含蓄了？"她笑起来，又给我倒茶。

"脸皮再厚也是要面子的嘛，你就不能让我装一装？"活了四十年我终于发现，真正严肃的问题你是没法嘻嘻哈哈、吊儿郎当地来谈的。你不想板着脸都不行，五官和肌肉不答应。

"不许催我。有了决定我会给你打电话。"

"每天早上请个安也不行？"

"不行。"她低着头说。然后抬头盯着我看，两眼里突然放出站在讲台上时才有的光，"你说，我的高祖父孙过程当年护送的谁？我查了资料，那相机好像是柯达1900年的款。谁把它拆成了空壳？那空壳相机最后又去哪里了呢？"

我摊开两只手，等有能力时空穿越再说吧。我也一肚子问号，我那伟大的祖宗平遥公听上去很有些传奇，但连一个空壳相机也没留下来。时间消磨了一切。这才几十年啊。所以，珍惜现在。这一杯十六年的熟普，是我们俩年龄差距的两倍，珍惜这杯茶。来，干杯。如果不出意外，明天在河边烧过几刀纸后，我就回北京了。来，干杯。

我们把茶杯端到了眉毛的高度。她的眼里因为涌出泪水，眼神显得更有分量。

她把我送到防盗门口。隔着防盗门的铁栅栏，我又问："请安也不行？"

"不行。"

回到酒店，前台转告我，一位老先生留了封信。我打开信封，半张纸，只有五个字：永思园公墓。

第二天上午，我买了一堆火纸、水果和鲜花，手提、肩背、怀抱进了淮海西路的永思园。园林式公墓，亭台楼阁、小桥流水，花木扶疏，在管理人员的指点下我还是多绕了很多圈。在一片平民化、格式化的墓地里，找到了谢家的一溜坟墓。按顺序排开，最左边是先祖谢平遥，最右边谢仰淳。平遥公的墓可能衣冠冢都算不上，只是个名字。几十年来天下纷扰，坟墓也不知道迁过多少回，每次丢一两根骨头，现在差不多也丢光了。不过那又有什么关系呢，重要的是"谢平遥"三个字在，我们就知道了源头和来路，我们也就有了源头和来路。毫无疑问，把平遥公以降的祖上迁葬这里，是堂伯谢仰止的功德。为此我对他又生出了些敬重，犹豫要不要推迟一天回京，下午再去周信芳故居碰碰运气。

鲜花和水果供上，我把火纸均匀地分到每一位祖先的墓前，点着。我把祖父和父亲想说的话给列祖列宗都说了一遍。我们没法逢年过节都来给你们烧纸上坟，但敬重和缅怀之心从未放下。

真希望运河自济宁以北从未断流，我们就可以随时把想说的话放到运河里，一句句地让它顺水漂流，一直漂流到你们身边。我像在电视台录节目一样，自言自语半天，我的祖先是最忠实的听众。说完了，我在谢平遥的墓前蹲下来，想象祖父回忆中那个坐在藤椅里的胖老头儿。祖先是一件遥远的事。我蹲在遥远的祖宗跟前抽了一根烟，站起来时，发现旁边站着一个人。两列坟墓之外的地方，背着手站着堂伯谢仰止。

"伯伯。"

堂伯对我点点头，背着手走过来。我递给他一根烟，他对我伸出两个指头，我又给了他一根。他把两根都点上，一根自己叼着，一根放到堂叔谢仰淳的墓前。"你叔叔是个烟鬼。"他说。又从裤兜里摸出一瓶洋河酒，从平遥公开始，每位祖宗的墓前倒了一些，到谢仰淳墓前正好倒光，"别人都好酒。"上坟也需要经验，我就没想到给祖宗捎来两瓶酒。

能告诉我祖宗的墓地，人还过来，至少说明了他内心活动的变化。一辈子揣心里放不下的事，谁也无权要求他原谅，我说："谢谢伯伯。"

他对我摆摆手，"不想提了。"昨夜休息得不好，他的声音沙哑不少。他对着祖先的坟墓说，"祖宗们在上，仰止和望和来看你们了。当年平遥先祖沿运河去了北京，今天望和沿运河又回到清江浦，这也是咱们谢家几代人聚得最全的一次了。大道理仰止也说不了多少，就给列祖列宗唱一段我自己写的《长河》，就当给祖宗们再奠一杯薄酒了。"

开腔吓我一跳，听上去完全是周信芳在唱淮海戏。从平遥公的北上到我的南下，堂伯简明扼要地把清江浦谢家的历史梳理一过。几代人或为事业，或为志趣，或为生计，谢家的经历竟一直不曾远离运河左右。我明白堂伯昨夜为什么没休息好了，他熬到半夜，把我编进了唱词里。

除了管理人员，永思园里只有我们俩，堂伯把声音彻底放开，苍凉宽阔，悠远绵长，整个唱段里听得见洪波涌起、涛声阵阵。唱完了，堂伯拉我一起跪倒在祖先坟墓之间的空地上，行跪拜之礼。

离开墓地我们边走边说。堂伯跟我提及一件事，他小时候见过祖传下来的几册记事本，全是洋文，不知道是不是平遥公的手迹。"文革"之前捐给了本市某图书馆保存，此举也是遵平遥公之命。当初构思《长河》时，他去该图书馆查阅，被告知他们找不到这份资料。图书馆半个世纪来遭遇的磨难不比任何一个人少，开开闭闭，被洪水淹过，被大火烧过，被小偷盗过，搬家就四次，早不知道丢哪里了。堂伯与他们理论，怎么能如此慢待捐赠的物品呢？工作人员回答，要是早生几十年就好了，拼了命我也会保护好你们家捐赠的资料，不仅保护好那些珍贵的手稿，顺便把一些孤本也给保护下来，可惜的是，我没法早生几十年啊，真是遗憾。阴阳怪气的工作人员把我堂伯气得鼻歪眼斜，气也白气。

我诚挚地邀请堂伯方便时去北京，一为做客，二是想把堂伯请进演播厅，录作《大河谭》的一部分。他不置可否，只是嗯嗯嗯。

在十字路口分别前，我到最近一家银行取了卡里最后的一万块钱现金，五千请堂伯和伯母笑纳，另五千请堂伯转交仰淳婶婶。来去匆匆，没带礼物，也未及登门拜访，区区五千，聊表孝心。这也是父亲的意思。堂伯坚决不收，最终没拗过我，装进了兜里。

回到北京，手机活过来了，从早响到晚。业务的，饭局的，借钱的，要债的，打错的，骚扰的；前妻和儿子也步步紧逼，以儿子的名义要挟我，已经成了前妻每天一剂的醒神咖啡。当然我也用手机去联系业务，去约饭局，去求爷爷告奶奶拉赞助，他妈的，日子的确是不好过了。总的来说，这个现代化的通信工具基本上没给我带来什么好消息。我想听的声音总也不出现，想看的短信迟迟不来，一天、两天、三天，一周、两周、三周，我有淡淡的绝望。人到中年，于感情的深入和绝望都有了点分寸。我依然信守"不请安"，答应过的。

第四周的第一天。头天晚上睡前，我在"望和历"上又画一道斜线，第三周的最后一天过去了。从淮安回来，我开始向母亲学习，在床头一本新的"望和历"上做标记。斜线之外偶尔会加一两个关键词，这是一天的日记。这一天我写的是：抵押。借债不成，只能先把房子抵押出去。《大河谭》的几个新策划出奇地顺利。"瑞拍客"西蒙·格朗瓦尔已经谈妥，再打磨一下本子就能实地拍摄了。堂伯谢仰止也没问题。我鼓动老头子给他打了个电话，多少年音问断绝，开始两人还矜持，对话的黏性堪忧，艰难的三分钟过去，两个老头儿抱着电话就哭开了。堂伯说，但凡需要，他还可以从大闸口游到水门桥，随便拍。我想好了，堂伯的这部分，起自他唱麒派的《萧何月下追韩信》，到他唱淮海戏《长河》止。

周转资金的确出了问题。

下午小王找我，说账上要见底了，要不接下来的几个活儿先缓缓？我说不行，打铁要趁热，气儿不能在咱们这里先泄了。他又提议，那这两个月的工资和奖金先停掉？我说更不行，兄弟姐妹们都指着这血汗钱养家糊口，伤天害理的事不能干。他还要再说，我挥挥手，洒家自有道理。小王出了办公室，我就开始在一张白纸上画小羊，老子哪有那么多"道理"啊。我给前领导打了个电话，狗日的还算念旧，亲自接了。说真是没办法，《大河谭》的准下马状态也不是他的意思，"上头"没信心啊。我知道这是当官的一套修辞，但凡为难的球都踢给"上头"，"上头"是谁、有没有不重要，重要的是他可以把球踢出去。挂了电话，我把可以当债主的朋友列了一串名单。抽了根烟，又一个个划掉，真他妈开不了口啊。在今天，借钱比借人家老婆用还可耻。就剩抵押房子这一条路了。那就抵押，我一拍桌子，老子愉快地决定了。

第四周的第一天早上七点四十五分。我以为是闹钟响了，听铃声又不对，是电话。我闭着眼摸到手机，我说喂。对方说：

"是我。"

我眼睛啪地睁开，一瞬间就醒透了。是孙宴临。"孙老师你这是叫早服务吗？"

"问你个问题。"

"请指示。"

"从淮安到北京，运河断流了。如果还想坐船一路北上，有可能吗？"

我有点蒙，人醒透了但智商还在睡着。这丫头啥意思？但凡事得往好处上说，这是原则。所以我说："当然。必须的。"

"比如？"

"既然它曾经畅通过，就没有理由一直断下去。人心齐，泰山移，请孙老师相信，只要想，迟早会接上。"

"好吧，算你及格了。"她手机里传来呼呼的风声，"我在运河边。"

"哪个运河边？"

"你家楼下的运河边。"

我噌地坐起来，跳下床，抓一件外套就往外跑。母亲从外面买过菜刚回来，正给我准备早饭，问我着急忙慌的干什么，外面风大，换双鞋再出去。我说等不了了，回头再说，穿着睡衣睡裤和拖鞋，拎着外套已经到门外了。

一路小跑。在滨河路上就看见孙宴临，她真站在运河边。戴着棒球帽，风把一部分头发吹到她脸上。脚边是个拉杆箱。她看着我像个酒肉和尚一样风风火火地跑过去，慢慢笑了。

"你来了？"

"来了。"

"你怎么知道我住这里？"

"网上搜到你的工作室。不都在西上园嘛。"

"孙老师果然聪明。"

"又来了！从家到河边这次多少步？"

"一千零六十二步。"我说，一把抱住她，嘴就往她脸上凑，"两步并做了一步。"

她做着样子推我，"下了火车就打车过来了，脸还没洗呢。"

"不嫌弃，"我支支吾吾地说，已经亲上了，"我也没洗。"

我们在河边抱了十分钟。散步的人从我们身边走过。孙宴临说："别人都看着呢。"

让他们看去。在台里客串主持的时候，走大街上还有不少人能认出我，现在不干了，人也胖了两圈，室内戴墨镜恐怕也没人注意我了。在这河边，认识孙宴临的人更是一个没有。我把她抱得更紧了，半个人被我包在了外套里。

十分钟后，我提议回家，早饭应该准备好了。她想先去我的工作室缓一缓。从决定订票来北京，这几天像坐上加速的过山车，三十二年都没这么快过，她有点晕。也是，理解时间本身也需要时间。这会儿小朋友们正好还没上班。我拖着箱子陪她慢慢走。

"从河边到工作室，这次需要多少步？"

"五千零七十二步。"

"因为拖鞋？"

"因为你。"

2014 年，小博物馆之歌

半个小时的午休里，六个未接电话，都是济宁店的店长打来的。周海阔在船头上坐下，开始泡他的醒神茶。他瞟一眼手机。如果五分钟内程诺再打过来，又说不出这般催命的理由，他会考虑让他回家休息几个月。他带着程诺做了五年的金砖博物馆，以为把他躁气都消磨掉了，这才一年，火气又回来了？"小博物馆号"慢悠悠地行进在运河里，就算慢，也比货船快多了。照这速度，两小时能到济宁店。"小博物馆号"介于游船和快艇之间，分上下两层，外表看不出土豪，内里也不奢华，但舒适简便。船头"小博物馆号"五个字是从米芾的碑帖里集出来的。这是周海阔巡视他的连锁民宿客栈的指定交通工具。十二家连锁客栈都临水分布在运河沿岸，他从苏州坐上船，南下可到杭州、绍兴、宁波，北上可至济宁，如果继续北上聊城、临清，就把"小博物馆号"暂停在济宁店的小码头上，运河水过不去，那一段只能坐车。

客栈也叫"小博物馆"。小博物馆连锁民宿客栈。

周海阔刚喝第二口茶，四分三十秒，程诺的电话又来了。

"天塌了还是客栈塌了？"

程诺肯定听出老板声音的温度有点低，但是没办法，"周总，那位先生催得实在太紧，希望半秒钟之内就赎回罗盘。撒泡尿他都跟着。"

"两个问题：一、那不叫赎，那叫买；我们可以卖，也可以不卖，不存在必须如何如何的义务。二、不能找个借口拖延一下吗？"

"周总，非常抱歉，我知道您可能在午休，但那兄弟也不容易，他着急赶路，船就等在码头上，分分钟都是钱。他用的是'赎'字，我就顺嘴跟着说了。意识还是不够，我的错。"程诺的声音越来越低。

急人之所急，也是稀有的美德了。周海阔想，那就算了吧。"跟他说，这个我要面谈。等不及，就下次经过时再谈；或者，等两个小时的费用是多少，一会儿我付他。"

放下手机周海阔继续喝茶。旁边的椅子上有本《无墙的博物馆》。4月底的运河很美，从苏州过来，一路繁花盛景，春天越走越深；尤其北国的槐花，团团簇簇半数雪白，哪个方向的风吹来，浓郁的香甜之味儿都经过鼻尖，深吸几口即可以当饭来吃。夹岸的杨柳高大蓬勃，运河像一条被驯服的巨蟒在平缓地游动。这种时候，周海阔更有穿行在大地的血管里的感觉。

那个打算"赎"回罗盘的家伙叫邵星池，卖给小博物馆客栈不过一年。成交时没费劲儿，送上门的。某日周海阔正在客栈的茶吧里摆弄一副对联，刚从七十公里外的一个中学教师家里收购来的。内容是冯友兰先生晚年的学术自勉联：阐旧邦以辅新命，极高明而道中庸。字自然不是冯先生写的，也非某位知名的书法或学问大家，周海阔照着落款上网搜，百度里关于书写者的信息一条也没有。他请教过那位田老师，田老师也一脸茫然，只说是先父的遗物，二十个年头总该有。田父搞地质，大半生在五湖四海奔波，结交几个外地的书法家完全可能。字是真好。田老师要价五千，周海阔给了八千：五千给对联，剩下的三千只为对联的内容。这副自勉联也只有冯先生撰得出来。他把它挂在客栈最重要的公共空间里，客人们喝茶读书时抬头，看见它若能有所思，意义就达到了。客栈工作人员给挂歪了，他正站梯子上纠正，程诺进了茶吧。外头来了个小伙子，有东西要卖。

小伙子从提包里捧出一团东西。打开红绸子，还有一层黄绸子，打开黄绸子，是个黄花梨木的圆盒。盒盖还没打开，程诺就附在周海阔耳边小声说：

"罗盘。"

果真是罗盘。罗盘上的意大利文让周海阔心跳突然加速。即便罗盘的玻璃表面布满毛细血管似的裂纹，他也看得出这是好东西。老物件里的好东西。卖罗盘的小伙子就是邵星池。他说急需钱，三万。

"哪儿来的？"周海阔问。

"爷爷的爷爷传下来的。我爸传给了我。"

"为什么要卖？"

"跟朋友合伙办个厂子，遇到点麻烦，得补个窟窿。"

周海阔给邵星池倒了杯日照绿茶，让他在小会议室里稍坐片刻。他把程诺叫到外面。程诺说，半年前客栈里住过一个女艺术家，既画又拍，就沿着运河两岸走，早出晚归。晚上回来早，会在茶吧要壶陈年普洱，看书或者处理照片。那天下雨，客人不多，他忙完了就在女客对面坐下来，聊上了。茶钱算他的。民宿客栈靠的是口碑和回头客，人情牌必须打好。女艺术家正把数码相机里的照片导入电脑，他顺便看了几张。其中一张照片上就有这罗盘。她拍了船民的婚礼，一个系列，相当漂亮。因为小博物馆，他也算半个运河人，照片里的运河生活还是让他脑洞大开：她用相机把你模模糊糊感觉到的东西准确地表达出来了。一条千年长河的历史感、沧桑感和命运感。艺术家就是艺术家。她讲了这个罗盘的故事，她把罗盘传承交接的那一瞬间拍了下来。

"你们知道这是个意大利罗盘吗？"

程诺摇头，"我们又不像周总您，出身于意大利语世家。"

他们俩返回小会议室，邵星池的茶早就喝完了。

"传家宝，确定要卖？"周海阔问。

"再好的东西，没用了也是废物。"

"知道这是意大利产的洋货吗？"

"管它土的洋的，方向指对了都一样用。指不对的，外星人造的也白瞎。"

"恕我直言，"周海阔说，"这是传家之物，最好还是征求一下令尊令堂的意见。"

邵星池从沙发上站起来，"如果因为玻璃面破裂，影响了品相，可以降一点。两万八？最少两万五。不能再降了。实在是不小心掉在地上。要不是摔了一下，没准就不卖了。"

周海阔给邵星池添了茶水，"不着急，喝完这杯再做决定。你可以再想想。"

邵星池拿起一只空杯子，一杯茶在两只杯子来回倒腾两次，端起来吹了吹，一口气喝下去。

"那好，"周海阔对程诺说，"付钱。"

客栈吧台后面是堵墙，墙上嵌一个多宝槅，那个罗盘被放在多宝槅核心的位置。如果选一件小博物馆客栈济宁店的镇店收藏，无疑就是这罗盘。程诺给它定制了一个木头支架，碎玻璃的那面倾斜着对外。好东西不怕破。

所有刚进店的客人，开始都会因为客栈的名字纳闷，一旦住进来，很快又会为店名叫好。小博物馆，的确不像个客栈名，但你明白了这家客栈的特色，你就不会为店名纠结了。它的特色就是像博物馆那样有收藏，收藏有当地特色的老物件。目前客栈连锁十二家，从宁波、绍兴、杭州一直沿运河往北到临清，每一家店只收藏客栈所在地的古旧稀少的好东西。这些老物件曾经深度参与了当地的历史发展、日常生活和精神建构，在它们从这个世界上彻底消失之前，"小博物馆"尽力将其留下，为本地存一份细节鲜活的简史。客栈通过各种渠道把老物件收购来，根据类别做相关搭配，装饰到大堂、客房、茶吧、小会议室。每家客栈只有十来间客房，最多不超过二十间，所以收购的古董必须精挑细选，稀有、珍贵，还要有地域特色。

对收藏周海阔是专家。金砖博物馆经营了八年，在主题博物馆里已然是后起之秀，从收藏理念到场馆设计、馆藏布置都堪称匠心独运。这个"金砖"当然不是银行和金银店里的"大黄鱼""小黄鱼"，而是烧制独特的地砖，又称御窑金砖，中国传统窑砖烧制业中的珍品，古时候专供皇城宫殿等重要建筑铺地用，两尺见方，质地坚细，叩之铮铮然有金属之声，故名金砖。故宫的太和殿里就铺了四千七百一十八块金砖。

懂行的人肯定知道，金砖产自苏州，因为苏州土质细腻，含胶状体丰富，可塑性强，烧制出的金砖坚硬密实。苏州又靠近大运河，交通便捷，打包后上船，催马扬帆，一路直达帝都。好东西也有厄运，到1908年，光绪三十四年，金砖作为皇家御苑的特需品的生涯，走到头了；这一年光绪帝驾崩，金砖停做。接下来溥仪的皇帝也没做几年，大清朝结束了，还修什么帝都皇城。幸运的是，金砖的制作工艺薪火承传，留到了今天。苏州还留存几家金砖窑，作为奢侈品的生产基地，尽管早已经是夕阳产业和博物馆艺术，还是有几家活得不错的，因为京城和众多故都的宫殿隔三岔五还需要修缮，此外，尚有华美的新建筑和土豪的家居装修要用。

这其中，有一口窑是周家的。周家窑在苏州肯定算不上利税大户，但在业界小有名气。周家烧窑是半路出家。周海阔的父亲年轻时赶上"文革"的动荡，一个人跑东北，躲在原始森林里跟当地人一起烧炭，烧了几年，天下太平后，带着烧炭的手艺回到苏州。有一家金砖窑被破了"四旧"后，一直没缓过劲儿来，眼看着窑火彻底灭了，周海阔的父亲来到窑口，用烧炭的热情和技艺重新把窑火给燃起来了。火越烧越旺，砖越烧越多，窑厂越做越大，周父就把窑给盘下来了。开始是厂，接着是公司，现在成了集团。除了烧窑，餐饮业、房地产、医疗卫生和教育，都涉足了，开始挣的钱细得像根竹竿，现在滚雪球似的变成了一个胖子。父亲很早就开始培养周海阔，家族产业，长子早晚要接班的。但周海阔不喜欢，他想干点闲散安静的活儿。就跟父亲商量，金砖的事让弟弟干吧，又要大生产又要搞营销，跑得上气不接下气的，他弄不了。他想做一个博物馆：你们把金砖烧出来、送出去，我把金砖留下来，放进历史里。

父亲不答应也没办法。数钱跟其他任何一种职业都一样，没激情肯定不行，那会越数越慢，越数越少。父亲对他做博物馆也很支持，虽然年轻时受自己当意大利语教授的父亲的牵连，没念成大学，成了个粗人，但周家说到底还是书香门第，历史与现实的情怀都不会缺。父亲把支票往他面前一推，做继往开来的事，乃百年大计，需要多少，数字你自己填。周海阔就在当年金砖上船的老码头附近找了块地，建起了金砖博物馆。

搞收藏是他喜欢的，所以博物馆做得好；搞收藏是他擅长的，所以小博物馆客栈做得好。有一年他去大理看苍山洱海，住进一家名叫"菩萨的笑"的连锁民宿客栈。住过了大理的这家"菩萨的笑"，他又去住丽江的"菩萨的笑"，接着住了成都和杭州的"菩萨的笑"。这家连锁的客栈启发了他。

经营客栈的是个读书人，博览群书且有高妙的见解，他完美地利用了"书"这个元素。像样的民宿客栈都堆满了书，大多是从旧书市场论斤买来，码好了一排排一摞摞一架架放着，装装样子，极少能把"书"有机地融进客栈，成为客栈血肉相连的一部分。"菩萨的笑"做到了。院墙里嵌着书。花园小路的石头是一本本打开的书。走道的墙上镶着玻璃镜框，端正地放着至少半个世纪之前珍贵的善本书。每一家客栈都有一间别具一格的阅览室，图书一打眼就知道是行家的精挑细选，一本大路货你都不会找到。书吧里喝茶和咖啡的杯垫都做成《荷马史诗》《神曲》《浮士德》《战争与和平》《红楼梦》的书影形状。每间客房有个形状各异的书架，摆放着国内外某一位大作家推荐的十本书，这十本中若是哪一本书的作者尚在人世，你看到的这本书一定是作者的签名本。经营者介绍，只此签名本一项，就花费了他们大量的人力、物力和财力，但他们认为值。十本书中，客人在退房后可以取走任意一本，普通版本免费，签名本和稀有贵重的版本须支付必要的成本费。

因为书，"菩萨的笑"跟众多民宿客栈区别开来。这一点启发了周海阔。他在筹备金砖博物馆的过程中，把运河上下所有为皇家烧制砖瓦的古窑遗址都考察了一遍，比如无锡大窑路上的几处古窑、德州为紫禁城烧制地砖的窑址。在考察古窑址时，他有一个意外收获，就是顺道打捞起了千百年来运河丢失的诸多历史细节。这些历史细节形之于物，七七八八的一堆小零碎，周海阔明白历史细节的重要性，舍不得扔，就分门别类地带回苏州。但这些东西堆家里也不是个事，越积越多；而他自从尝到了发掘运河沿线丢失的历史细节的甜头，收不住手了，老想着跳上船就往外跑。这是病，很高雅，但再高雅也是病，尤其对周海阔的父亲来说，这病必须得治。金砖博物馆只烧钱不挣钱，但那是正事，必须做；但你整天沿运河上蹿下跳收购那些针头线脑、磨盘榔头，这种只烧钱不挣钱就不对了。地主家也没有余粮，钱再多也是血汗挣来的，不能这么糟蹋。朋友建议，一不做二不休，干脆一个地方建一个博物馆。这也不靠谱，公家的博物馆建得雍容华贵，藏品又能直接跟考古发掘挂上钩，法律规定，成千上万年前的东西挖出来，必须送到这样的博物馆里。就算你建得再堂皇再浩大，你也没资格染指，你只能针头线脑地捡点人家不要的小东西。周海阔闹心，跑苍山洱海之间来抒发难酬的壮志，住进了"菩萨的笑"。看见客栈里那么多"书"，脑袋一亮，就像当年父亲在冰冷的窑坑里点起一把火，为什么不能做他娘的连锁的民宿客栈呢？

他又跑了几家有特色的客栈，然后找专家做了详细咨询，回到苏州见父亲时，手里攥着一份可行性报告。父亲把弟弟找来，爷儿仨开了个会。弟弟说:"可行。哥哥又喜欢,这事能干。"父亲问:"民宿这两年倒是个新兴产业,势头正好。只是涉及经营,你没问题?"

"兴趣是最好的内驱力。"周海阔回答。

"正好哥哥喜欢运河上下跑,"弟弟说,"真做起了连锁客栈,你就可以天天在船上了。"

父亲最后问:"打算取个什么名字?"

"如果注册成功,就叫'小博物馆'。"

就冲这名字,父亲放心了,儿子会把它当成事业认真来干。有金砖博物馆在前。爷儿仨举起茶杯,为了周家新开辟的一份产业,尝尝这最新的碧螺春。

金砖博物馆是个公益事业,面向社会免费开放。日常管理上了道,周海阔就可以从事务性工作中抽开身,大部分精力倾斜到连锁客栈的选址、建设、试运营和正常营业上。四年时间,十二家"小博物馆"沿运河次第诞生,现在营业也基本都进入了正轨。每一到两个月,他就会坐着"小博物馆号"从南到北例行巡视一轮,若哪家门店遇到特殊问题,他会特事特办,一个月跑上两三趟。

济宁店他有特殊感情。选址时他力排众议,放在现在这个所有人都不看好的位置;为拿下这个选址,他有生以来头一次把自己喝断片,醒来想了半天才明白自己在哪儿。十二个客栈里,济宁店的收藏他最满意——并非收藏之物多稀有、值钱,而是现有的收藏品已然能够比较全面地勾勒出济宁这座城市,作为运河重镇的日常生活的历史脉络。他看重济宁店，所以把跟了他五年的程诺放到这里做店长。

济宁店在运河边的一个古镇附近。现有的民宿为了客流量，都扎堆在镇上，小博物馆撤出来一段距离，坐落在主河道和一条支流的交叉地带。那地方视野开阔，周围的河道里长满一人高的芦苇和蒲草，春夏绿，秋冬黄，自然怡人。周海阔之所以对这个位置动心，就是看上了此处的野趣。他犹豫不决反复走过这一段水路时，发现有不少年轻人来芦苇荡中看野鸡野鸭和拍照。但这里实在太野，他们来得谨慎，拍得也谨慎，尤其傍晚，他们早早就散尽了。周海阔就想，如果客栈坐落这里，有了人气，再将周围的野趣稍作人工的整饬和设计，等于自带流量，天然地拥有了一个小型的野生公园。他找来同济大学搞设计的朋友，先出一个简单的设计方案，两人一对，没问题。就它了。父亲和弟弟那里，他给出的理由是：民宿的可能性需要全方位地探索。

这个决策完全正确。客栈刚营业半年，旁边就跟上了第二家，接着第三家——"小博物馆"开辟了一个新阵地，自然成了领头羊。

选址之后是置地。这片土地隶属身后三里外的村庄，都有主，因为距离村庄远，长年撂荒。撂荒可以，但你要用那就是另一码事，得谈，出个双方都满意的价。先是下属去谈，磨了三次，对方坚决不松口。那个价有点离谱，对方不懂行情，只觉得既然赶上了，索性狮子大开口，狠狠地干他一票。周海阔决定亲自去，把车停在村口，步行到姓鲁的村民家里。

老鲁跟周海阔同岁，但风吹日晒下辛苦，看着像四十。时值8月的黄昏，老鲁穿着大短裤，赤裸上身坐在院子里的磨盘上两眼望天。前几天跟老婆吵了一架，老婆一生气，带娃儿回娘家了。老鲁想去老丈人家接，又拉不下脸，周海阔进门时，老鲁正生自己的气，刚糊弄的那口晚饭全窝在心口。他知道又是个来讲价的，他也知道只要他降降价这事就成了，所以他得端着。老婆养成一吵架就回娘家的坏习惯，就是因为他开始没端住，把女人惯坏了，非接不回。

周海阔也是个爽快人，上来就说："老哥，要不咱俩再聊聊？"

老鲁拿一只眼看他，另一只眼继续看天，"喝完再聊。"他想起床底下还有两瓶粮食白酒，本来想孝敬老丈人的，现在自己的酒瘾突然上来了，挡不住，馋得心慌。

周海阔平常也就象征性地喝点红酒，还得是南美产的才肯入口。但他还是决定喝，"没问题，我敬老哥两杯。"

老鲁跳下磨盘，进屋拎出两瓶白酒。周海阔都不必细看，就知道是个山寨酒厂的勾兑酒。老鲁放下酒，又回屋拿来两只没洗干净的白瓷碗，咬开瓶盖，咕嘟咕嘟倒了两半碗，然后端起一只，说：

"喝。"

"就这么干喝？"周海阔有点蒙，"要不我去商店买个下酒菜？"

"还要下酒菜？"老鲁心想，你们城里人事真多。他从石磨底下掏出一把镰刀，"那你等一下。"拎着镰刀出了门。五分钟后，胳肢窝下夹着两个向日葵花盘回来了，"来，一人一个。"

他们俩抠着葵花子，靠着石磨对面坐，边嗑瓜子边把两瓶酒喝完了。那酒劲儿太大，喝下去就像咽一条火线，周海阔觉得食道都熟了，张开嘴能闻见煳味。他从来没喝过这么烈的酒，也从没喝过这么多的酒。他把自己喝吐了，也把自己喝断片了。断片之前的事他倒记得清楚，他觉得自己有好多张脸，一张套在一张上面，可以直接去演川剧里的变脸，摸一把，脸皮果然变厚了。他对老鲁说：

"哥，咱都喝成这样了，价钱怎么说？"

"你兄弟看得起我，你就是我兄弟。"老鲁舌头也直了，两眼还想看天，怎么翻都上不去。他感慨地拍着周海阔的肩膀，"兄弟你说多少，就多少。"周海阔张开手指，五个指头对他摇摇晃晃。老鲁一把抓住周海阔的手指，"不管多少，就这些。"

周海阔的记忆到此为止，然后是第二天，醒来半天才明白是在酒店里。开车送他来的同事在村外等他，左等不来，右等不来，只好找上门。天早黑了，周海阔和老鲁都喝大了，各人守着自己的半边磨盘，趴在上面睡着了。同事把他背上车，送到酒店里安顿好，这个过程他完全不知道。他醒来问同事，喝多了他都说啥了。同事说，没说啥，就说谈妥了，他妈的分分钟就谈妥了。他就抱着疼得发烫的脑袋笑。

收藏没什么可说的，碰到了好东西是运气，碰不上正常。他一直为收到那个意大利罗盘得意，一下子把此地运河的历史打开了一个新的维度。马可·波罗之后，肯定有络绎不绝的洋人经行此地，但有实物遗迹跟没有是两回事。这个罗盘给了他一个可以理直气壮地浮想联翩的理由。每次来济宁的"小博物馆"，周海阔都要多待一两天，就为了能多看几眼这个罗盘。

现在的问题是，卖罗盘的家伙决意把它赎回去。

两小时后，周海阔在小博物馆客栈见到邵星池。邵星池左手抱着右胳膊，右手抱着手机在通话，在客栈大堂走来走去，眼睛不时瞟一下多宝槅上的罗盘。"吴老板，再等等，"邵星池说，"很快就好，很快就好。"看见周海阔，对手机说，"来了来了，他来了。"挂了电话他对周海阔伸出手，"抱歉，周总，我必须得把罗盘赎回来了。"

"怎么个赎法？"周海阔在沙发上坐下，让他也坐，"给邵先生泡茶。"

程诺说："早就要给他上茶，他不要。"

"刚才是刚才，现在是现在。"周海阔对邵星池说，"天大的事也不会被一杯茶耽误掉。咱们边喝边说。"

邵星池果然安稳下来不少，端起茶杯在手掌心里转了几圈，"周总说的是。套周总的这句话，天大的理由也不能作为赎回罗盘的借口。我很清楚。但周总如果有兴趣和耐心，我还是想把赎回的理由简单地说一下。"

"好，愿闻其详。边喝边说。"

"两个理由：一是，周总知道，这是家传的宝贝；第二个，我又开始跑船了，跑船的人离不了这东西。"

"继续。"

邵星池也不客气，事情赶到这儿了。卖掉罗盘他也是迫不得已，合伙经营一个船舶修理厂，干了半截朋友要撤了。当初跑船的时候，觉得修船的大师傅牛大发了，就是个检修的工人，也看心情做事，心情好了给你多检一会儿，心情不好三两下完事。你要把他伺候得不到位，让他不高兴了，那就等着钱吃亏，该换的零件当然得换，不该换的也让你换，你还不敢不换，船停半路上损失更大；停下来不动还是好的，万一停下来继续动，不往前跑往下沉怎么办？朋友踌躇满志。

但真干上了，发现不对，没几艘船需要检和修，在运河上都突突突跑得欢实着呢。十天半个月铺子里一个人魂都没有，过去在船上，整天被汽油味和柴油味熏得要死，现在想闻个油味都得自己把油桶打开。跑船时夜以继日地盯着操作台，撒泡尿都快得像做贼，就想着老子哪一天到岸上，一天跷着腿喝他二十四小时的茶，困了就睡，醒了就喝；现在的确可以二十四小时跷脚喝茶了，问题是，一个个二十四小时喝下来，越喝越慌：这一天天净喝茶了，吃啥呀？

朋友照开业半年来的业务量，给修理厂算了一笔账，再高调地乘了一个系数，得出经营的未来。一番复杂的运算之后，结果让自己心都凉了。邵星池比合伙人乐观，他极尽运河水运式微的渲染，不断地给朋友打强心针。朋友又挺了三个月，撑不下去了，他又算了一笔账，然后把大数据拿给邵星池看。接下来一年里，如果不发生意外，比如运河水突然变质致使各种航船机器损毁，或者外星人紧急发起对运河船只的攻击，那么，他们将会因为业务惨淡导致资产缩水二分之一，这种缩水还不包括设备的折旧和损耗，把这些全算在内，他们的资产能剩下三分之一就烧高香了。账就这么个账，合伙人把单子推到邵星池面前。

"通常，一件事不会比我们想象的更好，"邵星池说，"也一定不会比我们想象的更坏。"

"要不'通常'呢？"

"老兄有何高见？"

"撤。"

"咱们俩的身家可都在这里啊。"邵星池在厂房里走来走去，把每一种机器都摸了一遍。

"现在撤只是丢了身，再耗下去，可能连家都没了。"

邵星池回到合伙人对面坐下，"回去干吗？继续跑船？"鼻尖处钻心地痒，仿佛有个小虫子在里面爬，他用指甲用力掐了一把，想把虫子像粉刺一样给挤出来，"河上的船越来越少，河运早就成了夕阳产业。"

"河运都成了夕阳产业，"合伙人说，"修船不更是已经落山了？那咱们更没必要干下去了。"合伙人突然大笑。笑得捶起了桌子，把一天二十四小时都可以喝的茶杯给震翻了，普洱洒了一地。邵星池忘了摸过机器满手的机油，弄出了一个黑鼻头。可就算是个黑鼻头也不至于笑成这样啊。他就看着合伙的朋友笑。足足一根烟的工夫，合伙人才停下来，笑出了满眼的泪。合伙人擦掉眼泪，鼻音浓重地说，"兄弟，我也舍不得。这也是我头一次独立创业。不是咱俩不努力，但还是干成了这样。"他有点伤感，现在流出了悲伤的眼泪。

刚刚还恼火的邵星池也伤感起来，用沾满机油的手拍拍桌面上合伙人的手，"谁让咱们生晚了呢。"

河运的黄金时代已经过去了。运河的黄金时代也结束了。

"你的判断标准就是慢？"周海阔给邵星池续上茶水。

"一个慢还不够吗？"

"快慢就是个心态。"周海阔说，"我喜欢慢。有时候慢未必就是慢，可能是快，只是我们没看出来。就像旧有时候并不是旧，而是更新。比如这个罗盘，放在这个新客栈里，它没有让客栈变旧，反倒让客栈更新。就因为这些老物件，咱们的这家小博物馆才在业界享有了盛誉。"

周海阔是实话实说。因为济宁店有价值的收藏，这家小博物馆已然是民宿界的明星，客人自不必说，全国各地的专业人士也经常来这家店观摩学习。旧正是该店最具价值的新。

他喜欢慢也是事实。每年新人入职，他都会讲一个船和自行车的故事。

小时候他生活在河边，祖父避世的水乡小镇。交通主要靠船，每家屋后都有一个小码头，解开缆绳，跳上船，他可以把船摇到任何有水的地方。他十岁，端午节那天有点阴。他准确地记住这个日子，因为那天有个日本画家来镇上写生，整个上午都坐在他家的小码头上。中午母亲煮好了粽子，让他送了三个给日本画家。画家一个劲儿对他鞠躬表示感谢，惊慌失措之下他也不停地鞠躬回礼，头都快点晕了，想起来还可以转身跑掉。很多年后，他看到一本名叫《中国的运河》的画册，才知道那画家叫安野光雅，享誉世界的绘本大师，曾获过"国际安徒生奖"的插画奖。在安野光雅的水彩画里，他还找到了他家的船和虎头的自行车。

在那个前现代的水乡小镇，自行车是个稀罕物，不是买不起，是用不上。尽管不实用，但作为最重要的现代化的交通工具之一，自行车依然备受瞩目。同桌虎头家有一辆，每天向他嘚瑟自行车跑起来有多快。他终于听烦了，说：

"你们家自行车会飞吗？"

"就算不会飞，"虎头眉毛直往上挑，"跟你家的船比起来，那两个轱辘也是风火轮。不信比比。"

比就比。周海阔把父亲买回来的电子表戴上，一有空就在河道里训练，看从他家码头摇到状元桥最快需要多久。端午节是他和虎头擂台赛的日子。上午他的船在码头，虎头的自行车停在河边的石板路上。它们被安野光雅勾勒进画里。他给安野光雅送了三个粽子，自己吃了五个；为了下午的比赛，他必须吃饱。结果他赢了。自行车当然跑得更快，但虎头骑到秀才桥和进士桥两座桥前都得下车，踩着石阶把车子搬到桥上，再搬下桥，这得花费不少时间。如果一路顺利，虎头也能赢，可惜快到状元桥时，前轮突然嵌进石板之间四指宽的缝隙里，行驶戛然而止，虎头从车上飞出去，一头钻进运河里。他想把虎头捞上船，虎头不让，坚持游上岸继续比。等虎头爬上岸，周海阔已经从容地把船摇到了状元桥下。跟着一路看热闹的小伙伴嗷嗷地叫。

"十岁的这场比赛我很得意，"很多年后他反复对新来的年轻人说，"不是因为我胜了，而是因为整个比赛过程中，我摇橹的节奏始终没乱。在别人看来可能很慢，但我知道每一橹的力道都饱满绵长，就像一步一个脚印在走路，有种生根般的扎实和安稳。这感觉让我觉得，我其实很快。果然就快。"

所以，现在他对邵星池说："慢，也可能是快。"

"周总，您说得没错，很多事，慢的确可能是快，"邵星池说，"但对货运，快就是快。我可以抽烟吗？"

"请便。"周海阔把烟灰缸推到对面，"这我当然明白。我想说的是，咱们凡事都在求快，快怎么就能成为这个世界唯一的指标了呢？或者说，我们是否还有能力变慢为快？"

"这是你们文化人考虑的事。"

"那你为什么又开始跑船了？"

"散伙了啊。朋友打死也不干了。他退出，我一个人根本撑不住，撑也撑不了多久，干脆一拍两散。"

"可以干别的嘛。"

"干不了。从小就跟船、跟这条河捆一块儿了。说句糙的，周总别见怪，对船，我比对女人的身体还熟悉。"

"甘心这么耗下去？"

"当然不甘心。权宜之计的事能不做就不做。我在调整想法，就像周总说的，我们是否有能力变慢为快。我肯定没能力让船速变快，但我可以重新考虑，为什么非得跟飞机和火车比速度？我开的是船，我只要在适宜船运的范围内找到最佳货物，在所有路线中找到最佳路线，那不就等于把慢变快了吗？过去我总把水里游的速度跟地上跑的和天上飞的比，现在才意识到，它们不是一个东西。一个东西有一个的特点，有局限性的同时也自有它的优势，我要做的不应该是一棍子打死，而是要在正视局限性的前提下，发扬和扩展它的优势。"

"所以你要拿回罗盘？"

"必须。"

"据我所知，从杭州到济宁，一条路就可以走到头，根本不需要罗盘。"

邵星池指指周海阔的脖子，只能看见一根黑色的细绳，绳子下面坠的是什么看不见，"人不是一定得戴挂件的，但我相信周总的挂件肯定不是可有可无。"

店门外有人露了一下脑袋又缩回去，周海阔没看清是谁。邵星池见周海阔朝门外看，他也扭过头去看，门外空空荡荡。风吹运河水的连绵细碎之声涌进客栈。在这个久经风吹日晒面目黧黑的小伙子面前，周海阔发现自己一点没占到便宜，他说得对，他的挂件一年四季都不离身。周家的后代每人都有一个或金或银或玉的挂件，吊坠是各种材质打磨成的一本极小的书，书上刻的是同一个意大利文单词：Lingua（语言）。什么字体不管，但必定是"语言"。据说是先祖立下的规矩。他们家也的确是意大利语世家，即使没有从事跟意大利和意大利语相关的职业，基本上也都会说意大利语。他的"语言"是一块先秦的古玉做的。

这块玉之于他，相当于罗盘之于跑船的邵星池，但是周海阔还是舍不得这个罗盘。镇店之宝，缺了它，小博物馆客栈济宁店将大打折扣。据传，民宿业准备举办一次"最民宿"评选，罗盘在，该店很有希望冲击"最具特色奖"。

"罗盘对于你的重要性我能理解，但是，"周海阔说，为难地捏起了下巴，"我们客栈有个规定，收购来的物件一旦反悔，须双倍价格方可索回。"

"当初没说有这一条啊。"邵星池说。

程诺在一边瞬间会意，替老板解释："没想到你会反悔嘛。当初你可是恨不能马上就脱手的。"

这倒是实情，邵星池抵赖不了。他捏着右边的耳垂一下下拽，从小大人就说他耳垂大有福。拽一下一万，拽五下就是五万。不是个小数目，但他定下来了。邵星池猛地一拍膝盖，"那好，五万就五万。定了！"

程诺看看周海阔。周海阔痛苦地闭上眼，点点头。他不缺这五万，但话已经出口了。他应该说三倍、四倍乃至五倍的价才有资格反悔。

邵星池的电话又响起来。他对着电话说："吴老板，不拿了，这就回。"

周海阔一激灵，但他提醒自己沉住气。

程诺说："邵先生，你是说，不拿了？"

"对，钱不够，"邵星池站起来，把用旧的皮包斜挎到身上，"下次钱凑齐了再过来。反正都说好了。你们还信不过我？"

周海阔觉得肠子都因为这句话骤然打了个结。不是信不过你，我是信不过我自己啊。邵星池出客栈时，他都没能站起来，只坐着跟他挥了挥手。等邵星池消失在门外，他嗵一声把自己放倒在沙发椅背上，用意大利语骂了句脏话。

门外走进来一个黑瘦老人，头发花白，只有被河风吹了一辈子才能长出那样一张脸，皮肤不干，但皱纹走的都是风的路子。腰有点弓，因为风湿病，走路都不是特别利索；他攥着人造革皮包带子的指关节粗大，稍稍肿起和扭曲，周海阔这个外行打眼也可以确诊他有严重的风湿病。刚才闪一下脑袋的就是他。

"我是刚才那个邵星池的父亲，"老人说，从口袋里掏出一张卡，"我叫邵秉义，这是身份证。我儿子赎回罗盘缺多少钱，我给补上。"

周海阔站起来，把外套脱掉。竟然穿着西装跟邵星池谈了这么久，怪不得觉得有点热，而现在，邵星池的父亲突然出现，他觉得后背上瞬间出了一层汗。程诺接住老板的外套，对老人说："大爷，不是赎回。咱们不开当铺。"

"对不起，是买回来。"老人很谦卑。

周海阔请老人坐下，邵秉义坚持站着，不用说几句话，站着就行。周海阔提醒他，站久了容易加重风湿病，邵秉义才坐下。"看来老板是懂运河的人，一眼看出了我的风湿病。谢谢。"邵秉义说，"那老板一定也明白，我儿子为什么要把罗盘买回来了。"

周海阔让程诺给老先生上茶。程诺送茶来时，附在周海阔耳边说："这位老先生来过，还问过罗盘价格，想买。"

邵秉义耳朵很好，程诺的耳语听得一清二楚，"我是来过。不瞒两位，上次我就想买回来。"

三个月前邵秉义才知道儿子把罗盘卖了。一个跑船的老哥们儿听搭船的亲戚说的，这家客栈里摆了一个洋罗盘。老哥们儿就告诉了邵秉义，小博物馆里也有一个，没准儿跟你家的是兄弟。邵秉义开始没上心，星池来小船上看他们老两口，邵秉义顺嘴问到罗盘，儿子一支吾，他就知道坏菜了。他没吭声，先看了再说，就一个人搭船来到这里。玻璃表面破裂他也认出那罗盘姓邵，问货源和收购价格，程诺说要为当事人保密；问再次售出的价格，程诺说，原则上不卖，要卖，价格也得周总定。邵秉义出了客栈，抽出皮带揍儿子一顿的心都有。但他在河边坐了半个钟头，火气下去了。儿子也不容易，不到万不得已也不会干这种傻事；

不过这种傻事照他看来，是任何时候都不该干的。他从河边站起来，搭另一条船回去，他决定自己想办法把它赎回来。

他把角角落落里的钱都搜出来，拎着人造革皮包来了客栈。经过河口，看见吴老板的船停在半道，猜儿子可能来了。星池和朋友的船舶修理厂关张之后，剩下的钱已经买不起一条船，他也不打算立马东山再起，想先在别人的船上干一阵子，理出个头绪再图长远。正好吴老板船上缺个掌舵的。儿子能回到船上，让邵秉义心里还是生出一点温暖。他到客栈门口，伸头看一眼，星池果然在。他就躲在门外，零零散散听出个大概，等儿子走了，才从墙角后出来。

邵秉义把提包拉开，往外拿出第一捆钱，拿第二捆时，周海阔挡住他的手，"大爷，罗盘必须收回吗？"那一捆钱，大大小小颜色各异的纸币，从一百到五十到二十到十块到五块到一块一直到五毛；老人把所有钱都搜罗来了。

"老板别担心，我有大票子。"邵秉义说，"有一捆每张都是一百的。"

周海阔捂住包，"不必了，大爷。罗盘，您取走吧。"

"钱你还没数呢。"邵秉义说，"就是取，也让那小狗日的来取。他把祖宗的脸踩地上了，他得自己给捡起来。你们别告诉他我补了钱，就说降价了。"

"还是两万五。我们没有翻倍的规矩。"

程诺犹疑地说："周总——"不能把实话秃噜出来啊。

周海阔对他一笑，转向邵秉义，"大爷，我们家祖上也跑船。"

老秉义如同听到接头暗号，眼神突然亮起来，"哪一辈？跑的什么船？"

"得有上百年了。屋船，有的地方也叫栈船，载客的。当年跑过半条运河。"

老秉义伸出手，一定要跟周海阔握一下，不为自己，为祖先。邵家的先祖开始跑船，也在上百年前，第一趟水路就把大运河从南跑到了北。也是载客，不过那一趟邵家的先祖在船上还是个厨子，真正跑船是第二趟的事。那也要握手，为我们共同的生活在水上的祖先。

"你家吃了多少年水饭？"邵秉义问。

周海阔说不清。

照理说，周家的历史一代代下来，应该像白纸黑字一样清楚，因为这一家都是文化人。据说先祖周义彦之后，每一代周家人就都会说意大利语。姑苏一带的乡村固然富庶，但偏安一隅的小地方能有此类志趣和能力，也是相当传奇了。但恰恰因为世代书香，更明白如何掐断和抹掉历史：能够留下来的，理直气壮、一路高歌地传之后世；不便示人的，时间可以消磁，仿佛一夜无话，若干年都是空白。周海阔当然知道原因。比如他祖父，一个教意大利语的大学老师，便以他一生的坎坷给这原因做了注脚。

祖父是活在周海阔身边的长辈，再往上，周海阔一个没见着，更不知道掩埋了多少真相。他听说祖上传下过一个意大利文记事本，小牛皮做的封面，本子上几乎写满了字，手写。周家最早认识意大利语的，就是一百多年前跑船的周公义彦，那个意大利文记事本就是从义彦公手上传下来的。当年义彦公还是个十来岁的少年，被父母从学堂里拉出来当学徒谋生，跟着师父在水上跑长途。极偶然的机会，接待了一个意大利客人，从苏州坐船去高邮。洋客人非常喜欢少年周义彦，两人很谈得来。他发现义彦公极有语言天赋，就在旅途中教授他学习意大利语。意大利客人到达目的地，为了感谢，也为了激励少年周义彦继续学习意大利语，把自己的记事本送给了他。那位像马可·波罗一样的意大利人和他写满意大利语的记事本，就成了周家作为意大利语世家的源头。

在此后的一百多年里，不仅周义彦会说意大利语，周家的世世代代都会说意大利语。学意大利语成为家训，必修的功课。有条件的去国外学，没条件的在国内学；能进大学的，在外语系学；没机会进大学的，在家里自学。周海阔父亲因为受他父亲的影响，早早地远走他乡，没机会念大学，但凭着小时候耳濡目染的那点童子功，在东北大森林里烧炭时，利用随身带的几本意大利语书，也自学到了相当的段位，现在跟意大利客户打交道，完全不需要翻译。

周海阔把脖子上的玉坠掏出来给邵秉义看。一个半大拇指指甲大小的青绿色的玉，有锈红色的沁，做成了书的模样。周海阔指着玉书封面和封底上刻的同一个单词：Lingua（语言）。邵秉义伸长脖子，不认识洋文，害怕把玉给摸坏了，伸出的手又缩回来。

"那个记事本，还在吗？"邵秉义对周家的文化传承插不上话，也坦然地感到了自卑。

"不在了。"周海阔摇头惋惜。

周海阔也问过祖父这个问题。祖父年轻时还见过，封面的小牛皮手感依然很好；只是纸页泛黄，有些字迹也漫漶不清，即使在南方潮湿的天气里，纸张也干脆，翻动时一不小心就会弄坏。念了大学，祖父偶尔回家还会翻出来看看；教书以后，慢慢就把这个本子忘了。到他成了"反动学术权威"整天被拉出去批斗游街，突然想起了这个本子。准确地说，是他父母在老家想起来的。两位老人担心有人来故乡抄家，寻找儿子的反动证据，赶紧找出那个本子，寻个安全的地方埋了起来。埋在哪儿，也没告诉儿子，担心儿子受折磨时挺不住，说漏了嘴。说漏嘴把本子翻出来倒无妨，顶多把它毁了，关键是翻出来后，又成了人的罪证，等于雪上加霜。也担心儿子知道以后，憋着不说也不行，那可是欺骗组织罪。等周海阔的祖父彻底平反，可以翻出那个记事本时，曾祖父曾祖母已经双双过世，再无人知道它的下落了。祖父平反后，曾在故乡的老屋前后掘地三尺，把老人家可能想到的安全地方都翻了个底朝天，没找到。到晚年，有一天祖父正吃饭，突然放下碗筷，说：

"为什么就没想过，那本子可能被烧毁了呢？"

一家人也恍然。是啊，老两口说埋起来，也许只为了宽慰儿子。这家传的宝贝岌岌可危，算是受儿子的牵连，倘若毁掉，老祖宗是要怪罪儿子的；但留在世上，等于怀里揣了颗定时炸弹，不知道什么时候它就响了，于是老两口甘当恶人，一把火烧了，以绝后患，对儿孙只说埋了，也免去了他们的心理负担。一家人越想越有理，可怜天下父母心啊。第二天，祖父这个坚定的无神论者，带着身边的儿孙一起去墓地，给先父母烧了两刀纸，磕了三个头。

"本子上都记的啥？"邵秉义问。

"不知道。"周海阔说，给邵秉义敬上一根烟，"祖父也记不清了。大概就是运河上的航行日志，好像说到马可·波罗。其实对我们后人来说，本子上记了什么不重要，它更像是一个信物和提醒，督促周家人把意大利语传承下去。有时候我也想，如果义彦公遇到的是个法国人或者德国人，如果他碰巧又对法语或德语感兴趣，是不是我们家祖祖辈辈必须学的，就变成法语或德语了？"

"还是意大利语吧，"邵秉义吐出一口烟，"要不见到咱们家的罗盘，你还不一定知道是哪儿来的呢。"

加上程诺，三个人一起大笑。

这事就算定了：等星池下次来，就可以取回罗盘。原价。周海阔的意思是，若星池手头儿紧，罗盘拿走，钱以后再说，不给也无妨。邵秉义坚决不答应，要是这样，那罗盘就不要了。程诺说，嗨，好像又说回来了呀，这罗盘到底是重要还是不重要？三个人又大笑起来。

邵秉义告辞时，还是有些过意不去，总想着该如何弥补一下。想到搭船过来时，跟船老大聊起小博物馆客栈的收藏，船老大说，在咱们大山东，还愁寻不到老古董？前头正挖呢，说是考古。一会儿说挖到了古墓，一会儿又说出土了一堆瓷器；公家挖，私人也跟着起哄，见空地就下锹，听说也挖出了不少破铜烂铁和坛坛罐罐。喜欢破烂，到那儿收去啊，管够。

"就在前头不远，几十里路，"邵秉义比画着，"听说原来是条运河支流，不知道什么时候废弃的。就那一块。"老秉义又画了一个圈。

周海阔拿眼睛看程诺。程诺缩了缩脖子，说："我也听说了，周总。这不一直忙着说罗盘，没来得及向您汇报嘛。"

"那好，送走了客人，你可得说仔细了。"

"放心，周总，"程诺悄悄地对周海阔做了个 V 字手势，压低了声音，"有好事。"

第二部

1901 年，北上（二）

过了河下镇，芦苇扑棱棱疯长。风吹过来，浩浩荡荡的芦苇一起向北弯腰，好像 5 月的大风正把它们往北赶，赶到哪里就在哪里扎下根，又是葳蕤蓬勃的一片。苇叶挤挤撞撞，在黄昏的天光下发出压抑的喧哗，如十万伏兵严阵以待。照小波罗的想法，可以在河下的码头过夜。这个古镇繁华了两千年，吴王夫差开凿邗沟时它就有了。如今是朝廷盐运使的驻地，官衙森然，店铺林立。大汉朝淮阴侯韩信和写得一手锦绣文章的吴承恩都曾生活在这里。小波罗上岸溜达了一圈，在船上他就闻到了茶馓的香味。茶馓是当地的特产，手工把面拉扯成细细的一线，一圈圈绕成巴掌大的一块，下锅油炸，金黄酥脆地出锅，舌头用点力，入口即化。小波罗端着一纸包茶馓，边吃边在石板路巷子里穿梭，停不下来。淮阴侯和大文豪的故居没找到，入眼的都是人间烟火，光茶馆酒肆里的吆喝声就让他想待下来再不离开。

但老陈建议在二十里外的清江浦夜泊，那儿的十里长街更有看头。更重要的，他们可以天一亮就过清江闸。运河上下，清江闸素有"七省咽喉""九省通衢"之称。地理位置重大自不必说，那大闸口的凶险也堪称"咽喉"。到闸口前，水阔流激，船过闸洞是个挑战，要养足了精神才好对付。作为半个当地人，谢平遥表示赞同，过闸更重要，注意力必须高度集中。在清江浦的几年，他真没少看各种船一不小心撞到两边的闸壁上。当地人有句俗语，"眼一瞎，跳大闸"，意思是闸口凶险，跳下去就进了旋涡，想活着出来那就得看你的运气了。小波罗说，那听老陈的。

老陈，陈改鱼，老把式，他们现在雇用的这艘船的老大，氾水镇人。他们在高邮被老夏的船抛弃后，谢平遥找到高邮漕运的朋友，朋友推荐了陈改鱼。他们是亲戚。朋友说，正因为是亲戚才推荐，一般的船主打死也不会往北跑。因为往北跑，尤其运一个洋人，结果很有可能也是被打死。现在的局势明摆着。人死了还得搭上条船。他这亲戚正好手头儿紧，才冒险走这么一遭。不过有个条件，老婆得带在船上。对中国人来说这是个条件，跑长途的忌讳船上有女人，女人主灾，是祸水。小波罗哪管这套，一天到晚除了水就是船，满眼都是男人，有个女人好啊，说话听不懂那也是个软软的女声。等上了船，小波罗还是有点失望，老陈的老婆，陈婆，四十多岁，长年的水上劳作让她关节粗大，骨头缝里都害着风湿病；水面空旷，女人的嗓门儿也慢慢习惯性地高了，喊一声"上船了"码头都哆嗦；至于长相，在水上待久了，长什么样已经不重要了，河风把所有人脸上都吹出了细密的皱纹。

老陈说，到了清江浦歇。儿子们，帆涨满。老陈还带了两个二十岁的双胞胎儿子，大陈和小陈。单就两张脸，遮住小陈鼻尖上的那颗黑褐色的小圆痣，除了陈家自己人，外人还真分不清哪个是哥哪个是弟。哥儿俩还有一个区别，辫子盘在头上或者绕在脖子上时，大陈的习惯是从左往右，小陈习惯从右往左。大小陈正是干活儿的时候，风吹日晒，皮肤呈古铜色，抬抬胳膊就能看见身上的肌肉在乱窜。

芦苇荡里的风刮到一大一小两叶船帆上，明尼阿波利斯的面粉袋做成的船帆也有了猎猎的杀机。小波罗端着烟斗站在船头，那样子很像要作一首豪迈的诗。从芦苇荡里摇出一艘小船，迎面向他们驶来。五个人，两人划桨，两人坐在船尾，孙过程抱着胳膊站在船头。小波罗立马矮下来，坐到椅子上跟谢平遥说：

"阴魂不散。那家伙又来了。"

谢平遥也看见了。此刻他们远离河下，距清江浦又有一段距离，前不着村后不靠店，短袖汗衫选了个好地方。谢平遥叫老陈，全速前进，什么事都别理会。老陈打眼就看见了船后两个汉子脚下一闪的大刀。最后一道晚霞映在刀片上，像干涸的血。大陈小陈分列船两边，架起桨，以双胞胎的感应默念着号子，节奏整齐地划起来。小船不敢硬拦，赶紧闪到一边，孙过程高声说：

"我就说过我们还会见的。"

没人理他。大船从他们身边经过。小船立马掉头，但仅靠两个人划，速度还是跟不上大船的两叶帆。眼看大船走远，船尾的一个汉子走到船头，抡起一只飞爪，铆定了大船船尾。然后他用力拽绳索，边拽边收绳子，待老陈发现想一刀砍断绳子，小船已经跟上来。孙过程一个简短的助跑，跳上大船。接着另外四个汉子逐一跳上大船。小船由一根绳子牵引，空荡荡地漂行在大船身后。

老陈说："兄弟，光天化日的也劫财？"

孙过程说："停船说话。"

"要不停呢？"

"你可以试试看。"

除了孙过程，其余四人后腰里都别着一把大刀，刀把上垂下来一块陈旧变色的红布条。

小波罗想进卧舱里拿枪，一个汉子三两个箭步挡在他跟前。

谢平遥对老陈挥挥手。大陈小陈停下划桨，分别去降大小两叶帆。老陈掌舵，慢慢靠右停泊到岸边。"漕运总督部院离这里可不太远啊。"谢平遥说，"请各位三思。"

"就算他们骑马赶过来，到这儿也只能看到一艘空船。"用飞爪的汉子说，"再说，他们自己的屁股都擦不干净。"

谢平遥想想也是，杀个人也就几秒钟，等衙门里的那帮怠工的家伙赶到，他们完全有足够的时间把船都给沉了。那人说得没错，谁还有心思管那么多，自己的一亩三分地都管不利索了。"没完了？"这是问孙过程的。

"我这些兄弟只要这位洋先生，"孙过程指指小波罗，"你们愿意去哪儿就去哪儿。"

小波罗问谢平遥："他比画个啥？"

"邵伯闸你帮了忙，他们想感谢你，有一堆好吃的。"

"你们中国人都是这样请客？带着刀，跟打劫似的。"

再绕下去肯定没完没了，谢平遥直接问："你们想怎么样？"

扔飞爪的那人说："有几个兄弟在北京被洋鬼子打死了，这个仇得报。"

此人河北口音，孙过程却是山东口音。又一个汉子说话了："扶清灭洋，天下太平。"这人一嘴天津味。

谢平遥明白了，他们原来就不是一个部分的，不过是在北京受了镇压，逃到了一块儿。谢平遥问孙过程：

"你的兄弟也被洋人杀了？也要报仇？"

"他们的兄弟就是我的兄弟。"

果然不是天生就一伙的。谢平遥说："你们怎么知道杀掉你们兄弟的就一定是迪马克先生的兄弟？意大利跟俄国，跟美国，坐咱们这船得走上大半年。"

"那不管，"扔飞爪的人说，"谁让他们都长得一样，都来欺负咱们。"

又一个人开口说了他上船后的第一句话："他们都是外国人。"

小波罗又问："你们在说什么？"

谢平遥回答他："他们说你是外国人。"

小波罗看这架势，加上来中国至今积累的一点心得，明白他又成了一个叫"外国"的新国家的代表了。一旦明白这一点，他也就明白这帮人想干什么了，"他们要我跟他们走？"

谢平遥没吭声，算是默认。他一时半会儿也想不出好办法。

"可我跟他们没半文钱关系。"小波罗紧张了。从意大利来之前一直到现在，他听到被杀的"外国人"已经不下三十例。要命的不仅是一个死，还有各种稀奇古怪的死法。

"你的兄弟杀了他们的兄弟。"谢平遥说。

"我兄弟？"小波罗瞪大眼，立马明白说的是他的"外国兄弟"，"这个——现在该怎么办？"

"拖一会儿是一会儿。"谢平遥用英语说。他往左右两边各瞥了个眼神，小波罗懂了，看两边有没有船来。

小波罗懂了，孙过程他们也懂了。扔飞爪的人说："别做梦，来了船也没人敢停下来。"

谢平遥想想也是，行路难，谁会吃饱了撑的惹地头蛇。就是官家的船到了，也未必多这个事。皇粮难吃，自家的命更要紧。

眼看天黑下来，远近竟然一条船没有。芦苇荡发出更大的喧哗，5月黄昏的水面上升起阵阵寒气。小波罗打了个哆嗦，他躲不掉。最后的结果是，谢平遥陪着小波罗一起上了他们的小船。理由很简单，小波罗和他们互相听不懂，得有个传话的。扔飞爪的人说也好，大哥总要跟他说几句话的，就算只骂几句，也得让他知道骂的是啥嘛。上小船之前，谢平遥嘱咐老陈和邵常来，在清江闸口等。总会有办法的。

短袖汗衫是孙过程。扔飞爪的人叫老枪。还有另外三个人，分别叫秤砣、豹子和李大嘴。在船上他们相互这么叫。他们把小波罗和谢平遥的手松松垮垮地绑在身后，不怕他们逃掉，担心的是他们一头扎进水里淹死了。"大哥"要活口。孙过程和老枪又给他们头上套了黑袋子，天彻底黑下来。小波罗用意大利语表达恐惧和愤怒，他用家乡话把这帮强盗的祖宗十八代骂了个遍。老枪隔着袋子拍拍小波罗的脸，让他住嘴。他跟谢平遥说：

"跟他说，见了大哥，说得越多，死得越快。"

在谢平遥的感觉里，他们在芦苇荡里拐弯抹角穿行了很久，不断有压弯的芦苇反弹到他身上。风声，水声，苇叶间的密谋，芦苇撞击船只；一有野鸡鸟雀惊飞，秤砣、豹子和李大嘴就压低嗓子兴奋地嗷嗷叫。后来，不再有芦苇声，他们被拎着脖子站起来，到码头了。上岸，继续被牵着走，又绕了很多圈，听见陌生的人声，进到一间屋子里，从黑袋子里往外看，有氤氲恍惚的灯光在飘摇。有人扯下了他们头上的黑袋子，灯光刺得他们赶紧闭上眼。

"跪下！"一个北方口音的男人喝道。

他们睁开眼。空旷的一个大仓库，昏暗的墙角码着一堆堆货物。他们面前歪斜的太师椅上，坐着一个大胡子老男人，红头巾，一身揉皱的黄衣服，腰间扎着一条红腰带，硕大的鼻头上晃动着油光。大胡子的左右分别站着两个年轻人，没有红头巾、黄衣衫和红腰带，只是随意的短打，但都孔武有力，块头巨大。

"让他跪下！"大胡子又说，指指谢平遥，"你也跪下。"

从阴影里走出来一个中年男人，到灯光底下谢平遥发现他左胳膊只剩下一只空袖子，掖在束腰的带子里。那人凑到大胡子耳边说了一句话，大胡子缓慢地点头，对谢平遥说："你就算了，自己人。让这洋妖跪下。"

"洋人没这个规矩。"

"从现在开始，有了。"

"他不会跪的。"

"跟他说。他会跪的。"

谢平遥跟小波罗说了下跪的事，小波罗头摇得腮帮子上的肉都甩起来。

"不跪？"大胡子左边第一个人问。

小波罗继续摇头。

"真不跪？"

小波罗还是摇头。那个人说："秤砣，教教他。"秤砣攥着根棍子走过来，对着小波罗的腿弯处抡了一下。小波罗怪叫一声，扑通跪到地上，但他在跪倒的同时改了姿势，变成歪坐在地上。

"一遍教不会？那就再来一遍。"秤砣拎着棍子晃了晃，准备来第二下。

谢平遥站到秤砣和小波罗中间。他的双手还被绑在身后，没法伸手制止。谢平遥对坐在太师椅上的大胡子说："非得这样吗？"

"倒也不是，"大胡子说，挠着下巴，像在浓密的胡须里抓虱子，"有比这更重要的。明天我儿子生日，我就拿这洋妖祭了我那命短的娃儿。点天灯，剖心肝，洋鬼子对我儿子做下的，我要一样不少地还回去。"

空袖子的中年男人又走过来，单手握拳，说："大哥，不仅大侄子的仇要报，所有死去的兄弟的仇都得报。大哥的腰要当心，先回去休息，这洋妖有我们兄弟几个守着，大哥只管放心。"

谢平遥这才发现，大胡子坐在那里，自始至终左手都抵在后腰上。前些天一直下雨，腰伤的反应还没平息。现在他拄着腰从椅子上站起，"那就辛苦兄弟们了。给这洋人备好酒菜，别用个饿死鬼祭娃儿，不体面。"

大胡子在两个兄弟的搀扶下出了大房子。空袖子让孙过程、豹子和李大嘴留下，其他人该干吗干吗。两个反剪双手的废物用不着那么多人，逆不了天。众人散尽，空袖子又让豹子在一口大铁锅里生上火，去去仓库里的潮气和霉味，也给夜晚增加点温度，看守的和被看守的都要在这空旷的仓库里过夜。大火盆在房子中央燃烧起来。风从宽阔的大门吹进来，木柴火红，火焰颤抖，整个仓库似乎都跟着摇晃。这个场面充满了象征意味，让小波罗想到了欧洲中世纪的宗教刑场。谢平遥没有把点天灯、剖心肝翻译给他听，但小波罗已经预感到摊上大事了。他跟谢平遥说，如果真不能活着走出这个仓库，请务必提前告诉他。

"放松点，"谢平遥说，"在没死之前，谁都死不了。"

这个完全没意义的逻辑显然安慰不了小波罗。他说："我他娘的还没活够啊。我还有很多事要做呢。"

空袖子在他们俩面前蹲下来，"我见过一个美国的传教士，临死前要求给他一点时间写遗言。他写：他们已逼近我们。亲爱的爸爸妈妈，我从不向后看，若蒙神保存我性命，我还要继续前进。"

"他死了。"小波罗说。

"我要说的是，你不用这么怕。"

"我怕。我有很重要的事没做，我不能死。"

"谁都有很多重要的事要做，"空袖子站起来，"得让你吃饱喝好。豹子、大嘴，"他从衣兜里摸出一把钱，对身后的小兄弟说，"买三斤酒、四斤猪头肉、一斤咸菜、五斤大饼。"

小波罗看看谢平遥。谢平遥说："给你买吃的。"

"好吧。这地方最好吃的菜是什么？"

谢平遥说："酸汤鱼圆、大煮干丝、鸡丝粉皮、狮子头、软兜长鱼。"

"各来一份。"小波罗说，"钱不够？我来。"他让豹子去他兜里找钱。

豹子说："狮子头未必有。那是有钱人才吃得起的菜。"

"那更得吃。"小波罗把衣兜往豹子跟前送，"还有，要个辣菜。麻婆豆腐、小炒肉、麻辣牛肉，辣的就行。"

豹子用眼神问空袖子，空袖子说："洋大人这么大方，你客气个屁。"豹子嘿嘿一笑，一把将小波罗兜里的钱全抓走，"那就多来点酒，两位哥哥也挺辛苦的。"

仓库里剩下小波罗、谢平遥、孙过程和空袖子。

空袖子拉着孙过程，让他跟着自己一起对着谢平遥单膝跪拜，孙过程不从，空袖子踹了他一脚。没踹倒孙过程，但孙过程还是依照空袖子的要求一只膝盖点地。孙过程有点蒙，谢平遥更蒙。空袖子说："大人，让您受惊了。您可能不记得我，我记得您。去年我和几个兄弟到造船厂找事做，留下了几个人。我少只胳膊，和几个老弱病残的兄弟被赶出来，连看厂房的都不要我们。哥几个饿得不行，想到船厂旁边的饭馆里要点吃的，老板放狗出来咬我们。您看不下去，在饭桌上多放了饭钱，嘱咐老板给我们做吃的，务必管饱。那一顿我吃了四碗面。"

为吃不上饭的人付饭账这种事常有，但谢平遥实在记不起见过这个缺了左胳膊的人。他只能说："举手之劳，客气了。"

"大人记不得正常。当时小人混在几个老兄弟里，初来乍到，一路逃难过来，没了一点精气神，要不是为了一口饭，真是见了人就想躲起来。后来安顿下来，经常看见您去船厂，才知道您是船厂里的大人。滴水之恩，当涌泉相报。小人孙过路，这是舍弟孙过程。过程，咱哥儿俩谢谢大人。"

孙过程勉强对着谢平遥低了个头。谢平遥让他们赶紧起来。几碗面钱，如何值得这一拜。

兄弟俩起来。孙过路对弟弟说："咱们得想办法把大人他们送出去。"

"哥，为了这洋妖，兄弟们可花了不少心思。"

"别的洋人我不管，这个不行。"

"那咱们怎么跟大哥交代？"

孙过路给了弟弟一个耳光，"我才是你大哥！"

"哥！"

孙过路又给了弟弟一个耳光。

"为什么还打我左脸？"

"你不能只有半张脸。"

哥哥这句话在孙过程听来，意思是：不只有我一个人，我还有你这个兄弟。于是他又说："哥！"

"你忘了你是怎么把哥从死人堆里背出来的了？"

"所以要把洋妖杀干净！咱们在洋妖的刀枪下死了多少兄弟。"

哥哥又给了他一个耳光，"错！你还忘了这世上只剩下了我们兄弟俩，爹娘他们都死了。你忘了爹咽气前怎么跟我们说的？"

"没忘。咱爹说：回家。"

"难得你还记得。哥哥就你这一个弟弟了。哥还想你能回去，回到老家去。把咱们家的房子拿回来，把咱们家的地拿回来。哥还想着，清明到了，你能把咱们亲人的坟圆一圆。"

"这跟洋鬼子有什么关系？"

"你得活着。你的刀上不能再沾一滴血。"

衙门里贴出告示：灭洋者，杀。

"可那些死去的兄弟——"

"跟这个洋人有关系吗？"孙过路举起手，又放下。他对弟弟说，"我其实想跟这个洋人说另一个传教士的事。咱们所有人都在算着一笔糊涂账。沧州二里湾的镇子上，那个比利时人。那天你和其他人去了另外一个镇子。那个比利时人叫戴尔定，三十五岁——"

那时候孙过路的左胳膊还好好的。他们八十多号拳民照上头的指示去二里湾，检查传教士的"任务"。此前已经有人专程知会过，该做什么那洋人很清楚。他们穿过焦渴的野地和尘土飞扬的道路，黄昏时分赶到二里湾的小教堂。领头儿的一脚踹开虚掩的门。比利时人正躺在逼仄的卧室的床上睡觉。他们让他起来，他一动不动。领头儿的揪着他的衣领让他起来，发现拎起来的是一个平直的身体。比利时人穿戴整齐的身体已经硬了。他完成了他的"任务"。到现在孙过路也不知道比利时人是如何自杀的，但他和其他拳民一起，看见了戴尔定的遗言。写在一张纸上，折在枕头边。戴尔定的汉语说得很好，汉字书写稍微差一些，不过该表达的也都到位了：

在这穷乡僻壤能够寻到另外的羊，是何等的喜乐。我带来的少量西药和我仅有的皮毛医护常识，全部派上用场了。真的，看到他们那样的苦，跟我第一次见到他们时一样，我非常难过。这一天的工作完毕了，时针正指着那个时辰。我让工人们回家休息了。我已经准备好了。若这是主的美意，我死而无憾。我没有后悔来中国，唯一遗憾的是，我只做了这少许。永别了。

当时孙过路也没多想，不过又是洋鬼子的高调。洋鬼子都该死，没什么好说的。他们把戴尔定的尸体拎到教堂外，架起了木柴准备放到火上烧。他发现十丈之外的一棵枯树底下聚了好多当地人。火点起来，火苗逐渐壮大，孙过路看见近百号男女老幼动起来，绕着那棵枯树一遍遍地转圈。火熄灭，他们也停下来，重新在树底下站成一群。天黑下来。孙过路走过去，问他们刚才在干吗。一个老太太突然哭起来，说："他是个好人。他救过我们的命。"很快孙过路就听到一片压抑的抽泣声。

回到拳民的阵营里，领头儿的问："他们在忙啥？"

孙过路说："他救过很多人的命。"

领头儿的说："屁，大鹰钩鼻子，两只眼深得能养鱼，长成那样能有好人？"

孙过路说："哪里都会有坏人，哪里也都会有好人。"

旁边人说："其貌不同，其心必异。毒药和蜂蜜怎么能是一回事呢？"

又一人说："他们就是装好人，包藏祸心，蜂蜜里掺着毒药呢。"

领头儿的说："没错，这些人就是被他们的蜂蜜给迷惑了。"

小波罗问："你们叽里呱啦在说啥？"

谢平遥说:"说你们外国人没一个好东西。"

小波罗说:"我就是个好东西呀。"

孙过程说:"好吧,跑了大半个中国,终于碰上了个好东西。"

谢平遥说:"恶行必须严惩。但也得小心,没有任何正大的理由可以成为滥杀无辜的借口。"

孙过路说:"大人说的是。我们曾一门心思扶清灭洋,转眼衙门又在要我们的命。哪有什么里外,不过是此一时也彼一时也。"

正说着,豹子和李大嘴沉重的脚步声传来。"过路哥,"豹子还没进门就喊,"酒肉来啦!"李大嘴也喊:"过程哥,我担保你没吃过这么好的五香口条。"

孙过程对谢平遥说:"我听我哥的。得麻烦您让这位洋先生歪倒在地上,能嘴歪眼斜更好。"

谢平遥对小波罗说了。小波罗说,没问题,这事他在行,面部肌肉瞬间调整到位,五官突然像被一只手攥到了一块儿,嘴里也有模有样地哼哼起来。

他们大碗喝酒,大块吃肉。小波罗和谢平遥吞着唾沫在一边看着。豹子问孙过路,是不是给他们俩也点补一点?孙过路说,剩下了再说。豹子和李大嘴先是舌头变大,然后眼睛发直,到了半夜,腰怎么都直不起来,最后倒到一边睡着了。孙过路单手给谢平遥松了绑。让弟弟解开小波罗的绳子,孙过程勉强照着做了。事不宜迟,现在就走。孙过路让弟弟带着小波罗和谢平遥沿运河先往前走,尽可能走远一点,他去清江闸口通知陈改鱼,明天一早过了闸，船在下游与他们三人会合。孙过程问：

"哥，那你呢？"

"大哥待咱们兄弟俩不薄，我得留下来给大哥一个说法。"

"那我送完了大人他们就回来。"

"你不能回。"孙过路转向谢平遥，"如果大人信得过，身边还需要个肩扛手提的劳力，就求大人带上我这弟弟。他有的是力气，也有一副好拳脚，十个八个人近不了身。北边不太平，水路上变数也多，过程兴许可以搭把手。"

孙过程不答应，坚持送走他们就回。孙过路举起那只独臂，晃了晃又放下，"你就听哥哥这最后一回。咱们水渡口老孙家就剩你一人了，咬碎了牙你也得给我咽下去。"

"哥！"

"带着大人他们赶紧走吧。吃的拿上。"孙过路把右手放到弟弟的肩膀上，"过程，看你的了。"

他们在夜半分手。先前的行程安排里，清江浦是要逗留几日的，有太多东西值得看。谢平遥也打算回家看看。孩子见风就长，两个月不见，两个娃娃肯定又长高了一点。太太是淮安本地人，尽管有娘家亲友帮衬，操持两个孩子的生活还是要费一些力的。尤其大的是男孩，刚进了学堂开蒙，开始鹦鹉学舌地诵读诗书的同时，也逐渐顽劣，没父亲在跟前镇着，对着一个小脚的母亲，由不得会轻视几分。太太小脚，却是个读书女子，懂得仪礼与大义，也理解丈夫的郁闷和愁苦，也因此，辞职跑这一趟北上的长途，她完全支持。也因为太太的体贴，谢平遥过家门而不入，更感到惭愧，但没办法，受人之托忠人之事，他必须把小波罗送到北京。

在清江浦多待一个时辰就多一分危险。孙过路说，"大胡子"是淮安最早的拳民，去年5月出现在山阳县署前的第一份义和团布告，就有"大胡子"的份儿。此人多年里都是当地漕帮的领袖之一，风闻北中国闹起来，他也登高振臂，队伍哗啦啦就拉了起来。不过他本人倒没有率众往北走，带队伍的是他唯一的儿子。那小子二十出头，正是轻狂年纪，洋人不放在眼里，洋人的枪也不放在眼里。刚进山东，在一次与传教士的小型武装冲突中，被一枪命中脑门，死在了勤王的半道上。儿子尸体运回家，"大胡子"立誓，后半生见到洋人，见一个杀一个，见两个灭一双。他嘱咐手下的漕帮兄弟，但凡遇到洋人，必须上报。这一次正赶上儿子的冥诞，听孙过程说来了个洋货，激动得半夜起来磨刀，让他放一马，绝无可能。这也是孙过路着急让谢平遥他们离开的原因。

从仓库里出来，谢平遥发现这地方他并不陌生，只是因为被蒙了眼，又弯弯绕绕走了很多糊涂路，失掉了方位感。他们被关押的大仓库是过去存放漕粮的丰济仓的一间。这些年漕粮改了海运，当年繁华昌盛的大粮仓也逐渐空了，大多被挪作了他用。依然空着的，也慢慢破败，跑来跑去的只有老鼠，饥肠辘辘地遥想当年鼠祖们饱食终日的美好生活。

夜晚的城市安宁，只在码头附近才有星星点点的光。从黑夜的某个角落里传来含混的胡琴声，咿咿呀呀拉的是驱邪纳吉、酬神祭鬼的香火戏的调子，高亢里有不少悲伤。这也是告别的恰当背景。孙过路第二次抬起他的独臂，右手落到弟弟的肩膀上，说：

"过程，两位大人的安危，看你的了。"

孙过程带他们穿行在后半夜的街巷里。那些狭窄弯曲的道路谢平遥都不认识。在清江浦生活经年，自以为算了解此地，现在看来，他离这座城市的民间还很远；而孙过程只来了不足半年，对黑暗里的街巷就像掌纹一样熟悉，谢平遥不由得还是生出了一些感想。孙过程知道哪条街更近，知道哪条巷子更安全。经过野地里的一户人家，牲口棚里传来驴的喷嚏，孙过程叫住小波罗和谢平遥。三个人摸黑走过去，竟有两头成年的叫驴。谢平遥担心不合适，孙过程说，你们读书人就是酸文假醋，命要紧还是驴要紧？

"牵走牵走，当然命要紧。"小波罗说，"我还没骑过驴呢，心痒痒。"

他们牵走两头驴，从主人家的门缝里塞进去足够买四头驴的钱。孙过程扶着小波罗和谢平遥上了光溜溜的驴背，让他们攥紧缰绳坐稳了，对两个驴屁股各拍一巴掌，毛驴嗮嗮嗮地跑起来。小波罗一路小声惊叫，孙过程跟着跑。到天亮，驴和孙过程跑得大汗淋漓，小波罗和谢平遥也紧张出了一身又一身的汗。他们来到河边的一个小码头上，吃烧饼油条和豆浆。这里已经出了"大胡子"的势力范围，他们可以消停地走，边走边等老陈的船了。

又走到傍晚，老陈的船追上来。孙过程就地卖了两头驴，在上船之前向谢平遥道歉，无锡以来一路刁难，差点又让洋大人送了命，两位大人若不能原谅，他就原路返回了。谢平遥没问题，而且清楚回去肯定害了孙过程。小波罗说，原谅原谅，都骑了一路的驴了还有什么不能原谅的？只是，他摸了摸两腿之间，这驴太瘦，屁股都给驴背磨破了。孙过程说，往北走驴更瘦。他在岸边团了两个小泥堆，插上两根芦苇做香，泪憋在眼里，对着丰济仓的方向拜了三拜。他知道，此生再也见不到胞兄孙过路了。

船切开一条水路，清江浦越来越远。船上的大部分时间里，孙过程都坐在船尾，只在吃饭睡觉和有人招呼时才动起来。当然，下船采购或者陪同小波罗、谢平遥在岸上散步，赶野狗，驱散看热闹和不怀好意的人，他都应付得很好。与小波罗为敌时，他嚣张乖戾，忍不住要挑衅；现在归附这个北上的团队，他重又变得谦卑低调，话也没那么多。在船尾看水，面容还常显悲戚，这个时候，多半是想起了哥哥。他和邵常来睡一个卧舱，就在地板上打了个地铺。他习惯保持侧身睡姿，这样可以把运河的水声听得更清楚。在他不明晰的认识里，环境一定是能渗透进人的血液和意识里的，比如他们孙家，祖辈就逐水而居。

听父亲讲，他们家祖籍山东汶上，站到屋顶上，踮起脚能看见南旺水坝那个巨大的鱼嘴形"水拨剌"。这个水拨剌后来他跟小波罗认真描述过，堪称水利史上的奇迹。明代永乐年间，朱棣把都城从南京迁到北京，吃饭成了问题，要有大量的皇粮、军粮运到北方去，偏偏前些年黄河决溢，运河淤积，尤其是南旺这里，河床高到了天上去，水浅得漕船根本爬不上去。朱棣就着工部尚书宋礼疏浚河道。宋礼把水从别处引到济宁，但还是解决不了运河南边水多北边水少的问题，正抓耳挠腮不知所措，有个叫白英的老头儿来了。老先生建议在附近筑坝拦水，然后又开了长达八十里的小汶河，让能用上的诸种水源都汇聚到汶水。积细流而成江海，汶水到此变得粗大豪放，一路奔涌到南旺，在南旺被白英老先生设计的水拨刺一分为二，七分朝天子，三分下江南：七成的水量流向北边，朝着京城去，三成水量往江南走，迎接从鱼米之乡来的漕船。

那时候孙家既耕田又吃水饭，有一条不大的船，农忙时种地，清闲了就往来十里八乡做一点运输的小生意。多少年过去，黄河泥沙继续堆积，疏浚河道的成本越来越高，漕粮海运成了主力，这一段运河朝廷干脆不管了，任由河床升起、河水下降。最后运河成了故道，剩下的水养鱼虾都嫌浅，孙家祖上的船只搁浅在岸上也慢慢衰朽腐烂。祖先决定搬家。往哪儿搬，当然是朝有水的地方搬。到孙过程太爷爷辈，太爷爷的一支拖儿带女到了梁山。

孙过程在说到梁山时，谢平遥给小波罗插了一段《水浒传》的故事。有宋一代，一百单八将聚义梁山，唯及时雨宋江马首是瞻，劫富济贫，主持民间公道，尤其那豹子头林冲、花和尚鲁智深、黑旋风李逵和行者武松，深得小波罗的喜欢。当然，小波罗还喜欢一丈青扈三娘和林冲娘子，在他的想象里，这两位有性格的奇女子一定有羞花闭月的美貌。从清江浦的惊魂中缓过劲儿来，罗密欧与朱丽叶老乡的浪漫精神又苏醒了，坐在船头喝茶抽烟、看书写作和拍照时，见到岸上和往来船只上的年轻女子，都忍不住招手说"Hi"。有时候看着陈婆在船上忙来忙去，也会对着她粗壮的腰身捋着胡子自言自语：就算年轻十五岁，那也会挺好的嘛。

　　且说梁山八百里水泊，孙过程的太爷爷搬过来了，在一条支流边上的水渡口扎下根来。耕田、捕鱼、行船，两三代人就繁衍下来。饥荒死过几个人，疫病死过几个人，靠着水边不小心淹死过几个人，孙家的男丁两代单传：孙过程的爷爷是棵活下来的独苗，孙过程的爹也是独苗。幸好孙过程和哥哥孙过路都活下来了，他爹以为家业昌盛的好时候来了，前年遇上了多年不见的饥荒。大旱。旱得八百里水泊缩小了一大半，剩下的那四五分之一也成了浅水洼。品类繁多的梁山鱼恨不能长出脚，在遮不住脊背的水洼里爬；百岁高龄的王八从泥水里钻出来喘口气，想再钻回去，淤泥已经被晒得坚硬如铁，扒断了爪脚磨破了头，也再钻不回湿润的洞穴里了。辽阔的芦苇荡刚进了夏天就已经枯黄，像得了季节错乱症，在正午的阳光下借着死气沉沉的微风交头接耳，说着说着就摩擦起火，大片大片地燃烧起来。大旱必有大灾。千万万只蝗虫从天而降。整个梁山仿佛瞬间被剃了个头，光秃秃的一下子进入北中国萧条肃杀的严冬。孙过程说，都说蝗虫不吃肉，那是它们没饿着。他揪着自己的右耳朵给老陈看。耳廓边缘有一串锯齿形的豁口，那是蝗虫落到他身上时剪刀一样的嘴巴咬的。他抱住脑袋的动作不规范，右耳朵不小心露在外面。漫山遍野的蝗虫振翅之声进入他的耳朵，同时他也感到了钻心之痛。开始还惊奇声音的威力如此之大，等蝗兵过境，摸一把耳朵，满手满头的血，才知道这种长翅膀的小东西，有时候也是吃肉的。

庄稼被吃了得再种，土地旱久了要浇灌。就是在浇地的时候，他们与水渡口的另一个独门户赵满桌家结了梁子，因为邻村德国圣言会两个传教士的介入，老孙家被斗得家破人亡。这才有了第二年孙过路孙过程兄弟俩入义和拳、扶清灭洋远走北京的后话。

孙过程坐在船尾跟老陈说话。经行数日，进了邳州地界。天热起来。船头迎风，太阳落山以后，甲板上主要是小波罗和谢平遥待着。谢平遥错过了回家的机会，没能换一批书来看，沿途的小码头又没有像样的书坊再买新的，在等待新书之前，他打算跟小波罗学意大利语，但小波罗似乎并不积极，尤其是他用母语在新的记事本上写写画画的时候，谢平遥也就断了念想，再次重读龚自珍、康梁等的著作。不读书他就抄书，照《灵飞经》练习小楷。或者跟小波罗聊天，向他讨教欧洲的时政。太阳还悬在天上，如果小波罗要坐到甲板上，大陈和小陈就会在甲板上支起一把巨大的油皮纸遮阳伞。只要注意挪动躺椅和茶几，小波罗和谢平遥就能一直坐在阴影里。孙过程坐在船尾，老陈也喜欢坐船尾。所有的船老大都喜欢坐在船尾。老陈心疼这个年轻人，他知道孙过路十有八九出事了。他就安慰孙过程，没办法，这世道，什么意外皆有可能。平常他话不多，但他愿意跟孙过程多说几句，比如说北方的水运。老陈的运营范围局限在淮河以南。

一阵嘎嘎吱吱的车轱辘声响过，岸边两头牛拉着一车沙子往河堤上爬，车后哩哩啦啦往下流水。一辆车后还有一辆车，后面又有第三辆。孙过程提醒老陈，得小心了，船尽量往河中心走。运河到了这一段，河底沉淀了几尺厚的上等黄沙，色泽鲜润，手感细腻，是筑路造房和修饰林园与池塘的好材料。所以有不少打沙的船只在这一带活动，把河道淘得越来越深。水底下坑坑洼洼，经常有船只搁浅甚至沉没。

"淘深了河道，行船岂不更安全？"南方的水路上极少有打沙这种事，老陈不明白。

"河底挖沙，都是一淘一个深坑。"孙过程比画，"这边深坑，那边就成了浅滩。你要辨不清深浅，这地方走得好好的，一扭头那个地方可能就搁浅了。"他让老陈看河水，比几里外混浊不少，"前面不远肯定就有挖沙的船。"

"官家不管？"

"管得了今天管不了明天，管得了白日管不了夜心。总有管不着的时候。谁又有那个闲心没事就来巡航？"

船继续走。岸边出现简易的草棚，草棚里坐着一群群黑瘦的男人。大树的阴凉下也坐着一些人。

"他们在干吗？"甲板上谢平遥代小波罗发问。

"拉纤。"孙过程代老陈回答。

老陈都不免惊奇。看上去这一段河道赏心悦目，水流平稳，水面宽阔。哪儿来的纤可拉？

屋船突然缓慢地向右前方行驶，孙过程对着掌舵的大陈喊："小心！"

大陈回他："对面来了大船。"

迎面一艘双桅的商船，船头倨傲，桅杆高耸，比他们的要大出两圈。他们不得不让出一部分水道。甲板上站着几个身穿华服的中年人。胡子最长的那个正吸着白银做的细长的水烟袋，旁边一个弯腰驼背的小厮帮他擎着烟锅。

屋船继续向右前方走，直到商船擦肩而过。孙过程让大陈赶紧转舵，恢复刚才的航线。大陈左转，已经迟了，仿佛时间突然停顿，船咣当一声停下。因为惯性，小波罗和谢平遥从椅子里摔到甲板上，两个盖碗茶杯也滑过桌面，落了下来。搁浅了。陈家父子加上孙过程四个人，各司其职，正在努力转舵、调帆和撑篙。纤夫们走成一支队伍过来了。以他们的经验，搁浅了就老老实实雇用纤夫，瞎折腾没有意义。河底的地形远比陆地上复杂。老陈他们的确空花了一场力气，即便能让船走上几步，接下来还得搁浅，没有足够的力量让屋船彻底转到偏中间的航道上来。

这是一笔意外开销，老陈跟小波罗请示。小波罗让谢平遥定，谢平遥让老陈看着办即可。老陈在南方跑船，对盘坝的费用倒是清楚，拉纤的不熟。老陈说，孙过程有经验。谢平遥就让孙过程做主。孙过程跳下水游到岸边，与领头儿的纤夫谈好人数和价钱，然后胳膊上挽着三根两指粗的纤绳游回到船上。一根固定到高桅杆的顶端，另两根系到船头和船尾。他让船上的人注意安全，船马上要倾斜。

小波罗没见过这场面，根本不明白船为什么要倾斜，乐呵呵坐回到椅子上看。孙过程站在船舵旁边，对岸上的纤夫们挥手，喊起了号子。系在桅杆上的那根纤绳突然发力，船开始倾斜，刚收拾好的盖碗茶杯又掉到甲板上。这次就没那么好的运气，一个茶托摔碎了，另一只杯子的杯盖也裂成两半。船倾斜的同时，船头和船尾的两根纤绳也绷直了，两根绳子的发力方向稍微有些区别。孙过程喊着号子，纤夫们也喊起号子。船动了一点。小波罗跌跌爬爬地去捡茶杯，刚坐回到椅子上，第二轮倾斜又开始了，他抱着两个茶杯连椅子一起摔倒在甲板上。老陈担心冒犯了他，谁知道小波罗歪倒在甲板上不起来，一只手拍着甲板哈哈大笑。他觉得这事太好玩了。

屋船倾斜的同时总会伴随另外两道斜着向前的力。船底与河底稍有一点空隙，就会被向前拖出一小段距离，如是反复。孙过程告诉谢平遥，刚刚纤夫们说，他们运气不太好，碰上了最容易搁浅的一段。倾斜，拖拽；换个方向倾斜、拖拽。反复了大半个时辰，船终于回到了安全航道。小波罗以为纤夫们会集体欢呼，他率先挥起手嗷嗷直叫。只有他一个人叫，纤夫们一屁股坐在沙滩上，安静地喘着粗气，衣服都汗透了，整个人像刚从水里捞上来的。他和谢平遥发现，纤夫里竟有三个女人，长年劳作，她们的身形和长相已经越来越像男人了。从远处跑过来四个小孩，找他们的纤夫娘了。谢平遥的儿子就这个年龄。他眼睛一热，招呼孙过程，把一把铜板送上岸，给四个孩子。

小波罗明白谢平遥要干什么，也从口袋里摸出零钱，让一并带过去。

孙过程游到岸边，把钱分给孩子。纤夫们此刻站起来，开始欢呼，挥动上百只手对着屋船说谢谢。

往前走一里水路，他们就看见了一艘挖沙船。一条条小船围着那艘大船。小船上的工人手持一种奇怪的器具，长长的柄，下面是一个钢铁做的巨大漏斗。工人把漏斗形器具扎到河底，然后人离开小船直接踩到长柄上的一个个横档上，掌握好平衡后，身体旋转着往下用力，漏斗就会越扎越深。等漏斗从水底下提上来，水从漏斗周边细小的孔眼里流尽，剩下的就全是金灿灿的黄沙。沙挖上来，倒在连接小船和大船之间宽大的传送带上，摇动把手，黄沙就被送到了大船上。几条小船同时作业，每条小船上若干工人，此起彼伏，大船上沙堆越聚越高。挖沙工人看见对面船头坐着个洋鬼子，扎着大清国的假辫子，模样十分滑稽，一起取笑小波罗。小波罗先是友好地挥挥手，说完"Hello"就对他们竖起鄙视的中指。

午饭桌上，谢平遥代小波罗向孙过程竖起大拇指，"相当棒，拉纤的活儿都懂。"

"往北走水浅，搁浅是常事。"孙过程很有点不好意思，"早几年跟舅舅在沧州，拉过几回纤。"

　　十五岁开始，孙过程跟舅舅北上河间府谋生，辗转在沧州居留。平常跟舅舅和一帮叔叔大爷在码头耍中幡，生意萧条时，跟舅舅一起帮别人拉纤。

　　舅舅是练家子，年轻时在临清学过教门弹腿。这是一门以屈伸腿为主的拳术，山东直隶多少年里就有"南京到北京，弹腿在教门"之说。据传由一位阿訇所创，当然该阿訇也是十八般武艺样样精通。某一日，偶遇两只雄鸡打架，肥的一只生猛庞大，瘦的那只羽毛都遮不住身体，肥鸡盯着瘦鸡一顿猛咬，后者遍体鳞伤但斗志不减，好像撕下的肉、流出的血是对方的。日影西斜，肥鸡终于把瘦鸡逼到了墙角。退无可退，瘦鸡突然仰卧，两只干瘦的爪子迅疾地弹击它的胖敌人，但见肥鸡胸毛飘扬，跟按计划薅的一般干净，毛落血出，染了一地，比瘦鸡之前流得还多。肥鸡被自己的血吓坏了，败叫而走。阿訇琢磨良久，灵感大发，创出了拳腿并用的弹腿拳法。因为修习者多为回民穆斯林，习称教门弹腿。孙过程的舅舅是汉人，少年时因在清真寺里打杂，跟随师父修习了弹腿武艺。后来带外甥远走河间府，言传身教，孙过程也成了弹腿的一把好手。

　　耍中幡在南运河上是一门好生意，惊险刺激又热闹。幡面上花花绿绿，绣着各种吉祥威武的字画，幡杆上还可以装饰彩带、流苏和铜铃。雄壮的中幡在艺人头顶、额头、眉心、后颈、肩膀、胳脯、手腕、掌心、腰胯、后背、大腿、膝盖、脚尖辗转腾挪跳跃，在艺人与艺人中间推送传递，皇帝老儿看着都开心。孙过程跟着舅舅耍中幡，常听前辈谈及行业的光辉岁月：乾隆皇帝看了喜欢，赐给安头屯两件幡面，一面题字"龙翔凤舞"，另一面也是御笔，"人神共悦"；咸丰皇帝也爱看，同样御赐两件幡面，一面"风调雨顺"，一面"国泰民安"。孙过程和舅舅耍中幡入门极快。中幡本就是从船上的桅帆演变而来。行走在运河上难免寂寞，船工们就自娱自乐耍帆杆，耍出了花样和手法，再经过改良创新，就成了一门独立的中幡表演艺术。舅甥俩在河边生，在水上长，玩帆杆跟使筷子差不多，从帆杆到中幡，上手自然就快，玩了一年，中幡就像长在了孙过程身上。现在他的这一身块头和腱子肉，就是耍中幡耍出来的。那固然需要巧劲儿，更是一个力气活儿。

有几年生意不错，孙过程赚了一点钱。为取水浇田跟赵满桌家打起来的那十几亩地，就是用这些钱置下的。年头不景气，耍中幡的场子拉不起来，孙过程就跟舅舅一起去拉纤，出蛮力将就着糊口，等时来运转再把中幡玩起来。运河在，纤夫就在。北方地势高，河床就高，有多大的水也不一定爬得上去，船说搁浅就搁浅；到枯水期，行船更难，单靠风帆和篙撑桨划，在有些河段根本寸步难行；即便水势丰沛，也难保像屋船误入徐州那一段挖过沙的河道：水底下总有你看不见的沟坎，碰上了就只能祝贺你中彩了。纤夫就是行走在岸上的又一条运河，他们把搁浅的船托起来、运出去，让船重新成为船，在水上走，而不是一栋被迫扎下来的房屋、仓库或者再也动不了的废墟。在北中国的运河上，有大批纤夫游动在河边，搁浅的船，或行进需要提速的船，视船大小，少则三五十纤夫，多则几百上千。大型的漕船、官船、商船和楼船，纤夫们经常排成浩浩荡荡好几支队伍合力牵引，前腿弓后腿蹬，整个身体因为用力几乎要与地面平行。每个纤夫从纤绳上引出来一个大小合适的绳套套在肩膀上，绳套上裹上皮革和布，以便受力面积尽力宽展一些，不让绳子勒进到骨肉里。春秋及尚能开河行船的冬季，纤夫们只穿很少的衣服，就算那仅可蔽体的单衣，纤套一上肩，也湿得能拧出水来；到夏天，甚至春秋时的好天气，体面一点的也就穿一条裤衩，无所畏惧的，干脆一丝不挂，光溜溜的像条泥鳅在同样赤裸的队伍里艰难地挪动。孙过程和舅舅就经常跻身在这样的队伍里。天热了舅舅赤身裸体，孙过程做不来，身上至少有个裤衩，舅舅和老男人们就说：过程裆里的雏鸟金贵，还没被女人开过光呢。

1898年，说好了和舅舅一起回老家团圆，中秋前两天，舅舅出事了。抛上天的中幡落下，舅舅伸手没接到，幡杆径直落到他头顶，舅舅软软地歪倒在地上。孙过程看见舅舅的脑袋里流出了红白相间的东西。舅舅对他笑了笑，说："回家。"人就死了。

前一天他们去拉纤，河滩上布满石头，舅舅踩到一块圆石，脚一滑，摔倒在石头上，膝盖和胳膊肘流了血。第二天接到耍中幡的活儿，拖着受伤的胳膊和腿就上场了。他以为没问题，受伤的膝盖还是影响了他的步调，一步没踩到位，中幡错误地落下来。

孙过程背着舅舅的骨灰回到梁山，中秋已经过去了六天。他没再回沧州，兄长孙过路帮他收拾出一间屋子。他决定在梁山跟父母兄弟一起耕种好那十几亩田地。

翻过年，赶上大旱。

5月里干旱已然明显，田亩干裂，麦穗未及成熟就垂下了头。靠着一家老小的肩挑手提，硬是把十几亩田浇了两遍。幸亏离着河水近。到6月底，能不能割也得割了，麦秸早已经干透。多少收获了几斗粮食。7月开始犁田插秧，水成了更大的问题。麦茬儿硬得像石板，完全耕不动；往年总有水从渠里流进田地，那个7月大大小小的沟渠全见了底。只有二三十丈开外的运河尚存了一些活水，那也枯得差不多，稍微大一点的船都通不了航。孙过程的父亲跟隔壁田地的赵满桌商量，在两家秧田中间现开一道渠，从运河里借水来浇田。工程巨大，秧苗又经不起拖延，两家通力合作更可靠。

在水渡口，大半个村庄的人都姓姜，就孙赵两家是独户。独户缺少安全感，只好拼命干活儿挣钱，反倒置下了最好的两块地，靠在运河边上。赵满桌十分赞同老孙的提议，两家合力，开出了一条水渠。接下来是引水。运河水位低于秧田，只能把水往上翻。弄一架翻水车动静太大，也怕招惹麻烦，就使戽斗一斗斗往上拉。左边牵绳的是孙家人，右边牵绳的是赵家人，在水渠相同的位置各往自家的田里开一个口子，水均匀等量地流向两家。

矛盾出在赵满桌的老婆偷偷摸摸又给自家开了个进水口，还开在两个进水口的前面。男人们拉戽斗，女人们下田照看水势。孙过程老娘拄着铁锹沿水渠走，看见赵家的第二个进水口，没吭声，顺手堵上了。第二次她下田看，新的口又开了，她又给堵上了。新的开口第三次出现，孙过程老娘憋不住了：这哪是同舟共济，分明是摆到脸上欺负人。女人闹起来，男人肯定也不太平。赵满桌给老婆找台阶：再开一个口子也不算不合理，赵家的地只有孙家的一半，自家的灌满了还得继续拉戽斗，吃了一半亏。孙过程老娘说，话不能这么讲，这季节的秧田哪是灌过一遍就够的？要持续的水流才能把田土吃透。道理赵满桌两口子肯定懂，但抵死嘴硬，争端一点点升级，最后上手了。

打架赵家不是对手，孙过程一身好武艺，孙过路也一身力气，赵满桌怎么比画都占不到便宜。赵满桌老婆回娘家搬救兵。娘家也人烟凋零，但娘家哥哥入了村里的德国圣言会，整天跟两个德国传教士混在一起。传教士有一百八十多号信徒，手里还有十条洋枪，是个强悍的后台。但传教士有条件，入了会信了教才能替他们两口子出头。娘家村子里信教的都不太受乡亲们待见，在水渡口更是，眼下还没人敢率先走出这一步。赵满桌老婆要信，她咽不下这口气，她给自己找借口，四下传播，说之所以信教，是因为孙家有"白莲教妖人"，上帝可以保全好人。谁都知道孙家的二儿子在外面混迹有年，学了一身好拳脚，是不是"白莲教妖人"真不好说。当时白莲教是官府镇压的邪教，平常听见这仨字头皮都发麻，谁敢扯上关系？孙家要辟谣和反抗，他们找上赵满桌的家门，这又给圣言会出动洋枪队提供了借口：欺负信众欺负到家门口了。

孙赵两家约定月圆之夜在村后的打谷场一较高低，输的一方认栽，此事从此平息。那一夜，孙家召集了所有亲戚朋友，又通过亲戚，从相邻的东平县请来二十八名大刀会成员做外援，带着家伙来到打谷场上。赵满桌和他的亲朋好友站在第一排，菜刀木棍都上了；第二排是圣言会的信众和信众招来的愣头青，也是全副武装；第三排是洋枪队，十条枪都来了。

事后孙过程孙过路兄弟才知道，十条枪只有三条装了子弹，装上子弹也是为了听个响吓唬他们孙家。圣言会的传教士不傻，现在华北的仇洋情绪日渐升温，自己不要做导火索，更别当替罪羊，但他们又兜不住自己的心高气傲和趾高气扬：必须替赵满桌做好主，这事要做成。基于多年的传教经验，他们很清楚，赢取教民归附，靠的不是红口白牙说主如何神通广大，要有实实在在的好处。在他们看来，没有谁能比这一群黄皮肤黑头发的人更在乎世俗的利益了。在中国，有钱都能招呼到鬼来给你推磨；在中国，有钱你也完全可以虚构出另外一个上帝让他们来信。他们要让这些中国人看一看，信了教入了会你的后台会有多硬。所以，他们派出十条枪，但只给三条枪装上子弹；排场必须有，分寸也要把握好。

如果没有那三条枪，人数上明显弱势的孙家并不处下风。赤手空拳，孙过程以一当十，手里攥着两把大刀，二十个舞枪弄棒的小伙子也奈何不了他。但在孙过程双刀一路突进到赵家最后一排时，枪响了。照传教士的指示，三条枪万不得已别对着人来，随便往哪儿射，听个响就行；其中两条枪遵指示办了，第三条枪抱在一个胆小鬼怀里，他为自保，慌里慌张把枪口对准了孙过程。那时候的孙过程跟哥哥还没有加入义和拳，也没练过"金钟罩"和"铁布衫"，孙过程的父亲老孙更不知道世上还有这两样奇怪的武功，他在第三条枪举起来对准儿子时，及时冲到儿子前面，替儿子挡了一枪。

枪声震天，大旱中仅存的几只夜鸟也被从枝头吓飞了。月亮圆白，月光广大，放枪的胆小鬼吓得眼珠子都要瞪出来，眼球里一边映着一个大白月亮。枪掉在地上。打杀的人停下手，在那一小段时间里保持着先前的造型，接下来他们不知道怎么办，是就此罢手还是继续打杀下去。打谷场地皮干燥得像炒面，踩踏起的烟尘慢慢降落。受伤的人开始叫唤。孙过路先于弟弟喊爹，受伤的父亲现在被孙过程抱在怀里。孙过程没有哭，他把父亲移交给哥哥，提着两把刀往洋枪队走，每一步脚踏实地，每一步都溅起了烟尘。身后又传来一声枪响，他们转过身，看见县太爷带着一队人马跑过来。

水渡口孙赵两家的恩怨吓了知县一大跳。他给报信的打过赏，赶紧召集队伍，连县衙里伺候他老婆的仆从都带来了。此事非同小可，涉及民教之争，大刀会和洋教士都搅进了这趟浑水，远非一场简单的乡村械斗。两年前的"巨野教案"虽然没发生在他的地盘,但他和山东所有想升官的知府知县一样,免不了兔死狐悲。就因为巨野县磨盘张庄教堂的两名传教士被杀,德国皇帝发了脾气,直接导致了《中德胶澳租界条约》的签订,胶州湾被德国人霸占了。国家的事他懒得操心,但山东巡抚、他的上司李秉衡被罢免、永不叙用,跟他就有关系了。"巨野教案"告诉他,此事处理不当,他会比李秉衡还惨。他骑马带着队冲出县衙时,老婆在后面提醒他官靴没穿,他没好气地回一句:

"官帽能不能保住都另说,哪有时间操心他娘的官靴!"

县太爷队伍的装备不比赵满桌一方好,但县太爷的队伍权威。县太爷高喊,孙家在东,赵家在西,都他娘的给我站好了!两边的人分开后,衙门的队伍站到中间,把两家彻底隔离开来。手下的人查验之后报,两边各有损伤,半斤八两。知县心里就有数了,他没想到孙过程他爹第二天会死,现场就给了判决:

械斗就此结束,谁再挑衅或率先动手,就是与县衙为敌;

因损伤大抵均等,双方互不赔偿,不许再找对方麻烦;

双方私自从运河引水,破坏河道与水运,罪当重罚,念在此次殴斗必然伤及双方财富元气,本县决定既往不咎,此后不得私开水渠,盗用河水;

双方田间水渠将由本县做主,平渠为路,双方修好之前,不得跨越该路,从此各管各家。

然后知县宣布："此夜到此结束。各回各家，各找各妈。"

这一夜当然没有到此结束，后半夜还很长，但双方的确散去了。孙过程他爹被抬离打谷场之前的最后一句话，也是他这辈子的最后一句话是："回家。"他躺在儿子怀里，用最后的力气和清醒对两个儿子微笑，说回家。孙过程想起舅舅，舅舅死前最后一句话也是"回家"。

待水渡口的打谷场上只剩下县衙的人，县太爷踩着衙役的后背上了马，挥挥手，他娘的，打道回府。

回到家老孙就没再说话，也没睁眼，第二天躺在自己床上死了。结果在意料之中，可是对死亡人们总是心存侥幸，一家人希望老孙能醒过来；老孙没醒，这更加深了他们对洋人和教会的愤怒。愤怒和悲伤让两个儿子充满斗志，却让他们的母亲垮掉了。五十四年来，这个小脚女人一辈子没出过梁山，拾柴、种米，伺候公婆；生养了十个孩子，活下来一对兄弟。年轻时丈夫出门讨生活，她一个人半夜埋葬过八个早夭的娃娃，然后在一个个小小的坟头边坐到天亮；中年后两个儿子大部分时间在外谋生，他们走到哪里，她就关注哪里的消息，她觉得这辈子也走了很多的远路；她和丈夫相依为命，稍稍可以过两天好日子，丈夫却死了。作为一个不识字的女人，她想不通又不甘心，愤怒和悲伤如恶疾在她衰败的身体里繁衍。两个月后的一个清早，她躺在床上沉默着死去。这一生其他所有这个时辰，她都是沉默着起床，开始一天脚不点地的操劳。她死的时候，河边的稻田干出了蛛网般错综纠缠的口子，每道都有半尺宽。那一年他们颗粒无收。那一年赵满桌家也闹饥荒，靠着教会的接济也只活得马瘦毛长。但孙过程和孙过路不打算放过他们。

两个多月里父母双亡，田地亦无所出，丧葬耗尽了所有积蓄和口粮。跟往年一样，一季歉收就得断顿。断粮的那一天，兄弟俩意识到，水渡口没法再待下去了。他们决定解决问题后走人。两个人收拾好房子，锁上门，每人拎一个包袱，身后斜背一把刀。积满了牛蹄印的土路发出呛人的焦味。秋虫在黑暗里喊哑了嗓子。这个世界剩下的东西不多了，肚子里也是，整个水渡口能吃饱饭的人没几个。

这是晚上，街巷里早就闻不到炊烟的味道，赵满桌家大门没关。兄弟俩径直进了院子。只有一间屋子里透出生锈的刀片般的灯光。孙过程一脚踹开了那间房门。尽管灯光昏暗，他依然看清了赵满桌闺女的两个乳房，她坐在一条细瘦的板凳上，敞开胸怀奶孩子。从十五岁开始，他就经常梦见这一对乳房。她比他大两岁，发育得也早，胸部缠得紧紧的也管不住它们的柔软和膨胀。他在梦中隔三岔五看见这一对乳房被从胸衣里解放出来，蓬勃、跃动，真像两只闲不住的白兔子。在梦里他能闻到肉香。那时候他哥哥也喜欢她，母亲还想托人去赵家提亲，但赵满桌把她嫁到了另外一个村，那家比孙家多了两亩田。现在他终于看见了这对乳房，跟梦中和想象的完全不同，像两只垂吊着的瘪皮袋，柔软没有了，蓬勃没有了，肉香一定也消失了，兔子瘦得毛都灰黄了。两岁的孩子还在抓着一只乳房蹬着两个细脚丫拼命地吸。娃儿因为身形瘦小，显得脑袋特别大。

踹门声没有惊动到她，兄弟俩刀片上的灯光反射进她眼里，也没有吓着她。她就那么坐着，两手揽着孩子。蓬乱的头发下面，她有一张空白的脸。她说："什么都没有，娃儿还吸。"她甚至都没看一眼他们举起来的两把刀。"什么都没有了。"她又说。她从婆家回到娘家，饥饿一点都没变少。什么都吸不到的娃娃哭起来，她一把又将孩子的嘴摁了上去。孙过程的刀还举着，他被这一对乳房惊住了。愤怒阻止了他的羞怯，但愤怒没法阻止他震惊。哥哥清一下嗓子，按下弟弟的手。刀收起。孙过路解开包袱，从他们最后的一串钱里分出一半，放到旁边的梳头桌上。系上包袱时，孙过程把另一半钱也拿出来，放到桌子上哥哥的那一半旁边。兄弟俩转身出了门。弟弟说：

"男人怎么不能活。"

孩子又哭起来，饿得哭声都不能连贯。兄弟俩听见另外一扇门打开，赵满桌老婆嘟嘟囔囔地说："号啥？睡着就不饿了。"

他们俩已经出了大门，直奔邻村的教堂。

教堂在邻村的西北角，被圈在村圩子之外。这样好，到那里干任何事村里人都不知道。一路小跑。教堂里外都是黑的。兄弟俩过去当稀奇进这教堂看过，记得屋顶上挂下来一个枝枝杈杈的烛台，每根枝杈上都点上蜡烛，一圈下来有二三十朵火焰，足以把这间原来供着太上老君、释迦牟尼佛和送子娘娘的关帝庙照得亮亮堂堂。

"让他们死得明白。"哥哥说。

弟弟叩响黄铜门环。听见脚步声从里面响起,孙过程就把刀立在臂弯前。一个男声殷勤地从里面问:"航师傅还是祝师傅?"兄弟俩在黑暗里对视一下,两个洋鬼子都不在?那两个传教士的确是给自己取了中国名字:一个姓航,意思是与上帝同行;一个姓祝,祝福所有人与主同在。门开了,黑夜里也看明白那张脸平得像一砖头拍过的,不是洋脸。一个中国的中年男人,"找谁?"他问。这句话是地道的本村口音。

"洋妖呢?"孙过路问。

男人听了脖子一顿,要缩进门里,被孙过程一把拎到了门外。

"说,两个洋鬼子在哪儿?"

"不知道,我不知道。"男人说,个头儿不高,又瘦,要不是嘴唇上下长了胡须,黑暗里你会以为是个没发育好的男孩,"我就是个教友。不是,我不是教友。我就是个看门的。"

"洋鬼子在哪儿?"

"去巨野见教友了。不是,去巨野见洋鬼子了。"

"多时回?"

"小的不知。按说今晚,也可能明天,没准后天、大后天。"

孙过程撒手时用力一推,男人跌坐在石阶上。"怎么办?"他问哥哥。

"等不了。烧!"

孙过程说："是咱老祖宗的庙啊。"

"老祖宗在哪儿？早被这帮龟孙子给砸了。这庙现在姓洋！"

孙过程说好，掏出火镰，摸黑进了教堂。教堂里很快透出光来。光变大，由昏黄变橘红，越来越亮。坐在地上的瘦男人要起来，孙过路把刀堵在了他的脖子前，他就坐在地上喊：

"别烧啊，千万别烧！洋师父会杀了我的！"

孙过路说："再喊我先杀了你！"

男人立马捂住嘴。然后张开手指，从指缝里漏出来小小的声音，"兄弟，他们真会杀了我的。"

"跟他们说，放火的是水渡口的孙家兄弟。"

"他们不会放过你们的。"

"我们也没打算放过他们。跟他们说，我们还会回来的。"

"兄弟，还得让我喊两声。"过一会儿，男人又小声说，"要不洋师父回来要怪我不尽责的。"

四周漆黑一片，第三个活物都看不见。"好吧，那你喊。"

男人突然亮起嗓门儿喊起来："失火啦！都来救火啊！"

孙过路立马喝住他："小点声！"

"声音小了等于没喊啊。"

"那就等我们离开后再喊。"

男人又捂上嘴。

孙过程从教堂里走出来，火苗已经上了房顶。兄弟俩把刀插回到身后。

"走？"弟弟说。

"走。"哥哥说。

大火映红半个天空，他们朝北方走。

男人在身后如丧考妣般号叫起来："着火啦！教堂着火啦！有人放火烧教堂啦！快来救火啊！"

村圩子里有人敲起锣鼓、脸盆和木桶，有喊失火的，也有喊走水的。他们要去邻县东平。那里有大刀会，有一帮跟他们一样四海为家、与洋为敌的兄弟。当他们走到东平，如细流汇入江海，大刀会已经成了"义和拳"，打出的旗号是"扶清灭洋"。他们会继续往北走。现在，他们就开始往北走。大火在目光尽头燃烧。

哥哥跟弟弟说："走，是为了回来。"

好多天里，孙过程都想不明白，世界上竟然有小波罗这种职业，就是坐在船上到处乱看。当然，也会舍舟登岸穿街走巷地看。此类事他只见过两种人干过：一是乡间的二流子，吃饱饭无所事事地游荡；另一种人就是当官的。义和拳开到北京后，作为最精壮的拳民，接受朝廷官员的检阅时，他总是被指派站到最前排的队伍里。那些当官的背着手从他面前经过，偶尔看他一眼，有时候还会拍拍他肚子，让他张开嘴看看牙口，顺带品评两句，像逛牲口交易市场；然后摇头摆尾地继续走，把他们的营盘慢腾腾地转上几圈。你不知道他们究竟看见了什么，但他们的任务就是走走看看。小波罗比二流子和朝廷官员还过分，他要沿运河从南一直看到北。他努力从小波罗的日常生活里总结出点硬邦邦的东西，但是徒劳。小波罗该吃时吃，该睡时睡，其他时候坐在船头喝茶、看书、写东西、跟大家聊天，兴致好了就摆弄他的照相机，或者到岸上信步乱走，走到哪儿算哪儿，累了就赶紧回。生活竟然可以这样过，不是种子丢下去长出新芽，也不是中幡耍完了、纤拉过了拿到钱，更不是手起刀落、一颗人头掉到地上。日复一日。他当然知道赶路就要有个过程，但小波罗的目的显然不在赶路，他要的仅仅是看。虚无缥缈、没着没落、无法抵达某个结果地看。

这种通往空茫和未知的"工作"让他心里空落落的。他从船尾走进卧舱里，邵常来跷着二郎腿躺在床上。在船上，不做饭的大部分时间里，邵常来就这样睁大眼躺着。睡不着。从小到大，他没这么胖过。他自豪地告诉孙过程，都说邵家遗传瘦，祖宗十八代没一个胖子，那是他们没摊上好日子。

"这日子好吗？"

"好啊！"邵常来一骨碌坐起来，"有吃有喝不花钱，还风不吹头雨不打脚。你兄弟过腻了？"

"我是说，咱们这位迪马克先生，就这么走走看看？"

"就这么走走看看。人家干的是大事，咱们不懂。"

"不懂你怎么知道是大事？"

"我懂另一个道理：拼命花钱干的指定是大事，像咱们这样，拼命挣钱干的一准是小事。"

孙过程想想有些道理，但他还是觉得不牢靠。那到底是多大的事呢？他从卧舱里出来，咬咬牙还是走到了甲板上，小波罗和谢平遥在喝咖啡。已经是6月，他们平稳地航行在微山湖中。运河有一段横穿这片著名的大水。荷花在远处小岛的边缘盛开，莲叶接天，半个湖都是绿的。拉网打鱼的人在河道之外对他们挥手。咖啡也是孙过程到了船上才知道的东西。小波罗主要喝茶，十天半个月煮一次咖啡，带得少，得省着喝。这一天太阳格外好，湖面阔大，浩渺的波光让小波罗空前兴奋，唾液腺分泌出来的口水带上了咖啡味。他让邵常来赶紧煮。能煮咖啡邵常来备感骄傲，好像那是一门多么艰深的技艺。端上甲板之前，他终于决定偷尝一口，上下嘴唇各烫了一个泡。他抿紧嘴把两杯端过去，一路上都想把这奇怪的味道吐出来，实在咽不下去，但又舍不得。小波罗问："加糖了吗？"邵常来必须说话了，一开口就把咖啡咽下去了，"回大人，早就没了。"咖啡的味道如此怪异，邵常来当即咳得弯下了腰。那天晚上他们住到南阳古镇的客栈里，邵常来跟孙过程说："净骗人，不就是个中药汤嘛，叫什么咖啡！"但是孙过程说："真的香。苦完了全是香。"

小波罗坚持让孙过程尝了两口，一口之后又来了一口。小波罗说，闭上眼，一点一点咽，注意舌尖、舌面、舌根、嗓子眼儿、食道和胃里的感觉。敞开你所有的味蕾。敞开，对，不要关闭，更不要回避，敞开了才能充分享受。孙过程在小波罗和谢平遥的指导下，两口咖啡喝出了一整杯的时间。中药汤在他的想象里逐渐变成了褐色丝绸，从唇齿缓慢地流淌到胃里，苦一寸一寸地变成了香。

"这就是结果。"小波罗让他睁开眼,"享受一个喝的过程足以成为喝的目的与结果。"

孙过程咂巴着嘴,还没有彻底弄懂。

"首先要喝。"

"如果最终还是苦呢?"孙过程说。

"那你就会知道,在你,苦最终还是变不成香的。"谢平遥替小波罗翻译出来。"不过,为什么非得在开始的苦和最后的苦与香之间建立联系呢?由苦开始,只有继续没有终点,不也很好吗?比如拍照——"小波罗抱着他的盒子相机举到孙过程眼前,"选景,对焦,按快门。"孙过程通过一个小方框看见了这个世界的一部分,不过是颠倒的:远处一条小船,渔翁咬着烟袋,手持竹篙把十几只鸬鹚赶下水;那些鸬鹚一个猛子扎下去,两只脚蹼在水面上摇摆,过一会儿纷纷浮出水面,轮番往船上跳;每只鸬鹚嘴里吞着一条鱼,有的鱼头或鱼尾从鸬鹚嘴里露出来;渔翁左手拎起一只鸬鹚,右手往它脖子处一捏,一条鱼从鸬鹚嘴里滑出来,落到船舱里。小波罗果断地按下快门。在被定格的瞬间画面上,孙过程发现鸬鹚脖子上竟有一圈明亮的铁环。"铁环!"他说。

"什么?"谢平遥替小波罗问。

"铁环。箍在鸬鹚的脖子上。"孙过程重复。

生长在梁山水泊,从小到大不知道见过多少人捕鱼时用鸬鹚代劳,但他头一回注意到鸬鹚脖子上还可以箍上一圈铁环。小时候他还经常问父母同一个问题：为什么鸬鹚抓到鱼不自己吃到肚子里？父亲说的是：吃了，又被打鱼人挤出来了。母亲回答：咽不下，鸬鹚嗓子眼儿浅。现在他发现，父母的解释之外还有第三种：因为那一圈铁箍，想咽也咽不动。可能很多年里，梁山泊的很多鸬鹚脖子上也有这么个环，只是他没看见。看了，但没看见。

"看了，但你没看见。"小波罗把最后一口咖啡喝掉，点上烟斗，"照相机让你看见了。我拿起相机，我是为了拍出一张惊世之作吗？不是，就是随便一拿，然后随便这么一对焦，就让你看见了。"

"无心之举，亦有所成。"谢平遥附和，"无用之用，可为大用。"

小波罗要把相机收起来，孙过程还想再看一看相机，小波罗递给他。这一次孙过程没有对着取景器看，而是把相机在手中翻来覆去转着圈看，看见缝隙就尝试把机器抠开。小波罗赶紧制止，担心打开后胶卷曝光。

孙过程低声问谢平遥，相机里有小孩眼睛吗？他在义和拳中听到很多传闻，说山西、陕西、四川、湖广等地的洋人喜欢抓中国小孩，抓到后，把脑浆混在牛奶里喝，皮肉用来榨油做菜，眼珠子挖出来装进照相机里。你能在取景器里清晰地看见这个世界，是因为有一双眼睛已经提前替你看了，你看到的是他眼睛里的东西；因为那是小孩的眼睛，所以你看见的都比现实中的小；因为那双眼睛反方向装在相机里，所以你看见的只能是个倒立的世界。

如此荒唐酷烈的传闻让谢平遥哭笑不得，他尽量调整到一个孙过程能够接受的表情，诚恳又坚决地回答："绝无此事。"

　　"确定？"

　　"确定。"

　　小波罗把拉伸出来的镜头推回，收起了相机，"你们在说相机？"

　　谢平遥说："过程怀疑相机里还藏了一双眼睛。"

　　小波罗哈哈大笑。多年前第一次见到相机，他也想从相机里找出一双眼睛来。他伸出手要与孙过程握手，他不知道他们说的完全不是同一种眼睛。孙过程把手缩到身后，将信将疑地回了船尾。天空突然响起惊雷，整条船为之一震。微山湖似乎也剧烈地震荡了一下。

　　孙过程一直记着这个下午，那是辛丑年他听到的第一声雷。惊雷之后下了冰雹，落到船上的第一个冰雹碰巧砸到他剃掉头发的前额上。那冰雹有拇指头大小，砸得他头脑嗡嗡响了半天，鼓起的包有两个拇指头大。练耍中幡时，用额头天天顶中幡也没顶出过这么大包。前额往前伸出了一大块。邵常来说，这样好，看着像寿星。寿星都有一个突出的脑门。他记着这个下午的冰雹和接下来的大雨，是因为他从小波罗那里终于弄明白，任何一件哪怕漫无目的的事情，都可能有意义；无意义本身可能正是它的意义。他讲不清这其中的弯弯绕道理，但他的确由此开始逐渐放松下来，不再凡事顶真。这个下午，他一生中最重大的一个问题解决了，那就是，晃晃荡荡的一辈子也可能是值得过的。这个下午的记忆里还牢牢地镶嵌着一部相机。若干年后，这部相机将在他的后人中流传。不过那个下午，他和船上的所有人一样，首先要对付的是不期而至的冰雹和大雨。

冰雹砸到屋船上像敲响小鼓。这气候老陈没想到，南方的天气他熟，打眼看看天，八九不离十。多年的水上生活练就的基本技能。这次瞎了，刚刚还艳阳高照，他还打算让两个儿子把船划到荷花荡里，让从意大利来的洋鬼子惊艳一下呢。他听见念过几年私塾的小儿子咕哝了几句诗："江南可采莲，莲叶何田田。鱼戏莲叶间。鱼戏莲叶东，鱼戏莲叶西，鱼戏莲叶南，鱼戏莲叶北。"东西南北中转一圈，这也叫诗？一副骨牌嘛。但小鱼在荷叶间东南西北地乱窜，倒也很有点可看的。谁知转眼一片大云彩像用脏的抹布遮住了太阳，噼里啪啦下起了雹子。他让儿子们调好帆、架起桨，南阳镇不远了。

半道上开始落雨，裹着冰雹一起下。船上积到两指厚的冰雹时，只剩下了大雨。细密的水烟从湖面上扬起，微山湖更显得浑厚浩茫，镇上的标志性建筑泰山奶奶庙和后面的船看起来好像突然都远了。等他们进了南阳镇，穿了雨衣的老陈一家，一个个也都浑身精湿。

雨还要淅淅沥沥下一阵子，黄昏不到天就暗下来。老陈找了一个宽敞点的码头，停下船，石阶正对着一家低矮的老房子。门头上挂着一块牌子：康熙御宴房。这一路走过来，稍微像样点的市镇上都能找出几家御字头的招牌，有管吃的，有管喝的，有管住的，有管玩的，分不清真假。南巡的皇帝太多了。站在铺子里面的小二脸隐在暗处，隔着雨帘对他们喊：

"康熙爷坐过的地方给大人们留着呢！"

小波罗要看看康熙爷坐过的地方是啥样儿，一干人就进了御宴房。跟冰雹和大雨战斗了半天，老陈一家都累了：三个男人行船，陈婆从船上往下刮水，也腰酸背疼。要不是孙过程和邵常来他们搭把手，够她干到半夜的，卧舱里全都进了水。鉴于舱内水汽太重，老陈建议小波罗和谢平遥找家客栈住一宿，他们几个就在船上凑合一晚。小波罗说好，但现在吃饭要紧。进了御宴房先给大家要了十来碗姜茶祛湿寒。

洋大人光临，老板颠儿颠儿过来亲自跑堂。他把中间靠里的两桌人赶到旁边，空下来给小波罗他们坐。谢平遥转达小波罗的意思，这么干不妥。老板说，有什么不妥？这里他说了算。安顿好后，老板附到谢平遥耳边问，他跟洋大人谁面对前方的空桌子坐？那张空桌子就是当年康熙爷坐的，被一圈红带子围起来，桌腿上拴着红绸子，康熙爷面南背北坐在中间位置。他们俩谁对着前面空桌子坐，谁就是面对了康熙爷坐。这位置好啊，当官的坐了连升三级，经商的坐了财源滚滚。老板胳膊肘往里拐，希望咱自己人坐，所以先给谢平遥耳语，反正洋人也不懂。谢平遥赶紧说，让小波罗坐。他想想都瘆得慌，馆子里所有灯烛都点上了，还是有点暗，这要坐过去，一抬头再看见先皇在昏暗中也拿起了筷子，这饭哪里还吃得下。他跟小波罗说，坐这里，你就等于跟康熙皇帝一同进餐了，吃的也是御宴。小波罗高高兴兴坐到了康熙对面的位置上。

这顿饭最忙的，一是小波罗，忙着吃。南阳镇在微山湖里，一溜狭长的小岛，运河穿城而过。靠水吃水：一是吃过往的船只，衣食住行，你总得有所花销；二是名副其实的吃水，一桌子上来大部分是湖鲜。御宴房的老板夸耀，前两年大半个国家旱得口干舌燥，吃了上顿没下顿，大南阳镇都衣食丰足。微山湖水的确是下降了不少，不少地方干了个底朝天，但谁旱鱼都不旱，水深的地方一网子下去，也是满满当当。到处饿殍满地，南阳镇人依然白白胖胖，两碗鱼汤下肚，两个腮帮子就跟抹了胭脂一样好看。所以，老板跟小波罗说，南阳镇的鱼一定要吃。小波罗就忙着吃鱼，吃各种鱼肉，喝各种鱼汤。

意大利人很少吃淡水鱼，小波罗不管，来者不拒。但他吃鱼的技术实在不敢恭维，小心翼翼地挑着鱼刺，吃得既敬业又辛苦，脑门上咕嘟咕嘟往外冒热气。吃几口鱼喝一口烧酒。老板说，水深鱼寒，烧酒暖胃，鱼配酒才阴阳调和。每次喝酒，小波罗都要冲着对面的空桌子举起杯，跟看不见的康熙爷碰一下。"Cheers！"他说。

另一个忙人是孙过程。馆子里人多嘴杂，看到洋人时眼神总有点怪怪的。北方不比南方，前两年义和拳闹得北中国像开了锅时，南半个中国约定"东南互保"，不操那份闲心，老百姓的仇洋情绪没有被真正激发出来，洋人就算半夜里走黑路，大半也都安全的。过了淮河不一样。他把刀放在脚边合适的位置，以确保一脚跺到刀尖上时，刀把会立马弹跳至手边。小波罗在他大刀的保护范围内。因为忙于眼观六路，只能逮着安全的间隙猛塞两口，差点把自己噎着。

晚饭快结束时，他发现两个年轻人总往这边瞟，一旦撞上他的目光，两个人立刻装作无心地聊天。他们的坐姿和举手投足藏着力道，人是绷着的，不像其他食客，松松垮垮地坐在凳子上，一身的酸肉。孙过程越发觉得此二人可疑，头脑里迅速地把可能的情况都转了一下。那两个人站起身，对柜台后面打算盘的老板抱了个拳，走了。两人穿一样的圆口厚底黑布鞋，脚步起落间暗含一股弹力。

吃好后，小波罗打过了几个嗝，邵常来去结账。顺便把老陈一家也请了。邵常来把找零装进自己缝制的专用公款钱袋子里，站在柜台前继续向老板打听镇上可有上好的客栈。从门外进来三个人，其中两个正是两袋烟之前刚走出去的年轻人。区别的是，这一次他们佩了官家的腰刀。第三个人四十多岁模样，一身官服，戴着披散着红穗子的凉帽。孙过程噌地站起来，刀提到手上。却见那两个年轻人对他抱抱拳，微微一笑。

穿官服戴凉帽的是南阳守备的下属，奉命特来邀请洋大人到守备府上一叙。去了守备府，等于跟官家扯上了关系。孙过程心里没底，征求谢平遥的意见。谢平遥在衙门里待过多年，深知那一套繁复的程序，他更希望此行深居简出，自由利索。但戴凉帽的官员从马蹄袖里伸出两只白胖的手，冲谢平遥抱拳：

"对不起，洋大人可能必须得去。"

谢平遥看看小波罗，小波罗耸肩摊手："为什么不呢？"守备邀请，他觉得挺有面子。谢平遥跟他说，守备是个五品官，挺大。小波罗更开心了，一路上都在换算大清朝的五品官在意大利可能处在哪个职位。

孙过程贴在谢平遥身边，问要不要跟随。谢平遥明白他的顾忌。曾经的义和拳身份，此事说小也小，说大也大。谢平遥说："放心，有我在，你就在。"这句话让孙过程感动了一辈子。

守备府不远，整个南阳镇就不大。沿河边的石板路一直走，经过各种点着灯火的店铺商行。雨早停了，河道里来往着大小船只。炊烟、吆喝声、叫卖声四起，新鲜的鱼虾和蔬菜摆在店前、船头和码头石阶上，做生意的人拎着一盏防风的小马灯。他们不要秤，用手掂定斤两，差不多就行。整个南阳镇就像一个喧闹的夜市。他们在"金典"当铺前拐个弯，再走三百步，两个石狮子坐在守备府朱红的大门前，发出水淋淋的黝黑的光。

可能限于岛屿的面积，守备府没想象的大。进门就是砖石行道，院墙边上传来很多匹马的嘶鸣，雨后的夜晚依然弥漫着马臊味。为什么府衙的格局都差不多，进来就听到马叫，看见拴马桩？戴凉帽的解释，公干方便，骑上马就可以出门。砖石路右拐，进入长廊，长廊尽头就是守备大人的接待室。一路点着防风的罩灯。守备大人身材魁梧,一身便服站在门口迎接。

接待室灯火通明。守备和小波罗坐在上首两把太师椅上,谢平遥和守备戴凉帽的下属坐下首,孙过程和那两个侍卫站在门外。守备留着两撇末梢上翘的胡子。他问小波罗喝什么,有酒、咖啡和茶。守备府里竟然有咖啡,小波罗和谢平遥都惊讶。守备大人呵呵地笑,南阳虽小,南来北往的却是全世界的人啊,每人留下一点东西,操办个万国博览会应该问题不大。小波罗要喝茶,因为守备大人说,是谷雨时采制的太平猴魁,前几天刚运到的。

丫鬟泡好茶端上来,味道果然不俗。开始只闲聊,贵国人民生活如何,来中国有何贵干、是否习惯、感觉可好,等等。说话时守备不停地转动右手大拇指上翠绿色的虬角扳指。他左手的无名指上戴着镶了血红玛瑙的戒指。丫鬟又上来添水,莲步轻移,从裙子里偶尔露出小小的脚尖。守备大人问他还有什么疑惑,小波罗就问起了女人的小脚:

"咱们这女人的脚,非得裹吗?"

"要裹。"守备大人说,大扳指转得更快了,两个脚尖也跟着有节奏地抖,"女人双脚要解放出来,人会变得强壮。男人已经很强壮了,强壮的女人要跟他们联合起来,就会对朝廷造成威胁。"守备大人停下转扳指,侧侧身子对着北方抱起了拳。

谢平遥先笑起来。小波罗跟着也笑起来。然后守备大人和下属也笑了。孙过程伸头往里看,正看见守备大人笑得拍起了茶几,太平猴魁茶水从茶碗里溅出来。站在对面门旁的一个侍卫板着脸咳嗽一声，孙过程把脑袋缩了回去。

茶过三巡，守备入了正题。先夸奖座下陪同的刘大人：幸亏刘大人布置的眼线好使，要不就错过了一件大事。"上头有令，"守备大人又侧身抱一下拳，"举凡途经本省的外国友人，一律登记在册，要保证他们的安全。这位迪马克先生肯定也清楚，这两年拳匪闹得凶，伤害了不少无辜的民众，也殃及了部分外国友人，对此我们甚感惭愧。朝廷、皇上和太后也恼火得很，所以上头责令，务必保证洋人的身家安全。我天朝泱泱大国，朗朗乾坤，如果连诸位友人的安全都保证不了，岂非颜面扫地！邀请迪马克先生来鄙府小坐，即是知会一声，在本府辖区内，尔等安危万无一失。尽管放心吃、放心睡、放心玩，有什么需要，着刘大人差办即可。是不是，刘大人？"

刘大人站起身，"随时听候大人和迪马克先生吩咐。卑职愿效犬马之劳。"

"这正是南阳和微山湖的好时候。刘大人明天方便了，可带迪马克先生他们走一走看一看。麻雀虽小，五脏俱全。魁星阁、文公祠、大禹庙、二爷庙、杨家牌坊，皆有可观者。因为地处漕运要塞，先皇康熙爷、乾隆爷下江南也多次经停本地，留下了很多珍贵的历史遗迹。御宴房你们吃过了，还有皇宫所、皇粮殿。咱们乾隆爷雅兴飞扬，还给马家店御笔题了匾额，他老人家跨过的门槛还在，你们也可以去瞻仰瞻仰嘛。迪马克先生，还有什么需求，尽管提。"

守备语速缓慢。小波罗听不懂，总跑神，又得硬着头皮坐着，没事干，他喝完茶水就从茶碗里捞出太平猴魁，细长的叶子一片片铺展到茶几上。待谢平遥把守备的一长串话翻译过来，最后一片茶叶也妥帖地摊平整了。小波罗把摊平的第一片茶叶拈起来，说：

"谢谢，没什么需求。不过，要是能有点太平猴魁就更完美了。"

"好办。刘大人，明天给迪马克先生弄两斤带上。"

刘大人龇牙咧嘴地说："回大人，咱们整个守备府也就不足一斤啊。"

"让他们去买嘛。"

"回大人，此茶原名'太平尖茶'，产量极低，有钱也难买。咱们守备府，只有大人才喝得上。今天沾了洋先生的光，卑职也是头一次尝到味儿，果然是好。"

守备大人笑了，"这洋人口味挺刁啊。"又转起了玉扳指，"没关系，留二两待客，其余的都给他。我就不信了，咱们大清国地大物博，几片茶叶也种不出来了？给他！"

茶叙结束。守备大人休息，由刘大人带着小波罗和谢平遥去客栈。守备府已经给安排好了住处，这也是保证安全的环节之一。小波罗和谢平遥被刘大人直接领去客栈，让孙过程去船上取相关行李。小波罗特地嘱咐，拐杖别忘了带上。孙过程又有了一个去留的问题，住哪儿？由此决定拿不拿换洗衣服。谢平遥问刘大人。

刘大人说，客栈，三间房。

这一晚开头孙过程睡得挺香，后半夜折腾了很久才睡着。半夜起来去茅房，开门吓一跳，门旁贴墙站一个人。那人正站着打瞌睡，后脑勺一下一下地磕墙，被开门声惊醒，也吓了一跳。一个士兵。再往旁边看，还有一个士兵。看明白了，他们在保卫小波罗。小波罗住在他和谢平遥中间，所以两个士兵一个站在他和小波罗的房门之间，一个守在小波罗和谢平遥房门之间。尽管他知道没他什么事，内心里还是犯嘀咕。茶叙时守备说到拳匪，他心里头就咯噔一下。世事多变，波谲云诡，谁能知道去年上半年义和拳还在被镇压，年中就成了朝廷暗中结盟和利用的对象；到了年底和现在，洋人的腰杆又挺起来了，义和拳被迫解散，又成了罪人。据说不少地方官府在强硬地通缉去过北京的拳民。消息纷纭，孙过程也搞不清真假，不得不悬着一颗心。

从茅房回来，孙过程在黑暗里睁了一两个时辰的眼。想到他和哥哥短暂的义和拳生涯，想到哥哥孙过路。如果孙过路在他们离开清江浦后就被抛尸荒野，那现在他的白骨已经暴晒在太阳底下很多天了。孙过程掐着指头算了算，再过些天就是哥哥生日了。他死后的第一个生日，叫冥诞。天快亮时，他才在门口那哥们儿后脑勺的撞墙声里睡着了。

第二天，他和两个士兵就熟了。高个的姓鲁，矮个的姓钱。南阳不大，但边边角角都看一遍，两天还差点没够。刘大人尽职尽责，大部分时间都亲自陪同，因此走到哪儿都有人伺候。不管什么馆子，坐倒就吃，吃完推开饭碗抹抹嘴就走。孙过程和士兵鲁、士兵钱只要不掉队即可，刘大人的官服是最好的保护，行人和看客远远就避开了。士兵鲁和士兵钱跟孙过程年纪相仿，话多，尤其小钱，没话也能扯半天，孙过程抱着胳膊不吭声，跟在一边听也觉得这世界很美好，凡事喜气洋洋。他们三个后边跟着邵常来和大小陈，难得来这里，都跟着转转。老陈两口子留下来守船。他们说，一把年纪，该看的都看了，不该看的看了也没用。日子难过，好奇心都被生活榨干了。

就这么逛了两天，第三天一早启程。船划到客栈附近的码头接小波罗他们之前，老陈两口子赶早去了一趟龙王庙。两个人虔诚恭敬地给龙王各磕了三个响头，从供案上取下签筒，每人摇出一注签。两口子摇出的是同一注签：远行无虞，一帆风顺。对跑船人来说，还有比这更好的签吗？一大早的码头就热闹。有家孩子做满月，几个大人在附近奔走，找卖鸡蛋的。当地的风俗，满月这天要给舅舅家送鸡蛋。看放在岸上红漆剥落的大木箱，总得有六百个鸡蛋才能装满。老陈站在船尾，威武地向送行的刘大人挥手，旁边站着陈婆和邵常来。大小陈在准备开船，小波罗、谢平遥和孙过程站在甲板上告别。他们船后还牵着一条乌篷船，士兵鲁和士兵钱受命护卫他们一程。

穿过南阳湖，往上走是济宁。一路安稳。只在每天午后到黄昏之间有雷声，偶尔落一阵雨。雨无妨，船下泱泱大水，船上那点水算不了什么，怕就怕风。天热起来，水上的风就无常，说来就来，刮起来据说能要人命。小波罗他们在甲板上闲坐，经常听见士兵鲁和士兵钱大喊，注意沉船。老陈父子一听就腰杆挺直，专心转舵调帆。小波罗赶紧拿相机，对着那些倒卧浅水和岸边的船骸拍照。孙过程算了一下，从南阳镇到济宁一共遇到十二艘沉船；都是大家伙，小的早被波浪冲散、顺水漂走了。那些沉没的船只触目惊心，露出水面的龙骨和折断的桅樯，风吹日晒之后，像极了人的白骨。

看得出士兵鲁和士兵钱常在这条道上走，有经验。他们建议只在靠近镇子的大码头停靠休息、用餐和游玩，小码头就算了。第三天中午经过一个村庄，小波罗坐得从屁股到肩膀半个身子都麻了，想上岸活动活动，顺便到村里看看。士兵鲁和士兵钱认为不合适，如果非要上岸，最好过了村庄再说，想看多久看多久。小波罗不高兴，觉得他们敏感过头了，但又不好发作，人家是来保护自己的，这个面子得给。他就在遮阳伞下的椅子上四仰八叉地躺着，吹着河风，竟然睡着了。突然什么东西砸到左腿膝盖上，钻心之痛，随即听到噼噼啪啪的击打声。他睁开眼往天上看，还以为又下了更大的冰雹。烈日当空，只在远处有一片深色的云。然后他就听到整个岸上都在怒吼：

"滚开！滚开！"

夏日午后，正是困倦最深重的时候，除了开船的大陈，其他人都在瞌睡。谢平遥躺在自己的床上睡着了。邵常来歪靠着一袋米睡着了。孙过程在士兵鲁和士兵钱的小船上谈接下来的安全交接问题。到了济宁他们俩的任务就结束了，后续的安保任务由济宁相关方面接手。是否一直有官方出面护送到北京，士兵鲁和士兵钱也不知道，他们得到的信息是，在山东境内，务必保证洋朋友的安全。他们三个人给乌篷船临时架起一面小帆，以保证跟着屋船不拖后腿，然后就坐到舱内的阴凉地里聊起来。越聊越困，三个人各自支着下巴也睡着了。石块砸船的声音惊动了他们。三个人噌地站起来，拎刀出了船舱。每个人脑袋都撞上了篷顶。

正经过一个村庄。一群半大的少年突然冒出来，往船上扔石块。左手里的石块扔过来，右手里还有，两手都扔完了，后面有小一点的孩子给他们递。他们一边扔一边喊：

"洋鬼子，去死！去死，洋鬼子！"

"滚开！滚开！"

"洋鬼子，去死！去死，洋鬼子！"

小波罗拖着伤痛的左腿往卧舱里跑，进舱房之前，屁股上又中了一块，好在屁股肥大，肉哆嗦一下就过去了。船加速也没法比岸上的孩子们走得更快，只要石块充足，他们可以跟着一路扔下去。小船上的三个人迅速分了工。孙过程拉紧绳索，让小船靠近大船，一个箭步跳上去。他的任务是贴身保护好小波罗，这群少年问题不大，怕其后有更大的来头。士兵鲁和士兵钱提着刀跳进水里，向岸边游。孩子们一看两个大人过来，嗷呜嗷呜怪叫几声，四散逃开了。

伤了小波罗膝盖，砸坏了几张窗户纸，问题都不大。一个时辰过去，没任何后续麻烦，说明是偶然事件。正因为它的偶然，意味着此地排洋的普遍性：他们来到了义和拳活动的核心地区，得小心了。但小波罗对"灭洋"的认知基本停留在道听途说的抽象层面，只揉着瘀青的膝盖骂几句娘，没太往心里去。恐惧离他还很远。不过他也听取了大家意见，要提高自我防卫意识，左轮手枪不再离身。从这个下午开始，一直到他躺倒了起不来，手枪都不离左右。他穿一条肥大的马裤，白天装裤兜里，睡觉时就放枕头底下。

本来使使劲儿当天晚上可以到济宁，半路因为一场野味耽搁了。屋船经过一片芦苇荡，芦苇丛里突然哗啦一阵巨响，一大片芦苇跟着动荡不止。小波罗本能地从兜里掏出枪，一只肥硕的野鸡冲天往上飞，翅膀在阳光的照耀下发出五彩的光。小波罗的枪响了，没打中。按他的说法，被一道彩光映花了眼。但那一枪惊起了几十只野鸡野鸭扑棱棱乱飞。这倒提醒了小波罗，他还有杆猎枪。从南到北大中国走完了一半，一枪没放过，有点亏。想到猎枪嘴也跟着馋，水里游的在南阳能吃的都吃了，轮到天上飞的了。他让谢平遥跟老陈说，找个合适的地方停下来，他要大干一场。

谢平遥提醒他这是野外。上次他们俩在淮安，就是在芦苇荡里被孙过程他们抓走的，"你膝盖肿都还没消呢。"

"放心，除了来往船只，谁往这里跑？"他指着听见枪响警惕地跳过来的孙过程，"他现在不是跟咱们一伙了嘛。"

弄得孙过程很不好意思。他也不赞成停下来打猎。安全第一。

"凡事都求安全，一直赶路算了，还看什么运河？都不需要来中国，待家里最安全。"

说不动他。邵常来凑过来，指指士兵鲁和士兵钱，"这两个兄弟到济宁，明天还要返回呢。"他也担心小波罗打了一堆野味他处理不了，从来没弄过野鸡野鸭。

"那更得打下来几只。正好给他们送行，感谢一下，今晚咱们就在船上喝两盅。"

认死理了。几个人想，是福不是祸，是祸躲不过，随他去吧。

小波罗的枪法算给了自己面子。船停在芦苇荡边，他抱着枪，站在甲板上严阵以待。孙过程跟士兵鲁和士兵钱划着小船悄声钻进芦苇荡，待到一个合适的位置，突然挥起船桨、船篙和刀鞘击打芦苇丛，同时大叫，反正能弄出多大动静就弄出多大动静，潜伏在芦苇间的野鸡野鸭和各种飞鸟受惊之后瞬间飞起，小波罗对着某只或者一群开了枪。这一片芦苇惊动完，换下一片，然后继续往前走，找新的一片。肥肥的野鸡野鸭和叫不出名的大鸟一共打下来十二只。

黄昏降临，船继续走。宰杀的任务交给邵常来和陈婆。他们到最近的一个镇子的码头停下来吃晚饭和休息。这个晚上，十个人不分亲疏尊卑，在甲板上坐成一圈，酒杯端在手里，以免河水荡漾洒了出去；野味分红烧、麻辣、白斩和火烤四种，喝了四斤烧酒。酒是在码头的铺子里临时买的。开始喝得还很拘谨，每个人三两酒下肚就放开了，老陈开始教小波罗划拳。除了陈婆和孙过程，其他人都喝了不少。陈婆是女的，酒量本来就浅，还要收拾残局，意思一下就算了。孙过程酒量不错，但他时刻提醒自己，保护小波罗是第一要务，所以喝得节制。谢平遥是不喝正好，一喝就醉，那天晚上也高兴，一杯接着一杯，自己如何回的卧舱躺到床上，完全不知道。士兵鲁和士兵钱年轻，怎么喝都清醒。这也好，他们得和孙过程一样，耳目警醒。小波罗不是他们见过的第一个洋人，却是接触最多的一个，传说中凶神恶煞，抽中国人的筋、扒中国人的皮的家伙竟能如此亲和，饭局结束时，他俩激动得给洋大人磕了一个头。这是对大人的规矩。小波罗也坚持照中国的礼数，每人打了赏钱。

第二天他们睡到了半上午才醒。夜里蚊子成群地扑上身，一点没感觉，起床后在身上摸到了层层叠叠的小疙瘩。他们，其实就是小波罗和谢平遥，别人已起床多时了。不过起来也没事，除了每天早上例行的那些，比平常多做不了哪怕一件事，因为天不好。北边半个天都像墨染过的，黑暗缓慢地向这边推进，缓慢得近于不动。

没有风，码头上的树梢纹丝不动。帆再大也等于摆设。等小波罗和谢平遥起床了，大陈和小陈开始划船离开码头，慢悠悠往济宁走。快到济宁，突然起了大风。因为顶着风走，帆还是用不上，任哥儿俩如何使劲儿，孙过程跟士兵鲁和士兵钱都上了，还是没法让船前进一尺。不仅不进，还被风吹得倒退。老陈赶紧靠边落锚，免得一不小心被吹翻。

等会儿风小了，他们起锚继续划船往前挪。刚走一小段，风再起，船又倒退着停下了。几场风之后，船没怎么挪窝，乌云被吹到了头顶上。铜钱大的雨点扭曲着砸到船上，乒乒乓乓响，像几百挂鞭炮同时在放。十个人都缩进舱里。

大半个时辰后，雨点变成豆大的了。小陈出门往河里撒尿，半个身子湿淋淋地回来，说风向变了，应该是扯帆的好时候。爷儿仨就穿好蓑衣戴上斗笠，到雨里拉起锚，升起帆，解开拴在河边柳树上的缆绳。掌舵，划船，起步之后，果然速度不错。好风凭借力，他们终于在电闪雷鸣和又一场大风雨之前赶到了济宁。

码头满了，挤满了各式船。一眼望去全是桅樯、屋檐和篷顶，船与船之间完全看不见水，插根针进去都不容易。码头上铁铸的镇水兽，两只龙的子孙，趴在岸边两百年了，两百年里它们也没见过哪一天泊了这么多船。上走下行都慌慌张张地停靠这里，不敢动了。老陈只好跟小波罗、谢平遥商量，把船停靠在距离大码头几百丈之外的一个小码头。那地方靠近运河的一条支汊，好在地方宽敞，他们这么大船可以从从容容地泊进去。

全安顿下来早过了晌午，午饭都没顾上吃。两顿变一顿，反正落着雨，哪里也去不了，早晚都不重要了。士兵鲁和士兵钱今天肯定回不去，索性再待一天；明天晴好了，把小波罗一行交接给济宁的衙门，此行顺利结束。

孙过程别有心事。今天是哥哥生日，孙过路多半已经不在了，他想找个馆子，给哥哥夹几筷子菜，敬两杯酒。私下里他跟谢平遥讲，想抽空离开一会儿，正好士兵鲁和士兵钱在，小波罗不会有意外。谢平遥说，可以在船上操办这个仪式啊。孙过程不愿意惊动大家，冥诞是白事，不吉利，离船越远越好。谢平遥想也是，干一行敬一行的规矩，就掏出一些零钱，务请孙过程代他和小波罗表达一番心意。

简单吃过午饭，孙过程想下船，大雨把他堵住了，船剧烈摇晃起来，舱外有大风和雷电。他们开始关在各自的舱房里，后来自然地聚到一起。这种极端的天气极少见到，恐惧让他们只有看见相互的脸才能稍稍有所缓解。天黑得如在深夜，只有闪电出现的一瞬间才能让人想起这还是白天。孙过程把窗户打开一条缝，足以瞥见雪白和幽蓝的闪电垂天而降，雪白的像一柄突然分叉的长剑，幽蓝的如大树纠缠的根须，一把抓住半个天空；而风雨抓住这一条窗户缝，及时地像刀片一样切进来，孙过程觉得半张脸猛地一凉。

船继续颠荡。每一次大风刮来，屋船从桅杆顶端到龙骨到整个船体都震颤不已，大风简直要把船撕成碎片。小波罗把茶碗抱在怀里，免得滑下桌面，雷声响起，他感到茶碗也跟着嗡嗡地响。风把船吹得横过来，紧紧地贴在码头边的木栏杆上。风暴如此酷烈，老陈一家开始还担心船只受损，后来担心被另一种恐惧和孤独感取代：在这个电闪雷鸣风雨漫天的世界里，他们逐渐觉得仿佛置身荒岛，打开门，再也不会见到第十一个人，也再回不到那个车水马龙、繁华祥和的世界。胆子最小的不是陈婆，是邵常来，他忍不住要抱怨老陈，没有把船停在那个热闹的大码头。不过大风止息后，他又及时地向老陈道歉，庆幸他们占了这宽敞的小码头；大码头上的船只因为停靠过于密集拥挤，相互冲撞，一半船只都被对方撞坏了。

大风止息时已近傍晚，船终于安稳，雷电也消停下来。天一点点清亮，恢复了阴天傍晚该有的样子。雨小了一些，还在下。大家提到了嗓子眼儿的心落下来，长舒一口气。孙过程撑把油纸伞上了岸，他打算先去一处废弃的粮仓门口给哥哥烧两刀纸，然后去看那家叫"喜相逢"的小馆子还在不在，他和哥哥去年曾在那里吃过饭。如果在，他就点几个哥哥爱吃的菜，要一壶酒，他要给哥哥送行。那粮仓也是兄弟俩待过的地方。济宁是漕运最重要的几处中转站之一，沿运河布满了大小粮仓，大的是官仓，装漕粮；小的多为私营，辗转倒卖粮食，赚点小钱。去年他们哥儿俩为了汇入义和拳的大部队，跟着东平的一帮弟兄东奔西跑，来过济宁，在离太白楼不远的一处废弃粮仓住了十来天。休养生息、等待机遇之外，也招纳了各地流窜到此的一干江湖兄弟，队伍一下子壮大不少。然后众兄弟一同折身北上，经直隶过天津，曲曲折折到了北京。

因为大雨，运河水暴涨，眼见着波浪爬上护坡，大一点的浪头都能溅上脚面。河堤泥泞不堪。孙过程在一家丧葬店买了十刀烧纸抱在怀里,径直往粮仓走。路边的店铺比去年多了一些,济宁正从大旱和饥荒里慢慢缓过神来。"满麻烧饼"店刚出一炉新饼,饼香味穿过水淋淋的街道一直送到孙过程的鼻子里。去年他和哥哥经过这里,正饥肠辘辘,哥哥买了三个,自己吃一个,他吃了两个。他把落在手心里的几粒芝麻都舔干净了。孙过程到路对面买了三个。这一次,他要分两个给哥哥,自己只吃一个。

粮仓还在,依然废弃。烂了半截的板门斜吊在门框上,粮仓里黑灯瞎火,远远就能闻到黏稠的湿霉味。如果没有雨声,在点燃火纸的地方,孙过程一定也能听见昏暗的粮仓里老鼠成群结队追逐嬉闹的声音。还有蟑螂和其他不胜数的潮虫。孙过程在粮仓前的槐树底下点起火,树冠帮他遮了雨。

十刀纸燃起来火势相当壮观,火焰直往树冠上飞。受潮的火纸发出的浓烟也相当可观,孙过程被熏得鼻涕一把眼泪一把,咳嗽起来。除了他的咳嗽声,他还听到陌生的咳嗽声。很快听见有人踩着泥水从身后走来。一个人高马大的年轻人,没打伞也没戴斗笠。年轻人黑着脸说:

"你谁啊,跑这地方来烧纸?上坟找错地方了吧?"

孙过程没理他。

"嗨,说你呢!"年轻人一脚踩到了几张没烧到的火纸上。

孙过程抓住那人的脚脖子,只一拉,小伙子一屁股摔倒在泥水里。

"张叔!张叔!拴木哥!"小伙子倒地后就喊,"有人起屁了!

有人起屁了！"

　　孙过程想，这小子是山东口音啊，怎么知道东北黑话？在北京他认识几个东北来的拳民，他们把"闹事"叫"起屁"。

　　从暗黑的粮仓里走出来两个男人，边咳嗽边喊："牛子，天塌了？"

　　牛子立马从地上爬起来，指着孙过程，"他跑我们地盘上烧纸！他还打我！"

　　孙过程还蹲着，用路边捡到的树枝扒拉火纸，背对身后的人说："家兄生日。冒犯各位，请多包涵。"

　　一个人说："你哥生日，你烧什么纸！"

　　"家兄命短，不在了。"

　　"人死为大，你先烧。烧完了说。"

　　"张叔，他还打我！"

　　"闭嘴！"张叔说，"找件干净衣服换上。"

　　孙过程没起身，也没抬头，直到把所有的火纸都烧完。小伙子踢踢踏踏去换衣服了。张叔和拴木哥抱着胳膊，一直站在孙过程身后的雨地里，直到他把所有火纸都烧完。孙过程面对一大堆灰烬跪下，说："哥，过程拜送你走好！"然后站起来。

　　"你——"张叔的声音。他抹了一把脸上的雨水，往前走到槐树底下，指指孙过程又指指自己，"你看我是谁？"

　　孙过程凑上去看那张黑脸，惊道，"老——张群！"

　　张群咧嘴笑起来，张开双臂抱住孙过程，"一看见这件短袖粗布汗衫，我就猜可能是你。"抱完了拍完了，张群问，"家兄？是过路兄弟他？"

孙过程点点头。

"节哀顺变。"张群拍拍孙过程的胳膊，把他往粮仓里拽，"牛子，点灯！兄弟，别怪老哥说话不好听，这世道，活着真他娘的不如死了。你看看你老哥我，每天睁开眼就得找饭吃，就剩下个活着了。天好还行，咱有的是力气，这龟孙子天他娘的一撇脸，就只能窝墙角里挨饿。这是捡木，滕县的老乡，还有牛子，都是前后村的老乡。这是过程，孙过程，跟你说过的，过路过程哥儿俩。过程兄弟才是正儿八经的练家子，咱俩这样的，一堆人捆一块儿，让咱们滚多远咱们就得滚多远。"

牛子把灯点起来，歪豆芽大小的火苗，整个粮仓里只有西南一个角落能看清。他们就靠着西南墙角住，被褥凌乱地铺在晒干的芦苇和茅草上。去年孙过程和哥哥住在这个粮仓里时，也是挨着那个角落。他们也是在那个角落认识张群的。老张群从滕县来，家里过不下去，偷有钱人家半袋面，被地主儿子带人一顿暴打，挣扎时一脚踹到地主儿子的两腿之间，把狗日的下半身给踹废了，只好逃出来。跟孙过程他们一样，也到了济宁，想入义和拳混口饭吃。他们一起住在这个废弃的粮仓里，然后一起转战各地，最后到了北京。先跟朝廷军队打过几仗，接下来跟洋人打，朝廷在后头支持。到8月底9月初，朝廷突然不待见他们了，好在他们看到苗头不对撒丫子就跑，太后那老妖婆下令剿灭义和拳时，他们已经出京南下了。但因为做了拳民，不敢回老家，怕被举报，起码老地主不会放过他。听拴木和牛子说，地主儿子是真废了，媳妇到现在肚子也没鼓起来。他在拉纤的队伍里认识了拴木和牛子，老乡，就把他们带到这免费的地方住了。

他们坐在散发出油腻的汗臭味的地铺上聊了一阵过去的兄弟。一部分回了老家，安分守己地种地经商娶妻生孩子；一部分远走他乡，像孙过程兄弟俩；一部分无家可归随处飘荡，比如老张群，这一部分还不在少数。张群说，他们那支队伍里，少说二十个兄弟在济宁混。大部分没正经工作，撞上什么干什么，挣口饭吃就行。跟他一起拉纤、扛大包、给船上下货的就有六七个，如果孙过程想见，一袋烟工夫就可以招呼到位。孙过程说先不见了，还有别的事。老张群这才问起孙过程现在哪里高就，来济宁干什么，以及孙过路的死。

哥哥之死，孙过程只说是意外，细处不赘。至于护送小波罗一路北上，也只扼要讲了大概，重点是抱怨遭遇了暴风雨，被迫泊在小码头。

"该抱怨的是我们，"张群手一挥，把济宁段运河的所有纤夫都揽到了自己怀里，"雨大了水位上升，咱们拉纤的就断了顿。你们跑船的算烧了高香，没这场雨，南旺那一段你们得脱了鞋把船背过去。"说完了才回过神，"你怎么傍上了一个洋妖？兄弟你忘了上回咱们为什么去北京了吗？"

"什么傍上！是护卫。洋人也有好坏。"

"一个意思。再好也是洋人！"

拴木说："叔，洋人也是人。有钱挣就行。"

牛子也插了一嘴，"能挣很多钱吗？"

"钱再多也是人家的，跟我有什么关系。"

"兄弟，"张群从床头摸出一根老烟袋，用大拇指头往烟锅里捻烟丝。孙过程一直没想出来，这个角落除了油腻的酸臭味外还有什么味儿，现在明白了，一股浓重的老烟油味。张群的烟瘾一直很大，战场上抽空也要点上一袋烟；实在分不出时间和精力点，就把空烟袋塞嘴里，吧嗒吧嗒嗫着玉石烟嘴。烟袋杆里陈年的烟油味也可以应付一阵子。他对着灯火点上，鼻孔里蹿出两股浓烟，"你想过死在洋枪底下的兄弟了吗？"

"老哥，两回事。"

"不，生死只有一回事。"

牛子又问："孙家哥哥，你是不是挣了很多钱？"

"闭嘴！"老张群呵斥牛子，愤怒得一口黑牙全露出来，"挣不着钱他会像根皮带似的拴在洋鬼子腰上？一边睡觉去！"

牛子撇撇嘴，歪倒在自己破破烂烂的被褥上。

孙过程知道谈不下去了，站起身说："不好意思，我还有点事，先走了。"

"好的，那就不耽误兄弟正事了。"老张群坐在地铺上没挪窝，用肩膀抖一抖披在身上的一件单衫，继续抽着烟袋，"慢走啊，有空再过来。到时候我把兄弟们都招呼上，一块儿聚聚。肩痛犯了，我就不送了。"

孙过程出了粮仓，雨还在下，天黑透了。空气清凉，一口气吸进肚子，他觉得整个身体都变轻了。他撑开伞，走黑路去找"喜相逢"。

"喜相逢"还在老地方。左手生着六指的老板还认得孙过程。那次他们哥儿俩来济宁时，是他馆子生意有史以来最差的时候，天灾人祸，都吃不上饭，他们两天没开张了。老板跟媳妇说，今天再不开张，他就关张。当天晚上孙过程哥儿俩去了。唯一的一桌。

"你哥哥呢？"

孙过程往天上指指。

老板把没生六指的右手深重地按在孙过程的肩膀上，没说一句安慰的话。这个世道，死一个人跟做一盘菜一样稀松平常，节哀顺变都隆重了。但他对跑堂的小二说："这位兄弟一半的账，算我的。"

酒菜上齐，孙过程给哥哥满上。碰第一下杯，孙过程说，哥，今天你生日。我替你多喝点。然后夹了一块酱驴肉放到对面的空盘子里。哥，今天你生日，我也替你多吃点。你也吃啊。再碰一下杯，夹一筷子青椒炒蛋给孙过路。他和看不见的哥哥推杯换盏，让看不见的哥哥把油炸花生米、汪鱼丝和烧罗汉面筋都吃了一遍。哥，再回家的路很长，一定得吃饱。上次坐在这家馆子里，哥哥把三分之二的酒菜都让给他吃了，这一次，孙过程把三分之二的酒菜留给哥哥。哥哥的盘子里堆满了，他让小二再给送一个空盘子来。

那天晚上他们还最后决定了一件大事：往不往北走？尽管一直跟着大刀会的兄弟，队伍中的少数服从多数，决意要北上杀洋人，孙过路还是颇为踌躇。一是往北走路途遥远，二是山东巡抚袁世凯严格限制义和拳活动，他们的空间越来越小，跟着队伍都得北上，不往北走，就必须脱离组织。他跟弟弟说，我是个农民，其实不想打打杀杀。弟弟说，你不杀别人，别人上门来杀你，你的地种得下去吗？孙过路最后举起杯，跟弟弟碰一下，说：

"好，那就为了不被杀。干了！"

哥哥是果敢的人，决定一旦做下，轻易不改。在队伍里，他的身手肯定不算好，当然也不算很差，大家拼的就是年轻力壮，此外就是靠各种神神道道的东西壮胆。不得不承认那些神秘的仪式很能唬住一些人。

有一个据称是把梅花拳更名为"义和拳"的大人物赵三多的徒弟，兄弟们都叫他大师兄，是个梅花拳的高手，因为练成了神功"金钟罩"，有金刚不坏之身，可以刀枪不入。孙过程兄弟俩第一次看见大师兄表演，完全傻了。那可是摸起来暖乎乎软暄暄的光肚皮啊，还稀稀拉拉长着一些胸毛和肚毛，鬼头刀砍上去，也就一道白印，飘下来几根黑毛；梭镖一竿子扎过去，又弹回来，肚子上连个坑都没有；最可怕的是洋枪，那子弹一棵大树都能穿透，射到大师兄的肚子上，拐了个弯不知道去了哪里。一群人纳头便拜，这不是神是什么？这不是"神助拳"是什么？然后就按照大师兄的弟子、一群小师兄的安排，在供奉关公、关平、周仓等人的牌位前叩头焚香，学着小师兄的样子，在地上画各种奇怪的圈，念各种古怪的咒语。孙过程曾认真听过周围人的咒语，发现每个人念的都不一样，有念"天灵灵地灵灵，洋鬼子现原形""太上老君急急如律令"的，也有念"陆家庄第二排屋子老田家二小子大力士来也，跟我有仇、我看不上的人全都死光光"的，还有翻来覆去就念"神功附体，所向披靡""刀枪不入，灭洋顺清"的。必须承认，兄弟俩被弄得瘼迷三道，有如此"护体神功大法"，何愁大事不成。尤其孙过路，备受鼓舞。都"金钟罩""铁布衫"了，对方刀枪过来相当于绕着你走，身手如何，就不那么重要了。或者说，高手、低手被神奇的仪式和咒语加持后，全成了圣手、神手，他还担心什么。走！他对弟弟一挥手。

结果是，辗转迁移，在北京一次攻打洋人堡垒时，战斗开始之前孙过路虔诚的仪式和咒语都失灵了。先是一颗子弹击中他左胳膊，然后是一个洋人卫兵子弹打光后，从死去的拳民手里抢过一柄砍刀，横刀一挥，从肩膀处齐根砍下了他的左臂。齐崭崭砍下来，洋鬼子够狠啊。战场上你死我活，但孙过程还是觉得洋鬼子凶残，因为他们砍下了哥哥的胳膊。还好是左臂，若砍的右臂，两只胳膊可能都废了。孙过路疼得当场晕了过去。也算及时。接着战斗的那一拨拳民活下来的没几个，他被一个死去的兄弟压在身下，要不也被乱刀刺死了。战斗结束，孙过程在死人堆里找到哥哥，孙过路因失血过多，差点没活过来。孙过路也觉得自己已经死了，整个人懒洋洋的，飘飘悠悠地朝黄泉路上走。他还一直纳闷，都说阴间冰冷，他为什么浑身暖洋洋的，好像被阳光松软地包裹着。他对死亡的感觉让活着的兄弟诧异，怀疑他是给自己装死找借口。一个做过江湖郎中的拳民替他说了句公道话：没装死，只是疼晕了醒来后，因为失血过多依然神志不清。孙过路被弟弟从死人堆里背出来，捡回了一条命。

现在，孙过程坐在"喜相逢"的老位置上，希望哥哥黄泉路上还能有去年的好感觉。被阳光包裹是如此重要。

他是打烊前最后离开的客人。早该回去了，但他还是待了这么久。跟老板告辞，出门撑开伞。除了零星的几盏灯，济宁被笼罩在一个漆黑的雨夜里。一路泥水。走到小码头，远远看见屋船上所有的灯都亮着，孙过程就知道出事了。他撒开腿跑起来，早已经湿透的布鞋带起的泥水甩到后背和雨伞顶上。

没上船就听见小波罗含混的哼唧。孙过程跳上船，船震动一下，甲板上立着的人喊："轻点，在手术！"士兵钱戴着斗笠站在甲板一侧。

"怎么回事？"孙过程问。

"来了河盗。洋大人中刀了。"

孙过程直奔小波罗的房间。一圈人围在床边。小波罗躺在床上，裸着大半个肚皮，肚皮上横着一道一指深的血口子，像一张咧到两耳根的嘴，伤口长得有了某种夸张的喜剧效果。皮肉和黄色的脂肪之间混杂着红色的血，渗出来的血在往肚皮两边流。小波罗的肚子上长满了比大师兄更茂盛的体毛，黑乎乎一片，被血打湿的毛发一绺绺胡乱地堆积在肚皮上。小波罗咬着撩起来的睡衣下摆，在痛苦地呻吟。那一刀把睡衣也划破了，堆在他脖子上，乍一看以为被割的是脖子。

谢平遥掐着小波罗两只手的虎口，据说这样可以减轻疼痛。老陈在用一只新的渔网梭子清理小波罗的伤口。他的任务是把小波罗肚毛从伤口里挑出来，然后往伤口边缘抹用来止血和消炎的印泥。邵常来守着一个煤炭火炉，铁锅里清水滚沸，两根缝衣针和一团线在沸水里上下翻腾。陈婆端坐在凳子上，两腿并拢，闭着眼双手合十，两手不停地抖，咕咕哝哝自己都不知道说的什么。她的任务是像缝衣服一样把小波罗的伤口缝合起来。但是她害怕，这么漫长的一溜伤口，还是在肚皮上，看着她都肝颤。她在求神给她点力量，现在她觉得从胳膊到手指都没力气，一根针都捏不住。

"我去找大夫。"孙过程说。

"小鲁已经去了。"谢平遥说。

"什么人下这狠手？"

"小鲁和小钱说，应该是河盗。"谢平遥轮换着甩动两只手。总用食指和拇指掐小波罗的虎口，手指头都僵住了，"明枪易躲，暗箭难防，没办法。"谢平遥这么说是在宽慰孙过程，意思是就算他在，这种事该出还出。不怕贼偷，就怕贼惦记。

孙过程还是自责，的确是失职。他隐隐后悔回来晚了。为什么回来这么晚呢？"河盗，"他期期艾艾地说，"看见脸了吗？"

"蒙着脸。"老陈接过话，手里的梭子没停下。当时他刚躺下；忙了一天，腰疼，风湿病也犯了，他想躺平了身子缓缓劲儿。如果不是漫天的雨声和雨打屋船的声音，他完全可以听见河盗的小船划开水面的声音，也可以确定屋船那几下轻微的晃动是因为来了陌生人。但谁会想到，这样的大雨之夜也有河盗出没呢。等到听见动静，他给了自己一个耳光：正是大雨之夜，才更应该预防不速之客啊。他在水上生活了三十八年，什么样的河盗没见过？这个雨夜真是疏忽了。他得承认年纪不饶人，跟暴风雨战斗了一天，的确累了，脑子也跟着迟钝，"三个人，带着家伙。"

三个人。孙过程心脏突然提前跳了一下，像被人偷袭了一拳。

小波罗松开嘴里的睡衣，哇啦哇啦说了一堆。

谢平遥让邵常来找一下老烟袋，在小波罗的箱子上，老夏留下的那一杆。谢平遥说："迪马克先生闻到把刀架到他脖子上的那人身上有股浓重老烟油味。他说特别香。这会儿他就特别想抽一口老烟袋。"

孙过程的心脏又提前跳了一下。这次不再有一只看不见的拳头捶过来。真相就是一块石头落地。他在"喜相逢"端着酒杯时，不就在某一刻盘算了一下时间吗？但他当时不愿意承认，所以他对自己说，再给哥哥多敬几杯酒，让哥哥的在天之灵安息。

他用一桌酒菜祭奠哥哥的时候，有三个人冒着大雨在暗夜里为哥哥"复仇"。两个人背负尖刀，从码头上直接上船。他们熟悉地形，而小码头上的一艘屋船在零零散散的船只中间，如同羊群里跑出来头驴，实在太招眼。小波罗又点着灯，他在记他认为值得记下的东西。其他人都躺下了，就算没睡着，也不会知道雨夜里有三个人正奔着他们而来。两个轻装跳上船，一个划着小船藏在屋船的阴影里，在此之前，码头上的两个人已经悄无声息地解开屋船旁边的那个乌篷船的缆绳，小船上的同伙负责把它往更宽阔的水面上拉，让它随波逐流，随风荡漾。乌篷船上睡着两个呼噜震天的年轻人。

他们整个过程只说了三句话，一共四个汉字。

第一句话两个字：别动。上船的两个人舔湿了新糊的窗户纸，看见小波罗正在灯下奋笔疾书，两人对视了一下。一个人几乎是提着门把手将门打开，这样可以减少门轴摩擦的声音。很好，这是艘新船，这是它在运河上穿行的第三个年头，因为水上湿气大，为防止腐烂，门轴刚上过油。领头儿的蒙面人把刀从背后架到小波罗脖子上的同时，小声说："别动！"

小波罗听不懂这两个汉字，但他完全清楚是什么意思。脖子上凛然一寒，那种锋利的金属质感，他就知道今天运气的确不怎么样。坏天气之后，人祸也来了。他乖乖地举起手。身后的人对另一个人说了第二句话，一个字："搜！"声音也是小得只有在场的三个人才能听见。反正谢平遥躺在隔壁的床上没听见。

之前拿记事本，小波罗把箱子上的锁打开了，蒙面人没费任何力气就找到两锭整银子和一把散碎的小银块，外加几十文零钱。

如果不是相机有点重，肯定会把这个大家伙也带上，虽然他们根本不知道这玩意儿是干什么用的。在指挥者眼神的示意下，另一个蒙面人把小波罗的派克笔也塞进了口袋里。他还搜罗了一堆小东西。值不值钱不重要，没见过的都是好东西。

在他们抄起手杖之前，小波罗听任他们的打劫。他们能搜罗到的值钱货都在蒙面人口袋里了，还有一只小箱子，小波罗贴着墙角塞在床底下，不把床拖开根本拿不出来。仅是看见，也得小波罗离开现在的座位，趴在他凳子的位置，贴着地板往里看才能发现。可是蒙面人看到了手杖，准确地说，看见了手杖把手上的象牙。其实他并不确定那是不是象牙，只觉得好看，像个值钱东西，顺便动了贪念。他尝试将把手拧下来，没弄成，干脆往胳肢窝里一夹，准备一并带走。手杖刺激了小波罗，他踢翻了脚边熏蚊虫的香炉。大雨把蚊虫挡在了外面，香炉中什么也没点，空香炉滚动的声音分散了背后蒙面人的注意力，他的刀刃歪到一边，小波罗趁机把脖子撤出来，右手抓起凳子抡向持刀的蒙面人。在蒙面人后退躲避凳子时，他左手从枕头底下摸出了左轮手枪。左右手相互交换。他们之间隔着一个凳子。他发现两个蒙面人手里都有刀，两把刀隔着凳子指向自己。在他打开保险正要射击时，两把刀同时动起来，一把刀砍掉他的凳子，一把刀低于凳子，扫过他的肚皮。那一枪失了准头不是因为肚子上的伤，而是凳子掉在地板上让他身体突然失重，子弹射歪了。他只是觉得肚皮一凉，像被冰块划了一道。接着感到更凉，像一场规模极小的冷风单单吹过那一片肚皮。因为失重他一屁股坐到床上，坐姿让他感到了肚皮折叠导致的疼痛，他下意识地摸一把，黏糊糊湿淋淋的一片，这才真正感到了伤口的疼。在他摸完伤口忍不住低头看的一瞬间，两个蒙面人出了卧舱，他听见他们的急促的脚步声响起又停下，又响起。在停顿的那几秒钟里，已经说了三个字的蒙面人说了第四个字，也是他的第三句话：

"走！"

他还听见水声四起的咚一声，什么东西落到被雨淋湿的木板上。

香炉滚动就惊醒了谢平遥，他以为只是隔壁的一失足。打斗和枪声响起他才意识到事大了。谢平遥猛烈地拍击他卧舱的墙壁，这边是小波罗，另一边是邵常来。他们都动起来。事实上枪声响起，所有人都清醒了。他们在黑暗中找衣服和鞋。士兵鲁和士兵钱同时从简陋的床铺上坐起，出了舱发现船已漂到屋船二十丈开外，划过去肯定更慢，两人一跃跳进了运河里。上船后士兵钱说，他在游泳时感觉同时身处两条河中，上半身一个流速，下半身一个流速，下半身被更疾速的水流裹挟着，一直催着两条腿抢跑。

士兵鲁往岸上游，他要去追正在泥水地里逃跑的两个黑影子。和他一起追的是大陈。士兵钱游向正在逃跑的小船。船上的黑影子拼命划桨，船速还是起不来。眼看着士兵钱越游越近，黑影子慌了神，桨划得完全失去了章法，在水面上团团转。他终于下定决心弃船逃走。那船委实太小，当他歪歪扭扭溜进水里时，小船也被带得倾斜，一个波浪过来，船翻了。他把翻掉的小船对着士兵钱猛一脚踹过去，借这一个力滑出了一段距离；而为了躲避迎头撞过来的倒扣小船，士兵钱被迫折到另外一个方向，距离黑影子更远了。

追捕无果，士兵鲁和士兵钱以及大陈，三个人湿漉漉回到屋船上。其他人都聚集到小波罗的卧舱，初步擦拭了伤口。谢平遥问有什么额外发现，三个人摇摇头。这么漆黑的雨夜，别说三两个人，就是藏一支军队，你也找不到蛛丝马迹。士兵鲁倒是有一点信息，但他没说，此时不宜刺激已经重伤的小波罗。如果他在风声雨声和脚踩泥水声中，没有辨错看不见的黑暗前方传来的微弱呼喊声，那他可以理直气壮地告诉孙过程，他听到的那句话是：为那些死去的兄弟们报仇！事实上，那天晚上他找来大夫以后，他告诉孙过程的是，他好像听到有人喊了这么一声。他用了"好像"二字。孙过程嗯了一声。"好像"没什么意义。

老夏的老烟袋拿来，老陈不同意小波罗抽烟，再香也得忍着，马上要进行伤口缝合。士兵鲁去请的大夫还没到，但伤口不能就这么敞着，他们决定能缝上多少就缝多少。陈婆操针，她要以做女红的方式面对洋大人的伤口。她的老花眼怕烟，一熏就流泪，那会影响针线活儿的质量。小波罗只好忍着不抽，但他要求噘住烟嘴，就吸烟杆里经年累月的烟油味。老陈同意了。小波罗咬着玉石烟嘴吧唧吧唧噘，噘两口松开嘴，疼得五官挪位还不忘感叹：

"香！真他妈的香啊！"

伤口清理干净，缝合开始。除了自己家里的男人，这辈子陈婆没这么近地看一个男人的肚皮。这男人的肚皮之白，越发显得体毛黑重，尽管年近半百，她还是有些不好意思。这不重要，重要的是小波罗的肚皮太厚，她用一块干净布裹着滚烫的缝衣针怎么都穿不透绽开的皮肉。针又太短，使不上劲儿；而针一戳皮肉，小波罗就疼得直叫唤，烟嘴也不含了，身体抽搐着蠕动，陈婆更没法下手。老陈让大陈小陈和孙过程帮忙，摁住小波罗四肢，谢平遥机动，负责给他递烟袋、陪他说话，如果需要咬条毛巾啥的，随时奉上。他用下巴指指邵常来，说：

"你。"

邵常来吓得直摆手，"大哥你饶了我吧，这辈子我杀过的最大动物就是鸡，鸭子都没杀过。"

"洋先生是人，不是动物。"

"我知道我知道。"

"不是让你杀生。是让你救人。"

"这救人比杀生还吓人。"

"你刀工好，土豆丝切得比粉条还细，针线活儿肯定差不了。你就闭着眼，跟切菜一样缝。"

"可是大哥，这不是切菜啊。我闭着眼切，洋大人他也不答应啊。"

"算了算了，还是我来吧。就当织渔网了。"

邵常来代替老陈按住小波罗的左腿，陈婆坐下来煮针线，老陈开缝。

针走得艰难，穿不透。老陈抹一把汗，说："你们意大利人日子过得真是好。咱们肚皮薄得像层纸，你的肚皮厚得像本书。"

小波罗哼哼唧唧地问："老陈说啥？"

"老陈说，"谢平遥刚给他点上一袋烟，反正针线活儿也不是陈婆干了，"看你肚皮就知道你是有福之人。吉人自有天相，很快就好了。"

小波罗深吸一口，让烟雾慢慢从嘴里流出来。穿一针他肚子就哆嗦一阵，像鲜豆腐在剧烈晃动；每晃动一下，黄澄澄的皮下脂肪仿佛又从伤口处溢出来一些。那口烟吐尽了，他说："我的手杖！你们一定要帮我找回手杖！"他还没忘。谢平遥他们冲到他卧舱里，小波罗第一句话就是"我的手杖！他们抢走了我的手杖"！重复了五遍之后，才是"救救我，我可能要死了"。

他们追赶河盗时，沿途没有发现丢弃的手杖。手杖被他们带走了。

孙过程说："天一亮我就出门找。"

大陈说："这些河盗太猖狂了，报官。把他们一个个都抓起来，砍头！"

邵常来也说："没错，报官！"

伤口缝合一半，肚皮上像张开了怪异的半边嘴，士兵鲁把大夫请到了。他从药铺里打听到的大夫。一个老先生带着个二十来岁的徒弟。老先生先是被士兵鲁从床上拖起来，然后被一路拖着过来，啪嗒啪嗒走了半天的泥水路，老先生早烦透了。进了船舱连病人在哪儿都没看，先把眼镜摘下来，慢条斯理地边擦边问：

"还活着吧？"

老陈如蒙大赦，赶紧把针放下。小波罗疼出了一身汗，他身上的汗比小波罗还多。"活着活着，缝一半了，老先生您看看合适不？"

他的徒弟叫起来："哎呀，这哪是缝合伤口，你这是织渔网啊！"

"小先生的眼神真好，"老陈在衣服上擦掉手上的血水，不好意思地说，"我就是照织渔网的样子来缝的。"

徒弟说："师父，要不要重缝？"

"还用问？两针间隔有二里路，不重缝怎么办？拆。"

徒弟利索地在桌子上打开随身带来的出诊箱，拿出一把漆黑的剪刀。

小波罗问："他要干啥？"

谢平遥说："剪掉，重缝。"

小波罗说："Oh, my God!"

徒弟问："他说啥？"

谢平遥说："他在感谢你们，说大夫就是上帝。"

"别跟我谈那些洋玩意儿！"老先生坐到小波罗的凳子上，跷起二郎腿，把沾满泥水的长袍下摆掸了掸，揪起花白的山羊胡子，"让他别乱动。挺什么挺！疼？忍着！不缝密实点，咳嗽一声就绽线，肠子喷出来，也不是不可能。"

徒弟把所有线都从中间剪断，捏着一根根线头直接拽出来，疼得小波罗屁股啪啪直打床板。徒弟对着小波罗大腿就来了一巴掌，"这还没开始缝呢！"

谢平遥把玉石烟嘴塞进小波罗嘴里。小波罗眼泪都疼出来了，但他明白必须重缝，就不再吭声了。安静了反倒让老先生心疼了，跟徒弟说："给他一块。洋人也是人。"

徒弟把线头收拾干净，重新给伤口清洗消毒，然后从出诊箱里找出一个盒子，倒出一块乌黑的东西，拇指头大小，递给谢平遥，让给小波罗放嘴里嚼着吃。

"什么药？"谢平遥问。

"止疼膏。"

谢平遥立马就懂了，鸦片膏。

果然有效，小波罗逐渐平静下来，到徒弟一针针细密地缝合好，他的五官已经妥帖地回到了各自该在的位置上。老先生坐在凳子上口授了两个方子，徒弟记录，抄好了给谢平遥，明天到药铺去抓。六服，每个方子三服，分前三天和后三天。平躺，静养，少食。千万别动。天热了，一旦伤口开裂感染，麻烦不会小，大了可以要命。

"赶路可以吗？"

"不动荡，无妨。"

"别的呢？"

"什么病人都没那么娇气。没别的了。"

谢平遥付了出诊费，是一般大夫的四倍。老先生说，出诊费跟其他大夫差不多，多出来的三份分别是：他的大晚上起床费、夜雨中的赶路费和徒弟的人头费。已经少收一笔了，要在过去，洋鬼子看病，还得单加一道费用。那块烟膏算赠送的。

好吧，谢平遥代小波罗谢过师徒二人，请士兵钱送两位回家。士兵鲁休息一下，喘口气。

当天夜里，雨继续下。孙过程后半夜一直守在小波罗床边。因为内疚，小波罗睡着的那段时间他也睁着眼；一旦小波罗疼醒了，鸦片膏的劲儿已经过去，他就给他点上老烟袋抽几口。他提醒他别动，为防止被单碰到伤口，他想了个办法，将他和邵常来合住的卧舱里的一张板凳去了两条横掌子，拿来架在小波罗的肚子上，被单再搭到板凳上，等于给小波罗的伤口支起一个安全的小帐篷，既不致受凉，又防了蚊虫。睡熟了的那一段里，小波罗说了两次梦话，大喊大叫，吓得孙过程只好叫醒谢平遥。谢平遥听了听，说问题不大，他在叫着找手杖呢。

一夜没合眼，第二天吃过早饭，孙过程估摸着药铺快开门了，下船去抓药。士兵鲁和他一起离开码头，去衙门里交接护卫任务。他和士兵钱得返回南阳了。天还阴着，但雨停了，很快太阳就会从沉重的云层后面走出来。

常见的方子，抓药不成问题。药铺伙计说，两味药量有点诡异，不过正常，那位老先生向来喜欢在平常方子里出怪招。拎着六服药，孙过程拐个弯去了废弃的粮仓。老张群跷着脚躺在床上，地上摆着一坛酒、两头蒜和半斤酱油调拌过的猪头肉。见到孙过程，他坐起来，用下巴指着酒肉，说：

"来两盅？猪肉就酒，一天都有。"

"那俩人呢？"

"跑了。"

"为什么跑？"

"怕官府抓啊。他们还年轻。"

"你为什么不跑？"

"我一个孤魂野鬼，往哪儿跑？"

"你就没打算赖账？"

"你都找上门了，我再赖有什么意思。"

"我要报官呢？"

"你不会。要报，我哪喝得上这酒、吃得上这肉？"

"你害我欠了他半条命。"

"你怎么不感谢我给他留了半条命？"老张群自顾倒了一盅酒，喝下去的声音像吹口哨。他只盯着肉看，慢条斯理夹起两块，跟着扔进嘴里一瓣蒜，皮都没剥，"他还欠我过路兄弟一条命呢。"

孙过程蹲到地上，"手杖呢？"

"丢了。"

"真丢了？"

"牛子把船弄翻，掉水里了。回来被拴木踹了一脚，拴木打谱带回去给他爷爷用呢。"

白跑一趟。

"就算没丢，我给你，你敢拿回去？"

孙过程抱住了脑袋。他蹲了半袋烟的工夫，站起来，拎着中药出了粮仓。半袋烟时间里，老张群嘴里啧啧的喝酒声、咔嚓咔嚓的嚼生蒜声和肉吃得舒服的吧唧嘴声一直在响。老张群说：

"闷头发财的事我张群不干。待会儿我招呼几个老哥们儿一起痛快地喝他娘的一顿，你来吗？就今晚。"

孙过程已经走到槐树底下。昨晚他给孙过路烧过的纸灰荡然无存，全被雨水冲走了。

中午时分，太阳冷不丁跳出来，云层边缘如同被烧出个窟窿。阳光打到身上，汗立刻出来。孙过程一直在找合适的理由跳下水。逆光里四个人从码头走过来。一个骑着高头大马，三个左右随行。士兵鲁带着济宁官府的人来了。什么官从哪个部门来，孙过程完全弄不明白，在他看来所有官员的穿戴都差不多。

官员下马先擦汗。官服一直扣到脖子底下，看着都热。邵常来把茶水端到小波罗的卧舱。昨晚六个人都坐卧得下，官员来了，三个人就挤满了。他晃晃荡荡的官服看上去占了好几个人的地方。小波罗躺在床上，肚子上是板凳，板凳上盖一条床单，整个人像只扭过头来的单峰驼。官员先代表上头表示诚挚的欢迎和慰问，接着为本地的治安自责，发誓一定要把坏人缉拿归案，最后才是此行重点，商量接下来的行程。

小波罗他们从南阳刚出发，这边就接到了电报。巡抚袁世凯袁大人责令他们做好接待和护卫工作。他们两天前就拿出详尽方案，足可以让迪马克先生全方位地体验好运河之城济宁的魅力。但是，非常遗憾地得知，迪马克先生遭歹人洗劫和伤害，鉴于迪马克先生的身体状况，他们以最快速度制订出一套更加可行的临时方案。那就是，在济宁不宜久留，这两天就起航。近日方圆数百里都大雨，运河水位难得升高，可以平稳顺畅地行船，河床最高处南旺一带，水位也达到了近年同期的最高值。迪马克先生是贵人哪，为我们运河带来了好运。没这场突如其来的大面积降雨，过南旺怕是要几百号人拉纤，那走走停停，三五里水路也要耗上一天。航行艰难说到底不重要，时间也不重要，迪马克先生的身体最要紧，倘若错过了这几天的高水位，一步三颤两抖，靠拉纤拖船往前走，伤口肯定吃不消。因此，咨询过相关水利和医学专门人士，一致认为，欲行宜速，时不我待。袁大人特命卑职与迪马克先生商榷，早做决断。当然，未能尽好地主之谊，也请迪马克先生和诸位多包涵。

谢平遥翻译给小波罗。小波罗说："午饭后就动身。宜早不宜迟。"下午就出发？谢平遥清楚南旺一带河床的高度，但还是觉得仓促了些。

那官员示意门外的随从递进来一个小木匣子。打开，几张银票和一小袋散碎银两，"袁大人的一点心意，请笑纳。"

不走都不行，人家早准备好送客了。

小波罗让谢平遥转致谢意，但银两就不必了。谢平遥撇撇嘴，料想那官员也听不懂，就用英文说："为什么不要？推掉了肯定进这人的腰包了。"小波罗想咧嘴笑，伤口跟着疼，赶紧说ＯＫ。

"你们这是商量好了？"官员问。

"就这么定了。"谢平遥说。

"甚好甚好。照上头的吩咐，还配有两名护卫，随后就到。那你们收拾，我就先告辞了。"

谢平遥把客人送至码头，看他骑马带随从离去。士兵钱在乌篷船上嗷嗷地叫，为孙过程的水性叫好。船漂在码头外的运河里，旁边翻起一个水花。谢平遥觉得过了很久，孙过程才从距水花十丈开外处冒出头来。孙过程深呼吸，换个方向又扎下去。小陈也站在屋船边看，这水性他赶不上。更让他羡慕的，是孙过程的抗冻能力。太阳底下有点热，但刚落过雨的水冷流急的运河，游泳还是为时尚早。

午饭之前，孙过程才从水里上船。一无所获，不知道被水流带到哪里去了。换好衣服坐定在饭桌前，他悲哀地说，终于洗了个痛快澡。

午饭后，两个府衙的士兵驾一艘挂帆的乌篷船来报到；胖的姓周，瘦的姓顾。外出采买伙食和日用品的邵常来跟大陈也回到船上。大家与士兵鲁和士兵钱挥手作别。老陈在甲板上点燃一挂祈福和驱凶辟邪的鞭炮，转身对两个儿子高喊：

"起！"

　　小波罗躺在床上很有些遗憾。运河沿岸两个最重要的城市，淮安和济宁，阴差阳错都失之交臂。他欠起身子想从窗户往外看，一动伤口就疼，只好躺下。在他的想法里，除了要将济宁的运河及水文细细斟酌一番，另一个心愿就是到曲阜，瞻仰孔府、孔庙、孟庙，祭拜孔林，亲近一下中国两千年文化里的大贤人；离开济宁时，再饱餐一顿太白楼的美味，如此才算真正来过济宁。但船已越过最后一段城墙，济宁就此别过。

　　事情一下子单纯了，就是赶路，船只在采办日用品和经过船闸时才停下。这两天的雨果然帮了大忙，运河水势浩荡，帆涨满，行驶的速度老陈很满意。他对这一段水路也满怀好奇，运河上跑了大半辈子，不过济宁，不见识一下南旺分水口，都不好意思说自己在运河上结结实实忙活过。一路往西北走，有花有草，有芦苇、荷花、野鸡野鸭和飞鸟，有数不清的来往船只从沉舟侧畔经过，有叫卖的小商小贩，有披红戴绿的流动妓院，有无数简陋的小码头，有贫困的十万人家和垂头丧气的无所事事的拉纤者。他们夜以继日地调动樯楫，穿过马场湖到南望湖；其间历经通济闸和寺前闸，之后还会经过柳林闸、十里闸、开合闸、袁口闸、新口闸、安山闸，然后抵达安山湖。再走下去就是聊城地界。

　　行至南阳湖正值清早，整个船上只有掌舵的老陈一人醒着。年纪大了觉少，醒了就想多赶二里路。接着醒来的是小波罗。在床上躺了几天，睡眠成了他最讨厌的事；躺着的时候他觉得自己是个废物。每一刻他都希望自己醒着，跟谢平遥、孙过程他们说说话，说什么都行，但还是经常在聊天中不知不觉滑进了睡眠。昨天晚上，他在听孙过程讲他们家祖宗搬离南旺的故事时睡着的，一觉睡到现在。孙过程听他父亲说，逃荒那年南旺的河道差不多见底了，往年7月到9月基本能正常通航，那年十二个月都过不去一艘像样的船，前一年也好不到哪里去。风调雨顺之年穷人的日子也照样不好过，又碰上运河断流，吃了上顿没下顿的人家连上顿也没了，只能另寻活路，才有了后来扎根梁山。小波罗还想着继续听梁山的故事，人已经睡着了。

先听见波浪拍击船帮的声音，小波罗醒来。头脑昏沉，四肢极不清爽地酸疼，肉肉地，闷闷地。睡多了。他宁愿感受肚皮上的锋利干净的疼，就扭动一下身体，一种新鲜的疼痛如同一道闪电，瞬间贯穿了全身，小波罗出了一脑门子汗。波浪拍击船帮的声音消失了，窗外传来悠远高亢的说话声。他听不懂的，一群中国人在节奏分明地喊着号子。一大早怎么会有这么多人在热火朝天地喊着劳动号子？他忍不住好奇。这好奇让他如卧针毡。他尝试着用左胳膊肘撑起半个上半身，一阵新的疼痛，他停下来，感受疼痛的强度，直到习惯它；接着撑起右胳膊肘，又是一阵疼痛，再停下，等自己适应了那新的强度，左手推开窗户，顺便扒住窗框，上半身斜立着。他清晰地感到出汗的方式发生了变化，半秒钟里豆大的汗珠挂满了一头一脸，伤口疼得像被重新割了一刀，长度和深度一模一样。但他觉得疼得值，躺下几天后，他终于可以看见比卧舱大的空间。不是大一点，而是像整个世界一样大，他看见的就是整个世界。

他的回报还不仅于此：他看见了一个火热的劳动场面，无数的中国人正在挖河筑堤。男人们一例短打，辫子缠在头上或者脖子上；年轻的裸着上身，裤子卷到膝盖处；有穿草鞋的，更多人打着赤脚；牵绳的，测绘的，挖土的，抬泥的，推车的，拉车的，下桩的，打夯的，穿梭往来，不亦乐乎。当官的挺着肚子站在高处，陪同者伸直手在比画，风吹起他们的衣角和胡须。也有女人出没其间，拎汤罐端瓷碗，给干活儿的男人送水送饭。河道宽阔，堤岸高拔，新鲜的泥土敞开在他们脚下。他听不见河工现场琐碎的嘈嘈切切，却在整个场面之上发现了一曲整饬昂奋的合唱，既欢快，又劳苦，仿佛滚沸的巨型大锅里升腾起的雄浑蒸汽，但他听不懂。

他很想听懂。他犹豫一下，敲响了身后的舱壁。

谢平遥来到隔壁。船走得慢，窗外的挑河现场几乎没变，依然热气腾腾。在谢平遥奇怪此地竟有如此规模的挑河工程之前，他也听到了小波罗所说的合唱，听上去有些遥远，入耳却分明。那是一首河工号子，《筑堤歌》。在淮安待了几年，疏浚河道、加固堤防的大小工程见过一些，干活儿时壮志提神的谣歌和号子也大同小异。跟着窗外的节奏，他给小波罗翻译出来：

嗨！嗨——

甩开臂膀挺直腰，

脚步走稳好登高。

嗨！嗨！嗨——

你也挑来我也抬，

取出河土垫河崖。

河堤修得高又宽，

土掩大水保家园。

嗨！嗨！嗨——

头号大筐装满尖，

运河挖得深又宽，

南北二京好行船。

大船装来江南米，

小船又运青竹竿。

抬上堤坝筐放稳，

筐筐篓篓莫要慌。

嗨呀嗨！嗨——嗨！

一边翻译谢平遥一边犯嘀咕，总觉得哪个地方不对，外面老陈喊了一嗓子：

"都起来都起来！有屃景有屃景！"

谢平遥恍然，果真是运河屃景。整个热闹的河工场面正展开在南旺湖上。他跟小波罗敷衍着解释，运河屃景大概就是运河上的海市蜃楼。他也不太懂，只在漕运总督衙门里听人说起过，运河里偶尔会出现蜃景，不过从来没有人说起，蜃景中还有声音传出来。见多经广的老陈也头一次听见蜃景出了声，只是确凿在耳边眼前，由不得怀疑。孙过程、邵常来、大小陈和陈婆，还有后面拴着的乌篷船里的士兵周和士兵顾，连滚带爬出来。站到船边观看时，一阵风起，清晰的场景很快模糊了；再一阵风来，蜃景消失了，南旺湖上碧波荡漾。

邵常来说，他老家有个说法，蜃景会带来好运。孙过程听后双手合十，闭上眼。老陈问他默念的啥，邵常来说，还能有啥，肯定念叨要找个好媳妇。孙过程笑笑。祖父倒是讲过在南旺做过河工。明代以后，大概没哪段运河疏浚的难度比南旺更大、次数比南旺更多，那么欢天喜地的劳动场面，怕也不是每次都能看到。更多的是成千上万的饥饿劳工，蚂蚁一样穿梭蠕动在宽阔漫长的河道上。

屋船接近分水口，速度明显降下来。汶水在前头分流，七分去了北边，所谓"朝天子"，三分迎头流下，往江南走。此处是整个千里运河的"水脊"，河床被抬到了最高处。小波罗不敢久坐，早已经躺下。听说分水口到了，还是忍着剧痛让谢平遥扶起自己，背后堆上被子和靠枕。没法到岸上登高望远，越过窗棂看见一点风物也好。担心小波罗寂寞，船停靠码头后，谢平遥留下来，其他人上岸转一圈。

分水口是运河繁华的要塞，两岸屋舍俨然，店铺林立，往来商贩游人络绎不绝。尤其河右岸的龙王庙建筑群，四座大门正对汶水济运处，虽然漕运凋敝，南旺也没有彻底从饥馑灾荒中缓过劲儿来，建筑群难掩破败，但恢宏的气势还是让人肃然起敬。运河边条石砌成的石驳岸，岸下埋伏着十二根水柱，他们的屋船就拴在靠中间的一根上。岸上盘卧八个巨型的镇水兽，姿态各异，形貌栩栩如生。石驳岸中间有一道石阶直通龙王庙，孙过程他们拾级而上。石阶尽头是一座木结构牌坊，双层飞檐，悬了三块匾额：右为"海晏"，左为"河清"，中间是"左右逢源"。汶上人、浙闽总督刘韵珂手书。过了牌坊，就进了龙王庙。

他们几个人在岸上转了一个多时辰，可看的很多。龙王庙之外，还有供奉宋礼的宋公祠、纪念白英的白公祠，还有禹王殿、关帝庙、观音阁、莫公祠、文公祠、蚂蚱庙等十来处院落。老陈逢庙就进，见神必拜，每次敬拜，总看见孙过程也在虔诚地作揖磕头。他是请众神提携，保佑旅途安泰，孙过程拜的什么？孙过程说：

"为哥哥。"

老陈说："你这弟弟当得好。"

孙过程给小波罗带了一块缺角的青砖。在龙王庙墙根的荒草中发现的。青砖一侧有完好的楷书模印：弘治十年造河道官砖。四百年前的文物。谢平遥翻译给小波罗，明朝的孝宗皇帝朱祐樘就在这里整治过河道。小波罗遥想四百年前，觉得太远，指指床底，好东西，嘿嘿，得自己留着。

左转。右转。左转。右转。运河从来都是弯弯曲曲的。孙过程回想这一段水路，觉得时间也是弯弯曲曲的。左转。右转。弯弯曲曲好，舒缓，悠远，充满了美好的过渡。充满过渡的路程就是坦途。事实也如此，他们一直赶路，小波罗的生活都在舱内，生长新肉很慢。中间看过三次大夫。一次是因为半夜从床上掉下来，右侧几近愈合的伤口又撕开了一个口子，重新找大夫缝合。一次是缝合之后，找大夫复查。大夫说恢复不算快，但也不错了，切记不能再从床上掉下来，咱们的肚皮不是点心匣子，可以打开再关上，开开合合。大夫保守估计，到临清只管下船到河堤上走，速度不会比船跑得慢。第三次就是找一个大夫给伤口拆线。

小波罗没告诉别人为什么掉下床，他只写在了日记里。他在梦中回到济宁的大雨之夜，跟蒙面人争夺手杖，一人抓一头，蒙面人抢走手杖，还把他拖下了床。

士兵周和士兵顾到张秋镇就回去复命了，他们击鼓传花，把任务交给了阳谷县衙的同行。小波罗婉拒，县令不答应，你可以不需要，我不派人是我的失职。再到聊城，又换了两个。小波罗明确拒绝。天下太平，他下船也少，没人知道船上还待着个洋人，实在不必浪费。东昌府知府委派的官员说，公事必须公办。你若是担心这俩人分了你们的口粮，好办，让他俩带足盘缠，交你们伙食费。实在不行，备上锅灶，自给自足。既受知州大人委托，他承担不起"万一"。要在他们的辖区出了事，谁的官帽都戴不稳。

一路穿闸过关，到了临清直隶州。排漫长的队伍，过了会通河边的钞关，没走多远，天下起雨。七八月的北方进入多雨季节。一块黑云过来，跟着电闪雷鸣，滂沱大雨就落下来了。

等候过钞关时一直窝在船上，小波罗待烦了，过了关就上了岸。伤口在身体中间位置，上下都要吃力，新生的皮肉又娇嫩，小波罗揣摩着力道，免得一不小心劲儿使大了，把伤口撕开。他把一只手搭在伤口上，像孕妇一样谨慎。左边谢平遥，右边孙过程，两个士兵紧随其后。先前小波罗已从床上下来多次，在船头喝茶、聊天、看书、写东西，也拍照，有时候就是盯着水面看，因为经常有水蛇和乌龟从水面游过，但出入的步子都少，真到了岸上，陡然觉得大地也是晃动的。慢慢走出一里路，脚下才牢靠。

7月的北方也郁郁葱葱，但依然掩不住破败和荒凉。野草蔓生，一场雨水就长势齐腰。乡村还是凋敝，破旧的土房子，只做遮风挡雨用，一点不见南方民居的美感。小波罗在村庄边上走，本来打算下了船就看见一个丰饶的人间，没想到这般情景，他内心里慢慢生出苍凉和悲哀。孙过程说，若是去年来，连这丰肥茂盛的荒草都见不到。小波罗扭头看看运河，水流日夜不息，过了临清就将取道向北；四个多月以来，他头一次发现他对这条曲折绵长的大水有了情意。他想坐下来抽上一袋烟。孙过程递上烟斗和烟丝，火镰竟忘了带。

两个干瘦老头儿坐在老屋前的磨盘上抽烟袋，孙过程要去借火，小波罗说，一起去。两个老头儿见过洋人，也见过官差；洋人和官差同时站在跟前，没见过。他们不是因为恐惧，而是因为羞涩站起来，然后又坐下去。他们没有什么可以再失去的，早就一贫如洗。他们邀请小波罗坐下来，"吃"一袋烟。小波罗在磨盘的另一个角上坐下，借了胡子半白老头儿的火。那袋烟"吃"得很香。

"这房子还能住吗？"小波罗问。谢平遥给他翻译。

"能住。"

"不打算修修？"

"不修。能住。"

"可以修得更好看一点嘛。"

"有好看的时候。"

"啥时候？"

胡子半白老头儿扭头看老屋，"现在，"他的烟袋杆对着老屋画了个圈，"阳光照在上面的时候。"

此刻阳光倾斜着照耀低矮错落的土房子。经年风吹日晒，泥墙发白泛黑，但下午的阳光还原了它的本色，那面墙如同镀了一层黄金。那浓郁的金黄色几乎要燃烧起来。但阳光里的黄金同样贵重，一袋烟没抽完，天边来了穿黑衣服的云，墙上的黄金开始褪色、消失。

"看，没了。"小波罗说。

"还会再来。"

雨落下来之前，他们聊起洋人。另一个胡子全白的老头儿说，他在一间屋里见过七个洋人，他们分属四个国家，不过在他看来，他们长得都一样。

"什么时候？"半白胡子老头儿问，"教堂去年不是被拳民烧了吗？"

"那是临清的。教堂被烧，洋教士总得有个去处嘛。上个月去七星庄我外甥家，庄北盖了几间屋，最大的那间屋顶上插了个十字架。外甥带我去开开眼，说四个国家的。我还多看了两眼。他们洋人长得像一家人。"

"跟我像？"小波罗问。

"像，太像了。跟你哥你弟、你叔叔你大爷似的。"

"哪四个国家？"

"谁记得住。你们洋人什么名字都一叫一串。"

"有年轻人？就像，孙过程这个年龄的。"

"有，多大的都有。我外甥说，四面八方聚到一起。"

雨点落下来。谢平遥催小波罗回船上。

"七星庄在哪里？"小波罗问。

"往前走，到石码头上岸。往北一直走，庄前有大水塘，沿水边长了七棵老刺槐，占了北斗七星的位置。大老远就能看见。除了七棵刺槐，别的树都栽不活。"

小波罗学两个老头儿，对着鞋底把烟灰磕干净。雨下大之前，他们回到船上。小波罗打开地图，在临清城和夏津之间、靠近后者的地方标出一个点，大概就是七星庄，他想去一趟。

第二天上午，风雨和闪电同时止息。一个整夜加上半个白天不停歇的雨，天地间都是一副喝饱了、水漾到喉咙处的浮肿样子，运河也满满当当。雨云尚未退去，空气潮湿得可以直接行船。因为水势汹涌，船走得谨慎，午饭后方到胡子全白老头儿指点的那座石码头。

这次六个人上岸。考虑到通往七星庄的道路布满泥泞和水洼，小波罗没法深一脚浅一脚地走远路，在前头停靠的市镇码头上，孙过程买了一个四人抬的躺椅。现在小波罗坐在躺椅上，临清州的两个士兵抬前面，孙过程和大陈抬后面。谢平遥抱着一堆雨具走在旁边，偶尔走到最后，隔出一段距离往前看，他会产生一个错觉，觉得孙过程他们抬着小波罗，正朝低矮的天上走。

大水塘，七棵树。他们一条道走过去。经过庄稼、野草、小树林和一片坟地。雨停了七星庄也没多少人走出家门；从敞开的院门看进去，很多人坐在堂屋门口的暗影里发呆。一个中年男人在院门外挖沟排水，看见他们，没吭声。但他在谢平遥开口之前伸出了手：先往东，再往北。他看见了躺椅上的小波罗。他断定所有长出这张脸的人都该去同一个地方。

一场急雨过去，只有活物经过的地方才会泥水泛滥。新的教堂刚开始建，周围泥泞不堪。现在正用的简易教堂，是临时搭建的起脊平房，左手第二间屋顶上插着一个木制十字架。美国公理会1886年在临清城建的教堂，是山东的第二处总堂，前一年，被义和拳毁了。皇太后剿灭拳匪的上谕公布后，公理会就开始筹划建新教堂。先在七星庄试探性地建起四间房子，没人找碴儿，插上十字架就悄然开张了。风声依然很紧，但似乎也无生命之虞，胆子又大了一些，索性弄个体面的。为首的牧师是美国西雅图人，说一口流利的汉语，他懂"家有梧桐树，引来金凤凰"的道理。看那凌乱场面，应该是雨停时开过工，又一场大雨才彻底收工。建筑工具和材料乱糟糟地扔在泥水里。

小波罗坚持在离教堂一百米左右处就下躺椅，自己深一脚浅一脚地走进插着十字架的那间屋。那个美国人在，五十岁左右的男人，花白胡子修剪得很漂亮。开始只是寒暄，你好我好大家都还好吧，也颇有相见恨晚的亲热。一刻钟后，小波罗问七星庄有哪几个国家人。牧师数给他听，两个美国人，此地公理会的主力；一个比利时人，一个意大利人，一个德国人，一个荷兰人。他们是从各处投奔而来：有的就是神职人员，有的纯粹是无路可走，来找口吃的。

"我的意大利老乡呢？"小波罗用英语问。

"一个年轻人，北方漫游来的。"西雅图人说，"一会儿叫过来你们叙叙旧。"

门外响起踢踏杂乱的脚踩泥水声。小波罗问谢平遥出了什么事。谢平遥到门前，看到三个外国人踩着泥水往远处走。

"差点忘了，他们该去菜园了。"西雅图人说，"我们吃自己种的菜。"

小波罗犹豫片刻，走到门口。三人走得更远了。小波罗是突然喊起来的。他用意大利语喊了一个人名。他们三个人在泥水里跳着走，落地时溅起混浊的水花。有个跛脚的年轻人躲避同伴踏起的泥水时，不得已单着左脚跳着跑。小波罗又喊了一声，还是没人回头。他冲出门去。

就几秒钟的事。刚起步他肯定感到了伤口的紧张，好多天了，他已经习惯了弓腰含胸坐卧行走，所以跑前两步他挺直的腰又弯下来。接下来几步跑得更着急。本来重心就前移，很多天又没跑动，脚下的节奏和感觉控制力大打折扣，一脚踩滑；等西雅图人走出来，他已经摔倒在泥水里。小波罗痛苦地大叫一声。谢平遥和孙过程一听那声音就知道坏菜了，他的伤口。他们俩跑过去。

小波罗趴在泥水里，两只手在肚子底下直哆嗦。黄汤一般的泥水里丝丝缕缕泛起红色，掺了血的脏水显得更脏。除了黄和红之外，另有一股铁锈水从那一堆工具和材料上流进来。铁锹，瓦刀，锤头，铁片，铁条，骑马钉。还有运送沙石砖头的牲口黑褐色的粪便，也一并融在这泥水里。谢平遥和孙过程把小波罗从泥水里搀回教堂。西雅图牧师赶紧喊隔壁的另外两个外国人过来帮忙，一个烧热水，一个去找药箱。他跟长着尖下巴的年轻人说：

"这是你的意大利老乡迪马克先生，快把药箱找来，先清洗消毒。"

小波罗一身泥水躺在椅子上，说："他是意大利人？"

"列奥纳多。老家罗马。"西雅图牧师说，"你刚才叫谁？费德尔？"

小波罗闭上眼，呻吟声瞬间大起来。

西雅图牧师找来他的美国同事，那人懂点医术。当然是用西医的方式和药品给小波罗做了伤口消毒处理，但他没能力缝合。好在伤口比刚被刀划开时要小。包扎好后，他建议去找专业大夫缝合。那天下午的造访就这么匆忙结束了，小波罗都没来得及把其他四个外国人的长相看一遍。孙过程四人抬着他急匆匆回到船上，以最快航速往下一个大码头走。

好在大码头上从来不缺大夫，就跟不缺算命和帮人代笔写信的先生一样。到了"回春堂"，天彻底黑了，大夫把回春堂里所有灯和蜡烛都点在他的手术室里。大夫年龄不算太大，但眼神不好，规矩也多，平常是绝不在晚上见血的，天大的事也要等到天亮再说。小波罗是洋人，算特事特办。灯光照亮了墙上挂的一块匾，上面刻着"悬壶济世"四个颜楷大字。所有的大夫好像都是慢性子，这个姓方的大夫把绷带打开，左看右看，这里碰碰那里戳戳，涂涂抹抹之后才开始缝合。缝合时慢悠悠地说：

"伤在这个地方好啊，省得你们洋人整天在咱中国地盘上挺腰凸肚。跟他说，以后走路谦虚点，要不还得裂开。原样译啊。"

谢平遥真就原话译过去了。

小波罗牙缝里咝咝啦啦地抽冷气，说："跟他说，我早学会谦卑了。"

谢平遥再原话译给方大夫。

"这就好。"方大夫把眼睛凑到伤口上，"那我给你缝仔细点。"

又得在床上躺着了，小波罗抽了两天的烟才稍稍平复下来。船继续走，走得甚至更快，反正没事大家也都不需要下船。小波罗把自己关在卧舱里，尽管有个窗户敞开来通风，谢平遥乍一进去还是被烟雾熏得眼泪汪汪的。小波罗想明白了，他请谢平遥帮忙把床头的烟灰倒掉，然后把沿途搜集到的跟运河相关的各类书籍读给他听。边译边读。他说不能让时间荒废了。书听累了，就听谢平遥讲运河，知道什么讲什么，知道多少讲多少。谢平遥讲累了，让孙过程、邵常来、老陈一家，还有跟在船后的两个士兵接着讲。在他们讲述的过程中，躺在床上的小波罗随时提问。从临清地界一直到天津，小波罗主要是通过这些方式来了解运河的。他喜欢一句中国话：读万卷书，行万里路。万里路走不好，就听别人讲述他们的万里路；书读不足万卷，就听书，听别人讲他们读的书和故事。他也只能听到这里，过了天津身体每况愈下，经常陷入严重的抽搐和高烧昏迷状态。

从临清到天津，就航行来说，是小波罗从杭州出发以来，走得最快的一段。中间除了找医生、采办日用品、必要的休整和因为夏季的风雨不得不停下来，其他时间他们都在行船。最多一天走了二十一个小时，老陈和大陈小陈轮流掌舵。这一段航程，若干年后谢平遥他们回想起来，第一个感觉就是赶路、赶路、赶路，一路走得飞快；第二个感觉与第一个完全相反：慢，慢得不得了，慢得所有人都焦虑、揪心、惊慌失措。

小波罗的伤口不像上次那样，慢慢愈合，而是三天之后出现发炎症状。发红，越来越红。开始以为是天热，伤口通风不够，晾开来；又等两天，已经不是红的问题，出现了白中泛黄的脓点。船停下来去找大夫。大夫没当回事，做了消炎处理，开了方子，按剂量服药即可。继续走。药不管用，伤口在恶化。红肿的化脓面积在大幅度增加。小波罗开始出现高烧、畏寒、身体的某些部位会突然疼痛等症状。饭量大大减少，经常饭菜端过来，看一两眼就饱了。邵常来拿出平生所学做出的麻婆豆腐，他也没什么兴趣。

到沧州，找了一个在当地相当著名的郑大夫。此人曾在南洋念过两年医科，对外穿长衫，回到诊所就一副西洋打扮，天再热也要穿上白大褂。他断定小波罗得的是败血症，这种病在过去也叫脓毒血症、菌血症。他把从南洋带来的英文版医书找出来，翻开给小波罗和谢平遥看，逐条对照，多数症状都吻合。他对自己的诊断相当自信，顺带对中医和时局做了点评。他认定小波罗的病是被运河沿岸的中医耽搁了。庸医误人啊，他说，多吃几斤橘子就能预防这种病，古代的船员都知道这么干。还有咱们这帝国朝廷，这里没有吃公家饭的吧？谢平遥说没有。护卫他们在山东最后一程的德州士兵，进入直隶境内前也撤了。直隶省没有下达护送命令，他们又成了一条纯粹的民间船只。

南洋学成归来的西医把辫子塞到白大褂里头，继续发表演说："要我看，咱们大清国就一直没找对跟洋人打交道的方式。要么暗通款曲，私下里能穿一条裤子；要么转过身就翻脸。要不是各地的教会医院都被毁了，迪马克先生的这点小毛病怎么会拖延成这样？还有用义和团去对付列强，怎么想的！你们知道吗？"他把脑袋伸到谢平遥面前，近得谢平遥能数得出他两道稀疏的眉毛一共有多少根，"听说去年义和团进京，端王特地把义和团的大师兄们招去，给皇太后表演刀枪不入的神功。哪哪哪表演完了，皇太后当场嘉许，说赏。等大师兄们走了，荣禄问太后，您信吗？太后说，把戏是假的，几十万条精壮汉子是真的，打起来，可以用他们去堵洋人的枪眼嘛。"说完了，他大笑不止，一直笑到眼泪流出来才停下来。

谢平遥被笑蒙了，这传闻好笑吗？他没有看旁边的孙过程，不知道他做何感想，"那郑大夫认为应该如何处理与列强的关系？"

"我哪里知道？肉食者鄙，这事不该我干。想必谢先生知道？"

"惭愧，在下才疏学浅，岂敢置喙。"

"那谢先生的意思是，不懂就得沉默，听之任之？"

"在下绝无此意。天下兴亡，匹夫有责；我跟郑大夫一样赞成顾炎武先生的观点。"谢平遥不喜欢此人夸夸其谈，但对方言之成理。他倒是发现自己这些年懈怠了，愤怒与激情因为无奈而日渐消磨，而长途水路上，单一的生活与景观更加剧了这一消磨。他在大夏天里打了个激灵。

被烧得晕晕乎乎的小波罗此刻睁大眼，说："大夫，赶快开药吧。"

南洋回来的西医郑大夫许诺，照他的方子，船到天津卫，小波罗就可以活蹦乱跳地下船了。到那时候，肚皮结实得可以入洞房。这个粗俗的比方成了沧州到天津的旅程中唯一的亮点。一旦小波罗因为病情的恶化、伤口腐烂散发出的异味，以及由此带来的各种疼痛和不适，失去信心、情绪变坏时，谢平遥他们就以该西医的语录鼓励他。开始的确能管上一阵子，三次以后就不好使了，因为小波罗的病情的确越来越严重了。

半路上小波罗开始抽搐，此前没有过的新症状。身体的某个部位会突然失控，不停地哆嗦抽搐。有时候只是腮帮子抖，像嘴里突然生出一只手，想起来就把腮帮子揪着往里拽，换个时间又握成拳头向外捅；这种时候小波罗就会下意识地咬紧牙关，身体也跟着不由自主地后仰。咬咬牙无所谓，后仰是个麻烦事，一不留心就把伤口扯开了，眼看着伤口越挣越大。

伤口化脓的面积越来越大，发出腐烂的异味，开始只是细长的一股幽幽飘荡的异味。邵常来端着碗碟进船舱，喂小波罗饭菜时，他以为是菜炒出了问题，凑在盘边使劲儿嗅，没出岔子啊。一抬眼，看见小波罗肚皮上红艳艳、黄彤彤、白森森千头万绪的糜烂伤口，明白了。小波罗肯定也明白了，那顿饭他吃得更少了。很快异味如细流入海，汹涌澎湃起来。两天后，孙过程推门进舱，想扶小波罗稍微坐起来一点，腐肉的臭味如同一只拳头，结结实实地劈头打到他脸上，孙过程差一点没忍住吐出来。他跟谢平遥表达了忧虑。谢平遥说，隔着一面墙，他对小波罗病情的每一点恶化都了如指掌。他的窗户和小波罗的相隔最近，异味的一丝一毫变化，他都明白，但没办法，世上诸般事情都可以分担，唯有疾病等少数几样，多亲密的也爱莫能助。

郑大夫的药继续吃，烧是降下来了，抽搐加重，动辄大汗淋漓，对外界的刺激也更加敏感。水上生活嗓门儿都大，来往船只上哪个人高喊一声，小波罗的身体都会有反应。夏天水面上雷电频繁，霹雳响了，闪电亮了，小波罗一触即发，剧烈的抽搐让身体弹跳不止，即使把小波罗的胸部以下捆绑在床上，也没法阻止伤口绽裂。

而如此剧烈的抽搐经常导致呼吸困难。一天下午，谢平遥、孙过程正和小波罗聊运河，一个球状闪电落到岸边，小波罗应激而动。整个人像一块颠动不止的木头，硬邦邦的，谢平遥和孙过程一起按住他的身体，依然无法让他平静下来，腰背咣啷咣啷地撞击床板。谢平遥搋着小波罗的两个肩膀，突然惊叫一声。小波罗张大嘴，两眼圆睁，一脸即将窒息的惊恐。谢平遥赶紧关上窗户，按小波罗的胸口。几秒钟后，小波罗一个深呼吸，慢慢恢复正常。

这肯定不再是简单的伤口问题了。谢平遥把整条船上的人都召集起来，没有人能够综合这些症状做出可靠的判断。当务之急是到天津，天津是他们可能找到洋人西医最近的地方。老陈决定从今天起，日夜兼程。他们在一个小码头采办了足够吃到天津的食物和日用品，扬帆起航，需要拉纤的航段，让孙过程赶紧下船交涉，绝不无谓地浪费时间。

出发前老陈照例去庙里。那座破败的庙里供奉了各路神仙。东倒西歪的尊者、菩萨、圣人和龙王分处小庙的各个角落，只有财神是完好地站在原地。老陈全都拜了。跟在他身后的孙过程也全拜了。老陈问：

"还为你哥拜？"

"为迪马克先生。希望他好起来。"

一路顺利。青县之后就是天津，过九宣闸、静海、杨柳青进入海河，船停靠在河边靠近德国租界的一个码头上。威廉街上有家英国医生开的诊所，在整个租界区都颇有影响。家住索尔兹伯里巨石阵旁边的莱恩医生擅治各种疑难杂症，据说有人慕名，从英国本土不远万里来求医，不知道是不是讹传。在谢平遥他们看来，小波罗这早已是疑难杂症了。在路上他一度昏迷，还有一阵子脑子明显糊涂了，说话颠三倒四。

他们在莱恩诊所排队候诊。前面约了莱恩医生的有五个人。诊所是套白色洋房，莱恩医生全部租下来，他之外还有三位医生、六名护士。那三位医生主要负责常见病，以及妇科和产科。轮到他们，谢平遥和一名护士把小波罗推进诊室。莱恩先生瘦高、优雅、戴眼镜，一口伦敦腔，说话时习惯性地用酒精棉球擦已经不能再干净的指甲。他先向谢平遥了解相关情况，然后请他在外面等。他要和病人再详细交流，随后开始检查诊断。

等了有一个半小时，也可能更久，护士拿着各种仪器来来回回进去四次。第五次从诊室出来，推着小波罗。莱恩医生让谢平遥进去，他有几句话要跟他说，小波罗将由护士移交给等在外面的孙过程。小波罗躺在四轮小车上，问莱恩医生：

"能告诉我吗，究竟是什么病？"

"没别的，迪马克先生，"莱恩医生对他笑笑，"只是破伤风。"

小波罗被护士推走后，莱恩医生请谢平遥坐下，第一句话就是："从哪儿来就到哪里去吧。"

"您的意思是？"

"愿上帝保佑我们每一个人。"

"不是破伤风吗？"

"之一。还有败血症。太晚了。至少我无能为力。"

"一点希望没有？"

"仅有一点希望等于没有希望，我不治没有希望的病。刚在诊断时病人就昏迷了一阵。"

"如果药物维持呢？"

"多则三天，少则一两天。倘若心力衰竭或者窒息，随时。不过，我不开药。"

"抱歉，不情之请，能否赐一个最可行的方子，我们去抓药。迪马克先生在中国没有亲人，他所有的朋友都在那条船上了。也许还有一个——"

"谁？"

"您，莱恩先生。"

莱恩医生摘下眼镜，再戴上时说："好吧，为一个孤独的人。上帝拯救我们。"他写好方子，递给谢平遥。然后在另外一张纸上写下一个地址，"如果上帝显示了他的伟力，迪马克先生能坚持到北京，可以去找我的这位朋友。他是我见过的最好的医生。"

谢平遥看过纸上的地址和姓名，"中国人？"

"对，你们的中医。他是我在剑桥大学医学院的同学。"

"西医出身的中医？"

"他是融会贯通的天才，改变了我对中医的偏见。"

谢平遥取了药，又请莱恩诊所的护士给伤口做了处理，然后和孙过程、邵常来一起将小波罗送回船上。他当着小波罗的面告诉大家，破伤风而已，亡羊补牢，犹未晚也，咱们从头再来。

即刻启程。

来不及找龙王庙做例行的祭拜，老陈在甲板上点了香炉，置了几碗饭菜，对着北向的运河磕头。孙过程站在他身后，也合十作揖。老陈多磕了三个头，站起来时说："一起为迪马克先生祈福。"孙过程帮他收拾香炉碗碟，神情凝重悲戚。这让老陈心中一动，小伙子不错。他说："可曾婚配？"

"家破人亡，不敢谈婚配。"

"嗯。"老陈装上一袋烟，给自己一个做决定的时间。船在走，他背着风打火镰。吸第一口烟，咽进肚子里，他觉得心里踏实了一点，"实话对你说，我有个闺女在家，十八了。十里八乡的人尖子，家务活儿，女红，样样拿得起放得下。当然，也可能当爹的都看见女儿的好。长相嘛，你就照着你姨往三十年前想，只会比她三十年前更好看。"

"谢谢叔，过程感激不尽。"孙过程怀里的碗碟磕磕绊绊碰出了细小的响动，"妹妹肯定是个贤淑貌美的好姑娘。可我答应过哥哥，要回梁山老家，怕苦了妹妹啊。"

"我懂。不过男子汉四海为家嘛。"老陈吧嗒吧嗒又抽几口，"这事先就这么一说，回头还得跟你姨她们商量。婚嫁大事，还是女人做主更靠谱。"

第二天小波罗开始出现频繁的抽搐和昏迷。因为抽搐过于剧烈，伤口越开越大，痊愈的那部分也被撕开了。伤口里血肉的颜色都变了，黄色的脓水源源不断地渗出来。味道也更大。傍晚短暂停留在一个小码头，邵常来跟停靠过来的小船买青菜，卖菜的大姐抽动鼻子，问邵常来什么怪味。邵常来说，没什么呀，来了阵坏风。小波罗听不懂；屋船上的人在那一刻都乐观不起来了。

那天晚上响过一阵雷，小波罗又抽搐了，此后大汗不止。他让谢平遥把大家都叫到床前。小陈掌舵没来，其他人都到了。小波罗先向大家道歉，让各位挤在这个闷热的小房间里闻腐肉味，实在过意不去，他有些话想说。

"我其实不是什么运河专家，"他让孙过程和邵常来把他扶到半躺着，以便可以多说几句。这些天他瘦得脱了形，眼睛变大，鼻梁变高，唯一丰茂的是头发和胡须，满头满脸地乱长。他说不完一句话就得停下来歇歇，"就算在我们家，我对运河也不是最懂行的，兴趣也不是最大。说实话，在受伤躺倒之前，运河于我，就是一个东方古国伟大的壮举和奇观而已，上了岸三分钟我就会彻底忘掉。受了伤动不了了，从济宁开始，一天二十四小时跟这条河平行着躺在一起，白天听它涛声四起，夜晚听它睡梦悠长，我经常发现，我的呼吸跟这条河保持了相同的节奏，我感受到了这条大河的激昂蓬勃的生命。真真正正地感受到了。能跟这条河相守的人，有福了。上帝保佑你们。

"遗憾的是，刚发现喜欢上这条河，能够真切地感受到它的沉郁雄浑的生命力，我不行了。我知道，我可能要不行了。前几天我跟谢先生、跟过程、跟常来、跟老陈都发过脾气，非常对不起，我控制不住，我不甘心啊。我真的不甘心。我不想死，我想活着。我想把这条河完整地走一遍，完整地走上两遍三遍十遍二十遍一百遍。谢先生，能帮我点一袋烟吗？谢谢。"

小波罗凶狠地连抽几口，薄薄的腮帮子整个吸进口腔里，用力之猛，一口气差点没接上来，连着咳嗽了好几声。他的咬肌绷得紧紧的，他担心放松下来身体就会失控。时间走动的声音如同沉重的绞盘在每个人的头脑中响起。

"要不先休息一下？"谢平遥说。

小波罗摆摆手，"再晚就来不及了。"他慢下来，从容地抽了两口。烟雾在闷热黏稠的空气里飘荡，烟味让伤口的气味稍稍能够让人忍受了，"如果运河是个人，我真想问问它，为什么不能让我多活几年？为什么不能让我再在这条河上多走几个来回？我不考察水文，也不看什么名胜古迹，我甚至都不下船。我就在船上坐卧行走，喝茶、抽烟、看书、拍照、发呆，就安安心心地看它流动和静止，听它喧嚣与沉默。我就单单跟这条河摽在一起。运河说话了。运河是能说话的。它用连绵不绝的涛声跟我说：该来就来，该去就去。就像这条大河里上上下下的水，顺水，逆水，起起落落，随风流转，因势赋形。我突然就明白了，对死应该跟对生一样决绝，对生也应该跟对死一样坦荡。所以，我把各位招来，借这个机会跟各位告别。如果我突然离开，你们也会知道我是安心平和地去敲天国的大门的；要是我还有机会继续活下去，那这次就算是我新生的庆典。上帝他老人家比谁看得都清楚。"

小波罗断断续续说了这么多话，有点累了，停下来抽上另一袋烟。抽完了，他闭上眼，没有让大家离开的意思。当有人想悄悄离开，让他休息一会儿，小波罗睁开了眼。"我所有行李都在这里。"他抬起胳膊，想对整个卧舱转圈指上一遍，转半圈就没力气了，放下了手，"我知道，中国人对遗物比较忌讳，所以我想在它们成为遗物之前，就作为礼物送给各位。你们随便挑，喜欢哪个就拿哪个。"

"使不得，"谢平遥说，"咱们到北京你还要继续用呢。"

"如果还有机会用，"小波罗艰难地笑一下，"我会全要回来的。那时候谁也不能抱着不还啊。"

"回头再说。"老陈说。

"不回头。"小波罗说，"现在就认领。这些东西大部分都跟了我多年，没有个去处我心里不踏实。"

"好吧，"谢平遥说，"各位就不要客气了。"

孙过程拿了柯达相机和哥萨克马鞭。邵常来要了罗盘和一块怀表。大陈喜欢那杆毛瑟枪，帮弟弟小陈做主拿了勃朗宁手枪。老陈要了石楠烟斗。陈婆要了剩下的五块墨西哥鹰洋。小波罗问谢平遥，谢平遥说，如果可以，他希望能留下小波罗跟此次运河之行有关的书籍和资料，包括小波罗的记事本。当然，要是涉及不愿示人的个人隐私，他可以根据小波罗的意愿做相关的处理。

"没什么不能见光的。"小波罗说，"若是对你有点帮助，我会十分欣慰。至于剩下来的钱款，支付掉安葬我的费用外，三分之一给老陈，用于修整船只，其余的各位平分。要是数额寒碜，各位包涵，只是一点心意。"

陈婆先哭出来。接着是邵常来。老陈也跟着揉眼睛时，谢平遥就让大家散了。小波罗也讲完了，精气神明显下落了一些，得让他休息了。各人散去，谢平遥想关上门也出去，小波罗叫住他。谢平遥重新坐回到他床前。

"你有什么疑问吗？"

"没有。"

"真没有？"

"那我真问了？"

"你说呢？"

"好。你在找人？"

"你早看出来了。"小波罗说，"所以我让你留下。我弟弟。"

"费德尔？"

"是的。费德尔。费德尔·迪马克。"

"在中国？"

"不知道他是不是还活着。要活着，应该在运河沿线生活。他才是真正的运河专家。他爱运河，他喜欢水，他喜欢每一个有水的地方。费德尔从小就喜欢威尼斯，长大了知道中国的京杭运河，就立志来中国。他在家信里说，京杭运河究竟有多伟大，你在威尼斯是永远想象不出来的。他才是那个要做今天的马可·波罗的人。"

"不知道他是不是还活着？什么意思？"

"他通过服兵役来中国。去年，你知道的，义和团，清政府，他们打起来了，就再没消息了。"

"抱歉。"

"战争，谁都没办法。"

"希望他活着。"

"愿上帝保佑所有人。"

沉默。窗外是运河琐细的涛声。蝉在岸边的杨柳树上嘶鸣。

"希望我能撑到这条大河的尽头。"小波罗说，"万一撑不到，不为难的话，请将我葬在通州的运河边上；随便哪个地方，务请在运河边上。拜托了！"他伸出嶙峋的手，皮肤上爬满死亡的黑影。

"我答应你。"谢平遥说，握住他的手，"但我更希望能陪你再走一次运河。"

小波罗眼泪流下来，表情却是微笑的。身着黑衣的死神正爬向他额头。他用尽此生最后的力气握住谢平遥的手，他说：

"兄弟。"

抵达通州的那天中午，离北运河的尽头不足十里，明晃晃的夏日阳光里响起一声遥远的惊雷。昏迷中的小波罗睁开眼，三秒钟后又缓缓地闭上，此后再没有睁开。这一次，他一动没动，像任何一具完好的身体一样，沉着，冷静，坚不可摧。并肩行驶的一艘官船上有人在谈漕运。

一个说："这怕是最后一趟了。"

另一个说："果真要废？"

"宫里传出的消息。"

公元1901年，岁次辛丑。这一年七月二日，即公历8月15日，光绪帝颁废漕令。

公元1901年，岁次辛丑。这一年六月二十日，即公历8月4日，意大利人保罗·迪马克死在通州运河的一艘船上。

1900 年—1934 年，沉默者说

1

塞进行李袋的最后一样东西是《马可·波罗游记》。要不要随身带上这本书花了我很长时间考虑，所以我成了最后一个上到甲板的士兵。有人建议我带上：我们是去北京保卫公使馆，要跟义和团真刀真枪地干，随时可能没命，贵重的东西一定要带上，这是你最后读它的机会；若是不幸中的万幸，你被那些拳民砍了，又没砍死，待在医院治疗养伤时更得看。反对带的也有道理：又不是去旅行，哪有时间看书，你以为你是西摩尔长官？玩命的事你都不专心，还想着看书，真是作死；真打起来，命都守不住，一本破书早不知道丢哪儿去了。我最后决定带着，生死有命，不多一本书。

海风吹着也不凉快，大家撸起袖子和裤腿，让身体尽可能露出来。他们摩拳擦掌，不是因为要打仗，而是终于可以上岸遛遛了，整天圈在船上的确能让人发疯。我身后没人，空间足够放下

行李袋，我靠着行李袋坐下。有点累。下午刚从岸上回来。请了假的。我把哥哥寄来的最后五根马尼拉方头雪茄孝敬给了长官，这是第四次。每次五根。也是哥哥教的，他说好钢用在刀刃上，不能一次便宜了那些龟孙子。憋不住了就拿出五根。我不抽烟，但我必须到处跑，哥哥知道，我来中国就是干这个的。能多看一英尺运河我就多看一英尺。

为了能到处跑，除了可以出入中国本土的护照，我费尽心力，把需要疏通的关卡都解决了。上帝保佑，顶头长官是个烟鬼，要不，他随便咳嗽一声，我铁定下不去军舰。不过我也明白，给他好烟是原因之一；更重要的可能是，我们是老乡，他家住维罗纳郊区。虽然大老远的路都跑了，漂洋过海来到中国，但他确实没去过离他老家只有三十英里的朱丽叶家。他很少有机会进城。他以乡下人的好奇让我把朱丽叶家的每个角落都说了一遍。当我转而以乡下人的谦卑向他请假，他的虚荣心得到极大满足，每次都开心地答应了。他们都羡慕我。

照说一个水兵，不好好在船上待着，隔三岔五往岸上跑，是有点不像话。没办法，我就想下船。我又不想像他们那样，整天盯着上头的脸色，把自己的每一天都弄得像军姿一样整齐，以便取悦长官，噌噌噌地往上爬。我对他们说，中国有句话，无欲则刚，说的就是我。开头我这么说还挺坦荡，后来说完了就暗自脸红。哪是无欲，我是有想法了才出去的。往军舰和驻地附近跑，当然也是有想法，但我不脸红，像马可·波罗一样好好看看中国的锦绣河山，多他妈阳春白雪啊；但是现在，最近这四次，我是去看一个中国姑娘。秦如玉。汉字真是美妙，半夜里睡不着，我把这三个字在喉咙和舌尖、舌面上颠来倒去，为了防止不小心说出声，我咬紧牙关。一个朝思暮想的名字不能正大光明地说出来，不比背负一座维苏威火山更轻松。我真想把这三个字抱在怀里。

这两天我就是在秦如玉身边度过的，大部分时间是远远地看着，极少一阵子能近距离感受到她的体温，闻一闻她经过我旁边时衣裙带起的香风。她每天只做一件事，给纸上的娃娃、莲花和大鲤鱼上色。他们家做杨柳青年画。她画娃娃，大卫·布朗画她，我以看大卫画画的名义看她：既看大卫画里的她，更看正在画画的她。过去我一直认为大卫可以成为英国最伟大的画家，现在我要有所保留，他画的如玉绝对没有站在门子前给宣纸上扎着小辫儿的胖娃娃傅粉的如玉好看。千真万确。但我不会直白地告诉大卫，我依然对着他画的如玉竖大拇指，画得好，跟真人一样，漂亮。免得他一犯小心眼儿，下次不带我来了，或者干脆换个地方写生。我当然也可以单独来，可是来了我说什么呢？总不能说为看你来的。这句中国话我也真不会说。如玉的父亲不会允许一个专看他女儿的外国人到他们家，他对外国人还是隐隐持有敌意。大卫是我的借口，大卫也是我翻译，他懂一点中文，起码吃喝拉撒基本的日常交流没问题。所以我一直认为这个英国人是天才，只要他想干，没什么事干不成。地球人都知道汉语最难学，他只在塘沽待了半年，就可以自如地跟中国人打交道了。那时候他刚到中国，临时调做英国舰队高官的勤务兵，住到了外国人扎堆的塘沽城。他跟中国人交往的机会应该不多，但对一个语言天才，这个时间足够了。

头一次见到如玉，也是在大卫的画上。他问我，漂亮不？我说漂亮，看这眉眼这鼻子这嘴这手和脖子。如玉在白河里漂洗衣服的姿势都好看，侧身半蹲，衣服在水中画出了一个中国太极的圆圈来。大卫说，我问的是画漂亮不。我说，当然漂亮。你的画一直都漂亮。马屁拍得这么响，又有啥想法？没啥想法，我说，就干夸，无功利。大卫说，这话听起来有点耳熟。我想了想，还真是，四年前在威尼斯我就这么夸过他。一个字都不差。

我们在威尼斯成为朋友。父亲做贡多拉的生意，有几条船载着游人在运河和潟湖穿梭。当时大卫在威尼斯大学读书，快毕业了，逮着空就去里阿尔托桥边画画。他要画里阿尔托桥的四时百态。有一天我闲得无聊，主动请缨摇一艘贡多拉，半下午大雨滂沱，游客跳上岸就往客栈跑，威尼斯瞬间成一座空城。我穿好雨衣，摇着贡多拉在运河里慢悠悠地转圈，难得在大雨里独游运河。到里阿尔托桥下，累了，我在桥洞里停下。桥上有个打雨伞画画的小伙子。在威尼斯画画的人实在太多，跟在中国见到乞丐一样，每座桥边都聚着三两个，但冒着大雨画，撞上一次不那么容易。我就看着他画。

大半个小时过去，雨停我上岸，他也画完了。他把我和贡多拉都画了进去。我就认识了这个从英格兰来威尼斯读书的大卫·布朗。那段时间我跟父亲常住威尼斯，见面的机会就多，他把过往的画作带给我看。我们同龄。有一张画，一个扭头往回看的意大利女孩。我说真漂亮，画得也好。他问我如此礼赞目的何在，我说的就是：干夸，无功利。后来，我通过他认识了他的那个女同学。我还没谈过女朋友。很遗憾，老家在那不勒斯的姑娘已经有了男朋友。

离开威尼斯，我和大卫就失去了联系，没想到在中国重逢。有一天我们从各自的舰船上下来，乘驳船穿过十英里波浪翻滚的海面，到达白河河口，然后换乘更小的船穿过沙洲。过沙洲就可以看到白河南岸的中国城大沽，对面是城市塘沽。在塘沽下船，再乘两个小时火车才能到天津，这段路大约三十英里。去天津我们都得这么折腾。那条小船上挤了四五个国家的水兵，坐在我身边的竟然是大卫。四年不见，我们都变了样，但他左耳朵后面长的一簇金毛没变。那十来根金光闪闪的英式卷毛，一般人长不出来。我叫一声大卫，大卫·布朗，他立刻认出我。他坚持认为我嗓子里藏了一张砂纸，发出的声音既像诱惑又像折磨，拟音大师也模仿不了。他比我早一年来到中国，对于这个古老辽阔的东方国度，各方面他都堪称我老师。我对中国的所有知识，都来自马可·波罗和血脉一般纵横贯穿这个国家的江河湖海；尤其是运河，我的意大利老乡马可·波罗，就从大都沿运河南下，他见识了一个欧洲人坐在家里撞破脑袋也想象不出的神奇国度。

我们在船上深情拥抱，我和大卫·布朗。他是服役入伍，我是怀着对中国的好奇主动申请来中国。不管什么原因，我们其实都清楚，一旦你跨海而来还怀揣着利器，你就是侵略者。在中国待的时间越久，这一点我们就越清楚。我们聊了一路。其实是聊了一天，直到原路返回登上各自舰船。这一天我们一直在一起，我们进相同的店，喝相同的酒，吃相同的饭。他还在画画，我依然喜欢河流和出走。

因为舰上规矩多，又经常四处巡航，能碰在一起的机会不多，我们就约定，每次上岸，如果知道下次上岸时间，就写个纸条塞在沙洲上一棵老槐树的树洞里。从我们登上沙洲码头边的那棵柳树开始数，右手第三棵，半人高的地方有个隐蔽的狭长树洞。我放的纸条如果他不取，就永远在那里。我们通过这种原始的方式联系，居然也相当奏效，见如玉四次，我都是跟大卫一起去的。他去写生，从沙洲随便上一条船，或者租一条自己手摇，白河上下，哪个地方有感觉就在哪里停下。待在中国的这两年他一直如此。

有一回我们一起去塘沽采购，我说你的目的其实不是写生，不过是找个文雅的借口到处跑跑散散心。他歪头想了一会儿，觉得有道理，他的确经常出去转一圈，回来纸上连条线都没画。整天憋船上是够受的。不过他去风起淀倒是实实在在画了十来张画。

风起淀是个半村半镇的地方，比村大，比镇小，淀上人家沿白河两岸分布，码头不是很大，但往来船只打尖落脚足够。他在风起淀偶然看见如玉在河边洗衣服，动与静、全貌和局部的关系让他有了感觉，就在对岸支起画板画起来。如果不是我想看看风起淀，如果不是我还暗暗期待见到那神仙般的姑娘，大卫画完就画完了，可能再也不会去那地方，因为我想去，他就又去了。因为我去了还想去，他就随我继续去。

我们俩到了风起淀，一点弯子没绕，直接到了那姑娘洗衣服的地方。不必说，她家一定在附近，谁会大老远跑别人家门口洗衣服。但河边一溜排开四五家，因为对着长河，谁也不好意思大敞院门，都关得严实。大卫对我嘿嘿地坏笑。我硬着头皮说，不信门里头有炸药，一家一家敲。至于敲开后怎么办，根本没时间想。后来我们知道，家家闭户上锁，固然是避开往来船上偷窥的目光，更重要的，为避免惹是生非。义和拳在风起淀已是风生水起，尚能过得下去的人家都希望岁月安稳，开门只会招灾引祸。先敲距洗衣处最近的大门，因为那家大门上贴了两张非常好看的门神，一边是秦叔宝，一边是尉迟恭。大卫说，这是杨柳青年画的风格。顺便给我普及了一下何为杨柳青年画。他曾陪伺候过的那个长官去过杨柳青古镇，现场观摩了镇上老艺人的年画制作流程。

敲三下。一点脚步声没听到，门就开了。因为我靠门近，右脚搭在人家门槛上，开门的人脸几乎贴到我眼皮上，我和对方都吓一跳。一个女声叫起来。不用看清楚对方的脸，只听声音我就断定她就是洗衣姑娘。后来如玉告诉我，她被我们吓坏了，开门见到两张脸，还是洋人，她以为撞见鬼。这有点夸张，我和大卫无论如何比那两个张牙舞爪的门神好看。如玉坚持认为秦叔宝和尉迟恭更好看，她看不习惯高鼻深眼的外国人。其实我没大卫那么像外国人，起码我的头发是直的，还是黑颜色；感谢祖宗，给我留了这么个别致的遗产。大卫一头黄毛，大卷套小卷，活脱脱一个卷毛狮子狗。她问我们是谁。我听不懂。大卫说，我们是游客，看见府上大门贴了两尊栩栩如生的门神，难得的艺术品，所以冒昧打扰。大卫又把他歪歪扭扭但足以达意的汉语翻译成英文给我听。我想这家伙真是人才，当了不到两年的兵就学坏了，多肉麻的话都说得出口。但我很感谢他，这种紧急情况下要是我来回答，我肯定会说，我想看看你，所以敲门看看这是不是你家。以如玉那时候的羞涩和脾气，准会给我两个大耳刮子，骂我臭流氓，然后一脚把我踹进门前的大河里。

　　未承想，恭维两个门神也起了大作用，如玉的父亲正带着如玉和另外一个徒弟，在宽敞的堂屋里给年画上色。秦叔宝和尉迟恭是老秦的作品。老秦不喜欢洋人，但洋人夸也是夸，他还是很受用。此后我和大卫屡次登门没有吃闭门羹，跟大卫这拍马屁的见面礼有不小关系。大卫兄弟，不管你在哪里，也不管我在哪里，我都要感谢你一辈子。他们邀请我们进去。他们父女和师徒正在给同一幅名叫《三星图》的年画上色。是三张内容一模一样的年画。画上现在主要是黑色线条勾勒出三个长相奇怪的老头儿：帽子旁边插了一枝花的老头儿代表"福"；戴官帽的老头儿代表"禄"，脑门鼓起一个大包的光头长胡子老头儿代表"寿"；每一个老头儿身边各有一个头顶两角的胖娃娃，抱大寿桃的抱大寿桃，扛玉如意的扛玉如意，捧官印的捧官印。老头儿小孩都饱满和善，肥嘟嘟胖乎乎，看着就想伸手上去捏一把。除了这三张，门子上还贴着很多用雕版印制出的相同年画，老秦一边自己给老头儿和娃娃上色，一边跟如玉和徒弟讲解。

给年画上色是门大学问，第三次登门，我也申请试试身手，给最简单的那些年画上色，比如《莲生贵子》《莲年有余》，一本书大小，哪一笔出格了，也没人当回事。中国人买年画，图个喜庆，花红柳绿颜色到了就行。大卫是个练家子，上色对他难度不大，尝试了一幅《三星图》，比如玉和老秦的徒弟都地道。但大卫的主要任务不是上色，是画，画老秦师徒和如玉。这也挠到了老秦的痒处，算同行，大卫画得的确好，老秦左胳膊细右胳膊粗都被画出来了。常年做年画雕版，打磨杜梨木板子，再刀刻，都是右手使劲儿，右胳膊自然就粗。老秦就着大卫的画教育女儿和徒弟：这就是眼力见儿，细部决定一幅画的成败，细部也决定一个艺术家的成败。完全得益于大卫，我才有可能见了如玉一趟又一趟。老秦肯定是看在大卫的面子上，才让我们进门；他把大卫当成千里迢迢赶来拜师的门徒了，就等着洋徒弟主动把他扶到太师椅上，然后退三步，磕头奉茶，行拜师大礼。当时整个华北风声都挺紧，义和拳在闹事，高喊"扶清灭洋"，老秦一定很清楚，关上门就是为了避祸。他对洋人肯定也没好感，但他这个时候多一个徒弟，还是个洋徒弟，且是远道而来的仰慕他的洋徒弟，他以为是足可以长一长秦家年画的脸的。

在风起淀，做年画的有两家，秦家和袁家，老秦跟老袁在较劲儿。要在古镇杨柳青，村村街街走过去，满眼都是做年画的，你想较劲儿，那等于跟所有做年画的找不痛快，与天下为敌谁也犯不着，反倒天下太平；在风起淀就两家，都是上一辈从杨柳青搬过来的，眼角一扫看见的只有对方，想平常心都不行；你们两家不追着赶着来，街坊邻居也会掰着指头帮你们比，比出了结果你还想淡定，难度太大。

最近几年，天干地旱兵匪横行，日子很不好过，但过年的热闹劲儿有增无减，年画行情也跟着看涨，老秦和老袁发现两家剑拔弩张时，其实已经耗上很久了。他们早被风起淀的乡亲们架到火上烤了多年。老秦的手艺在老袁之上，但也没高到外行打眼就明白的地步，所以风起淀更觉得有烤头。因此，竞争导致的战争一直在运行，却也没法在大庭广众之下正面冲突。到庚子年（1900），矛盾突然上了台面。

老秦花一年时间制出一块版子，印出来再上色叫《龙王行雨图》，这幅年画突然跟老袁拉开了差距。我在秦家认真看过。老秦精心点染之后，装裱后挂在堂屋正中，六尺整宣。前两年的大旱持续到现在，对北中国的老百姓来说，最珍贵的不是金钱，而是雨水，他们盼着老天下雨远胜过盼望做梦发财。《龙王行雨图》把这种积郁了五六百天的渴望痛快地表达出来了。龙头极为清晰，剩下的龙身龙尾影影绰绰地盘踞了半张纸，剩下的半张纸是甘霖普降和得到雨水滋润的禾木与沸腾的民间生活。这个题材其实已经超出了年画，更切近现实生活，跟其他年画相比稍嫌严肃，但老秦刀锋一转，在漫天风雨中刻出跟雨水一起降落的金元宝，而老龙王的脚爪之上，各攀爬着一个圆滚滚的喜庆娃娃：标志性的杨柳青年画又回来了。皆大欢喜。《龙王行雨图》的销售量，在秦家的年画销售史上亦属空前，更把袁家甩出了两英里。老袁不淡定了，摩擦开始。我和大卫登门拜访时，正值两家比传人，就是比下一代。

中国很多作坊式的家庭绝学，通常传男不传女，传长不传幼，讲的是长房长孙。唐宋元明清下来，各家的皇帝也是这么一代代承传，老皇帝大儿子不行，才考虑其他儿子，自己的儿子不行，再考虑血缘最近的别人的儿子。袁家人丁兴旺，三个儿子，能力水平不论，但都干这个；此外老袁还带了两个徒弟，绝招当然不授外人，主要是以师徒的名义让两个年轻人干杂活儿。秦家就有点惨，老秦就如玉一个女儿，纵然心也灵手也巧，老秦心里还是没底，刻画雕版还是男人更靠谱，首先力气你得有吧。老秦就把薪火相传的事拖着，先看女儿是不是这块料，实在扛不起这块牌子，那就得考虑女婿了。好在老秦比老袁年轻，如玉也不必赶着嫁人，他就勉强招了一个徒弟，同时托人在杨柳青物色，看是否有合适的上门女婿人选。

我们到风起淀，恰逢两家比拼谁的队伍大。单数人头，当然老袁胜出，老秦要招个洋徒弟，格局就大不一样，起码赶上三五个土著。碰巧这个洋徒弟还是个内行，不必白手起家从头来。老秦允许我们俩进门，就存的这心思。这也是后来如玉告诉我的。但当时他无论如何没想到，我是冲如玉去的。一则我是外国人，他压根就没想过让如玉嫁一个外国人，这等于让他去掘祖坟。二则，即便想过外国人在打如玉的主意，他也只会想到大卫，如果要他的命，没准勉强能同意女儿嫁给大卫；至于我，费德尔·迪马克，一个意大利人，做噩梦的时候他都不会想过，他肯定以为我就是个大卫的小跟班。

此后长达三十四年的生活中，每次想起大卫·布朗，我都会问如玉同一个问题：你怎么知道是我在追你，而不是大卫？如玉也会不厌其烦地重复同一个答案：看眼神呀。这世界上，只有你的眼神不会拐弯。还有呢？我继续问。还有就是，每次你们来，大卫都会找个机会嘱咐我，让我教你说中国话。哦，原来如此。要没有那几次汉语的恶补，以及我虚心向大卫请教，和见不到如玉的那些漫长时日里我勤奋的暗自修习，两个多月后重返风起淀，我就是一个彻底的哑巴。那时候我衣衫褴褛，凭着几个支离破碎的关键词式的中国词句，一阵水路，一阵陆路，敲开门神破碎的院门，我对如玉说，我来了。

等了一个多小时，被一阵骂娘声吵醒。我靠着行李袋睡着了。前面的人说，回舱里舒舒服服地睡吧，今晚走不了了。登岸的船只不够用，我们排在后头。天早黑了，附近的海面上停着多国军舰和船，灯光下人影憧憧，能看见一艘艘小船在往河口方向走。深海方向伸手不见五指，是那种彻底的、绝对的黑，看不见的风也是黑的。长官吩咐，回舱休息，等候通知，随时可能出发。

能下船大家都有点兴奋，睡不着，脑袋扎在一起说话；我爬上床就睡着了。沿白河把船一路逆流撑上来，是个大体力活儿。天快亮，我被谁踹醒，外面有人正高喊，带上一周补给，马上离船。我背上行李袋，迷迷糊糊上了小船，继续在黎明的幽暗中瞌睡。两个半小时后到达白河河口。大沽口炮台上架着的一排克虏伯大炮，在阳光下闪耀威严的光。我们漫长的船队通过时，中国兵好奇地跑到岸边来看。我前头一个家伙说，想看就看吧，哪天没准就刀枪相向，看一眼少一眼了。我倒觉得问题不大，找个好地方坐下来，有什么不能谈呢。

到塘沽火车站，长官命令，先把补给、弹药、水壶等放到分给我们的车厢里。我们在第四列火车，准备装载我们意大利军队，还有俄军和法军。前三列火车：第一列装着一半英军、全部的奥地利兵和美国兵，剩下的车厢装修铁路的设备、枕木等材料和一大群中国苦力，这些苦力是用来修路的，以备铁轨出问题；第二列火车装余下的英军、全部的日军和部分法军；第三列火车装的全是德军。太阳一出来就热，哼哧哼哧把各种储备物资搬到车厢里，衣服全湿漉漉地沾到身上。没见过那么简陋的火车车厢，顶棚都没有，如果车厢拆下来，前头再拴两匹马或者两头牛，你说那是马车、牛车我都信，说是拉牲口的车我也相信。装车时各国长官都玩命地催，装完了反倒没动静，生生等了两个钟头。各国士兵，主要是水兵，在自己的方阵里高唱国歌和进行曲。唱完了一首唱另一首，三首过后有人找厕所，队伍就乱了。

乱糟糟地上了火车，咣当咣当，四点半左右到天津。天津车站搞了一个盛大的欢迎仪式，能来的外国人都来了。他们很清楚，北京的公使馆出了差错，他们的日子也不会好过。德国人慷慨，对着德国士兵嗷嗷地欢呼，把几百瓶啤酒往他们怀里塞。我们在自己的方队里咽着唾沫，一路的大太阳和飞扬的尘土，喉咙里像干旱的土地裂出一道道口子。意大利人在天津的太少，我只喝到了半瓶水。看欢送会的架势，一时半会儿是走不了，我倚着行李袋又歪着，舒服一会儿是一会儿。走过来一双脚，我抬头，看见大卫对我挤挤眼，我拎起行李袋跟他走。

大卫不知道从哪里弄来六瓶德国啤酒，拉我躲到第一列火车旁边喝起来。火车给我们提供了舒服的阴凉。我跟大卫说，回来咱们再去风起淀。先别想美事，先求上帝保佑你活着回来吧。他对此行很不乐观，兴师动众两千多号人，据公使馆来的消息，这个数还不足以让他们有安全感，希望翻两倍、三倍。怕什么呢？怕人啊，你没去北京？那乌泱乌泱的人，走大街上你想快走几步，都得加塞插队；两千来人进了北京，那也只是雨点落进白河里。还有义和团，他心里也没底，听说那帮人刀枪不入，可以敞开肚皮让你放枪，一伸手把你射出去的子弹给捏住。我听了都犯晕，这些人都他妈什么材料制成的。大卫推论出来的恐怖我没太往心里去，这世界重要的事只有一件，就是去风起淀，推开门神守护的院子，看见如玉。我们俩把六瓶啤酒全喝了。酒精上了头，脑袋里有个小人在转圈。大卫酒量比我好不到哪里，我们俩头顶头枕着我的行李袋，躺在铁轨边有一搭没一搭地说话，不知道谁先滑进了梦乡。

乱糟糟上车的声音我们竟然都没听见，有人在耳边吹响尖锐的哨声才把我们惊醒。一个英国长官嘴里叼着哨子，满脸坏笑地看着我们。他旁边站着一个等级更高的军官，双手背在身后，两嘴角往下扯，眼光冷飕飕的，擦得乌黑油亮的长筒军靴让他显得更加威武高大。大卫噌地爬起来，双脚并拢行了个军礼，说，中将好！中将？我还有点迷糊，这么大的官？我只听说整个联军的统帅是个英国中将，西摩尔中将。我问大卫，西摩尔？大卫对我咧咧嘴。我的酒立马全醒了，从地上跳起来，也给西摩尔敬礼。报告中将！我说。报告什么？西摩尔的肩膀放松下来，膝盖抖了两下。真没有什么好报告的；我说，报告中将，我要归队了。哪个队的？意大利。

大卫拽着我就往他们的第一列火车走。吹哨子的长官说，意大利在后面。大卫说，反正是打仗，在哪辆车上都得打。西摩尔中将用鼻子笑了两声，也是，该活死不了，该死活不了，上车吧。吹哨子的长官说，中将，不妥吧？打仗还分什么你我？都是老子的兵。西摩尔中将说，一会儿见了意大利长官，跟他们说一声。去过英国吗？我说去过。那就是咱们的人；记住，整个世界都是日不落帝国的，这里，西摩尔中将用腰刀点点地，包括这里。

我就跟着大卫登上了第一列火车。在此后的很多年里，如玉经常会问我，如果没有那几瓶啤酒，如果没有遇到西摩尔中将，如果没跟大卫混在一块儿，而是回到我该坐的第四列火车，我经历的是否就会是另外一场战争？我的一生是否就会变成别一番样子？不会，我跟她说，除非我战死沙场，一息尚存，我还会去找她；不管多憋屈，我一点都不后悔现在的生活。经历过一场漫长的战争、杀戮和抢劫，我知道生命有多卑微和偶然，所以也知道爱有多珍贵，相守有多不容易。

开始我真把战争想得太儿戏，我们在嘻嘻哈哈中开赴了战场。我混在英军、美军和奥地利大兵中间，火车司机是个中国人，他知道我们这群荷枪实弹的外国人要干什么，他就磨洋工，一会儿这地方有问题，一会儿那里出了毛病。他的助手甚至一点点把煤给扔掉，把水给放掉；煤和水没了，火车就得停下来。我们就派人坐在煤水车上监视中国司机。路上我们见到了义和团，他们往枕木上浇油然后放火点燃，有的地方枕木已被烧焦，不少地方正冒烟。我们举枪示意，及时把他们赶走。上头传下话，不到万不得已别开枪，我们的任务是尽快赶到北京。

半路上还遇到中国军队营地，清军抱着枪在哨位上睡着了，只有火车经过时才能把他们吵醒。留着八字胡须、胖胖的直隶提督聂士成骑着高头大马，带一干人马，在四千多人的军营中巡视。差不多一个月后，我在八里台又见到一次聂提督。那天我们转回头攻打天津，联军和清军在八里台决战。那叫一个惨烈，想一下我心都哆嗦。

八里台前有一座小桥，聂士成骑马立于桥边亲自督战，聂家军无人敢退。旷日持久地激战，我们都快累垮了，不过好在不断有生力军源源不断地补充进来。聂士成没那么好运气，他的人越打越少。但他率部坚守不退，战马换了四匹，他的两条腿也被枪弹击中，根本站不起来。有一块弹片划破聂提督的肚子，肠子流出来，他塞回去，继续鼓舞和指挥士兵作战。后来，我们的一发炮弹在他身边爆炸，一块弹片从聂提督嘴里打进，从后脑勺飞出来；另一块弹片射穿他前胸，还有一块直接插进了太阳穴。他从马上栽下来，享年六十五岁。

他是我们的敌人，但必须承认，他是我见过的最伟大的战士。那天战火平息，我们一群敬佩他的人为他脱帽致哀。

6月10日晚上，大约七点，在落垡车站不远，我们的火车停下来，前面的铁路桥被义和团炸坏了。车上带的一百名中国苦力和修复铁路的材料派上了用场。苦力们干活儿，我们在铁路边晚餐、露营。吃面包，还有一点咸肉。没有帐篷，我和大卫把防水单子铺在地上，裹上毯子挤在一起躺下。白天热得要死，夜晚冰凉如水。月光照在那一片大野地上，三列长长的火车被各国露营的士兵们围在中间，有人翻身，有人说梦话，有人打嗝放屁，有人迷迷糊糊爬起来，在离睡觉两步远的地方撒起尿，还有人睡不着，睁大眼看周围和夜空，比如我，我看见中国的月亮旁边有很多中国的星星。装载有意大利士兵的第四列火车还没到。

凌晨四点，起床哨响，空气里有股被露水遮掩的干草气，天看着没有昨天夜里大。咖啡的香味从远处军官们用餐的地方飘过来，我和大卫各咽了一口唾沫。

七点钟开始上路，走走停停，因为需要修复铁路线。中国的苦力都是干活儿的能手，在民用工程师的指导下，效率很高。当然这也是因为义和团通常只破坏一条铁轨，另一条铁轨的材料可以拿来修复毁掉的那条。

车到落垡之前，最惊悚的是看见一堆尸体，支离破碎地散落在一个烧毁的候车棚附近。查看的士兵回来报，是四个中国铁路官员，可能因为试图阻止破坏铁路，被义和团解决掉了。查看的士兵中有一个当场就吐了，被大家笑话了一通。我随同别人嘲笑时，心脏骤然收缩几下，像被谁突然用手攥紧了。大卫说，我的脸白得像纸。

终于到落垡。来自"恩底弥翁"号巡洋舰上的英国小分队留在落垡，以车站为防守据点，防止义和团攻过来，我们称之为"恩底弥翁号堡垒"。我和大卫随部队继续往北京进发。气温高得能把人烤熟，半空中看过去仿佛在缥缈地燃烧，我们只好找竹棍把席子顶在头上，好歹撑出一片斑驳的阴凉。车厢里本来就挤，还放着补给、弹药和行李，空气被蒸得如稀粥般黏稠。下午六点，正昏昏欲睡，汽笛尖锐地响起。我们重复了警报，迅速集合起来。大批义和团出现了。我们跳下车，几名义和团成员从小树林突然钻出来，大卫迅速拍一下我手中的枪。他们在我们的射程之内。我几乎是本能地举起枪。我也不知道是否射中了某个拳民，反正那几个中国人十秒之内全躺到了地上，如同被同一阵大风刮断的几棵树。我们穿过开阔地带向一排房子挺进，听声音那里聚集了不少拳民。

第一次实战，大卫也是，我们俩嗓子眼儿发干。我们被分到一小队，左翼包抄到房子后面，将与右翼二小队一起会合，对防守的敌人发动突然进攻。大卫在我前面，附近有凌乱的枪声响起，我们都弓着腰。绕过房子是一片平地，一群拳民在那里挥动梭镖、长矛和刀剑，做各种古怪的动作。突然撞见这场面，我们大部分人都傻了。如果他们直接抱着刀枪冲过来，或者伏下来对我们开火，我们的反应会比现在要快得多。之前也曾见过义和团成员上蹿下跳，做出癫痫病发作一般生生死死的怪动作，但空闲时候见跟在战场上见不是一回事。这群人戴红色头巾，围巾、腰带、绑腿也是红的。一个拳民突然跳到半空，好像被击中了，直直地落到地上。正在我们奇怪谁射出的子弹，谁竟有能力破了他的金钟罩铁布衫神功，他突然从地上跳起来，复活了。完全是因为被这套舞蹈般的表演惊着了，一小队和包抄过来的二小队至少有十个人同时开了火。哪哪哪，拳民倒了一片。他们握着梭镖和刀剑冲过来，我们又一阵枪响，再倒下去一拨。

跟着后续支援的三小队、四小队也到了，在我们没弄明白他们狂喊乱叫是什么意思时，平地上的拳民全倒下了。血染到白颜色的衣服上是红的，染到头巾、围巾、腰带和绑腿上变成了黑色。我们的小队长从一个拳民胸口处的口袋里掏出一个护身符，一个红色的标牌，绣着四个黄颜色的字：扶清灭洋。据说这个护身符可保他们刀枪不入。队长把被血浸湿的护身符装进口袋里，对着尸体踢了一脚，骂道，妈的，装神弄鬼！我们打算继续往前搜索，身后响起归队的信号。义和团正往下一个村庄集结。

回到火车上，太阳已西沉，我感到前所未有的疲惫与焦渴，所有神经和肌肉都绷硬了。我找了个地方躺下来。事实上所有人都找地方躺了下来。空间不够，我的腿搭你腰上，你的脑袋枕在我肚子上，一车厢人横七竖八地交叠在一起，没一个人吭声。一个十九岁的英国水兵脑袋抵在我肋骨上，慢慢地，他往上蹭，脑袋钻到了我胳肢窝里。我抬起头看他，他也在往上看我，他的眼睛里有没散尽的惊恐。他说，我杀了一个人。他把右手微微举高，好像上面还沾着血。我把左胳膊打开，让他的脑袋放得舒服一点；我说，我也是。我肯定也杀了一个人，至少。我都能闻到空气里的火药味和血腥气。

军官在铁路边来回走动，高声对我们训话，总结刚才的遭遇战。他认为水兵习惯于海上作战，陆地上战斗还是缺乏经验和训练，接下来的战斗中，大家尽可能把背包放下，轻装上阵，因为来回可能要跑很多路。我对斜躺在我脚边的大卫说，我得带上行李袋，一是随时可能归队；二是，《马可·波罗游记》不能丢。我来中国是做马可·波罗，不是来杀人的。

马可·波罗十七岁那年，跟着父亲和叔叔离开家门，一路往东向中国去。他在中国待了十七年，跟忽必烈成了朋友，在元朝当了大官。他在中国的传奇见闻，激发了欧洲对中国和整个世界的想象力，探险家们由此开辟了新的航路，然后诞生了最初的世界地图。我不羡慕这样的丰功伟绩，也做不来；我只想做我一个人的马可·波罗，运河上的马可·波罗，在水上走，在河边生活；像他那样跟中国人友好相处，如果尚有可能超出他那么一点，就是我想娶一个中国姑娘做老婆。大卫说，从北京回去，要是还活着，他一定借我的《马可·波罗游记》好好读。

快八点，夜晚降临，火车动起来。时间不长，又停下来，通知就地露营。还是野地。北方的野地这一处跟那一处没任何区别。旷野无人，荒草，树林，看不见的知了歇斯底里地鸣叫，月光洒下来都能溅得干燥的大地尘土飞扬。大家都很累，但胃口出奇地差，晚饭不是进不到嘴里去，是眼睛里都进不去。快吃完的时候，食欲才稍稍恢复了一点，好像整个人慢慢活过来了。

没有人散步。有站岗任务的分散到各个角落，要防止义和团摸黑偷袭。没任务的就躺下，睡不着的坐着抽烟。这天晚上抽烟的人明显多起来。我这不抽烟的也从大卫那里要了一根，吸一口，呛得直咳嗽，但把青幽幽的烟雾一缕缕吐出来，那感觉真好。是活着的感觉。而且你完全可以自己证明。

我还跟大卫挨着睡，那个十九岁的英国水兵把防水单子铺在我旁边，他对我笑笑。很多年后我还能想起他羞涩和信任的笑，在月光底下，笑的时候他露出雪白整齐的牙齿。信任得来其实并不难，不过是把胳膊往上抬了抬。这一夜睡得挺好，只有前哨偶尔开枪引发的假警报，没有真正的惊扰和袭击。据说中国人害怕鬼魂，所以义和团不敢在夜里出没。其他影响睡眠的，除了蚊虫的鸣叫和叮咬，就是各自做的噩梦了。

天亮后，车向廊坊缓慢行进。走走停停，沿途铁路和车站完好的没几处，看不见的敌人提前弄坏了它们。修复的难度越来越大。铁路之外又出现新问题，水塔被彻底毁掉，机车没水可加，火车成了一架即将渴死的机器。长官下令，去附近的村庄里寻找水井。

我们带着枪进了村子，街巷里空空荡荡，进了几户人家，也是空的，村民都跑光了。他们肯定听到了风声，也可能是义和团唆使他们离开的。村子里的活物只有带不走的鸡鸭鹅、鸽子和猪，好牵的马牛羊一只都没有。村子挺大，绕了半天也没寻到一处水井，有人就看中了鸡鸭鹅。拧断脖子开膛拔毛烤了吃，想想口水都直流。但长官嘱咐，只找水，切勿节外生枝，口馋的人只能忍。有人在一个竹篮里发现几个鸡蛋，偷偷磕破一只，把生鸡蛋倒进嘴里，吃鸡蛋长官发现不了。大家跟着学，篮子空了。接下来搜寻时，都多了个心眼，看米缸里、柜子中、锅底下有没有藏着鸡蛋等吃食。

然后在一户灶房里，发现了一个瘫痪的老太太，她茫然地坐在蒲团上。因为行动不便，她被留下来。我们做出喝水的动作，她指指锅灶边的水缸。我们摇头，继续做出打水、提水的动作，她指东指西指南指北，完全把我们比画晕了。我让她老人家慢慢说，凭着那点微薄的汉语底子，连蒙带猜，才弄明白她说的大概位置。队长让我们把老太太放在门板上抬到井边。打上来一桶水，让老太太先喝，防止水井里被人投毒。老太太舀起一瓢，从容喝下去。我们回到火车上，找到水井的消息瞬间传到另外的车上，一群人拥进了村庄。等他们从村子里出来，手提肩背的，不仅有水，还有鸡鸭鹅和鸽子，有个美国兵还赶了一头小黑猪。

下午，我和大卫躺在火车底下，睡一会儿醒一会儿，醒了就让他教我汉语。车底下凉快。我问他"我爱你"怎么说。他说中国人害羞，不说"我爱你"，他们说"我欢喜你""我会对你好"。那"嫁给我"怎么说？"跟我走"。跟我走。我一口气默念二十遍。

从前一节车厢底下传来消息，美国公使馆的信使从北京来了。联军赴京的消息在京城引起了震动，很多外国人都在等着我们这些救世主。信使还带来了北京城门分布图和他们认为可行的攻击情报。具体情报我们看不到，级别不够，长官把消息散布下来不过是为了激发我们的斗志：看，你们多重要，加油！温尼格上尉指挥的"格芬"号连被派驻到此地，要建立一个"恩底弥翁号堡垒"那样的"格芬号堡垒"。西摩尔中将的意图很明显，一步一个脚印地往前走，要到处都是我们的人。"格芬"号的水兵现在变成了泥瓦匠，我们看着他们干，看着他们把机枪架在水塔和房顶上，然后猜这个堡垒能坚持多久。情况不容乐观。诸般消息显示，义和团规模之大，完全在我们的想象之外。

那天下午也有高兴事，从天津开来了一列满载补给的火车，有我爱吃的咸肉，有面包啤酒，有各种罐头，有香烟，还有用一个个大土坛子装的饮用水，以及给车厢当顶棚的草席。后两样尤其重要。村里的水井快被淘空了，水质也越来越差。还有一个好消息，可以放心睡几个好觉了，义和团这次干得彻底，把前方的铁轨干脆彻底搬走了。

修复花了三天时间。三天里我和大卫大部分时间都闲着。我给如玉写了一封情书，当然寄不出去，我只是担心见了面很多话说不出口也说不清楚。写完了请大卫帮我翻译，这个半吊子翻译有很多汉字不会写，用了音标代替。三天里还打了一仗，几百名义和团成员突然攻击了格芬号堡垒。当时我们在村里的水井边洗衣服，听见营地附近传来枪声。几天来衣服不下身，都穿臭了，我用了半块肥皂刚把衣服洗干净，想冲个冷水澡，枪响了。我把湿衣服直接套上身，抓起枪就跟着英国水兵往回跑。

到格芬号堡垒，仗已经打完了，水塔上机关枪强大的火力阻止了义和团的进攻，十八个拳民死在堡垒下面。联军死了五个，义和团突袭时他们正在警戒，来不及撤，当场被砍成了碎块。太阳落山，我们为五名牺牲的联军举行了隆重的葬礼。除了负责警戒，其他人列队站好，先接受长官检阅，然后持枪向死者敬礼。我们提前在车站机车车库前面挖好了墓穴，在英军随军牧师的祈祷下安葬了五名战友。

从恩底弥翁号堡垒传来消息，他们也遭遇了义和团的攻击。在落堡，义和团也没捞到好处，丢下两百多具尸体、几面团旗和两把老枪跑了。但消息中还透露出另外一层意思，那就是跟格芬号堡垒战中大家看到的一样，这群手持简陋冷兵器的中国人，竟如此狂热，他们视死如归的进攻勇气让我们恐惧。在此后多次与义和团的正面战斗与侧面摩擦或观察中，我越发糊涂，看不明白这究竟是怎样的一群人。各种优劣完全背反的品质，他们照单全收，却又和谐地熔于一炉，装进同一个身体里。

战争分秒必争，半秒钟子弹出膛就是一条人命；但战争又无视时间，我们悬在半道上，每天都为铁路的修复焦虑，时间一天天地过去了。突然传来消息，前方的铁路线修不好了，暂时放弃北上，掉头回天津。我们都很意外，折腾了好几天，白干了。而且刚刚又有一个公使馆的信使从北京来，十万火急地请求救援，说各个公使馆都被义和团围成了铁桶；因为义和团没事就朝公使馆投枪放炮，避难者成千上万人挤在一间安全的屋子里，想顺溜地喘口气都是件奢侈的事。报信的是个中国人，只有中国人在路上跑才可能有点安全保障。前几天日本使馆的书记官杉山彬被杀了，再过两天德国公使克林德也会被一枪爆头。信使气喘吁吁地跳下马，据说他的坐骑当时就倒毙在路边；一路狂奔，活活累死了。京津之间，所有电线杆都被义和团砍倒拔掉，电报线悉数切断，传送信息不得不回到马拉松时代。我们要先回到杨村。回去也要重修铁路线，还得提防义和团冷不丁从哪个地方钻出来，一条铁轨隆起来，我们的火车就得停下来。

美国分队的指挥官麦卡拉上校负责修复铁路，我们跟随西摩尔的旗舰上校泽立科，把附近的义和团驱散。他们盘踞在一个村庄里。我们先用九磅炮向村里发射三枚炮弹，泥土夯筑的房屋被炸毁，腾起一片烟尘。接下来进村。两小队的队长传下命令，冲着旗子找，见人就开火。插在村庄屋顶上的义和团旗子分两种，一种是长方形的大旗，另一种是三角形的小旗。后来我在中国北方见到很多那样的村庄，他们把它称作圩子：整个村庄被一堵漫长的围墙圈在中间，进出只有固定的几扇门；倘若把几扇门都堵住了，即可瓮中捉鳖，一个人都跑不掉。但那天我们没法及时堵上圩子上东西南北的四扇门，冲进去后，义和团大部分跑光了。

队长重复西摩尔中将的指示：但凡发现藏有武器和铁路物资的房屋，一律就地焚毁。敌人且战且退，我们把火点着了，有人胳膊底下夹着顺手捎带的鸡鸭鹅和好东西，对着队长谄媚地笑，队长一挥手，看你们能耐了，带得走的就拿。

这是我们回到杨村前的最后一战。

下午，我们的火车回到杨村，停下，前面的铁路断了。如此大规模的破坏，大家都怀疑仅靠义和团是干不了的。大卫说，用膝盖想都知道，中国的正规军肯定插手了。我问理由，他说这他妈还要理由吗，别人长枪短炮地在你家院子里跑，就跟在自己家一样随便，你肯定不高兴，你哥肯定也不高兴，你爸你妈一定也不会高兴。反正谁在我家这么搞，我们全家都不会放过他。可是他们得罪我们了啊，我说。如果哪一天他们在罗马得罪你了，或者在伦敦得罪我了，你再说这话我一定举双手赞成。大卫从口袋里摸出一根挤扁了的烟，叼上嘴之前转了个方向递给我，他从口袋里又摸出一根，只剩下了烟头，他把烟头叼到嘴上。我们点上火抽起来。大卫的话我相信。我想取一个中国名字，你给参谋一下。马费德，大卫说，想了想又摇头，还是不够中国。

马福德，对，你叫马福德。

6月18日下了一场大雨。所有落雨的地方都在欢呼。这场旷日持久的大旱早已让中国人拜了几千年的龙王失信于民。我们没有欢呼，我们只有哀叹，晴天热得固然不舒服，阴雨天更加难受，草席顶棚根本挡不住雨，缝隙里滴滴答答往下漏。外面下大雨，车上下小雨，刚要睡着，刚聚拢的一颗大水滴砸到脸上，整个人都清醒了。只好移到车厢底下睡，滴水的情况缓解了，身下却更冷了，后半夜寒凉入骨。天没亮就有人开始打喷嚏、咳嗽、流鼻涕。

6月18日这一天唯一跟好消息沾点边的，是德国军队从义和团手里抢过来四艘船，而这四艘平底船成了第二天我们离开此地的最重要的工具。廊坊之前的铁路断了，杨村之后的铁路也断了，前不着村后不靠店，我们缺少转移的车辆。找不到合适的交通工具只能困死在这里。德国人在铁路桥上往天津方向巡逻，发现有艘中国平底船装着枕木，他们对平底船喊话，船夫不理，加速往前跑，德国人就开了火。不远处还停有几艘，一帮义和团正往船上装运铁路物资。德国军队一鼓作气，短兵相接，拿下了四艘平底船。十四名义和团民丢了性命。德国人在船上发现了潜水员用的武器、一面旗帜和义和团的红标牌。

离开此地势在必行，否则根本不必麻烦中国人，饮用水这一条就足以把我们打垮。口渴难耐，我们必须冲向混浊的河水；大雨把上游的泥沙、草木、人和动物的尸体都冲刷了下来。上头分发了小木炭过滤器，每三人共用一个。但成分复杂的河水哪是区区一个小过滤器能滤干净的，很多人开始拉肚子，有的痢疾严重到根本提不上裤子。钻在我胳肢窝里睡觉的那个英国小伙子直接拉到了裤裆里，晾裤子时就光着下身走来走去。没人笑话他，倒有几个羡慕的，多好，想拉了连裤子都不必脱，蹲下来就行。

指挥官传下消息：西摩尔中将主持召开了联军军事会议，决定放弃火车，部队沿白河撤退；四艘平底帆船运载伤病员、一部分枪支弹药、补给和行李，其余士兵只带随身必需之物，沿河岸南下。现在我们要做的，是把火车上的东西装上平底船。在火车上待了十天，多少有了点感情，天又阴沉，离开车厢大家生出了一些伤感。这些天缴获的战利品也都扔进了水里。义和团的各种旗子、信物和古怪的武器，还有从村庄民房里顺手牵羊的一些新奇物件。我敢说，谁能把扔掉的东西都收集起来，绝对可以开一个不错的博物馆。没办法，枪支弹药和战斗的必需品已经挂满了我们全身。我和大卫因为在白河上下跑过几趟，熟悉河道，也有一点驾驶民船的经验，就被派到弹药物资居多的那艘船上。长官指示，"上点心"。傍晚时分船起航，岸上的队列也出发，英军在前，然后是法军、美军和俄军，接着是德军和其他国家的士兵。

由北向南，船顺流而下也艰难。现在还在连通白河的小河里，水浅船重，遇个浅滩就走不动。守船人必须尽全力撑篙，实在撑不动，就得想办法在四艘船之间来回搬运物资。四艘船也尽量不沿同一条航线走，免得一艘搁浅，后面三艘也栽在同一个地方。先前岸上行进的队伍还羡慕我们，走一阵扭头往白河里看，我们还在后头撅着屁股撑船，就开始幸灾乐祸。

除去劳累，守在船上还免不了要悲伤。伤员船上两个英国士兵伤势太重，在夜间死去了。我们把他们抬到岸上，就地安葬。没有音乐，只有随军牧师的祷告，我们举起枪，愿他们在上帝的怀抱中安息。一路上隔三岔五遭遇义和团和清政府的正规军，都是陆上的队伍在应付，他们在敌人和四艘平底帆船之间隔离出一个安全地带。有时能听见枪炮声一阵紧似一阵，那一定是跟正规军交上了火。他们用马拉着轻型的现代五厘米克虏伯野战炮，活动范围相对较大；我们没有马匹，海岸炮只能用士兵拖拽着走。站在船上，能看见双方的炮弹击中了民房，战斗所到之处火势熊熊。我们有自己判断战况的参照，看送到船上伤员的数量和频率：来得多来得勤，仗一定打得很辛苦；枪炮响了半天，只送过来几个皮外伤的，那仗应该打得不错。

船上还有一个跟岸上相同的难题，就是饮用水。我们依赖岸上的水源，即使驶进了白河，河水也没法直接入口；战争已经严重破坏了水质，水面经常会漂过一两具义和团成员和无辜民众泡得肿胀的尸体。岸上的战友肩负着到沿途的村庄里寻找水井的重任，有他们喝的，就有我们喝的；有他们喝的，才有我们喝的。

水上也经历过一番惊魂。一发炮弹突然落到我们船上，所有人都闭上眼，我甚至在脑子里转了一个念头：剩下的活着时间够我想一下如玉吗？是颗哑弹。他们忘了把保险丝拧进炮弹里。因为这发炮弹，四艘船警醒多了，但凡有个风吹草动就往半空里看；我们很可能在炮弹的射程内。这种警醒绝不多余，我们身后的那艘船就因为及时撑了一篙，一发炮弹落下时，躲过了一劫。也有怎么躲都躲不过去的，就堵在你脑门上：我们到了西沽，准备泊船上岸时，聂提督的队伍不同意，用各种轻兵器和重兵器对着我们打。这个时候，我和大卫已经从运载弹药的平底船调离了，正在掌管专门护理伤病员的船。

聂提督不答应，因为西沽武库被联军占领了，而此前清军在军粮城一带的防线也被联军和援军攻克，放谁头上都恼火。占领西沽武库之重大切要，简单地说，如果联军没能侥幸拿下武库，历史很可能得换个写法。说侥幸，完全是因为联军误打误撞发现了这座中方弹药库。联军从杨村撤回，劳师袭远，一路遭遇阻击，补给也跟不上，差不多成了一支疲惫不堪的叫花子队伍。聂士成部队数十万雄兵，再跟上去穷追猛打，联军的日子就没几天了，但联军走了狗屎运，发现西沽武库。看看武库里都装了什么吧：三万八千支曼里克步枪，三千八百万发子弹，德国造的剑、火炮和马克沁机关枪，来自基尔药房鲁德尔的药品和绷带，附说明书的伊斯马赫子弹袋，还有几百袋大米和众多优质饮用水。大量库存已经足以让联军心花怒放，弹药库还有无比坚固的城墙，易守难攻，聂士成的军队要攻下这个堡垒，不比重建一个更容易。西摩尔中将做梦都会笑醒的。

我们的平底船在武库城墙下东游西荡，为了躲避那些不长眼的炮弹，有一发击中，我和大卫变成伤员的机会可能都没有，直接见上帝了。那是我这辈子撑过的最危险的船，炮击和步枪的射击像敲鼓一样，天上到处都是子弹。总算找到一个安全角落，武库里联军出来把我们接上了岸，进到武库的大院里。

伤员们被放到百叶窗木板做的床上，身下铺着毛毯，大卫放伤员时被绊了一跤，一屁股坐到毯子上，半天没爬起来。我问他是不是摔伤了，他咧开嘴大笑，说，妈的，大兵的屁股也贪恋这一把肥软的。我和大卫平时帮助救护伤员，紧急时刻也得抱起枪上前线。聂提督的军队企图夺回弹药库，派了二十五个营的兵力过来，一直压着联军打。战事残酷又血腥。幸亏清军的枪法欠佳，要不我们得死伤更多人。一波波进攻都被我们打退了，中国人终于懈怠了。消停了差不多两天，枪声和炮弹没上墙，沙尘暴倒来了几场。到25日早上，救援的俄军到了，我们才解了困。第二天凌晨三点，我们拔营离开西沽武库，抬着两百三十名伤员向天津城进发。西摩尔中将让一队英军留下来放火，不给中国人留下任何有用的东西。我们走出不远，弹药库传来撼天动地的巨响。爆炸声一直在我耳朵里回响，走了六个小时到天津，嗡嗡声还没有停止。

天津城里冒着烟，到处是废墟和烧焦的尸体。这个世界上找不到任何一种语言可以贴切地描述出这个城市散发出的死亡和腐败的味道。

见到每一具尸体我都绕着走，碰到那些残缺的肢体，我会觉得是我杀了他们。大卫认为我是劳累导致的幻觉，就像长达六个多小时的耳鸣。我不认为是幻觉，他们的死就是跟我们有关。如果一群高鼻深眼的家伙不是以这样的方式到来，中国人会像落叶一样大片大片地死去吗？但在战争中讨论死亡不合时宜，枪在响，炮在轰，厮杀的喊叫永不停息。

27日，我们开始分三路纵队进攻天津城外的东机器局。中国人叫它"东局子"。这地方制造枪弹和火药，有上千名清军把守，是杵在天津租界前的一个火药桶，必须拿掉它。比我们想象得要顺利，机器局里的弹药库被炸了，清军撤出时，我们占领了东局子。弹药库的爆炸也是笔糊涂账，搞不清是联军的炮弹击中的，还是清军担心失守后弹药会为我所用，自己点了火。反正此后突然安静下来。

双方都在休整。我们横七竖八地躺在地上，我主动要给大卫读《马可·波罗游记》。我两眼朝天读，他两眼望天听，听睡着了我还继续读。一会儿用意大利文读，一会儿把它翻译成英文读，一会儿意大利文、英文、中文三种语言混在一起读。战争中不期而至的寂静有种骇人的效果，你会觉得特别不真实，有种说不清道不明的荒诞感。已经消失的隆隆炮声经常会回到你的头脑里，而且响动更大，因为没有别的杂音侵袭进来。你甚至能感到偶尔有热乎乎的气浪扑面而来。十九岁的小水兵说，他不希望我归队，这样每天晚上他就可以挨着我睡。我也不想回去，在哪儿都是打仗，枪子真射过来，肯定也来不及关心国籍。

很多人开始给家里写信，免得被一枪撂倒，连句话都没给亲人留下。我也在想写信的事，可写什么呢？我只有让哥哥寄马尼拉方头雪茄时，才给家里写信。

7月1日，枪炮声再起。清军向租界发动进攻，我们用大炮猛烈地轰击天津城作为回击，双方一直闹到半夜。我怀疑我们的大炮已经把天津城炸成了筛子。随后几天互有攻守，又僵持了，都不敢轻举妄动。探子来报，清军和义和团打起来了。这是个利好的新闻。清政府的正规军和义和团，哪一个单挑出来都够难缠的，他们携起手来我们更难受，这些天危如累卵的狼狈状态已然是最好的证明。现在他们俩掐起来了，讲出一万条理由，我也不相信这个局面对我们是坏事。

然而7月初，清军与义和团又组织了一次联合作战。这次战斗中，义和团与清军互相配合，打得非常顽强。在八里台之战中，聂士成浴血奋战，屡受炮击还重伤不下火线，最终血肉横飞，一头栽到马下，以身殉了大清国。

八里台之战也是我的最后一战。聂士成之死给了我巨大的震撼。但很惭愧，聂死之壮烈没有激发我的战斗豪情，却唤醒了我"逃离"的冲动。我哥一直对我这个毛病耿耿于怀，他讨厌我没来由的消失，一不小心人就不见了。他在信里告诫我，既然你已经私自跑到中国去了，那就在中国老老实实待着，别乱跑，定期给家里写信：你知道母亲整天为你提心吊胆吗？你知道从不相信上帝的父亲现在每个礼拜要去两次教堂吗？我当然知道。但我还是乱跑了。现在我就想"消失"。7月9日傍晚，我参加战斗的最后一天，我参加战斗的最后一个小时，在我已经想好了如何消失的时候，一颗子弹穿过我的左腿胫骨，把我的骨头打碎了。娘的，如同挨了一闷棍，然后感觉左腿越来越沉，最后是剧痛让我停了下来。

大卫在射击的间隙看了我一眼，发现血已经湿透了我的绑腿。他猫着腰过来，打开我绑腿，拿出绷带包扎好伤口，把我背到一块石头后面，让我躺好，他去找救护人员和担架。等他带着法国的外科医生过来，因为失血过多我已经精神恍惚了，枪声听起来是从去年传来的，在我眼前晃动的大卫的脸，像一张被洗坏了的照片。法国医生给我扎了个止血带，把我放到担架上。大卫和一个俄国士兵抬着我，送到了临时的战地医院。

放下我大卫要回前线，过来两个抬担架的英国士兵，对他说，战斗结束了。他们把担架上的伤员放在我旁边，是十九岁的小水兵。一颗子弹射穿了他心脏部位。小水兵努力睁开眼，不知道他看没看清我；也许正因为看见是我，他才要努力睁开眼。一个德国医生走过来，脖子上挂着听诊器，他在小水兵跟前站了不超过两秒钟，弯下腰，伸手合上小水兵睁到一半的眼皮。小水兵的眼皮再也没力气动一下，他死了。

我用胳膊肘撑住地面，整个身体向小水兵身边挪，挪到合适的位置，我把胳膊抬起来，让小水兵沾满尘土、硝烟和血污的脑袋正好置于我的胳肢窝下。然后我号啕大哭。那个时候，除了哭，我什么都不想做。什么都不想做。

伤病员被转移到了平底船上。我的小腿做了手术，子弹和碎骨头渣取出来了，消毒、上药、上夹板，服药，什么事都干不了，只能重读《马可·波罗游记》。医生说，鉴于骨头碎裂严重，保住这条腿问题不大，但别想着以后跟正常人一样，大地对你来说将是起伏不定的。我说，我要变成个瘸子？医生肯定地说，瘸子。又补了一句，想想那些命都没了的年轻人，你应该为变成一个瘸子感到幸福。也就是说，我这辈子的最高理想，也就是个幸福的瘸子。我对他笑了一下。

陆陆续续传来前线的消息。英军运来两尊名为"列低炮"的可怕大炮，一炮打响，一百码内，闻到味儿的人当场毙命。这种毒气炮在非洲的战场上曾用过一次，为万国公法所不许，但还是又用了。大卫来看我，证实了这一点。

天津城破三个小时后，他们去街巷里巡察，看见不少中国士兵抱着枪，倚墙而立，对他们怒目相向，拿刺刀捅一捅，直直地倒地，这些中毒的中国人已经气绝多时。租界受到中国人的破坏，战后的天津城遭到更疯狂的报复，到处是枪眼和炮痕，死人无数，大街上中国平民的尸体无人收殓，只有苍蝇和猪狗每天来翻捡。联军洗劫了天津城里留守的所有商行、当铺和大户人家，连官署也被抢劫一空。过去诸般繁花盛景、高堂华屋，都成了废墟瓦砾，狼藉满地。

时近月底，大卫又来看我，我们的医院也换了地方，从船上移到白河岸边。他说最近要开拔去北京了，就等着联军指挥官的人选定下来；各个国家都在争，谈判桌上打得比战场上还热闹。长官嘱咐，出发之前有信的赶紧寄，下一封家书还不知道有没有机会写。大卫问我要不要也来一封，他帮我寄。我想了想，说好。

8月4日，大卫随同联军部队沿白河北上京城，出发前来医院取信。我把信折好，夹在《马可·波罗游记》里。书送给大卫，放下枪时他可以读一读。在这样一个国家，对一个漂洋过海的闯入者，这应该是本必读书。那你呢？大卫问。我几乎能把它从头到尾背下来。我们俩约定，如果还活着，就继续把便条放在河口沙洲上的那棵老槐树的树洞里；如果谁不在了，另一个人就帮他给家里写一封信。在我给父母和哥哥的信中，我告诉他们：我已经成了一个瘸子，但战争还在继续，我们还要继续杀人；而我厌倦了这种生活，它不比死更让我留恋。如果哪一天我从这世上消失了，不必难过，也请见谅。云云。

大卫把我从病床上扶下来，我们在床边拥抱、告别。左腿已经好了很多，我可以每天拄着拐在附近走动；皮外伤口早就愈合，等骨头长得差不多就可以彻底拆掉夹板。我架着双拐向远去的大卫挥手。我对大卫挥了很长时间的手，我担心只有这一次对他挥手的机会了。

大卫·布朗去了北京。第二天我睡足一整天，到晚上，像斗牛一样精神抖擞，我瞒着医生离开了战地医院。我知道路怎么走，我也知道如何不被人发现。在一个灌木丛里，换上提前备好的中国人的衣服，给自己接上一根假辫子。我清楚自己的长相存疑，也明白辫子接得很不成功，所以戴上斗笠，压低了帽檐。然后学中国人，打一个包袱斜背到身上。包袱里装了两件干净衣裳、简单护理伤口的医药用品、几块轻易不会变质的中国面饼、一个军用水壶、手头儿所有的散金碎银、一把防身的左轮手枪和几十发子弹，还有一把军用匕首，掖在后腰里。衣服等行头是从中国人那里买来的，花了很少的钱。他们更愿意白送，只要不要他们的命。在他们眼里，即使一个挂着双拐的洋人，也跟凶神恶煞一样可怕。中国人的裤子裆部肥大，走起路来呼呼生风，等于给隐秘处自备了一个风扇。我挂着双拐，一路蹦蹦跳跳，摸黑往白河方向走。

太阳刚出来，清早六点钟左右，离河边还有一段距离，横穿荒野的土路上竟然出现了一个赶着五只山羊的人，我赶紧躲到路边的灌木后头。半英里外有一片树林，等牧羊人走远，我穿过野地躲进了树林里。白天行路不便，两个腋窝撑了一夜的拐，酸胀肿痛，感觉像两块没发酵好的中国馒头。我在树林里断断续续睡了一天，吃了两块面饼，喝了一壶水，到傍晚，觉得精神和力气重新回到了身体里，挂上拐继续往河边走。到河边一个村庄时，天完全黑透。

村庄低矮破败，几十户人家零散地伏卧在黑夜里。没有灯光，听不见人声，只有梦游般的几声狗叫，薄薄地浮在黑暗的表面。这个村庄我和大卫经过几次，每家的小码头在哪儿，哪一家的船看上去最结实，我一清二楚。我从村头的那口井里打上一桶水，先喝个饱，再装满一壶带上，然后直奔船头刻了一个"孟"字的那条船。谢天谢地，船篙和两只船桨竟然都在。我在孟家简陋的小码头上放了一些钱，应该足够他们置办一条比这个更好的船，找半截砖头压在上面，解了缆绳逆流往北划。

白河的水势我基本了解，遇到激流险滩我尽量贴边走，把速度放慢。累了就找合适的地方靠岸休息；迎面来了夜航船，我主动避开；身后的船如果速度快，追上来，我让它先走。水上夜行本就凶险，加上我的外国逃兵身份，尤须谨慎；倘若来往船只把我的小船当成漂在水面上的大树叶，那再好不过了。夜间行船跟夜间赶路一个道理，特别容易出活儿，黑夜压迫着你的两只胳膊不许松劲儿。胳膊在机械运动，头脑一直在忙活，我要为与如玉见面的各种可能的场景，找到最恰当的台词，尽量能用汉语说，关键词也行，但这正是我心里最没有底的。后半夜的白河上绝大多数时间里只有我这一条船，那种孤独和悲壮感被黑夜放大，把我自己都感动了。我觉得不仅是白河上只有我一个人在奔赴一场未知的爱情，甚至整个天津、整个直隶省、整个大清国，也只有我一个人奔波在这个1900年8月里的后半夜。

天亮时到达风起淀。看到秦家的院门我突然止不住忐忑起来，完全没了在船上设想出的勇气：敲开门，从容地坐到热气腾腾的早饭桌前，对面是如玉，温柔、贤淑又热情，隔着饭桌她伸出修长白嫩的手，递过来香气扑鼻的黄金油饼。船在原地打转，最后我还是提醒自己少安毋躁。多事之秋，阔别的五十多天里，足够把世界上大部分事情做完，谨慎为宜。恰好有艘船敲锣打鼓地从对面来，看红的黄的装束，应该是当地的义和团，我赶紧找一片芦苇荡，把船撑进去。河水映鉴出头脸，须发蓬乱峥嵘，我这副逃难的落魄形象，也需要趁机收拾一下。

我在芦苇荡深处洗了个澡，难度比较大，把腿跷起来，以免淋湿伤口，然后把衣服换了，重新戴上夹板。头发和胡须没有工具修剪，认真洗干净后，我对着水面照一下，还算是个帅小伙。芦苇荡靠岸边处有棵被淹死的枯树，我把船撑过去，爬上树遥望秦家大门。阳光很好，从枯树到秦家之间仿佛隔着一口大锅，空气热得变了形，我只能恍惚看见院门开了一扇，不时有人进出。我从树上下来，把脏衣服洗了晾在船桨的把手上，进了船舱躺下。睡一觉再说。要不是一只野鸭好奇，钻进了船舱啄我耳朵，那一觉没准能睡到晚上。我睁开眼，面前有个奇怪的小脑袋，它侧着头用圆溜溜的小眼睛看我，我在它右侧的眼睛里看见了自己的脸。我噌地坐起来，头撞到了舱顶上，野鸭吓得扑棱着翅膀连跑带飞出了船舱。船晃晃悠悠地荡起来。

已经午后多时，阳光弱下来。我吃了半块饼，把水壶里剩下的最后一口水喝掉，撑船出了芦苇荡。那一片稠密浩荡的芦苇，在身后喧哗，它们在为我壮行助威。我把"如玉，我来了"五个汉字翻来覆去练了一路，舌头总是捋不直。

风起淀家家户户的小船出动了，卖菜的，买东西的，走亲戚串门的，密谋各种坏事的；我压低斗笠，把两只拐塞进船舱，受伤的左腿放在右腿后面。船到秦家码头，左右无人，我用最快速度泊好船，架起拐上岸，叩动黄铜门环。右边门板上的尉迟恭被谁撕掉了半张脸。敲完了第六响，门才迟疑地开了。如玉后退一步，显然没有立刻认出我，待认出我后，她捂住了自己的嘴。快进快进，她迅速地对我招手。我的双拐刚进院子，哐一声她就把门关上，插上了门闩。我费了很大力气才说出口，我说，如玉，我来了。

正在堂屋门前抱着紫砂壶喝茶的老秦，看清是我，一甩手，茶壶摔到了青砖小路上。一片壶碴崩到我脚前。如玉母亲赶紧过来，白了我一眼，蹲下来捡茶壶碎片，嘴里说，他爹，咱不能气啊，有话好好说。如玉想搀住我，伸出手又缩了回去，你的腿怎么回事？这两句话是后来如玉给我解释时重复的，当时我只听懂了一两个字词，但他们的表情和反应我大致明白：出事了，而我不受欢迎。我站在原地不知如何是好：跟我在头脑中彩排过的任何一个场景都不同。

接下来的事情是这样的：

老秦指着门外对我说，滚！秦夫人把他往堂屋里推，边推边说，小点声，你害怕别人听不见？如玉，先让他进屋，别让人看见！进了堂屋，如玉掩上一扇门，我坐在阴影里的凳子上。旁边是一排门子，贴着两幅上了半截色的年画《四季平安》：两个胖娃娃在逗四只毛茸茸的小鸡玩，身后的八仙桌上摆着两个青花瓷瓶子，瓶子里插着四朵盛开的牡丹花。"鸡"同"季"、"瓶"与"平"谐音。颜料杯里已经干结成了块儿，至少两天没干活儿了。我很想问如玉发生了什么事，但不会说，憋了半天，说出口的竟是"我欢喜你"。如玉的脸唰地红了，老秦两口子脸色更难看。我知道闯祸了，一着急倒想起了三个字，我问，怎么事？他们听懂了。但怎么跟我解释成了问题，他们不会说英语，更不会意大利语，而我只能听懂一点点汉语。如玉看见门子上的年画，有了。

她找来宣纸和笔墨开始画。一画我就明白了。三个人头：两个高鼻深眼的洋人，鬈发的是大卫，直发的是我，很像；一个中国人，戴着义和团的头巾。因为我和大卫，义和团来找他们家麻烦了。我还有疑问，如果一个中国人碰巧见到两个洋人，这能说明什么问题呢？我对如玉摇动五指张开的右手，加这次我们才见第五面啊。如玉又画了两个人头：一个是老秦的徒弟，她的师兄，那种不聚焦的眼神极为逼真；另一个是个老人，胡子比老秦还黑还长，八字眉，不认识。如玉说，袁。她在老秦徒弟和老袁的脑袋上各画出两只手，老秦徒弟双手握住了老袁的一只手，老袁的另一只手里拿着一串钱。生动形象。我懂了，他们家的竞争对手老袁收买了老秦徒弟，那小子吃里爬外，把我跟大卫和秦家的交往连锅端给了老袁。老袁往义和团那里一捅，单"洋人"两个字就让他们炸了毛，于是有了现在这格局，总有不三不四的人隔三岔五来找麻烦。怨不得老秦那副尊容。

我拿起第一张画，拄着拐杖走到老秦跟前。先双手合十，中国人请求原谅时都这么干，当然我也可以下跪，可我的腿伤不允许；接着给老秦和秦夫人鞠了个躬，用西方人的方式道了歉；然后指指腿上的夹板，又指指画上的义和团头像，用手做一个枪击动作。其实我也不知道这枪是清军还是义和团打的，但这个联系显然让老秦宽慰了不少，表情也松动一些。在这个院子里，咱们是一条船上的。如玉过来说，爹，说到底是袁伯伯的问题，跟大卫和费德尔没关系。老秦刚松动的面部肌肉又纠结到一起，多嘴！天黑了赶紧让他走！秦夫人对女儿使个眼色，让她把我带一边去。

我们又坐回门子前。我跟如玉比画，咱们给年画上色吧，否则真不知道干什么。我想对她背一遍大卫帮我翻译的半吊子汉语情书，看这架势，背完了这辈子更没机会进秦家门了。给年画上色的老秦睁一只眼闭一只眼。反正这会儿我也走不了，闲着也闲着，年画上多一笔彩，离成品就近了一步，为什么不让这个傻大个洋人干呢。我喜欢这彩绘，因为如玉在旁边。来之前我把自己洗得够干净了，闻到如玉身上的香味，我还是觉得自己浑身上下臭得不行。

她画一笔，我跟着画一笔；她不说话，我也不说话。不必说话，什么话都不用说，如果能这么一直地老天荒地沉默下去，你拿世界上任何好东西我都不会换。如玉。如 —— 玉。我把她放在舌头上，像两颗最珍贵的宝石一样缓慢颤动。如玉。她偶尔歪过头看我，微微一笑。不知道她笑什么，但我喜欢看她这一笑。我等着她再侧一次，再多侧一次。我的彩绘效果实在很一般。

晚饭我在秦家吃，很遗憾，没能坐到如玉对面。四方饭桌，照中国人的规矩，老秦一家之主，坐冲门的主位；主位两边的座位也比较尊贵，多留给客人，秦夫人打算让我坐到老秦左手边，那位置过去是大卫坐的，我坐大卫对面，老秦给挡住了，他指定我坐他对面，背对门，那位置地位最低。无所谓，能跟如玉一张饭桌我已经无上欢喜了。席间秦夫人让我夹菜，她老记不住我名字，如玉提醒她，费德尔，费德尔·迪马克。我用歪歪扭扭的汉语说，哦——脚——马——福——德。如玉笑喷了。她笑的不是我的汉语，而是我的名字，她说听这名字，还以为是风起淀人。我嘿嘿地笑。老秦啪一下把筷子拍到饭桌上，说，吃饭！如玉低下头，我也把笑生生憋了回去。

水边的天黑下来也快。黑夜从白河里爬上岸，第一个就爬到秦家。风起淀像被突然封住了口，说静就静下来。不需要老秦咳嗽，秦夫人已经用下巴指示如玉，该送客了。我们都坐在黑暗里，每人手里一把蒲扇，既扇风又赶蚊子；熏赶蚊虫的干蒲棒一直在燃烧，但效果不佳。没有风，蒲棒顶端的灰蓝色烟雾软绵绵地直插到天上去。没点灯。后来我发现，整个风起淀晚上都不点灯。生逢乱世，所有想过安稳日子的人，都把自己深深地埋进黑暗里。

老秦在愁苦地抽着旱烟袋。如玉把水壶装满水，送我到码头边，周围一个人没有。我说，我欢喜你。她说，上船。我说，明天，还来。她摇摇头。我说，那，什么时候，来？她说，快上船。我上了船，又说，我欢喜你。她挥挥手，问我，你，住哪里？她也结巴了，做一个枕手睡觉的动作。我指指远处那片黑压压的芦苇荡。她让我等一下，回家拿了十几根干蒲棒。芦苇荡里的蚊子大如苍蝇，能吃人。我划船远去，快到芦苇荡，回头看见一个黑影子坐在秦家码头上，我举起一只桨，她站起来，挥一下手，转身进了院子。

没有风芦苇也在激荡，好像有人下了命令，先从东边往西边倾，再从西边往东边倒，反反复复。它们没完没了地晃荡了一夜。夜间水上的湿寒我不怕，蚊虫的叮咬我也不怕（舱前舱后点了四根蒲棒也没能阻止蚊子们突破防线），黑暗中各种奇怪的叫声我也不怕；梦见我的小船顺水漂游，一路闯过白河河口进到渤海湾，然后穿过黄海和东海进入太平洋，我吓醒了。在梦里，我知道我离如玉越来越远。但无论我如何拼命撑篙划桨，船都坚定地往东南方向跑，而且越跑越快。我害怕我离如玉越来越远。

醒来后就再没睡着，突然想抽根烟。我借着天光找到几片干枯的芦苇叶，揉碎后塞进一根芦柴管里，吹亮蒲棒借了个火，抽起来。这辈子没抽过那么辛酸的烟。

天亮后我开始考虑吃的问题。必须吃点有营养的，要不骨头长得太慢。我撑着船在芦苇荡里缓慢地游动，惊飞了不少野鸡野鸭。抓住它们太困难，又不敢用枪，枪一响，我连芦苇荡都没得待了。想抓鱼，技术更跟不上；抓上来也未必会吃，刺太多，我被卡过好几次。真佩服中国人，一块鱼肉夹进嘴里，舌头转一圈刺就全吐出来了。绕了一大圈，两手空空，因为撞到了一个鸟窝，才发现错过了一种美食，我可以搜集各种鸟蛋啊。野鸡蛋，野鸭蛋，还有名目繁多的各种鸟蛋。鸟蛋比鸡蛋小，味道却更鲜美，生的熟的都好吃。开始几天生吃，磕一个洞，直接倒进嘴里，后来如玉带来一个泥瓦罐，我就把鸟蛋放瓦罐里用水煮着吃。那个广口瓦罐不仅煮过各种鸟蛋，还煮过鱼。

事实上，我很快就掌握了钓鱼和吃鱼的技巧。如玉还带来了鱼钩和一截鱼线，偷她爹老秦的。一个人的水上生活的确不太好过，不过习惯就好了。如玉陆陆续续带来各种材料，我把船舱修缮一新，雨来了也不必担心水漫上来。在一个月的水上生活中，两件事至为重要：一是及时地把船转移到另一片芦苇荡；二是如玉愿意隔三岔五来一次我的小船，当然都是在晚上。

先说第一件。

一天下午，我正拿着大卫翻译的情书学汉语，两个风起淀少年坐船进芦苇荡打鸟。一个人撑船，另一个握着一把长柄网兜，见到活的就扑。网兜开口巨大，装进一只鹅都没问题；扑准了，一扑一个准。听见声音我撑船就走，以免露了行踪。如果不是那只野鸭，他们不可能看到我。为了不弄出大动静，我的船不敢走得太快，但还是听见两个少年的声音冲着这边来，船穿行在芦苇丛中的响声也越来越大。他们兴奋地叫喊，在追一只野物。我加快速度。他们的速度更快。前面前面，他们喊。

一只野鸭踩着水面从芦苇丛中飞出来，落到我船上，没来得及看清它的长相，就钻进船舱不见了。我紧走慢走还是被他们追上了，站住站住！我只好停下来。一只野鸭飞到你船上了。他们指指点点，听不懂我也明白他们的意思。我压低斗笠对他们摇摇头，摊开手，表示没看见。他们问我说什么。我说没，没。我的声音本来就沙哑，汉语又说得艰难，他们把我当成哑巴了。撑船的少年说，噢，哑巴啊。捕鸭的少年就不再跟我说话，用跟一个哑巴打交道的方式对着我船舱指了又指。他让我搜一搜船舱。我放下船篙，弯腰钻进船舱。一件衣服底下有东西在动，我小心地掀起一角，一只野鸭。就是啄我耳朵的那一只，我们在对方的眼睛里看见了自己；不会错。我把衣服一角放下，从船舱里退出来，我对他们摆手加摇头。我把嗓子憋得更哑，没，没。捕鸭少年应该是骂了一句，愤怒又茫然地揪了揪辫子。好在芦苇荡里物产丰富，又几声鸟鸣，他们掉转船头去了别处。

　　我把野鸭从衣服底下放出来，它立住了不走。我拿掉斗笠，低下头把耳朵送过去，这家伙真就不客气地啄了两下，然后开心地嘎嘎叫，这才跳下水往芦苇丛中游。消失之前又回头看我一眼。我想我得换个地方了。

　　撑船一直转到天黑，终于选中一处好所在，在远离航道和风起淀的一个河汊里。芦苇密布，从芦叶、鸟鸣到来来去去的风，都有种蓬勃的野生之感。这个窝挪对了。第二天就听见捕鸭少年的声音，他带了一个大人，但他们想不到把船撑到我那里。我连猜带蒙，捕鸭少年好像是说，他昨天见到一个哑巴，不知道去了哪里。

　　现在说第二件事。

开始几天，我基本每个晚上都去秦家。只敲六下门，等一会儿不开，我就划船离开。只有第三天没开，原因如玉一直没告诉我。第二天晚上我敲过门环，如玉开的门，她让我进到院子里，原地等。很快，她把灌满的水壶给我，又包了几个馒头和一小坛咸菜，把我像个乞丐一样推出门外。回去的路上我差点哭出来。我安慰自己，如玉还是心疼我的，你看，给了吃的喝的。第三天门没开，我跟自己说，明天还不开门我再哭。到下次开门之前，我喝的都是白河水。

第四天开门了。左边门上秦叔宝整个脑袋都没了。我敲第五下门就开了，如玉提溜着一块笼布，干粮、菜和水都准备好了，另外给我灌了一壶凉白开。她没说话，我也只说了一句。我说，如玉，我欢喜你，跟我走，我会对你好。我把练熟的几句话放到一句里说了。她把我送出门，我上船的时候她突然哭了，然后转身就走。我站在船上还没来得及动，她已经把门关上了。

第五天。第六天。第七天。第八天。

第九天，两个门神都不见了。秦家的门楣上插着一个义和团红黄两色的三角旗。如玉把我送到码头，开始解自家的小船。我问，你，干，什么？她伸手揪住我的胡子，给你剪剪，赶上我爹长了。

再没见过那么亮的月光，我们把船划到芦苇荡边。四野无人，她跳到我船上，拿出剪刀，咔嚓咔嚓一顿剪。我闭上眼，期待有更柔软温暖的东西碰到我脸上。当然不会有，这不是在意大利，如玉是个中国姑娘。她没把我的胡须剪光，她觉得有型的胡须能把我的外国人特征遮住。头发也修剪了，甚至拿出一把剃刀，把我的前半个脑袋刮成了秃瓢，这样接上假辫子，更像一个中国人。好了，她让我睁开眼往水里看。

水里有个圆月，月亮周围环绕着白云。河面上如同撒了一层白银，我清楚地看见自己的头脸。我又成了一个二十四岁的小伙子，虽然我觉得自己已经很老了。这一天，如玉十九岁半。皓月当空，白云千里万里，百无禁忌。意大利没有这么好的月亮。我让如玉赶快回去，她坚持要看看我住的地方。我在前头开路，把她带到那片安全幽静的芦苇荡。嗯嗯，她点着头。看完了，她撑船往外走。我跟着她出来，送她回到小码头。

从这个晚上开始，如玉不再让我去她家，傍晚时分她过来。带上食物和水，带着我的水上生活可能需要的日常用品和工具。比如烧水煮饭的瓦罐，比如碗筷，比如盐，比如针线，比如一顶蚊帐，比如一把鱼叉，比如一大截鱼线和几枚钓钩，比如两条白面袋子。我在岸边砍了几根上好的楝树木，给我的船做了一挂简易的风帆，等等。在芦苇荡里，这些材料基本上安顿好了我的生活；带着如玉一路往北逃亡，这些材料也满足了我们基本的生活需求，尽管艰难，依然能够活下来。我已经能比较熟练地使用中国筷子。如玉隔三岔五过来，来了话也不多，更不会解释昨天或前两天为什么没来。我们只用最简单、最基本的汉语交流，我表达不清和听不懂的，她会重复几次；她重复过的词汇和句子，我差不多都能记住。有天晚上如玉跟我说，再努力一下，就能赶上大卫了。她在鼓励我。我知道我的汉语发音没有大卫好。不过我也相信这是她的由衷之言，从开始完全没法沟通，到现在大部分事情连说带比画加蒙都能交流，她还是挺开心的。

我们坐在芦苇荡里，船晃晃悠悠，芦苇在黑暗里波浪一般涌动，水鸟在梦啼。只有黑夜，只有我们和这片大水，大清国、义和团和瓦德西率领的联军都在另外一个世界。我们只说不能相见的时间里各自的生活，主要是我说；如果我不说话，完全可能整个晚上我们都面对面傻坐着。我们中间隔着正在燃烧的蒲棒，她不许我把手伸过去。她能过来，孤男寡女共处一条船上，对一个中国姑娘已是天大的尺度了。我能说的也不多，不出芦苇荡，几天见不着一个人，我只能给她讲水的故事、芦苇的故事、水鸟和野鸡野鸭的故事、我抓鱼的故事。后来讲我在维罗纳和威尼斯时就喜欢上运河的故事。她不知道维罗纳和威尼斯在哪里，也不知道欧洲的运河是什么样，马可·波罗更是头一次听说。太好了，我有可以跟她讲一辈子的谈资。听累了，也可能被我比画累了，或者时间晚了，她站起来，我就送她回家。

漆黑的白河上一条船都没有，离她家码头还有一段距离，她让我停下来。我看着她划到码头、泊船、回家、关上院门，然后升起帆回我的伊甸园。长夜漫漫，我有足够的时间一点点琢磨用帆的诀窍。我把那片芦苇荡称作伊甸园。

逃亡以后如玉才告诉我，为什么那段时间他们家不许我去。

那阵子义和团正盛，老袁花了十个银圆跟一个大师兄勾搭上，着手盘算秦家。开始诬蔑他们家是教民，因为洋鬼子总来做客。老秦把大师兄下面的一个头目请到家，好吃好喝招待，喝得差不多了，请头目看他们一家的脑门。老秦问，有什么？头目说，没什么啊。老秦说，那您确认咱们家不是教民了吧？头目只好说，不是。他进了老秦的圈套。当时义和团里流行辨认教民的方式，很是离奇，看额头有没有十字。其实哪会有什么十字，不过是指鹿为马、明火执仗去诬陷的借口。不是教民，就不好下手，这事就搁置下来了。乡里乡亲的，自家门上还贴过老秦的杨柳青年画呢，老秦为人也慷慨，零头从来都免掉。为了表明拥护义和团，老秦还在院门口挂了一面三角旗。

但老袁不死心。赶上那段时间风起淀突然流行痢疾，很多人拉得提不上裤子，传言又出来了：有人在井里投了毒。风起淀都吃那几口井，说明投毒的是外来的坏人。风起淀来往船只不少，但反复出现的只有秦家的客人，两个洋鬼子。洋人那会儿都改叫洋鬼子了。举凡涉"洋"者，都得更名换姓：洋药改叫土药，洋布改叫土布、西布，洋货铺改名广货铺，日本国的东洋车改名太平车，洋钱谓之鬼钞，洋炮谓之鬼铳，洋枪谓之鬼杆，西洋来的火药谓之散烟粉，铁路轨道也被改叫了铁蜈蚣，甚至连"洋"字右边也加了个"火"字，以便"水火左右交攻"。可见洋鬼子必定是坏人。

洋鬼子这段时间没来秦家，可能是秦家代理投毒了。反正秦家脱不掉干系。老秦一家三张嘴都去辩解，风起淀的井水他们也喝，若投毒，岂不自己也中招了？风起淀人说，那只能说明，洋鬼子给了你们解药。

井水投毒跟教民事件性质不同：教民是义和团操心的事，井水有毒是所有风起淀人的日常生活。老秦家被大面积地恨上了，所以秦家门神不断遭毁。秦家最近不让我上门，就是不想再惹事；他们在家天天磕头烧香，祈祷风起淀的痢疾风潮赶紧过去。可这大热天痢疾蔓延实在太正常，中暑会上吐下泻，喝凉水也容易拉肚子；而风起淀的卫生问题又跟其他地方一样，天津城都脏得要死；沿白河而下，断断续续漂过因战争和饥荒死掉的无名尸体，没出现大规模瘟疫已经是上帝保佑了。但他们不相信科学，对小人作祟却充满好奇。近两个月的时间里，秦家一直在命运的反复中寻求自保。

出现一个新情况，如玉说好了第二天晚上来，爽约了。她说我闲着也闲着，打算明晚带几幅年画过来让我上色。第二天晚上没来，第三天晚上我等到半夜，芦苇荡里只有风动芦苇声。我想可能出事了。第四天黄昏，我把船收拾好，晚饭吃足，左轮手枪里放好子弹，撑船去了风起淀。

傍晚船只渐稀，偶尔有尸体擦着船帮漂过，我把斗笠檐压到最低。秦家院门大开，院子里点着火把。船停好，手枪插在腰间，我拄双拐上岸。秦家三口并排坐在院子里，旁边站着两个手持梭镖的义和团成员，旁边的两把椅子上坐着两个义和团头目，一个跷着二郎腿，嘴里叼着旱烟袋，一个在拍打叮咬他胳膊的蚊子。

如玉先看见我，看见我就喊，快走！站在她后面的拳民正打瞌睡，猛地惊醒，伸手去捂如玉的嘴，梭镖倒地，另一只手从后背拽出把大刀，横在如玉的脖子上。这是个灵光的，另外一个看管老秦夫妇的拳民，一时间不知道如何应对，端起梭镖原地指向我，似乎这样就有威慑力。倒是那两个头目比较从容，站起来，慢腾腾地从椅子旁边捡起刀。果然来了！一个说。他们拿了袁家贿赂的工钱在等我。

第二天晚上如玉其实去了。快到芦苇荡时习惯性地左右观望，发现半路跟过来的一条船还在身后。船上至少两个人。她拐一个弯，擦着另一片芦苇荡绕了一大圈，回家了。那船也跟着她绕了一圈。第三天晚上她又出门，解下缆绳就看见不远处有人也在解船，先前两个人一直蹲在码头上吸烟。她的船走，他们的船也走；她的船停，他们也停。如玉干脆划到河对岸，到杂货铺买了把菜刀。她知道他们看得见，她把新菜刀用力剁到船尾上。她怀疑那是袁家派来的盯梢。她不知道是她还是我自己暴露了行踪。我是想不出来哪个地方出了差错，但河广淀大，耳目众多，我明敌暗，有个纰漏也正常。袁家给一帮义和团员上供了银子，雇他们来守株待兔。

他们逮着了。一个说，露出脸来。既然来了，露不露脸都一样，那就让他们看个清楚。我把斗笠推下来，挂到后背上。那个头目在火光下笑了，货真价实的洋鬼子。另一个说，庄王载勋出了告示，招募能杀洋人者，杀一男夷赏银五十两，女夷四十两，稚夷二十两。咱哥几个今晚要发了。他们提刀走向挂着双拐的我。我把拐横起来。两把刀在一双拐这里占不到便宜，这两个脸色黑黄的人加起来得有九十岁了吧。他们的套路太简单。也可能是袁家就请不来像样的义和团。我踮着脚往如玉那边移，两个看守的拳民还在犹豫，是继续看守好秦家人还是帮自己的上司。

事情突变就在那半分钟。一个头目喊，带她走，搬救兵！把刀架在如玉脖子上的拳民反应过来，揪着如玉的衣服把她拎起来，推着她就要往院子外走。老秦夫妇哭号起来，不让闺女走，但另一个拳民的刀举在他们眼前，老两口不敢动。两个头目缠得我分不开身，再不出手如玉就被带出门了。我从腰间拔出手枪，一枪击中押着如玉的拳民的后心。这群在乡间横行的拳民其实没听过几声正经枪响，同伴瞬间倒毙把他们吓傻了，哇哇哇狂叫半天，才想起来逃命要紧，三个人拎着刀就往门外跑。我连开两枪，两个拳民倒在秦家院里；再要开第三枪，如玉抱住我胳膊。不能再杀人了，她说。说完又捂上耳朵。给她打了个岔，剩下的一个小头目趁机跑出了门。

当时我还抱怨如玉妇人之仁，如果不放走一个报信的，结果会不会有所不同？仔细想来，那个人死不死，结局都一样。风起淀的夜晚静寂得只有水声和虫鸣，三声枪响能把坟墓里的死人也给惊醒，瞒不住的。老秦夫妇任何情况下也不会跟我们走。对这个年龄的中国人，死固然可怕，但跟背井离乡比，命没那么重要。他们宁可死在家里，也不愿活在逃亡的路上。老秦跌坐在椅子上，看着母女俩抱在一起哭。我把尸体一具具拖到门外，扔进河里。待我气喘吁吁地回到院子里，老秦夫妇从一个房间里出来，老秦抱着一块布包的长方形大东西，秦夫人拎着一个沉甸甸的包裹。秦夫人把包裹塞到如玉手里，老秦把那个长方形大东西递给我；接到手一掂量，我就猜到是《龙王行雨图》的雕版。

老两口说什么我没全听懂，大意是，他们把如玉托付给我了。秦夫人说得真诚，只要对她女儿好，那人就足可信赖。老秦就勉强得多，他的表情和语气表明，女儿和雕版托付给我，完全是情非得已。尽管如此，当我把雕版背到身后，他还是紧紧握住我手，突然间老泪纵横，颤抖着要给我下跪行礼，吓得我赶紧扶住。我对他鞠了一躬。这是男人对男人的嘱托，也是男人对男人的承诺。我结结巴巴地对如玉说，一起走。如玉摇头，他们无论如何不走。一家三口又抱头痛哭。

远处杀声震天，一阵杂沓的脚步声传来。走！老两口说。我拉着如玉往外走。如玉说，拐呢？我看看两个胳肢窝，空空荡荡，我已经不需要双拐了。这才注意到左腿，走路时我忍不住要跛一下。我果真成了一个瘸子。

刚坐上船划出不远，几十号义和团民就赶过来了。他们站在码头上嗷嗷叫，把梭镖往船上扔，用弓箭和弹弓往船上射。我让如玉掌握好方向，我把自制的帆升起来，调整好角度，借着越刮越大的夜风，船行驶飞快，射过来的羽毛箭和弹丸全落进了水里。义和团正在远去。秦家正在远去。风起淀正在远去。芦苇荡正在远去。秦家所在的方向起了火光，越燃越大，大火在黑暗里掏出的这个洞，仿佛河边之夜滴血的伤口。

如玉停止哭泣，拉我到船尾跪下，说，叫爹娘。

我说，爹，娘，我会对如玉好，你们——"放心"这个词那时候我还不会说。

如玉想得周到，成夫妻了，路上行走就方便了。可怜的如玉，她也只有我这个连话都说不利索的外国男人了。

船走了一夜。如玉一直哭，到凌晨终于歪倒在船舱里睡着了。我努力睁大眼，不能停，走得越远越好。困得不行时，我抄起河水洗一把脸，水里有股腐败的怪味。天越走越亮，从上游漂下来很多尸体。又有一场战争或者屠杀。如玉醒来后，看见不时撞到船上的浮尸，男的脸朝下，女的面朝上，泡得一个个肚子鼓鼓囊囊。她想起父母，又哭起来。哭得我也心生辽阔的虚无和悲凉。我掌握方向，尽量绕开每一具浮尸，实在绕不过，也力求避免正面冲撞。

在战场上，人像庄稼一样被成茬儿地割掉，我都没有感觉生命如此脆弱，吹弹可灭。我把如玉揽在怀里。我说，死几个人不算什么，死了谁都不算什么。

2

我们沿河走，在武清待过，在香河待过，最后到了北京通州的蛮子营。那地方接近北运河的终点。天气晴好，能看见燃灯塔矗立在北方。那是漕船的灯塔，看见它就可以松口气，押运漕粮的任务结束了。我是看到一堆义和团民争着抢着上船南下，才决定去通州的。当时我们躲在香河的一间草棚里，门前是奔流的运河。如玉问，现在去北京是不是很危险？我说，这时候恰恰最安全，义和团大批南下，说明他们摊上了大事，在北京待不下去了。一问，果然是慈禧太后在西逃的路上发布了剿灭义和团的上谕。其实此前，就是联军打进北京后，清政府已经开始配合联军一起捕杀义和团了。我们启程继续北上。如果运河能通到北极，我也乐意一直走下去。

蛮子营在通州城东南，一群中国的南方人聚集在那里。南方人被称为南蛮子，外国人被称为蛮夷，南方人对义和团兴趣不大，也不会整天吆喝要杀洋鬼子，这个地方合适。当年马戛尔尼觐见乾隆皇帝，据说就被安排在这里下船，蛮子营嘛，让他知道自己的身份。我和如玉租住在河边的一户破落院里。住了半个月，掌管村里日常杂务的里长上门登记身份信息。对外一概由如玉应付。

——姓名？

——秦如玉。

——男的呢？

——马福德。

——让他自己说。

我上前，哑着嗓子说，马——福——德。

——怎么跟个哑巴似的？

——他就这样，小时候家里人就叫他哑巴。

——哦，那我就记哑巴了。不像汉人哪，也不是满人。西域来的骆驼客？

——老家西北的。早年牵过十几头骆驼，世道乱，又不会说，就不干了。

此后，蛮子营的人就知道了，那个新来的瘸子，是从西北来的哑巴骆驼客。西北人姓马的也多。西北就西北，哑巴就哑巴，骆驼客就骆驼客。我可以出门了。

街坊蕙嫂跟如玉说，你家老马皮肤够白啊。有人的时候我戴着斗笠，没人时我就拿掉，褂子也脱了，在大太阳底下晒。麦皮色才健康。胸毛没事也带着拔，等我跟中国男人一样，开始赤裸上身吃饭干活儿时，胸毛已经拔得差不多了。

房东大嫂问如玉，你家老马比你大多少？有二十岁吗？如玉说，不到。我决定继续留着大胡子。

外国人跟中国人生的孩子叫"二毛子"。在床上，我跟如玉说，你不怕生个"二毛子"？如玉一把抓住我的下身，少废话，再来。她是个有主张的女人。

如玉左眼下有颗痣，她说中国人叫"伤夫落泪痣"，对我不好。

我说那是你们中国人的规矩，管不到意大利。我就喜欢她的那颗痣，让她的眼神和表情有种平和的哀伤。哀而不伤。这在意大利语和英语中叫性感。她问这是什么意思？我把门关上，让穿过小窗户的光照到她脸上，然后开始扒她的衣服。就是这个意思。你是我唯一的光。

我们在运河滩上开了块地，种庄稼和菜。如玉会一点，我跟着学，人家怎么做我们怎么做。播种，浇水，施肥，抓虫子，收割。收成不好。河滩是块变幻莫测的地方，说不准水什么时候就上来了。辛辛苦苦干了一季，一场大水全没了。还会被人偷，跑船的人干的。葱、蒜、萝卜最吃香，拔出来在水里洗洗就能吃。有一年种了两分地萝卜，两天被拔走一半。

蛮子营斜对面，运河的那一边，有个村叫杨坨，住的多是北方流民，有一部分人做过义和团。他们觉得我像外国人，坐我的摆渡船时会起哄。我不吭声。北运河上没有桥，架了桥河道清淤太麻烦。从河这边到对岸，需要摆渡。这个活儿之前是房东大哥干的。他好酒，赚了几个辛苦钱就买了酒，有一天喝多了，自己渡自己，一头栽进运河里，一直到张家湾南边的芦苇荡里才找到他尸体。那片芦苇荡强盗出没，所以也有人说，房东大哥死在了贼人手里。不管怎么死的，都是死了。房东大嫂希望我去顶这个缺儿，条件是摆渡钱的四分之一归她们娘儿俩。孤儿寡母不容易，我和如玉答应了，我也算有个职业。这个活儿我一干几十年。

过去房东大哥摆渡靠蛮力，单两只胳膊跟水流较劲儿，水大的时候常有风险。我在河两岸挑了两棵大树，买一条粗壮的绳子，两头拴到树干上，等于在河上拉了一道操作绳，我只要抓住操作绳，就可以把船从这边拉到那边。省力、便捷又安全。小船过来，挑一下绳子就可以从下面通过，大的帆船过来，两头随时可以解开。漕运废止后，往来的大船少了一大半。杨坨人挑衅得不到回应，慢慢也就友好了，他们不得不坐我的摆渡。小圣庙码头往北，大河沿码头以南，这一段运河人家，没坐过我船的，十根手指都数不满。

蛮子营这边有个东岳庙，小圣庙那里供着龙王，烧香拜佛、祈寿求子的两岸往来，我的船就是他们的桥。他们说，过河？哑巴在呢；或者，瘸子候着呢；或者，那个骆驼客啊，厚道人。如玉一直担心每天来来往往我会烦。没那回事，我喜欢船行水上的感觉。这让我想起在威尼斯的时候，我从船夫们手里抢过贡多拉的橹，我说我来帮你们摇，别告诉我父亲啊。

我一直提醒自己，马可·波罗首先是一个无所畏惧的人。

去通州城买盐，顺便买回来宣纸、水彩、墨汁、毛笔和拓印的一套家伙。还需要门子，我想让如玉问问房东大嫂，蛮子营哪个木匠手艺好。如玉拦住我，她把笔墨纸砚收起来。她不想再做年画，那让她想起父母和一场大火。我问，那雕版？她说，存着。再没动过。

保罗·迪马克。我一直怀疑哥哥抢了我的名字。父母说，瞎扯，你哥哥一出生名字就取好了。好吧，保罗·迪马克的弟弟也可以向马可·波罗学习。

运河边的生活的确跟我想的相去甚远。我们被时局和生计困在世界的一个角落，也可以说，因为时局和生计，我们被排除在了世界之外。偶尔我也想过回意大利，也后悔过。我把世界和生活想得太简单了。我可以这么想，但不能让如玉这么想，她是无辜的。想到能跟这样的女人在一起，别说这一种生活，就是下地狱，我也愿意。半夜醒来，我在一小块月光下看她左眼下的痣，她突然睁开眼，我们俩都吓了一跳。我钻到她怀里。不是我哭了，是她在流泪。

摆渡船空闲时，我也会跟着一群男人拉纤。北运河上行，大船每一步都要几十上百号人拖拽着走。他们知道那个瘸腿的哑巴拉纤从不惜力。

拉纤是如玉能接受的最重的活儿。蕙嫂的兄弟约我去门头沟挖煤，我问如玉，如玉说，除非她死了。

马可·波罗会说八思巴语、阿拉伯语、回鹘语和叙利亚语，但不会说汉语。我会说汉语。

去南边的芦苇荡打苇叶包粽子，我喜欢把煮熟的粽子放凉了吃，清冽的粽香能进到骨头里。上岸时采了一束野花送给如玉，她羞得像头一次被我脱光衣服，不知道该怎么办。我说，每个女人都有权利收到这样的礼物，可惜我没法送你更漂亮的。她从花束中摘出一根狗尾巴草，在我眼前摇晃，这一根就是最美的。

马可·波罗一行从威尼斯出发，先到阿克拉求见新当选的教皇，然后前往拉亚斯，再经由莱亚苏斯港直达土耳其的埃尔祖鲁姆，之后经过波斯的大不里士城、萨韦城、伊耶兹特城、克尔曼王国、霍尔木兹市一直到波斯湾。他们继续向北直行，翻越帕米尔高原，最终抵达忽必烈汗的王宫。此行历时四年。

1900年11月，天开始冷。如玉想回风起淀看看，夜里她梦见父母穿着一身杨柳青年画在大风里走。要去就宜早不宜迟，再冷河水就结冰了。我把所有被褥和棉衣放进船舱，重新做了一挂帆，顺风顺水往下走。北方的深秋是一年中最后的繁华，入了冬再看就让人想哭。芦苇缨子白得飘雪，一树树红的黄的叶子像火焰在燃烧。

没有意外，秦家成了一片废墟，门楼都倒了。老秦两口子葬身火海，他们就没想着要苟活于世。我想去找他们的骨灰，如玉挡住了，既然父母不愿意离开，这就是他们最好的归宿。让他们埋在一座大坟里。我们在夜晚的码头上岸，照风起淀的风俗，烧三刀纸，磕六遍头，转身在黑夜里离去。

　　然后去了白河河口，在沙洲上那棵老槐树的树洞里找到大卫留下的一封信。不是写给我的，而是写给我父母的。他誊抄了一个备份。他认为我活着呢还是死了？

　　亲爱的迪马克先生和夫人：

　　　我是费德尔的朋友，英国人大卫·布朗，刚从北京回到大沽洋面的军舰上。我不知道写这封信是否合适。费德尔和我约好，战争告一段落，活着的那个，要给对方家里写一封信。我从残酷的北京战争中活下来，伤了一只胳膊。跟那些把命丢在对方刀枪下和炮火中的各国战士 —— 不管是联军的，还是中国的 —— 相比，我都是最幸运的那一群人。我希望费德尔也在这个幸运的群体里，但从离开北京一直到重返军舰，我一直都没打听到他还活着。英国人不知道，意大利人不知道，战场上没见到，医院里也没见到 —— 如果不刻意避讳，我必须向你们说明，在中国漫长的战线和辽阔的战场上，默默无闻地死去、死得默默无闻的人，何止千万。有中国人，也有外国人；大河里漂满辨不出面孔的无名死尸，血染红了这个国家一半的土地与河流。如果这封信给你们带来永久的哀痛，我很抱歉。我无比希望这是一封完全多余的信。

不知道从医院分手后，费德尔是否开拔到北京，希望没有。死是一件残酷的事，但世界上肯定还有比死更残酷的活着，就是这一次的北京之行。我们从天津向北京进发，这是我从军以来前所未有的艰苦行程。我们走在无边际的沙地上，穿过杂草丛生的沼泽，脏水发出恶臭，如同走在巨大的蒸锅里。除了日本和俄国士兵像点样，英国和美国士兵走着走着就歪倒在路边，高温连印度的雇佣兵都受不了。因为喝了污水，很多人染上痢疾，拉肚子把我们拉成了一个个轻飘飘的空壳。行军途中我就想，费德尔好好在医院养他的左腿胫骨吧，这里真不是人干的活儿。我们抓了大量的中国苦力来运送军事物资，用皮鞭、刺刀和步枪来驱使他们把步子迈得大一点，以便加速行军进程。我们在河上弄到两百艘帆船，装满弹药和补给，同样用武力来逼迫中国苦力当纤夫，拖拽着逆流缓慢前行。

一路都在打仗。我完全记不得打了多少次仗。有天晚上我抱着枪站着就睡着了。我们与义和团打，与清军打；我们杀人如麻，别人也杀我们。人死如草芥。想起我小时候一脚下去踩死的那些蚂蚁，我们就是死神派来的那只残暴的脚。8月13日晚，我们打到北京城外，突然风雨大作，电闪雷鸣。我想这下完了，我们犯了如此罪恶的杀戒，上帝终于动怒了。我在风雨摇撼的城下祈祷，一个连队都在祈祷，请求上帝宽恕我们。我们告诉上帝，之所以把枪口对准中国人，是为了救助那些被围困在使馆中的同胞。这理由算充分吗？总之上帝息怒了，风住雨歇。然后我们开始进攻。一排排火炮架起来，炮弹像又一场大雨，密密麻麻地落到北京古老的城门和城楼上。

第二天早上，俄军首先攻破东便门，冲进北京城，然后是日军和法军。英军从广渠门进入了北京。我们穿过下水道来到使馆区。公使们得救了。

我以为战争到此结束。没想到屠杀和抢劫才刚刚开始。15日，慈禧太后挟光绪皇帝出紫禁城西逃，第二天我们占领各大宫门。从这一天开始，城墙下就堆满了清兵和义和团民的尸体，古老华美的建筑物开始燃烧，成为和即将成为废墟。我们开始搜查和射杀义和团。义和团曾任意指认他人为教民，我们也开始任意指认无辜者为拳民。看谁不顺眼，或者想从他那里捞点东西，我们就会伸出手指，理直气壮地说，你是义和团。刀跟着砍过去。美国的一个指挥官说，他确信，每杀死一个义和团，就有五十个无辜的人陪葬。

法国军队在王府井大街抓了二十多人，因为他们拒不提供任何信息，二十多人无一幸免，有一个下士一口气刺死了十四个人。还有一对法国人，把义和团、清军和平民逼进一条死胡同，用枪连续扫射十五分钟，一个活口没留下来。美国军队埋伏在街口，像训练打靶一样，对出现的每一个中国人开枪射击。俄军和日军对女人有种歇斯底里的欲望，强奸和折磨，小女孩都不放过。为了免遭凌辱，数以千百计的女人自杀，通州的一口水井中投进去二十九个姑娘；一个大水塘里，一个母亲宁愿把两个女儿活活溺死在里面。那些十恶不赦之徒也要在暗处才敢犯下的奸污和残杀的弥天之罪，光天化日之下比比皆是。向以文明自居的欧美人，怎么就突然失掉了廉耻、良善和尊严，残暴如禽兽？亲爱的迪马克先生和夫人，我真希望能够否认这一切，但我不得不承认，这都是事实。

联军进北京后，公开准许士兵抢劫三天。其实，直至撤离北京，抢劫也未曾停止。我们以捕拿义和团、搜查军械为名，走街串巷，见门就踹，踹了就抢。卧房密室，灶台马桶，但凡有一点晃眼的东西，都劫掠一空。我从没见过人惊惶至此。北京城里的平民为求自保，匆忙做出各种国旗和白旗插在自家门上，或者请人写个字条，表示家里也被洗劫，或者家产已经被某个欧美人占有，希望自己能够幸免于难。有个德国士兵搞了个恶作剧，给一户人家写了张纸条：我有万贯家财，还有漂亮的老婆和两个鲜嫩的女儿，来我家吧！那个中国人不认识洋文，颇为自得地贴到院门上；一群外国士兵狂笑着冲进他们家，他完全弄不清到底哪个地方出了岔子。

尊敬的迪马克先生和夫人，给你们讲一个至今想来都极为心酸和羞愧的事。那天两个俄国士兵和一个意大利士兵在街上碰到我，邀我一起去一户中国人家"看看"。看上去那家过得不错。户主是个气质非常好的中国男人，见到我们，绝望中有淡定。他把箱子打开，值钱的东西都在那里，随便拿。我们装满口袋。

两个俄国士兵看见躲在厨房里的女主人和十五六岁的女儿，突然来了兴致，下意识地提了一下裤子。那个中国男人吓坏了，挡在厨房门口，被俄国士兵揪住领子扔到了一边。俄国同行开始脱衣服。我和意大利士兵晾在天井里，不知道该上去把他揪回来，还是转身就走装看不见。身后响起了短笛声。那个中国男人从地上爬起来，回房间里拿出了短笛，他吹奏的是俄国的国歌。那两个俄国士兵突然站直了，安静地听完了整首曲子。然后他们俩从口袋里掏出瓜分的珠宝，出门到了街上。我和意大利士兵也物归原主。

必须承认，这是我在这场浩劫中看见的唯一动人的人性之光。我也是罪恶的参与者。正因为如此，我才更加痛恨自己。我们以文明之名，我们以正义之名，我们以尊严之名，我们以救援之名，又做了一回屠杀者和强盗。四十年前，伟大的作家雨果曾批评过劫掠圆明园的英法联军："一天，两个强盗闯进了圆明园。胜者之一装满了腰包，另一个装满了他的箱子：他们臂挽着臂欢笑着回到了欧洲……我们欧洲人是文明人，我们认为中国人是野蛮人。而这就是文明对野蛮的所作所为……历史记下了一次抢掠和两个盗贼。"现在，历史又记下了一次抢掠：这一次，盗贼不是少了，而是更多了；不是两个，而是八个。连仁慈的传教士和优雅的外交官夫人都抢红了眼，他们成车成车地搜罗和运送中国的奇珍异宝。

战争还在进行，屠杀和抢劫还在进行。我们的目标不仅是北京，还有直隶、陕西，还有整个中国。到处都在死人，到处都是死尸，狐狸在白天出没，狼群和野狗四处游荡，已经不满足于只吃死人了。亲爱的迪马克先生和夫人，当我念及这累累罪孽，我真替费德尔庆幸；生命并非越长越好，跟双手沾满鲜血相比，我更希望我的好兄弟能够干净坦荡地升入天国。而我永远做不到了。费德尔以马可·波罗为人生典范，所以来了中国；我将背负凶手和强盗的耻辱离开这片土地。

远征军的队伍开进了保定，我回到大沽的舰船上。受伤只是借口，我希望能尽快回到英国，多一天都不想待下去，海风刮来遥远的血腥味。战争永不会停止。

尊敬的迪马克先生和夫人，祝你们平安健康。亲爱的兄弟费德尔，不管你在哪里，生死有命，愿你美好。大卫·布朗永远拥抱着你们！

读完大卫的信，我把它撕成碎片，飘撒到水面上。费德尔已经是一个新的费德尔，大卫也是一个新大卫了。如玉说，他其实是写给你看的。我点点头。我把如玉揽进怀里，是你救了我。

马可·波罗的父亲尼科洛和叔叔马费奥，在察合台汗国最好的城市布哈拉城做了三年生意。布哈拉最好的瓷器来自中国，最好的丝绸来自中国，还有一些精美贵重的黄金制品也来自中国。布哈拉人评论女人时，往往会说，她像中国女人一样美；谈到中国的工匠时会说，他们有两只眼，而法兰克人只有一只眼。

语言是深入一种异质生活和文化的最重要的路径。

马可·波罗是忽必烈汗貂皮帐篷里的常客。他给大汗讲巴勒斯坦、帕米尔，讲沙漠，在那里马匹会陷入沙子里，还讲山中的隐士。马可·波罗在忽必烈汗身边时，人们从马达加斯加给大汗带来了上好的礼物：象牙和从鲸鱼内脏中提取的龙涎香；最贵重的东西是一种鸟的羽毛，这种鸟在阿拉伯传说中被称为命运之鸟，羽毛有九十寸长。

儿子小时候经常半夜咳嗽，每一声都咳得我心颤。我一只手抓着儿子的小手，另一只必须抓住如玉的手。我以为如玉更坚强，如玉说，你不在家，我时刻担心儿子下一声就把天咳塌了。

马可·波罗在中国大地上游历了六个月，凡事他都记得，回来全讲给忽必烈汗听。大汗既吃惊又好笑，他称马可·波罗为智者，开始派遣他去不同的国家。

马可·波罗来到匝儿丹丹，那里的人镶着满口金牙。妻子分娩的时候，丈夫也躺到床上，他喊叫的声音比女人还大。妻子分娩后，他自己还躺在那里，接受别人的祝贺，他装出十分疲惫的样子，以此证明孩子是他自己的。这里没有文字，他们的货币是金子，零钱是贝壳；这里用小木棍计数。

儿子十五岁那年，带他去北京城。鬼使神差就到了台基厂，洋人把这条胡同叫马可·波罗路。意大利使馆在这里，旁边是英国使馆。听说使馆主楼前有两尊铜狮子。不让进。一个意大利绅士正进使馆区，我避开儿子，用意大利语小声对他说，我们是同胞。那位同胞穿西装戴白手套，瞥我一眼，用流利的汉语回答我，一个中国人，谁跟你同胞，神经病！转身进了使馆区。一队巡逻士兵走过来，他叫住他们，用英语叮嘱，小心防范，别让闲杂人等混进了咱们的地盘。他指着我，那个中国人就很危险，竟然会说意大利语，虽然说得不太好。我也听出来自己说得生硬磕巴，十几年没说过意大利语了。我带儿子离开。儿子问，那人说了啥？我说不知道，听不懂鸟语。我又问儿子，你看爹像中国人吗？儿子说，爹，你有点像外国人。我就乐了，老子终于是正儿八经的中国人了。儿子，爹带你去吃驴打滚，吃完了咱就回家，你娘该等急了。

不知道我这个瘸子，还有没有希望成为马克·波罗，或者我就待在这里，就已经是马克·波罗了？

3

1月份听说他们开始在山海关跟中国军队打，4月份就在家门口听到了炮击声。他们隔着运河炮轰了通县县城。这帮小日本，动作够快的，他们有备而来。早在"九一八事变"的消息传来，我就知道会有这一天。大卫说，战争永不会停止。大卫说的没错。我和如玉生活的这片土地上，战争就没有消停过，别人不打我们，我们就自己打自己；哪一阵子没看见战争，仅仅是因为枪炮在我们身后运行，刺刀正等待磨砺，子弹已悄然上膛。我跟如玉说，没事别出门，尤其是孩子，把孙子孙女看好。女人对战争经常没概念，她说打打杀杀跟咱们平头百姓有什么关系？我说，战争中没有平头百姓，人只分两种：活的和死的。

我们都老了。很多年里我们躲过了无数次战争。我们缩在家里，看着战争穿过运河，从蛮子营的村口走，从我们家门口经过——在房东大嫂家租住了五年，我们终于建起了自己的房屋和院落。战争我一眼都不想多看。但这次不同，我一点躲掉的信心都没有。三十三年前我就知道日本兵是怎么一回事。联军里，没有哪个国家的军人敢说自己比日军更守纪律，比日军更吃苦耐劳，比日军更有执行力和战斗力；可能也没有哪个国家的军人敢说自己比日军更残暴、更贪婪、更具有破坏力。他们既然来了，就一定带着必死和必胜的决心。这民族像一根弹簧，要么温文谦恭，要拉就一下子扯到头，不给你活路也不给自己退路。

到5月份，一大早就有整齐的脚步声经过东岳庙。我还赖在床上。年纪大了觉少，天不亮就醒，醒了总要磨蹭一会儿再起，为的是看一看小孙女。小丫头跟着我们老两口睡。

儿子娶了媳妇就单住了，其实就是一墙之隔。他们都觉得不必分家，我坚决要分，各过各的轻省。分家时我都没意识到，这其实是我身体里的意大利在作祟。这些年我已经充分地把自己中国化了：中国男人留辫子，我也留辫子；中国男人剪辫子，我也剪辫子；中国男人穿大裆裤、扎绑腿、穿布鞋，我也穿大裆裤、扎绑腿、穿布鞋；中国男人抽旱烟袋我也抽旱烟袋；我的筷子用得不比任何一个中国人差，吃鱼吐刺的功夫堪称一流；早就想不起来香槟、红酒、威士忌、啤酒是什么味儿了，我喝烧酒，吱儿一杯，吱儿又一杯。我的话依然少，年龄越大嗓子越哑，别人继续叫我哑巴，但我会说几乎所有的中国话，只是写还有大问题。不过无妨，蛮子营里这个年纪的男人，基本上都不识字。有一天如玉跟我说，老头子，你的鼻子怎么矮下去了？我照了镜子，果然没有年轻时高。皮肤也成了古铜色，扒开皱纹，褶子里都是黑的。如玉走到镜子前，她还是那么白，比我更像一个白人。

两个人同时出现在一面镜子前，上一次可能是在二十多年前，那时候如玉还为我们两个五官的差异焦虑。现在，我们俩惊奇地发现，镜子里的两个人如同兄妹。我们的差异在无限地缩小，我们的面孔和表情在朝着同一个标准生长。中国人常说，多年的朋友成手足，多年的夫妻成兄妹。我总以为是指夫妻一起生活久了，产生了血缘一般不能分割的关系，原来还别有一层意指，即长相也在趋同，如兄妹对长辈相貌的遗传。我和如玉抱在一起大笑。我说老婆子，你再也不必担心我是个洋鬼子了。如玉亲了我一下。

如果说这些年我对如玉有所改造，那就是成功地让一个中国女人习惯了在日常生活中亲吻和拥抱。如玉说，中国夫妻除了在床上会有身体接触，下了床相互碰一下指头都是新鲜事；就算在床上，也只是在"干见不得人的事"时肌肤相亲，干完了，蜷进自己的被筒里，各睡各的；若是老得干不了"见不得人的事"，后半辈子就成了同性人，再无肢体上的交流。

那天早上我醒了没起，支着上半身看小孙女。小丫头一到晚上就跑过来，爬到我们床上，睡在我和如玉中间。一直想要个孙女。前头有了两个孙子，儿媳妇又怀上了，一家人都希望是个女孩。想啥来啥，如玉和我开心坏了，恨不得每天把丫头揣兜里随身带着。丫头和我们也亲。隔代遗传，丫头长得像我。人都说骆驼客的血统又回来了，哑巴好人有好报。我儿子长得像如玉。幸亏儿子像娘，要不到时候还真说不清。那天早上我醒了，和如玉一起看着孙女，听见整齐的脚步声往东岳庙方向去。我说坏了，一定是日本人来了。

为什么就不会是中国人？如玉问。

靴子声。我说，共产党没这么好的鞋，国民党没这么齐。

我让如玉把像样的东西装进坛子，挖个坑埋好。明天通州城大集，我再去囤点吃的和用的。

第二天早上，我先把急着过河的两岸人渡过来渡过去，然后回家吃了早饭，赶着借来的毛驴去了城里。走之前再嘱咐如玉，一家人都别乱跑，尤其不能让儿媳妇和孩子出门。已经有支十几个日本兵的小分队在附近驻扎下来了。早上我摆渡时，也渡了三个日本兵和一个翻译。

船刚到对岸，我想歇歇抽袋烟，从树后面走过来四个穿军装的。走在最前头的挎着腰刀，裤腿塞在马靴里，个儿不高，挺着小肚子，仁丹胡子像张黑纸片贴在嘴唇上，牵着一条大狼狗，舌头吐出来有半尺长。他对我叽里呱啦说了一串。身后跟着的瘦猴是个翻译，翻译说："太君说，哎，那个抽烟的中国人，站起来，大日本皇军要渡河。"我把烟灰磕掉，站起来去解缆绳。他们也把我看成中国人，这让我挺高兴；要不就冲那个仁丹胡子和点头哈腰的麻秆翻译，我肯定会告诉他们，船是人家的，我弄不了。过河时，翻译问我，东岳庙灵不灵？我说，那得看你们求什么。他们没说求什么。

你永远都不知道什么时候会出事。我从城里回来，半道上遇到蕙嫂的孙子二蛋。十五岁的二蛋跑得上气不接下气，哑巴爷爷哑巴爷爷，每一个字都噎得伸长脖子，出出事了！我问什么事。二蛋说，如如如玉奶奶被日本人的狗咬咬咬死了！我头脑嗡地响起来，右腿被坏掉的左腿绊了一绞，摔到地上。二蛋把我扶起来，终于理顺了舌头，哑巴爷爷，咱们先回家再说。我把毛驴和褡裢扔给二蛋，撒开腿就往家里跑。

一定没有人看过一个年迈的瘸子这么跑过。他的胡子白了，头发也白了，只有人是黑的，他跑步的姿势像一条骨折的瘦虫子。他觉得天都塌下来了。是的，我觉得天都塌下来了。三十三年来我从来没有现在这么慌张过，我都想不起来在一只脚落地之前怎样才能抬起另外一只脚。我一个六神无主的瘸子奔跑在这辈子最后一段路上。如玉没了。我从没想过如玉死了我该怎么办，三十三年来一次都没想过。我怕想，我没法去想。她是我跟这个世界唯一的联系。我一度以为马可·波罗很重要，运河很重要，后来我发现，跟如玉比，一切都不重要。这个世界可以没有马可·波罗，可以没有运河，甚至可以没有意大利，但不能没有如玉。我一边歪歪扭扭、摇摇晃晃地跑，一边放声大哭。我不忌讳一个老男人在大庭广众之下失声痛哭。他不哭，只是没到哭的时候，就像过去三十三年里，除了在战地流动医院因为十九岁英国水兵的死，我从没有如此痛哭过。现在到了痛哭的时候。这辈子只有这一次机会，让我哭个痛快。让我把余下的眼泪和声音都哭出来。

院子里站满了街坊邻居。如玉的尸体停在院子里的一领草席上，盖着我们家最白的一块白布。儿子、儿媳妇、两个孙子跪在尸体旁边，小孙女被儿媳妇揽在怀里，她不知道哥哥和大人们在干什么，只是惊恐地看着白布呈现出的奶奶的身形。血渗透白布，变成紫黑色，触目惊心。邻居们给我闪开一条路，我两腿一软，跌倒在地上。如玉。我沙哑的嗓子里这辈子都没喊出过如此结实粗壮的声音，我把嗓子都喊破了。如玉。

白布我只掀开了一个角，惨不忍睹。如玉脸上和身上已经没有一块好皮肉，全被那条狼狗撕烂了。狼狗被放开来去抓小孙女的，如玉拦在中间，狼狗一个跃起扑上来，如玉抓住狼狗两只前腿，同时被撞倒在地上，无论狗怎么咬怎么抓，她始终都没松手。如玉的两手像两把钳子死死地固定在狗腿上，直到她被狗撕烂、抓破内脏，直到死。因为如玉拖住了狼狗，小孙女才得以逃脱，被八岁的小孙子背着跑回了家。

三个日本兵从东岳庙回来，还要渡河到对岸。翻译问村民河工家住哪儿，直接找到我家门上。如玉正带小孙女玩沙包。隔壁儿子家的门开着半扇，儿媳妇当时在堂屋做刺绣。防止节外生枝的最好办法，就是尽快把日本人打发走，如玉决定去给他们摆渡。水不凶猛的时候，如玉经常帮我摆渡，她的两只手因此骨节粗大，东西抓得牢靠。她把小孙女抱进儿子家的院门，然后关上门，跟着日本人和翻译去了渡口。快到码头，小孙女追过来了，身后跟着小孙子，他被他娘派出来看着妹妹。儿媳妇根本不知道日本人找上门要摆渡。

日本人走得快，已经上了船。仁丹小胡子拍起了手，说我小孙女长得像西洋娃娃。后边的日本兵就开始叫唤，翻译官把他们的要求翻译给如玉听，他们想看看生娃娃的女人，肯定是个漂亮的西洋女人。日本兵在说西洋女人时，声音、表情和动作充满了色情与猥琐。如玉说，不是，她妈妈就是个瘦弱矮小的中国女人。翻译官又把他们的日语翻译过来，这么说，这孩子就是个西洋男人的杂种，那更得看看什么样的女人才能睡上西洋男人了。如玉让小孙子赶快带妹妹回家，她要往船上走；船动了，事就没了。小孙子背上妹妹往回走，这时候牵狗的日本兵松开了狗绳，狼狗迅速跳上岸要去追小孙女。如玉一闪身堵住狼狗的路，狼狗受了刺激，一跃而起向如玉扑来。

蛮子营最靠边的住家离河边还有一段距离，邻居们听见有人叫了几声又没了声息，就没当回事。等两个孩子回到家词不达意地叫来我儿子，如玉已经仰面朝天死在荒草里，衣不蔽体，整个人被狼狗撕得稀烂。为了从狗腿上掰下她的手，如玉十指的骨节被日本人生生折断。日本人自己把船渡到对岸，缆绳都没系，跳上岸就跑。船顺水漂流，搁浅在一个弧形的拐弯处。

人固有一死，但你给我一万个脑袋，我也想不出这世上竟会有如此残忍、粗暴又无谓的死法。我们坚忍地活过一个又一个乱世，多少凄风苦雨都扛过去了，一个新的乱世如今才刚露出眉目，她都没来得及挺一挺、熬一熬，就死了。如何活着才算有意义？什么样的死才算值得？谁说了都不算。赶上了你逃不掉；赶不上，操那份闲心也没用。甩开步，照命数走。

我守了如玉两天，白天黑夜地坐在她身边。天热了，不能再不入土。我让儿子、孙子和二蛋把河滩上所有的野花都采回来，放进如玉的墓穴里。她的身底下铺满了花，她的身上盖满了花。我要让她像我第一次闻见她时那样香，让她带着一身的香味离开这个操蛋的世界。我和儿子在她的身旁又挖了一个坑。儿子问，挖这个干吗？我说，死了埋我。坟墓在河滩上，儿子和蕙嫂他们都不赞同，发大水了容易被冲掉。我说冲掉了正好顺水漂流，回到风起淀。

葬完如玉，我这一生也可以结束了。马可·波罗说，中国是世界的尽头。我去日本兵小分队驻扎的营地附近仔细转了一圈，回来把如玉埋的坛子从院子里的银杏树下挖出来。左轮手枪还在，三十三年不用还跟新的一样；子弹也一颗颗精神饱满，一点锈迹都没生。吃过晚饭，我把小孙女抱在怀里，跟儿子、儿媳妇和两个孙子说，我去看看你们的娘和你们的奶奶。我让儿子、儿媳看好三个孩子，让两个孙子看好妹妹；天太黑。他们以为我去如玉的坟边坐坐。

我的确去了如玉的坟边。我坐在她身旁抽了一袋烟，跟她说了几句话。到头来我竟不知道该跟她说什么了。站起身时我说，如玉，等等我，到那边我还要对你好。我摸摸腰后和裤兜，枪硬邦邦的，子弹哗哗地响。

2014 年，在门外等你

出门之前，胡念之给小唐列出一张清单：什么时候起床、哪个点休息、饭后多久去散步，一日三餐吃什么、营养如何调配，怎样防止哮喘、治疗心脏的药如何吃，洗澡水温多高、每天衣服怎么换，手机别忘了及时充电，固定电话线几点拔掉、几点插上，这样既不影响母亲睡眠，又能保证他的电话打得进来。小唐说，好啦胡老师，奶奶的事我记得比自己生日都清楚，您就放心地出差吧。胡念之又给了小唐三千块钱，以备不时之需，才拎着行李箱出门。

母亲穿着白衬衫坐在院门口，背后是长满爬山虎的院墙。一白一绿，还有一头白发，瘦弱的母亲让胡念之有种她即将羽化登仙的心疼。每次他出门前，母亲都会在门口送他；他回来，母亲也常在巷子口迎他。但母亲从不说她在迎送，不过是碰巧赶上。胡念之也不说破。母亲摔断左边的股骨头后，他给母亲定制了一个带拐杖的马扎，玻璃钢的材质，很轻，站起时可做拐杖，坐下了能当马扎。母亲喜欢马扎，在门外和巷子口迎送他和姐姐都坐在马扎上。

"几天就回来。"他对母亲说。

"走你的，"母亲摆摆手。干瘦的手面上骨节、青筋和老人斑都很清晰，"不担心。小唐在。"

母亲七十九岁摔第一跤，胡念之做主请了保姆。母亲不喜欢麻烦别人，父亲去世后一直独自生活，里外坚持自理。左股骨头摔断后，换了人造的，要静养、适应、做恢复训练，身边没人不行，母亲才答应请个保姆。小唐就是那时候来的。行动如常了，母亲又想自己生活。她养了十几只鸡，去鸡圈里捡鸡蛋，鸡网绊了脚，一屁股坐到鸡食盆上。陶瓷的鸡食盆没坏，右股骨硌断了。

摔过第一跤，胡念之就让母亲减少不必要的活动，比如养鸡。但母亲坚持，总得有点事干；自家养的土鸡好，小鸡蛋营养价值高，孙子在念书，头脑消耗大，都给孙子备着。第二跤后，又去医院拍片子，骨质疏松极严重，根本长不到一块儿去，还得换。八十一岁又换了块人造股骨头。独立生活无望了，小唐才留了下来。又是静养、适应、恢复训练，再到行动障碍不大，一年多过去了。八十三岁的母亲心气才降下来，不提一个人生活了。

父亲去世，胡念之就想让母亲住到天桥湾，房子足够大，小区环境也不错。母亲在运河边待惯了，没问题，天桥湾出来就是通惠河，水还在流，站在河边看燃灯塔更方便。母亲不去，就在张家湾的平房里。平房好啊，有个大院子，墙边蓬勃地生长她植了几十年的花。快五十年了，胡念之太了解老太太了，平常低眉顺眼，一天说不了几句话，主张定下来天打雷劈也没用。母亲不变，就得儿子变，好在天桥湾离这里不远，一脚油门就到，一周来七次也花不了多少时间。摔过两次，胡念之不敢掉以轻心，只要不出差，一周差不多真来七次，有时候干脆住在张家湾。

还睡自己的那间屋。父亲去世之前房子翻盖过。照胡念之和姐姐的经济实力，原地拔起座楼，不过清一下嗓子的事。姐姐胡静也，中关村最早一批IT女将，自立门户做了公司，现在身家到底多少个亿，做考古的弟弟完全没概念。胡静也问父亲，要多高多大？父亲说，听你妈的。胡静也咕哝一句，又是听我妈的，这辈子您就不能听自己一回？父亲呵呵地笑，过日子嘛，又不是打仗，要你死我活。爷儿仨看马思艺。马思艺说：

"原地，还是平房。"

母亲马思艺，在这个家里，发言通常都是结论性的。她不强势，也不是因为话少，而是因为有主见，且有承担这一主见的勇气与无畏。她的无畏也沉默，从不咬牙跺脚喧嚣作态，她就那么低眉垂首地迎接，承担时也像在妥协和逃避。这姿态如果你看懂了，便有惊心动魄的力量。胡静也不喜欢母亲这一点，更不喜欢母亲冒犯日常的决定。比如，父亲去世后，母亲突然说，当初户口本上的名字弄错了，意写成了艺，她想改过来。胡静也想，已经错了这么多年，将错就错随它去吧，又不耽误吃喝拉撒。母亲坚持要改。胡静也不能理解，名字就一个代号，犯得着吗？到中秋节，姐弟俩两家来跟母亲吃团圆饭，老太太又提起来。胡静也不高兴了。年轻人折腾一下，捏着鼻子勉强能理解，古稀之年还来这么一出，就不是矫情了，是作。胡静也放下碗筷站起来，说：

"妈，我忙得要死，要改让您儿子去改。"

胡静也在"您儿子"三个字底下加了着重号。胡念之看见母亲的脸色微微一变，瞬间又恢复正常。母亲说："忙你们的，我自己去。"

胡念之说："妈，周二不上班，我替您去。"

饭桌上只有胡念之和母亲能听懂姐姐的弦外之音。多年来，为父亲鸣不平或者发泄对母亲的不满时，胡静也在弟弟面前都会自动把母亲转换成"你妈"，在母亲面前会把弟弟称作"您儿子"。

"不是你妈吗？"小时候胡念之还会怼姐姐。

"是啊，"胡静也说，"可是我还有爸爸呀。"

胡念之就不吭声了。很多年里，这都是胡念之的伤疤，他自卑的源头。他对当下的兴趣越来越小，他害怕面对眼前；那就往过去走，那些古老的、遥远的事物更让他坦然放松。那些人和物跟他没关系，所以不会伤害他，他不必心虚和自卑。从小到大胡念之都是尖子生，高考成绩可以进北大任何一个文科专业，但他选了最冷门的考古学。拿到录取通知书他长吁一口气，眼泪涌出来，后半辈子安全了。

从小就有人在他背后指指点点，说他不是他爸的儿子，差不多整个张家湾都知道。反正他觉得只要别人看见他，眼神立马就不对，闪烁出暧昧的光。包括他的名字。父亲文化不高，他和姐姐的名字都是母亲取的。念之，一听就是有所指：念谁呢？肯定是念一个不在身边的人。据说因为这件事，父母差点离婚。从他断断续续得到的消息，拼凑出来大概是：母亲三十四岁时，遇到一个水利专家，怀上了他。那个专家也就是闷头睡了几觉，完事拍屁股走人，再没出现过。等他出生了，大家发现他长得既不像马思艺，又不像胡问鱼，眉宇间却有去年借宿本地的水利专家的影子，传闻就长了腿。

1963年，海河发了大涝，洪水之大前所未见，大半个天津一片汪洋。毛主席发出"一定要根治海河"的号召。二十年后，胡念之读书时跟同学沿北运河向南考察，一路到海河入海口，还看见过这个标语不下二十次，可见当年此事之重大。根治海河，不仅要对海河下手，还要解决好天津段的南运河和上达通州的北运河，因为南北两段运河跟海河相交汇，荣辱与共。从那时候起，隔三岔五就有专家来北运河考察。1964年5月，天开始热了，夜晚天上经常出现一闪而过的彗星。衣服在身上穿不住时，来了两个水利专家。那时候专家不像现在，都挑最好的酒店住，为方便工作，他们一切从简，临时寄宿在老乡家里。胡家房间多，有一位老先生被安排过来，吃住都由马思艺操持，付食宿费。另一个年轻的专家，住到前排一户人家里。前排人家生活着两位老人，多年的习惯是一天两顿饭，年轻专家受不了，过胡家来搭伙，跟老专家一起吃，吃完了继续讨论水利大计。有时候天不好，或者不去野外考察，年轻人也来老先生房间，两人泡一壶茶，一谈就是半天、一天。事情就是这样。

那段时间胡问鱼出差。他在竹器厂做采购，带着同事去了萍乡买毛竹。此去江西千里万里，运输毛竹更耗时日，前后一个多月不在家。事情就是这样。胡问鱼回来时，专家已经离开，他们留下了可观的食宿费。第二年胡念之出生，大家突然回过神来，好像哪个地方出了问题。他们想起那个年轻的专家也就三十来岁。事情就是这样。

街坊邻居对胡念之长相上了心，原因之一在马思艺。马思艺长得不太像汉人，说她是西北人或者外国人，大家也信。原因之二在胡静也，女儿长得像马思艺，大家都没意见，胡问鱼肯定也没问题。胡静也就成了参照：儿子可以不像爸爸，像妈妈也行，问题是胡念之既不像爸爸，也不像妈妈；私下里扒拉一下，胡家马家两边亲人都不像；如果这也可以不算个事，当然可以，要命的是，当大家深究的时候，在小胡念之的脸上看见了一个似曾相识的表情。今年距离去年实在太短，那个年轻水利专家的长相街坊们还没来得及忘掉。长相这事往往就这样，你越说像就越觉得像，怎么看都是那么一回事。而马思艺简直在明火执仗地提醒大家，念之。我们文化程度确实普遍不高，但这个意思还是懂的，你念着谁呢？

风声进了胡问鱼的耳朵里，这是个老实人。胡问鱼大马思艺十二岁，在蛮子营时跟马思艺家是邻居，看着马思艺长大的同时自己也在成长，成了一个膀大腰圆的壮汉。老胡性格好，尤其对马思艺。老胡的大名是马思艺的爷爷取的，他小名叫二蛋。马思艺三岁那年，日本鬼子越过山海关进犯通州，放狼狗咬死了马思艺的奶奶，她爷爷不干了。马福德对老婆之好，成了传奇和佳话，现在还在蛮子营流传。他要为老婆报仇。孤身一人夜闯日本鬼子小分队的驻地，一口气灭了十几个小日本，那条狼狗更是被他活活撕成两半。那天夜里，如果不是有个小日本中国好东西吃得太多，消化不了拉肚子，一个活口都不会留下。那小日本在背后给了马福德两枪。蛮子营的老少爷们儿去收尸时，马福德的两只眼还大睁着。那真是个纯爷们儿。蛮子营的男丁从那时候起，就被家人教育，做男人要向马福德学，一定要对老婆好，不惜拿出命来对她好。二蛋就牢记了这个教导，后来二蛋娶了马福德的孙女。

马福德端了日本鬼子的窝点，马家的生活一直不好过。日军一茬儿一茬儿地换，仇恨延续下来了。离他们战败投降还有好多年，他们就隔三岔五来蛮子营骚扰、扫荡、打秋风，每一次来都会对马家格外下点狠手。马福德儿子继承了父亲的摆渡事业，某一天被过渡的小鬼子打死了，理由是河过得太磨叽。朝不保夕的生活没法再过了，家里的顶梁柱又没了，一次大扫荡之前，马福德的儿媳妇决定全家逃难。马思艺当时正生病，走不了路，暂时寄养到蕙嫂家里，等他们娘儿仨在外安定下来，再回来接闺女。母亲把家里最值钱的《龙王行雨图》雕版和女儿一起送到蕙嫂家，以示他们肯定会回来接马思艺。蕙嫂没孙女，把马思艺当亲孙女待。马家逃亡后再没了消息。不知道是在外没安顿好，还是半路出了事故。到处兵荒马乱，别说路上多有不测，就是老老实实待家里，也常遭鬼子灭门。反正马思艺一直留在胡家。为保证马思艺的安全，胡家后来搬到了张家湾；再后来，等马思艺也长大成人，嫁给了胡二蛋。胡二蛋可以做证，马思艺原名的确是马思意。

儿子长相出了差错，大家都想看胡问鱼的态度。老胡没吭声，喝了几十瓶闷酒，骑自行车上下班途中摔过两跤，一次鼻青脸肿，一次左胳膊脱了臼，一天在家说话不超过三句，这种状态持续了一个半月。马思艺看不下去了，抱着小念之走到他面前，说：

"你要信，他就是你儿子；你要不信，离婚，我带他走。"

老胡拎起酒瓶对饭桌抢过去，剩下半个瓶子握在手里。他把犬牙交错的半个玻璃瓶子对着右边的大腿扎下去，一脸的泪，说："我信。"

马思艺把孩子放进摇篮，替胡问鱼包扎好。然后说："你真信？"

胡问鱼又不吭声了。

马思艺拿起那带血的半个瓶子，在胡问鱼反应过来之前，扎在了自己的大腿上。她一滴眼泪没掉。她说："其实你不信。"

胡问鱼抱住马思艺，哭着喊着说："我信，我真信了！从现在开始，每一分每一秒我都信！我从心底里信了！"

"那好，孩儿哭了，你去摇摇。"马思艺说。她把裤子撕开，撕下来的布给自己包扎伤口。

父母口中当然不会吐露此等细节。小时候胡念之问父母，为什么大腿上都有一个圆圆的疤，父亲说，走路摔倒磕的；母亲说，滚热的煤球炉门烫的。小时候胡念之被人指指点点受不了了，回家问父亲，是不是他亲生的。胡问鱼说，当然是，要不怎么会姓胡！父亲答得坚定自然，胡念之直起了腰；出了家门，有两个人在背后嘀咕，胡念之又低下头。

这种事不好问母亲。念高二时，他积攒了一周的勇气，跟母亲拐弯抹角谈起了京杭大运河和"一定要根治海河"，谈到他没准可以做个水利专家，沿北运河南下，把中国南北给走一遭。母亲安静地听完，只说："你的太姥爷、太姥姥，还有你姥爷，都埋在河滩上，大水不知道把他们冲到哪里去了。你姥姥和两个舅舅，走运河逃难，也死了。妈妈的命在这运河里。"胡念之在母亲面前再不含沙射影地提及此事。

母亲隐忍坚定，在胡念之印象中，从不是个激烈的人。她习惯于"在门外等你"。一家人里，不管跟谁一起外出，母亲总是最先收拾好的那个人。她把所有事情都弄利索了，说一句，我在门外等你，就站到大门外。不管你磨蹭多久，她都从容。高考前，语文老师让每个学生描述对家人最深刻的印象，胡念之想到母亲时，最先蹦进头脑里的，就是母亲说着"在门外等你"，人已经出了院子。母亲在张家湾大商店当售货员兼会计，胡念之早上去学校，她也该上班了，一起出灯火巷。她对儿子说：

"收拾好书包。我在门外等你。"

老了，母亲出门少，说"在门外等你"也少了，但别人出门她送，也总先在门外等。就像现在，他要出差，母亲早早就坐在了门口。胡念之把行李放到汽车的后备厢里，上车后跟母亲挥手。在巷子头要拐弯时，他停下，调整后视镜。母亲坐在镜子中间，手靠在跟马扎连在一起的拐杖上，看上去既像搭着，又像还在挥手告别。

胡念之去济宁。运河故道里发现一艘清代的沉船。从现有的发掘状况和清理出的物件看，跟二十年前北运河的一次考古发掘十分相似。那一次沉船发掘，胡念之是参与专家之一，他对发掘范围的科学推断、沉船年代的精准判定，以及三件重要瓷器的价值评估，让团队里的前辈专家颇为赞赏，大呼后继有人，吾道不孤。那时候他不到三十岁，一战成名。这一次济宁运河故道的沉船发掘，相关人士自然想到了胡念之，邀他做首席专家。

此次沉船发现纯属偶然。废弃了上百年的运河故道上，早建起了楼房长满了草木，与任何一片生机勃勃的大地都没有两样。甚至谁都不知道运河曾经流经过此处，史书上没有任何记载。因为天灾人祸，京杭大运河济宁段曾多次改道，依照相关资料，大部分故道都可以比较精确地被指认出来，起码在纸上可以相对科学地一次次复原，但这个地方从没有被标示出来过。

起因于一个假古董，仿制的宣德炉。考古和收藏圈都明白，世面流通的大明宣德炉没一件真品，甚至世上还有没有宣德炉都是个疑问，但在民间，各种款式和材质的宣德炉层出不穷。这一天，济宁某地，距运河一公里外，一栋六层住宅楼刚打好地基，这是规划好的天心庄园小区的一号楼。工地对面是另外几个刚开发没几年的小区和一大片平房，住平房的都是附近尚未拆迁的农民。黄昏时，被车撞歪的马路牙子上坐着一个人，建筑工人模样，两个裤腿都卷着，一高一低，露出沾着泥水的光脚脖子，脚上穿一双踩过泥水和混凝土的半旧解放鞋。他面前铺着一张揉皱的报纸，报纸上摆一个手掌大的铜香炉，三条腿，双挂耳，铜锈斑驳，香炉上还留着没清洗掉的烂泥。一个人好奇，经过时停下来。又一个人停下来。第三个人停下来。正值下班时分，一根烟的工夫，聚了一大圈人。

　　建筑工模样的人不吭声。他已经跟第一个人说明过，他在身后的工地上干活儿，这玩意儿是打地基时挖出来的。是什么，他不懂，就觉得好看，看能不能换几包香烟钱。接下来由第一个观众、第二个观众依次向后来者说明。有人把香炉拿起来翻来覆去琢磨，看见炉底有六个字：大明宣德年制。一个半吊子文化人大喊一声：

　　“哎呀，传说中的宣德炉啊！”

　　有人知道宣德炉，更多的人闻所未闻，不过不要紧，“传说中的”和那种有幸目睹国宝的震惊足以让大家心动过速，恨不能立马抓到自己手里。开价一千。卖主咕咕哝哝，反正白捡的，够抽两口就行。大家竞价，五十一百地往上加。一千六，一个中年男人竞拍成功。那个怕老婆的男人刚取的现金，付钱时两手直哆嗦。

三天后，那个中年男人抱着宣德炉来兴师问罪，身后跟着大小舅子做帮手。懂行一点的人给他普及：传说中的宣德炉除了铜，还加入金、银等贵重材料一起冶炼，呈暗紫色或黑褐色。一般炉料要经四炼，宣德炉十二炼，因此质地更加纯细，跟婴儿皮肤一样光滑。宣德炉放在火上烧久了，色彩灿烂多变；你把它扔在烂泥中，擦掉泥污，也跟从前一样。中年男人把污泥洗去，好像只看见铜，摸上去那皮肤起码一百岁以上，明白上当了。为了找建筑工，这个男人头发急白了一半。

建筑工人竟然连窝都不挪，还在原地卖。这次是一把铜壶，烂泥把壶嘴都堵上了。三个人挤开围观者，上来一顿胖揍，踹死你个骗子！建筑工被打得结结巴巴直喊救命，求观众拨110报警。好不容易三人被拉开，建筑工委屈得眼泪汪汪：他真是建筑工，这两件东西也是他挖出来的，宣德炉是个什么东西他的确不懂。愿买愿卖，他不承认自己是骗子。中年男人问，既然不是骗子，那你说究竟在哪里挖出来的。建筑工指着不远的一处洼地，长满荒草和芦苇。那地方一直是个大水洼，雨大了水就积多点，雨小了水就积少点，只要不旱得淤泥都干裂嘴，泥鳅还是有一些的。那建筑工好泥鳅这一口，不干活儿就偷着扛铁锨去挖，泥鳅挖了不少，顺带挖出了几样东西。先是一个既像碗又像碟子的小东西，没当回事，洗干净了拿工棚里当烟灰缸。继续挖，就挖出了那个宣德炉，然后是这把铜壶。他知道的就这些。冤枉啊。

这件事的结果是：建筑工被打了一顿，一千六百块钱原样退回去；宣德炉转手被一个小伙子买去，三百块钱。他不搞收藏，也不管它是不是古董，图个好看好玩。这件事还有另外一个后果：当天晚上，好几个附近的农民打着手电来洼地里挖；到第二天，来的人更多；第三天洼地里的人数已经比荒草和芦苇还多，住在楼上的城里人也忍不住了；接着开挖的战线越来越长，面积越来越大，向下掘进也越来越深。他们抱着坚定不移的信心，万一挖出来了什么呢？即便挖不出来宝贝，挖出一身肌肉也值。

零零散散有人挖出了各种稀奇古怪的东西。然后，有人挖出了一艘船。这艘船离那片洼地已经很远了。船是个大家伙，一挖出眉目，他们不敢动了，赶紧报告当地政府。当地文广新局初步勘定之后，继续请示省文物局，一个考古挖掘团队成立了。他们在沉船附近挖出了很多瓷器和其他小物件。瓷器大部分碎掉了，尽管如此，清理出的完好瓷器大小也上百件。这不是个小发现。但对沉船地点、年代、身份、原因，以及瓷器品类和烧制年代的判定，出现了疑难和分歧。省文物局的一位专家想到了胡念之。胡念之曾因北运河沉船考古发掘一鸣天下，他们俩又是北大的同班同学。

发掘现场围了一个大圈，只有一个进出口。两名特警站岗，四名安检人员，所有携带进现场的设备仪器都要经过安检。高处还装了摄像头。胡念之提着行李箱直奔办公地点，被这阵势吓了一跳。老同学告诉他，已经发现一件乾隆题诗的完好瓷器，疑似汝瓷。胡念之又倒吸一口凉气，若此物果系真品，那将价值连城，一个加强连过来保卫都不为过。按最新统计，已知汝窑传世品共八十三件：台北故宫博物院藏品最多，二十一件；北京故宫博物院次之，十八件；再次为英国大英博物馆，十六件；然后是上海博物馆，八件；天津博物馆和国家博物馆各藏两件，余则为不同博物馆或个人收藏，都是一件。宋以降，汝瓷技艺失传八百余年，存世的汝瓷更其珍贵。别说完整的一件器物，就算一块碎片，都是稀罕的宝贝。所以有此一说：纵有家财万贯，不如汝瓷一片。胡念之想先欣赏一下御题的汝瓷，老同学说已经放到安全处，回头一并鉴定，先去现场。

一艘木船，不知待在水里多久，现在被埋在泥土里，早就散了架，就其形状，也比较凌乱。此船体量介于一般的漕船和商船之间，形制上看，也非漕船。各个部件所用木料，计有楠木、杉木、榆木、槐木、松木、樟木等多种。目前的发掘范围内，找到的部件已经能拼凑出大半艘船体。一号坑边的土台上临时搭起了一个简易的凉棚，用以遮风挡雨，拼凑出了大模样的船只就放在里面。当年这艘船肯定非同寻常，船帮上的泥土清除掉以后，浑厚坚实的木质现在看都极体面。没有发现船只的来路，通常刻画标识的那块板材尚未找到。

二号坑里十几名考古人员正在作业，用手铲和刷子一点点清理泥沙。二号坑出土的瓷器最多，所以工作人员十分谨慎，以免动作过大损坏了文物。坑边的大木盒里摆放着已经编过号的出土瓷器。尽管沾着泥沙，有几件哥窑、钧窑和龙泉的青瓷还是很容易判断出来。老同学说，本省有位瓷器专家也在，初步鉴定有一些宋瓷，以明清瓷居多。

还有几处，没有标明几号坑，也算不上几号，只是跟一号、二号稍微隔开那么一点，发掘时多挖几锹也就连一块儿了。整个发掘现场的分布，呈现为一条宽二十五米左右的狭长地带，毫无疑问，这地方曾经是河道。但胡念之完全想不起有哪份资料上提及过，运河一度改道至这个位置。老同学陪着他把整个发掘现场转了三圈，移步换景，更详细地介绍了整个发掘进程，也解答了他的一些疑问。都转过了，接他去酒店的车也到了，胡念之提出来再到外围看看。

两人出了发掘现场，坐上车，让司机开着先在附近看一看。沿着古河道的大致方向朝两边延伸，隔不远都有新鲜的泥土被翻掘出来，表层已经被太阳晒得干白酥散。

"你们干的？"

"我们哪能干出这么糙的活儿。"老同学笑笑，"周围的老百姓，凑个热闹。发掘正式开工前，就明令不得私自挖掘，但那些地方不在我们圈定的范围内，哪管得了！有的是人家的自留地，有的就是野地。他们白天不挖，晚上出来打着手电偷偷挖。挖着玩呗，哪那么多宝贝。"

第二天胡念之见了乾隆御题的疑似汝瓷，在当地公安局。这地方的确最安全，两道防盗门，双重摄像头，走到保险箱前，输密码打开，戴上手套把那件瓷器捧出来。一件粉青三足洗，底周刻有乾隆御题诗一首：赵宋青窑建汝州，传闻玛瑙末为釉。而今景德无斯法，亦自出蓝宝色浮。题款处刻：乾隆己亥御题。钤方印二：比德，朗润。

汝瓷中有粉青色，所谓"止水镜天之色，苍穹入水，翠青交映"。洗这种器皿也是汝瓷中多见品种，《清宫造办处活计清档》中记述雍正七年四月二十七日，太监刘希文、王太平上交洋漆箱一件、汝窑器皿二十九件（实三十一件），打头的就是三足圆笔洗一件。乾隆好瓷，也好诗，一辈子勤奋写作，诗作多达四万两千多首，快赶上《全唐诗》了；见到喜欢的瓷器就忍不住要写诗，然后让造办处工匠把诗作刻到瓷器上。单冯先铭先生著《中国古陶瓷文献集释》（上）附录二中，就收录了乾隆在十六处名窑瓷器上的题诗一百八十三首，其中题在汝瓷上的有十五首。台北故宫博物院收藏的二十一件汝窑瓷器中，十三件底部刻了乾隆题诗。就汝瓷题诗来说，乾隆的确是个"惯犯"。他对汝瓷格外钟爱，每赏之尤有会心。这个能理解，即便在宋时，汝瓷都是皇家、士人和赏瓷爱瓷者第一好。汝窑为宋代五大名窑"汝、官、哥、钧、定"之首，其瓷胎质细洁，造型工整，釉色呈纯正的天青色，釉面有开片，细碎繁密，状如鱼鳞或冰裂纹，观之美不胜收。据说从产瓷的宋代当时开始，汝瓷的失窃率就极高，实在太好看了，谁见了都想顺回到自己家里。皇帝也不例外，看上了就要赋诗题款，刻上名字，表明这已经是老子的了，然后打包往皇宫里带。

问题是乾隆的这首诗和两方印，胡念之觉得眼熟。他从包里找出资料，果然。大英博物馆藏有汝瓷十六件，两件刻有乾隆题诗。其一灰青洗底周刻的就是这同一首诗，款也是这个款。而粉青三足洗上的两方印，是该馆另一件御题的藏品天青釉碗器内底诗款后的钤印，比德、朗润，极为相似的两方印。胡念之用放大镜比对纸上印刷的碗底印和三足洗底刻出的两方印，几乎看不出区别，至少仅凭肉眼他不敢贸然定论两者是否出自相同的两方印。

　　同一首诗作刻到两件瓷器上，不是什么新闻，乾隆干过。台北故宫博物院收藏的一件粉青圆洗，底部刻诗就跟这件三足洗上的是同一首，但题款时间不同，前者是"乾隆丙申春御题"，钤印也稍有不同，只钤了一方印，"朗润"。

　　现在要解决的问题有两个：一、御题是否属实；二、该三足洗是否确为汝窑之物。如果御题是真的，那就意味着，乾隆皇帝认定此物就是北宋汝瓷。当然究竟是不是北宋汝瓷，皇帝说了也不算，乾隆本人就经常看走眼。史料载，他曾把一件钧窑天蓝釉紫斑枕和雍正在位时仿烧的汝瓷当成北宋汝窑瓷器，也曾把汝窑瓷器当成钧窑瓷器题过诗。也存在另外一种可能：瓷是真的，御题是伪造的。不过这无妨，北宋汝瓷已经是至宝了，御题锦上添花而已。还有第三种可能：两者都是假的。

　　请示领队和主管单位之后，胡念之与本省专家开始着手鉴定已出土的瓷器。绝大部分都容易判定，哥窑、定窑、耀州窑、磁州窑、龙泉窑等，一一鉴别区分出来，两人都能达成共识。只有几件瓷器尚有疑难。一件疑似南宋灰青釉梅花盏，一件钧窑天蓝釉钵式炉，一件疑似钧窑天青釉折沿盘。从瓷器的规制、技艺的发展、审美的时代特征等因素去研判，倒也不那么费力气，只是个别因素时有交叉，没有确凿的证据，胡念之还是愿意再等一下新证据。发掘还在进行，没准接下来一件文物就可以把所有疑问都妥帖地解释掉。疑问最大的还是乾隆御题的三足洗。

他们把题刻和印章等扫描出来，放到电脑上与大英博物馆和台北故宫博物院的相似藏品比对，把误差等因素都考虑进去，最终大数据表明，题刻和印章都是真的。这件文物的确跟乾隆有关。但瓷器本身存疑，胡念之更倾向于是后世的仿汝瓷器。如果这个结论成立，那么乾隆的走眼史上又添了一桩案例。两人又分别请教了几位专家，还是无法达成共识。

胡念之想到了一位现在汝州的老先生，此人既是多年身体力行烧制汝瓷的技艺传承人，又是一位矢志研制汝官窑天青釉和寻访古汝窑址的专家。老先生的意见必定一言九鼎。胡念之联系上这位老先生，通过互联网把相关材料和他们的意见详尽地传送过去，供老先生参考。

等候老先生结论和其他研究的间隙，胡念之和其他工作人员一样，坚持每天到现场作业。他喜欢手持铲子和刷子与泥土和文物接触的感觉。对他来说，一件发掘中的文物和一件发掘出来之后的文物不是同一件文物，那种在场感对他理解和思考文物非常重要。他需要一个进入历史的"场"。

文物的发掘越来越多，以瓷器为主。在出土的一块类似镇尺的长条形铜块上，发现了"嘉庆十二年"字样。清嘉庆十二年，即1807年。这艘船最早可能在1807年沉没。胡念之查阅了地方志和有关史料，这一年里运河中没有重大沉船事故的记载。仅以现在出土的瓷器价值论，这艘船绝非普通商船，它的沉没应该是件大事，为什么史书上一丝痕迹也不留？在济宁的这些天，胡念之又把运河改道史和运河济宁段的史志找出来查阅，还是没有发现那时候运河改道至此处的蛛丝马迹。该船走的是运河的某条支流？史志显示，那几年此地发过几次大水；大水开辟出了新的河道？如果这个假设成立，这艘船为什么不走主河道？它究竟是北上还是南下？从沉船位置和挖掘出的船只部件的摆放位置，应该是北上。但也并非没有意外，船都要沉了，你还不让它掉个头？当然，还有一个重大疑问，就是它为什么会沉。

从早上起床到晚上入睡，胡念之的头脑里都在转着这些问题。有时候做梦也是它们，在梦里他自问自答，一个自己在当下，另一个自己生活在沉船时代的大清朝。

午饭后，胡念之正蹲在发掘现场清理一只粗陶碗，工作服捂出了一身汗。手机响了，小唐打来电话，三天前老太太出门，下院门前台阶时拐杖滑了一下，第三次摔倒，右脚踝骨骨裂。前几天电话里没说，是老太太的意思，不想影响胡念之的工作；现在小唐背着老太太打电话，是因为老太太拒绝治疗，把脚上的夹板和绷带都给扯了。她不知该怎么办，只好搬救兵。

"我姐呢？"

"姑姑带奶奶去拍了片子，安排好住院治疗后，就走了。"

"你和我妈现在哪里？"

"医院啊。"

"让奶奶躺在床上别动，一定要静养。我这就回去。"

胡念之找到老同学说明情况，回到酒店简单收拾了行李，就坐车往高铁曲阜站跑。两个半小时到北京南站，换乘地铁去通州，下了地铁再打车，到医院已经晚上九点一刻。

母亲闭着眼安静地躺在病床上。看见胡念之，小唐眼泪啪嗒啪嗒往下掉，医生和护士轮番来劝，老太太就是不愿意固定住右脚。母亲听见儿子的声音，睁开眼，扭过头对胡念之笑一笑，说：

"你看，还是影响你工作了。"

"妈，"胡念之坐到床边，握住母亲的手，"咱们得听大夫的话啊。"

"我也得听我自己的啊。"母亲被胡念之握着的手动了动，"没事，我就躺着，不动。你看我这都挺好的，明天你就再回去。"

胡念之找到值班医生，咨询母亲现在的病情。医生说，没大问题，固定好静养就行，只是老年人骨骼的生长愈合慢一些，要有耐心；但如果现在这状态，坚决不固定，永远也愈合不上，有时候身体的抽动不是人的意志能百分百决定的，不经意地动一下，就回到了原地。

"实在不愿固定呢？"

"不走动？这个年龄的老人卧床不起，两个月什么毛病都来了。等于慢性自杀。"

胡念之谢过医生回到病房，母亲已经睡着了。他让小唐回家，今晚他守夜。这几天小唐一直守在病床前，满眼都是血丝。她需要好好睡一觉。

"奶奶一会儿要方便，咋办？"

小唐想等伺候了老太太小便之后再回去。那就不知道要到什么时候了。"放心吧，"胡念之对小唐说，"我是你奶奶的亲儿子。"实在不方便，还可以请护士帮忙。

小唐离开后，胡念之看着母亲消瘦的脸。多年来这张脸坚毅又平静；现在因为平躺，重力的作用下皮肤绷紧，尽管有几处老年斑，但除了下眼皮和嘴角，几乎看不见皱纹。这张脸的确不太像汉人。小时候邻居们都说母亲漂亮，胡念之觉得不好看，眼窝太深，鼻梁太高，在阳光下母亲的脸上也有阴影；电视和电影上都说，脸上有阴影的人不是好人。后来他知道，这样的一张脸上有大美。母亲的眼球在眼皮底下偶尔急速转动两下，整个面孔又深沉地平静下来。旅途劳累，困倦袭来，胡念之伏在母亲病床边，很快睡着了。

第二天，母亲早饭只喝了一碗小米粥。早饭后，胡念之还想跟母亲谈谈右脚固定的事，母亲在他开口之前就开始摆手。母亲说：

"念之，妈想跟你商量个事。"

"您说。"

"我想回家。"

"不行。大夫说，脚不固定已经非常危险了，再不输液，绝对不行。您的身体弱，吊瓶里加了营养。"

"你妈什么危险没经过。命都丢过。"

她说的是三岁时，她奶奶用一条命替她挡住了日本人的大狼狗。她说的还是四十九岁那年咯血，到县医院查，说是肺结核晚期。当时11月刚过，医生建议别治了，回去跟家人多团聚一天是一天，过不了春节。那是胡家前所未有的绝望时间。马思艺倒能沉得住气，胡问鱼扛不住了，背着两个孩子眼都哭肿了。他不相信这个结果。从朋友那里借了钱，带马思艺去北京市里一家久负盛名的军医院复查。涉及的任何疑点胡问鱼都坚持查一遍。各项数据汇总一起，又经多位专家会诊，结论不喜不忧：应该不是肺结核晚期，但究竟是什么病，也没法定论，所以也不能贸然针对性用药；先回家常规治疗，危机时再来就医。这一回，三十多年过去了，她觉得四十九岁以来的每一天都是额外赚的。她不怕死。

胡念之不同意。等他去了一趟卫生间回来，母亲那里已经不是怕不怕死的问题了，她把输液器拔了，现在就要回家。小唐死活拦不住。胡念之让母亲等一下，他给姐姐打个电话。胡静也正召集公司中层以上在开会，临时休会，让司机开车送过来。她担心自己气得开车时出岔子，手都哆嗦。进了病房她对母亲大吼：

"妈，能不作死吗？"

老太太坐在病床上扑脔扑脔眼皮，背台词似的平稳地说："不想活了也不行啊？"

这个阴森的回答让作为老总的女儿无言以对，她做考古的儿子也找不着北。但他们认为这不过是老太太调节气氛的一种修辞，因为母亲说这句话时几乎面带着微笑。

"您到底想怎样？"

"回家。"老太太说，"你们不知道，活着有多累。我不想再被捆在床上了。"

七十九岁她换了左股骨头，在床上躺了几个月，像孩子一样重新开始练习走路，扶着墙，拄着拐杖。八十一岁她换了右股骨头，在床上又躺了几个月，再次像孩子一样重新练习走路，拄着拐杖，扶着墙。她终于让自己在练习行走中长大成人，又摔了一跤，想到还要卧床静养，再从头来过，突然觉得厌倦了，生命如此漫长，真是活够了，腻歪死了。从四十九岁到今天，她赚得如此之多，连自己都烦了。

"但是妈，伤得治啊。"

"不是所有伤都得治。"母亲的思路依然清晰，"不是所有人的伤都得治。"

三百个回合之后，老太太赢了。姐弟俩和小唐把老太太送回家。

"我就躺着，"母亲半躺在床上，后背底下支着一床被子。姐弟俩买了一张医院里的那种升降床，老太太不用，她就睡自己的老式木板床，"你们都忙吧，有小唐。"

胡静也回公司了。胡念之又陪了一天，跟老婆孩子打了电话，让他们一有空就过来，陪老太太说说话。交代完，换了两件干净衣服回了济宁。

汝州的汝瓷专家在济宁等着胡念之，老先生亲自来了。老先生说，电脑上看心里总不实在，瓷是手艺活儿，"过手"很重要。老先生说到过手，把手伸出来比画，胡念之看见那两只手苍老的纹路里有洗不掉的瓷泥和釉灰。这是一双工匠的手。老先生也生有一张工匠和农民的脸，常年守在窑边，奔走在野外和工地上寻找古窑址，雨打日晒，风尘仆仆，混在一圈老农民里你很难把他挑出来。

"如果是真品，那必是重大的事，"老先生操着浓重的河南口音，"不亲眼看一看、摸一摸，我不放心。"

老先生希望能认真研究一下原件底部那一处微小的缺口，那个断面可以看见胎质和施釉的细节。秘密最容易从内部暴露。老先生特地带来了他收集到的所有与该粉青三足洗釉色、器型、纹饰、制作工艺及年代可能接近的汝瓷资料，以便逐一比对。他还联系了另外的专家朋友，如果目鉴依然不能定论，就请国家博物馆做相关科学仪器鉴定，比如中子活化分析、穆斯堡尔分析、加速器质谱分析等。老先生有备而来。

一天半的研究和讨论，中间又咨询和参考了国家博物馆、上海博物馆以及郑州大学等处专家的意见，三位专家拿出了一份可靠的鉴定报告。长达六页的报告条分缕析，充满了庄严的科学精神。繁复的学术词汇和表达会让外行人望而却步，所以我们只需要知道结论就够了：该三足洗非北宋汝窑瓷器，而是明代成化年间仿烧的汝瓷。题刻亦非乾隆年间的事，有人在造假。

老先生在济宁又待了一天，顺带也给暂时已有结论的瓷器掌掌眼。瓷器的发掘已告一段落，需要鉴定的基本都在这里了。三位专家达成共识后，考古团队签字，转交有关部门。胡念之和老同学陪同考古队领队，一起送别了研究汝瓷的老先生。

晚上胡念之给母亲打电话，固定电话没人接。打小唐手机，响两声就被掐了。五分钟后小唐打过来。刚才她在喂饭，趁这一阵老太太心情不错，多喂了几勺。为不影响老太太休息，固定电话线拔了。也是老太太的意思，有事打给小唐，小唐一概要说情况很好。但这一次，小唐说，真不好了。

"胡老师，很不好，"小唐鼻音出来了，在哭，"奶奶前天还吃点米粒，现在极少愿意吃干的，只喝米汤。刚刚赶上突然愿意了，也只吃了两汤匙大米。"

"精神怎么样？"

"一天清醒的时间不超过一个半小时。好像睁眼是件多费力气的事。"

胡念之给医生朋友打了电话，对方沉默十秒钟后回答："情况若不能扭转，该做的事就赶紧做吧。"

"什么意思？"

"一周。"朋友大喘一口气，"可能都算长的。"

胡念之头发都竖起来了。太突然了，后脑勺冷风飕飕地刮。他在犹豫明天还是后天跟考古队请假，私事影响工作他有些难为情。

第二天午饭吃了一半，小唐来电话。老太太让他和姐姐回去。

"有事交代？"他想起医生朋友的判断。

"奶奶没说。奶奶就说，跟您和姑姑说说话。"

一定是母亲原话。小唐太年轻，恐怕理解不了"说说话"三个字的分量。母亲要跟他们告别了。胡念之放下餐盒就去跟领队请假。少则一两天，多则，他说不下去了。领队和老同学分别握他的手，安慰他的表情相当于说节哀顺变了。胡念之跟他们大致表达了他对河道和沉船的推测和设想。他担心在家耽搁了时日，影响考古工作的进度。

沉船河道他判断是支流。通航能力究竟有多大，还有待于在现有河道沿线上发现更有力的证据。这个难度比较大，据他观察，这条线上，除去这一段空地，别处都建了楼房，住家连片，考证成本太高。当然该河道也有可能是大水本身形成的，或者彼时当地为了防洪泄洪所做的一项临时排水工程。至于沉船，他认为疑点甚多。身份就可疑。发掘工程已近尾声，尚无任何能说明沉船来路的证据，只有镇尺上"嘉庆十二年"这个时间点，在内陆河的考古发掘中还是比较少见。若非发掘本身的不充分，是否可以推断，在沉船之际，相关证据就已经被紧急清理过？这个级别和装备的帆船，在当时可不是随便什么人都能有的。最重要的一件瓷器，粉青三足洗在乾隆题刻上作假，动机何在？在运河济宁段史志上，这一段河道沉船事故概率极小，即使有，史书上记载和考古发现的，也都在真正意义的运河河道或者故道中，偏出如此距离的尚属首次。是否该船有不可示人的秘密？船行至此，是否遭遇过同样不可告人的变故？

领队和老同学让他放心回京，一切都在变，他们会在接下来的发掘和论证中充分考虑他的意见。祝老人家早日康复！

回到张家湾已是晚上，母亲睡着了。小唐想叫醒她，老太太疲惫地摇摇头。晚饭母亲只喝了几口米汤，有一粒米进嘴，她也会吐出来。胡静也在隔壁自己的房间里转着圈咆哮。这个世界上能让高冷美人胡总失态的，只有改名为马思意的母亲马思艺。她对弟弟说：

"脚上打个石膏能比死还难吗？"

"对咱妈来说，起码比活着难。"

"你可是亲儿子，"胡静也的言辞和语气里习惯性地生出倒刺，"就这么放心让妈死？"

"我们怎么想不重要，咱妈想。她早就想好了。她在心平气和地绝食。"

胡静也大吼一声，一屁股坐到书桌前的椅子上。

姐姐守上半夜，弟弟守下半夜。早上那段时间由小唐照顾。

早饭母亲喝了两口小米汤。她只喝米汤，牛奶、豆浆和各种营养保健品，一概进不了嘴。胡念之吃过半个馒头，坐在院子里的葡萄架下迷糊过去，被小唐叫醒了。老太太叫他。胡念之跑掉了一只拖鞋，光着左脚来到母亲床前。胡静也已经坐在床边。

母亲的眼睛睁开了，有种异样的光。因为更瘦了，眼睛也显得比过去大，一副对这个世界充满惊奇的样子。但她其实早就厌倦了。好长时间没开口，嗓子干哑，胡念之喂了母亲几口白开水。母亲两眼盯着天花板，好像屋顶上有本书，她慢悠悠地对姐弟俩说，说几个字停顿半天：

"我又梦见你们太姥爷了。我一直想不起他长什么样子，他死时我才三岁。刚我看清了。静也，你长得像你太姥爷。念之，你五官不像太姥爷，脸上那股精气神像。你甚至比静也更像你太姥爷。"

这段话说了有三分钟，力气跟不上，但每个字都像陨石一样从天上砸下来。至少在胡静也听来震得脑仁疼。母亲说到弟弟的长相，弟弟的精气神其实是从太姥爷那里来的。母亲是要赶在生命画上句号之前，对他们姐弟俩澄清某个真相吗？胡静也突然悲从中来。

"妈，您别说了，我懂了。对不起。"胡静也抓住母亲的手，眼泪直往外涌，"我要找最好的大夫给您治疗，我和念之一定要把您治好。"

"来不及了。我这样很好，让我顺顺当当走吧。"母亲侧了一下头，脸转向他们，断断续续地说，"你太姥爷叫我呢。你爸也在等着。他好脾气，容了我一辈子。"母亲停下来喘几口气，"就是临了，还给你们添麻烦。"

母亲指的是她在意识不是那么清晰时，不断地往外排大小便。她很难为情。她知道人死之前常如此。在有些地方，这被称为"清肚"，自然地清空肠胃里的东西。大便稀少变白，小便散发出奇怪的酸味。为了让自己死得干净体面一点，她决定米汤也不再喝了。

刚到八十四岁的马思意就是这么做的。清醒的时候这么做，意识不清的时候也这么做。她只接受白开水，一次两三汤匙，一天四五次。后来连白开水也不再喝，汤匙到嘴边，硬是不张嘴。不是在清醒地拒绝，而是本能地排斥，是身体取代意识做出决定——她有更重大的事情要做：加速奔向死亡。人间诸事皆已了断。不存在财产纠葛，她只留下这个院子和一块名为"龙王行雨图"的杨柳青年画雕版。院子女儿不稀罕，对雕版更没兴趣，一挥手都给了弟弟。她可以放心去死了。

此后马思意再没说一句话，也极少睁开眼。她梦见了过去，或者说看见了过去，看见她出生以前的漫长家族史。从意大利一个叫维罗纳的城市开始，从天津海河边的一个叫风起淀的镇子开始；她看见了尚未瘸腿的年轻英俊的祖父，和坚贞貌美做姑娘时的祖母，她听见他们互相叫对方的名字；她看见父亲、母亲、大哥和二哥，看见了他们短暂的生和漫长的死；她看见了胡问鱼这么多年对她的好，他和祖父马福德一起在那边等着她呢；她也看见了那个水利专家，喜欢吃她做的面条，但那个人现在只是一个穿着方方正正的短袖衬衫的背影；她还看见一条大河，阳光下如金如银，舟楫穿梭，大水汤汤，一直奔流到天上。

马思意深吸一口气，天地光明。

守着母亲，胡念之和姐姐见证了母亲离世的全过程。死亡从来不会仓促降临，它一寸一寸地来，它把生命一寸一寸地从它选中的身体里赶出去。

母亲的生命存续了三天。胡静也把公司里的事全都放下，专心守着母亲。姐弟俩在母亲对面支了一张行军床，一个躺下休息时另一个坐在母亲床前，他们确保在任何时候都有一双眼睛睁着，看得清母亲的一举一动。其实母亲已经不会有什么大动作，即使死亡如此残暴，她也不过是腿动一动，胳膊动一动，头动一动。开始腿还能动，伸缩蜷曲；接着胳膊，过一会儿就要拿掉盖在身上的薄被，她热，将死之人心里有一团火；然后是头，脑袋在动，生命已经被死亡驱赶到头颅，驱赶到头顶；当驱赶出最后一根头发丝后，马思意死了。

姐弟俩过一会儿摸一下母亲的身体。从脚开始往上凉：脚趾，脚踝，小腿，膝盖，大腿，胯，小腹，腰，手指，手腕，小臂，大臂，胸脯 ——凉到胸脯心脏就已经不工作了。

天将破晓时，张家湾有一只鸡开始叫。姐弟俩看见母亲脖子突然挺起来，嘴大张，连出了两口气，然后脖颈落到枕头上。母亲去世了。

胡静也和胡念之大放悲声。哭声惊醒旁边房间里熬不动了的两家亲人，胡静也的老公和女儿，胡念之的老婆和儿子，还有在另一个房间休息的小唐。他们半分钟内拥进房间。哭声随着黎明从张家湾升起来。

胡静也在母亲的眼皮上各放了一枚古钱。胡念之跪在母亲床前，揪心之痛尚未平息：眼看着母亲一寸寸死去而他无可奈何，他觉得自己就是死神的同谋。

把母亲葬在了运河边的墓园，胡念之臂戴黑纱返回济宁。

济宁的发掘工作已告结束，要做的只是扫尾和总结。胡念之是特聘专家，完全可以不必亲临现场，远程提供意见和结论即可，他又重孝在身，于情于理都没问题；但半途而废不是胡念之的习惯。本次发掘虽然最终缺少填补空白式的惊天发现，但对近年的运河考古也算别开了生面。一则留下了关于一条陌生河道的悬疑，二来本次考古发掘的时间意义重大，正值中国大运河申报世界文化遗产评选前夕，来得早不如来得巧，等于是为申遗预热，是助威和呐喊，所以，有关方面责成考古团队做一次提振士气的总结和宣传。胡念之能回来更好，很多工作免不了要他出马。

文物整理完毕，做好档案，送进博物馆。发掘中的悬疑最终都没能充分解决，报告中的描述基本也都采用了胡念之的推断。

尘埃落定，胡念之脑子里还转着这条河道，经常沿着挖掘现场的延长线朝两个方向走，希望能发现河道走向的蛛丝马迹。一天傍晚，在路边遇到一个卖古董的当地人，自家建房子挖出的一尊青白釉的罗汉像，高十五六厘米，应属清末民初的景德镇窑，价值不大。两人聊起最近的考古发掘，那个当地人说，好多人瞎挖挖了不少钱。

"卖给谁？"胡念之问。

"古董贩子啊，走乡串户来收。还有卖给客栈的。"

"客栈也收古董？"

"就一家客栈收，几十公里外的。价格挺公道。我卖过一个陶罐给他们，罐子上画了一只奇怪的鸟。几年前迁祖坟挖出来的。"

那只画了鸟的陶罐让胡念之有了兴趣。他决定抽空去"小博物馆"客栈看看，没准会有意外的收获。天黑下来，胡念之往回走，习惯性地掏出手机拨了一个号。刚响一声，手机里传来标准的普通话女声：

"您好，您拨打的电话已停机。"

胡念之一惊，发现自己拨的竟是母亲的电话。更吃惊的是，母亲去世后，他根本没有申请停掉这个电话。

第三部

2014 年 6 月：一封信

　　过了三十五，到哪里都觉得好。如果每次咬牙切齿要在某处买房置地过归隐生活的愿望都能实现，那么九百六十万平方公里的大好河山，我起码得有三百六十五处大小宅子。宴临说这是病，年纪一大，想做老地主的不健康念头就会止不住地往外冒。我认为孙老师的批评非常到位。年轻时我对单门独户的前现代闭关锁国生活完全没兴趣，喜欢住高楼、挤电梯、开厚重的钢铁防盗门，一群人风风火火，上班下班，那才叫现代生活，才叫与时俱进；这几年变了，见到小门小脸的小院儿就口水直流，想着待在这院子里喝茶种花、读书看报，听听鸟叫和蝉鸣，岂非人生第一大快事。在孙老师的监督下，我已经在极力压制这种腐朽欲念，但到了小博物馆客栈，还是忍不住想，要有这么个客栈，我当甩手掌柜，孙老师做老板娘，里里外外收拾利索，后半辈子守着这小本生意也挺好。

　　"想得美！"宴临翻我一个白眼，"小本生意？人家一个月的流水能把你后半辈子的片子都拍了。"

我就不吭声了。现在拍片子的钱都是孙宴临赞助的，她卖了一批画。我说你支持了这么多钱，我不一定还得起啊。她说现在是免费赞助，但哪天若不要她了，双倍返还。

"那怎么可能。还有你这样的吗，我还想再要几个。"

"有啊，你想要多少？"她直接咬住我耳朵，"按人头算，有一个翻一番；只要能还，你看着要。"

"那还是守着你一个吧。"

这丫头的确出乎我意料，决定了就全身心地扑过来，下了课就往北京跑。这是她的行事风格，要做就倾全力做到最好。遗憾和不尽力是人生最大的污点。不知道她这句鸡汤是原创还是借来的。她觉得《大河谭》这样的好项目，要当这辈子最后一部片子来拍，会拍得更好。所以她建议拓宽思路，把片子的周边内容也处理好，谁说非得为电视台那档节目量身定做？烂片子才点头哈腰、削足适履地遵从栏目要求，好东西要自己立规矩，让栏目为你变。"不就钱吗？我把画全卖了。"她豪迈地说。除了一把抱住她往床上扔，我实在想不出更真诚高雅的感谢方式。

从床上下来，重大的决定就做出来了：到济宁去。

宴临帮我联系了她住过的小博物馆客栈，我们要去实地感受一下济宁的运河，看看客栈里收藏的众多民间老物件。她又联系了连锁客栈老总周海阔，她从店长程诺那里听过一些他的运河情缘；还有邵家父子，邵秉义与邵星池，以及他们家的罗盘；希望这次随行拍摄中都能有他们的故事。

小博物馆客栈我很喜欢，腐朽的念头不能自已。但被孙老师打击蔫了，我又自卑到觉得当门童都嫌手脚不利索，算了，那还是专心准备《大河谭》吧。我在客栈里跟整个团队一起完善脚本，宴临列席，偶尔提出她的参考意见。

周海阔现在在路上，他本月巡视原定到淮安段的一家客栈就结束，为《大河谭》临时改了行程，继续北上来济宁。邵秉义离这里不远，跟老伴儿过捕鱼养鸭的生活，等儿子这一趟长途归来，爷儿俩一起过来；邵星池的船正回程，已到南旺湖。

聚齐的前一天，来了一位考古学家。戴黑框眼镜，梳分头，穿白色短袖衬衫，衬衫下摆掖在藏青色西裤里，亚光的休闲黑皮鞋。程店长不介绍，我也猜得出此人是位考古学家，整个装束和表情都让我想起80年代的知识分子，清洁，纯粹，坚信这个世界会越来越好。考古学家姓胡，我们叫他胡老师。胡老师有种这个年代中年男人早已稀有的干净、天真和好奇混杂的眼神；此外还有种说不出的洋气，没准儿往上推几辈子，哪个祖宗被混过血。胡老师谦和，说话之前他会先对你微笑。

他来看各种老物件。我们从运河边选景回来，在茶吧喝茶时见到他。胡老师刚从楼上下来，趁上面的几间房子还没入住客人，程店长带他参观了房间里的收藏。他把茶吧里的藏品也快速浏览了一下。我们只有一个打招呼的时间。我冒出一个想法，正准备邀他入镜，胡老师的手机响了，同事找。他抱歉地向我们挥手告别，往门外走。他说明天抽空再来，把剩下的看完。对小博物馆客栈的收藏，他评价颇高。他说，有的收藏只是器物，美则美矣，宝贝也宝贝了，但止于物本身；而有的收藏，无关乎精致绝美，不过平常器物，却能看见流动的时间和过往的历史；小博物馆客栈是后者，古旧的日常细节呈现出了此地繁复、悠长、宽阔的地方史。

次日午饭时，他们到齐了。

周海阔我们都没见过。斯文，一表人才，虽然衣着优良，搭配也精心，预示着某种现代化的速度，但配上他极具书卷气却又略显倦怠的表情，速度似乎又慢下来，而且把周围的环境也带得变慢了。此人有种谈笑间即可掌控全局的气场。见面握手时他说：

"别客气，为同一条河。"

邵家父子和宴临描述的几乎分毫不差。邵秉义抽完一口烟还是享受地张大嘴，让烟雾慢慢流淌出来。宴临还提到老秉义的一口被烟熏黑的牙，区别是，下面的牙缺了一颗后，上面的一颗虎牙在这两年里也掉了。邵星池还是那个给河风吹黑了的强壮小伙子，抬起胳膊跟我握手，大臂上的肌肉噌地弹起来，圆领T恤里的胸大肌也趁机跳了跳。他的普通话里有浓重的山东味。

"头发短了。"宴临说。

"姐记性真好。"邵星池嘿嘿地说，"那时候年轻，喜欢意气风发，头发长才撩得起来嘛。"

"你也敢在一堆老同志面前说老？"宴临笑起来。

"也不是老，是觉得不年轻了。河上跑久了，会经常意识不到自己还年轻。"

"这就对了，"邵秉义插了句话，"你跑的是一条千年大河，哪轻狂得起来。"

我在附近的饭店里请他们吃了顿饭。在饭桌上，邵星池从背包里取出赎回的罗盘。提前约好带过来的，在这个片子里，罗盘跟他们一样是主角之一。即便盘面的玻璃被摔出了裂璺，依然相当漂亮，一看就是个精心制造出来的好东西。一定要给罗盘一个三百六十度无死角的特写镜头。文物之所以贵重，固然因为它老，更在于它背负了一身的故事。想到这罗盘上重重叠叠摞满了意大利人和邵家先祖至今的每一代人的手印，我不由得对它肃然起敬。这是一代代人奔走在水上的魂。我端起酒，敬第二轮。我说，这一次不为《大河谭》，为我自己，你们都是媒人，把孙老师送到了我身边。邵秉义说：

"我们都是小媒人，大媒人是运河。你敬过运河我们才敢喝。"

水上就这规矩，船出港，敬天敬地敬河神。

敬过大河，大家一起喝。邵星池觉得不够，鼓动我和宴临喝交杯；门前千古长流水，天下第一见证人。那必须喝。我们胳膊相互环绕，滴酒不沾的孙宴临也把那一杯五粮液庄严地喝了下去。窗外暗下来，隐隐听见雷声，风摇晃窗外的竹林，枝叶敲打着窗玻璃，像一群好奇的人想进来。夏天的雷阵雨转瞬即至。包间里的空调往上调高了一摄氏度。邵星池还要闹，交杯不带劲儿，让接吻，在这场爱情里他自居为小舅子。周海阔的手机解了围，程店长电话，考古学家胡老师在客栈，如果下午方便，他想见一见我们。

周海阔用眼神问我们。大家都欢迎，好酒好事，当然见者有份。

胡老师推门进来，半个身子都淋湿了。客栈走到饭店也就五分钟，但风狂雨骤，肥白的大雨点裹在风里直往身上扑。胡老师进了门，来不及擦掉眼镜上的雨水就道歉，因为不知道我们什么时候结束才冒昧打扰。他下午回京，想看完客栈剩下的藏品就去高铁站，行李箱都带过来了。本次考古发掘圆满结束，他的活儿干完了。刚才他在客栈大堂的多宝槅上看到一封信，有一脑门子的疑惑。我们在周海阔旁边加了一把椅子，请他坐下来。胡老师掏出手机，他把那封信拍了下来。周海阔看一眼，说：

"哦，那封意大利语的信。"

客栈最近收购的一封用意大利语写的信，落款时间是1900年7月，没注明是7月的哪一天。写信的人名叫Fedele。这个名字胡老师没感觉，他不懂信中的意大利文，但他在信中无意中看到了这个名字：Ma Fude。顺嘴就拼出来，它的发音吓了他一跳。马福德？那可是他太姥爷的名字。

那封信不长，纸张也就A4大小，被装裱在一个玻璃相框里，它所在的位置之前放着邵家的罗盘。胡老师问程诺信的内容是什么，程诺也不认识意大利语，只能把周海阔说过的内容大致转述一下，个别地方又想当然地加了渲染：

八国联军里的一个意大利水兵Fedele，跟义和团和清军打仗，腿中了枪，在医院里给家里写的这封信。说他可能会变成瘸子，但接下来可能还得上前线，虽然他烦死战争了。说一个朋友给他取了个中国名字，叫Ma Fude，他喜欢这名字。说这场战争可能会要了他的命，如果没有如期回到意大利，那一定是死在中国了，这年头死一个人太容易了。要是他死了，就当没他这个人，其实死了也不错，灵魂可以沿着大运河跑来跑去，跟当年的马可·波罗似的。说这封信基本可以当成绝命书、诀别信看，让父母、哥哥别伤心，节哀顺变，他爱所有人。云云。

"就这些？"胡老师问周海阔。

"差不多就这些。"

"没别的了？"

周海阔看看他。

"抱歉，我想知道，信中提到Ma Fude是哪三个汉字了吗？"

周海阔又仔细看了照片，说："Fedele Di Marco 信里写，大卫说Fu和De都是中国人喜欢的字，前一个字中国人过年时要写了贴在大门上，后一个字是中国人极为看重的做人的好品质。那就应该是'马福德'三个字。"

胡老师抽了一口冷气。

我们问他怎么了，他摸了一把泛青的胡楂，把手插到了头发里，一个劲儿抓，摇着头，"奇怪。有点奇怪。"

"怎么怪了？"

胡老师没说，反问周海阔一句："这封信是怎么收上来的？"

"卖主送上门的。"周海阔突然醒悟过来，"不算非法倒卖文物吧？"

"您先说。"

二十天前，卖主上门时周海阔正在北京开一个关于民宿的学术研讨会。程诺给他电话，说有人来卖一封信，不知道哪国洋文写的，落款倒是看明白了，一百多年前的，但搞不清真假。他把相关情况简要地跟周海阔做了汇报。卖主挖地基挖出了一根快朽断的手杖，拎起来拄一下，真就断了。手杖里掉出来一根管子，两头封着红蜡。蜡其实也没那么红，都成土灰色了。把蜡封打开，还有一根更细的铁管，还封着红蜡；再打开，就是那封信。周海阔问手杖和装信的两根管子还在不在，什么材质的？蜡封还能找到吗？他想看看是不是伪造的。程诺把电话给了卖主。卖主说，手杖都锈朽了，被黑泥裹着，断了以后顺手就扔了，早不知道给哪个野孩子捡去玩了。红蜡确切是没错的，外面管子蜡封变色比较严重，里面那根细铁管的蜡封还是看得很清楚的。大管子的材质他也不认识，灰头土脸的也长了锈斑沾了泥，没用的东西，就扔了。

周海阔让程诺把那封信拍成照片，用微信发给他。看完照片，周海阔又给程诺电话，让卖主接，他还有疑问。他觉得手杖里藏了这样一封信，肯定有蹊跷。他对卖主说，只要鉴定这封信是1900年的原件，他肯定要，价钱好说，但希望卖主能实话实说。卖主是个一急就结巴的汉子，年近半百还没有学会说谎，让他说实话，他倒是松了一口气，十分流畅地把隐瞒的细节全说了出来。

手杖不是挖地基挖出来的。假古董仿制的宣德炉事件之后，运河边的人能动的都动起来了，卖主是其中之一，他混在求财若渴的人群里也起早贪黑地到处挖。别人怎么挖，他就怎么挖。别人说，河道附近的低洼处有戏，因为那种地方很可能是几十乃至上百年前的河道或者支流；别人的确也在类似的地方挖出了东西，他也在那里挖。挖到了手杖。手杖的确被他扔了，因为担心上头下来查。别人不说他也知道，乱挖文物是犯法的，他不能把罪证留在手里。但除了蜡封的这封信外，手杖上他还取下了一个东西，把手上的玉。

"玉呢？"周海阔问。

"卖了，"卖主说，"这阵子走乡串巷的古董贩子碰破脸，出高价买了去。"

"多少？"

"两千。他给一千五，我说不行，必须得加加加五百，我就赢赢赢了。"一激动又结巴了。

周海阔笑了，真是个淳朴的大哥，"信为什么不卖给他？"

"狗日的不要。一张破纸，他说非让买，看在玉的面子上，一张老人头。"

"一百？"

"狗日的说这都多给了我九十。我没卖。没文化嘛。人家说，你们是文化人，我我就来来了。"

"要多少？"

"五五百。"

周海阔都能听到他咬牙切齿的声音，"好，电话给我同事。"周海阔听到程诺的声音后，说，"拿下。给他八百。"

"周总——"

"来回坐车要花钱，还得让人家吃顿午饭嘛。"

"我是说，真假问题。"

"放心，那纸张和字迹，要作假，成本比这高得多。找个手艺好的装裱师傅，放在罗盘空下的那个位置。是个好东西。"

那封装裱好的信我还溜了一眼。因为不认识意大利语，也就溜了一眼而已，连Ma Fude都没注意。"胡老师，您知道马福德？"

"我太姥爷就叫马福德。听我父亲说，也是个瘸子。而且，不是汉人的长相。但我父亲说，大家都说我太姥爷是西北来的骆驼客，胡人。"胡老师把手机里的相册打开，找出母亲和姐姐的照片让周海阔看，"我母亲说，她和我姐长得都像我太姥爷。"

周海阔仔细看过照片，又把手机放远处再看，"胡老师，我在意大利只待了一年，眼光未必准。远看，凭感觉啊，您要不告诉我这是令堂和姐姐，我真以为是意大利人。仔细推敲，又没那么像，汉人的特征越来越明显了。再听听其他几位老师的意见。"他把手机传给我。

我跟周海阔的感觉大致差不离，娘儿俩像中西混血。宴临和邵秉义也这么看。邵星池说："哎呀胡老师，您肯定有海外关系。"

胡老师沉默不语。足足一分半钟，他对周海阔说："周先生，能否麻烦您帮我翻译一下这封信，一个字都别落下。"

可翻译得再具体生动也没有意义，有效信息之于胡老师，不比我们多半个。"意大利。意大利。意大利。"他把这三个字像怪味糖一样在舌头上颠动，突然停下来，右手拍一下脑门。我们听见响亮的一声。一桌子人都伸长脖子。即便掌握的信息极其有限，我们也知道，如此诡异的联系必有一篇大文章可作。

"我母亲原名马思意。"胡老师幽幽地说，眼睛盯着窗外在风雨里舞动的竹林，"思念的思，意大利的意。到晚年，她坚持改回来。在此之前，我只知道母亲叫马思艺。"我们的脖子伸得更长了。伸累了，正打算缩回来，胡老师又说，"明白了。胡念之。胡念之。我叫胡念之。"他的表情开始悲伤，越来越悲伤，再悲伤下去很可能流出泪来。

我们才知道胡老师叫胡念之。我们好像也跟着明白了：思之，念之，之是谁？意大利？意大利人马福德？我们的脖子越伸越长。反正我的智商有点跟不上。

"令堂没跟您说过意大利的事？"

"从来没有。"

"也许令堂也跟您一样，直觉到某种联系，只是难以坐实？"

胡老师摘下眼镜用餐巾布一遍遍擦。

"可是，"宴临说，"要从一个预设的结果牵强附会地往回找，上帝就坐在我们身边这件事，也一定能够论证出来。这相当于有罪推定。"

胡老师的表情收回来，恢复了一张上世纪80年代知识分子的脸。"孙老师提醒得及时，"他戴上眼镜，尴尬地笑笑，"刚才我太入戏了。抱歉，这问题困扰了我太长时间。"

但我们也不能因为孙老师和胡老师的突然清醒，就彻底推翻这种可能性。"假定——我是说假定啊。"邵星池说，"假定这位写信的马福德就是胡老师的太姥爷马福德，那这个手杖是怎么一回事呢？谁的手杖？这封信写完后，应该早就寄走了啊。如果在意大利，那地方叫啥？对，维罗纳。这封信要是在维罗纳运河边挖出来，倒更容易理解。"

"像喝了酒要头晕一样好理解，还需要大家伙儿在这里操闲心？胡老师早就弄明白了。"我说，"不过胡老师，我倒是觉得，不妨大胆设想一下，反正弄错了也不收税。比如说，这封信和您的太姥爷，意大利人；比如邵大叔家传的意大利罗盘；比如周总，祖上传下来的规矩，必须会一口流利的意大利语；比如我们家，据说我高祖谢平遥是个翻译，陪洋人一路北上到京城，那人为什么就不能是个意大利人呢，听说我高祖后来也一口像样的意大利语；还有，宴临，你们家祖上孙过程老大人，没准当年护卫的，就是一个意大利绅士呢。"

"那至少需要两个意大利人，"周海阔说，"一个写信的，一个持信的。"

"人不是问题，那时候的运河，"邵秉义说，"十万、二十万个意大利人也走得下。"

"写信的是马福德，持信的呢？"

胡老师陷入了一个历史学家的沉思。在我的撺掇下，他抽了一根烟。我只是有点心疼他，一个人有着乱云飞渡的渺茫家世，够难为他的。他不参与我们的吃喝，因为吃过了午饭；一桌子人忙着端酒倒茶夹菜，他找不到事做，所以我帮他点上根烟。胡老师业务不熟练，三口之后就呛着了。

"我这职业算是选对了。"胡老师掐灭烟头时说，"想弄明白自己从哪里来，也得去考古发掘。周总，不情之请，那封信能送我一份复印件吗？"

"没问题。如果证实这位马福德先生就是您太姥爷，原件也奉上。"周海阔给程诺打电话，让他准备一份复印件，"想想人类也真是可悲，不过百年，我们就不知道自己是谁了。回去我也得把祖宗给弄明白。"

我看看宴临，她摊开手，"一笔糊涂账。不过糊涂点也好，所有账都一五一十地摆在那里，一眼看过去几百年洞若观火，那人类活着可能意思也不太大。"

邵星池看他爹，老秉义低眉耷眼地说："咱们邵家，清楚不清楚的，都在了这条河上。"

"谢导，您呢？"

我？这一节的《大河谭》，雪球已经越滚越大 ——那好，老子就冲着最大的来。我要把所有人的故事都串起来。纪实的是这条大河，虚构的也是这条大河；为什么就不能大撒把来干他一场呢？老秉义说得好，"都在了这条河上"。在饭桌上，我再次向各位发出邀请，包括胡念之。我以为一位考古业的学者，虚构必是他过不去的坎儿，没想到胡老师极为支持。"强劲的虚构可以催生出真实，"他说，"这是我考古多年的经验之一。"他还有另一条关于虚构的心得：虚构往往是进入历史最有效的路径；既然我们的历史通常源于虚构，那么只有虚构本身才能解开虚构的密码。我放心了。

　　雨歇风住，雷声远去。邵家父子和周海阔回客栈休息，胡老师去取意大利信件的复印件，我和宴临沿河边栈道向北走。天上挂出一道彩虹，七色彩虹正横跨在运河上。我们俩越说越激动。一个个孤立的故事片段，拼接到一起，竟成了一部完整的叙事长卷。仿如亲见，一条大河自钱塘开始汹涌，逆流而动，上行、下行，又上行、下行，如此反复，岁月浩荡，大水汤汤，终于贯穿了一个古老的帝国。只是这样一来，《大河谭》的投入又要加码了。宴临牵着我的手，在我手心挖了挖，"有我呢。"我停下来。已经卖掉她的一部分画了。她又挖挖我手心，"干正事还是要坚定不移地支持的。这点觉悟你家孙老师还有。"

　　我盯着她脸左右看。

　　"怎么了？"

我也说不出更多的，"孙老师跟运河一样美。"

她在我手心里掐了一把，"别臭美，跟你没关系！我就不能为了运河吗？"

手机响了，我摁接听键，是断了我资助的前领导。他在电话那头说："兄弟，在哪儿？"

"在外。"我没给他好气。

"好了，别气了，资助回来了。不仅原来的一分不少，台里决定翻倍追加，老弟只管甩开膀子干。"

我有点糊涂。领导这是哪根筋搭错了？

"没看新闻？"

"忙着呢。"

"大运河申遗成功啦！刚刚在多哈宣布的。"

"通过了？"

"我不是说了嘛，申遗成功！"他把嗓门儿弄得很大，好像都是他的功劳。我的手机没开扬声器，宴临也听得一清二楚，"钱不是问题，分分钟到位，但上头催得急，让这两天就开播。赶快把剪好的片子送来过审。快，一定要快！"

宴临凑到我耳边，坏兮兮地拉长音调，小声说："别 —— 理 —— 他。"

我回她一个坏笑，转过来对付前领导。"什么？喂？喂？"我说，"你说什么？"

"我说你他娘的快把片子送来过审！越快越好！"

"什么？你说什么？听不见。信号不好。听不见，什么都听不见——"

我把电话摁掉，不自觉就甩动胳膊踢踏起脚。

宴临笑起来，"激动了？"

"激动了。"我说，"我这算瞬间脱贫吗？"

《大河谭》肯定没问题了。当然，还有更重要的。我突然意识到，对眼前这条大河，也是攸关生死的契机，一个必须更加切实有效地去审视、反思和真正地唤醒它的契机。一条河活起来，一段历史就有了逆流而上的可能，穿梭在水上的那些我们的先祖，面目也便有了愈加清晰的希望。我拉着宴临往客栈跑。我要赶在胡念之、邵家父子和周海阔离开之前，约他们一起到水边合张影。这个纪念要有。如果这一天的确堪称千古运河之大喜，那也当是所有运河之子的节日。

2018年7月23日，安和园，稿毕

2018年8月21日，安和园，改毕

图书在版编目（CIP）数据

北上 / 徐则臣著. — 北京：北京十月文艺出版社，
2018.12
ISBN 978-7-5302-1865-5

Ⅰ．①北… Ⅱ．①徐… Ⅲ．①长篇小说—中国—当代
Ⅳ．① I247.5

中国版本图书馆 CIP 数据核字 (2018) 第 196215 号

北上
BEISHANG
徐则臣　著

出　版	北京出版集团公司	
	北京十月文艺出版社	
地　址	北京北三环中路 6 号	
邮　编	100120	
网　址	www.bph.com.cn	
发　行	新经典发行有限公司	
	电话（010）68423599	
经　销	新华书店	
印　刷	北京盛通印刷股份有限公司	
版　次	2018 年 12 月第 1 版	
	2022 年 5 月第 26 次印刷	
开　本	880 毫米 × 1230 毫米　1/32	
印　张	15	
字　数	300 千字	
书　号	ISBN 978-7-5302-1865-5	
定　价	59.80 元	

质量监督电话　010-58572393
如有印装质量问题，由本社负责调换。